RED RABBIT

2.

TOM CLANCY

RED RABBIT

2.

ROMAN

*Traduit de l'américain
par Jean Bonnefoy*

Albin Michel

Titre original :
RED RABBIT
© Rubicon, Inc. 2002
Publié en accord avec G.P. Putnam's Sons,
Penguin Putnam, New York.
Traduction française :
© Éditions Albin Michel S.A., 2003
22, rue Huyghens, 75014 Paris
www.albin-michel.fr
ISBN 2-226-14181-2

18

Musique classique

L'ACCUSÉ de réception arriva à Moscou peu après minuit, où il fut imprimé et déposé sur le bureau de Mike Russell par l'officier de transmissions de permanence, puis oublié aussitôt. Suite aux huit heures de décalage horaire avec Washington, c'était souvent le pic d'arrivée des messages émanant de la maison mère, et celui-ci n'était jamais qu'un bout de papier parmi bien d'autres, couvert d'un galimatias qu'il n'était pas habilité à décrypter.

Comme Mary Pat l'avait prévu, Ed n'avait pas vraiment réussi à dormir, mais il avait fait de son mieux pour ne pas se tourner et se retourner sans arrêt afin de ne pas déranger son épouse. Les doutes font également partie du jeu d'espion. Oleg Ivanovitch était-il une taupe, un appât lancé au hasard par le KGB, auquel il aurait mordu un peu trop vite et un peu trop fort ? Les Soviétiques avaient-ils pêché au jugé et ferré au premier lancer un gros marlin bleu ? Le KGB s'amusait-il à de tels jeux ? Pas à en croire son briefing de mission détaillé à Langley. Ils en avaient certes organisé par le passé, mais ceux-ci visaient délibérément des individus qu'ils savaient être des joueurs, à partir desquels ils savaient qu'ils

7

pouvaient remonter la ligne vers d'autres agents, rien qu'en les filant pour repérer leurs caches...

Mais on ne jouait pas comme ça. On ne demandait pas un billet de sortie dès le premier contact, sauf si on visait un but bien précis, comme la neutralisation d'une cible particulière – or c'était impossible. Mary Pat et lui n'avaient pas fait grand-chose depuis leur arrivée. Merde, seule une poignée de gens à l'ambassade connaissaient leur identité et leur activité. Ed n'avait pas encore recruté d'agents, ni activé des agents déjà en place. Ce n'était pas, à proprement parler, son boulot. Le chef d'antenne était censé diriger et superviser les officiers qui s'en chargeaient, comme Dom Corso, Mary Pat et le reste de sa petite équipe, réduite mais experte.

Et si les Russkofs savaient qui il était, pourquoi auraient-ils abattu leurs cartes si vite ? Cela ne pouvait que révéler à la CIA plus qu'elle n'en savait déjà ou ne pouvait apprendre aisément. Non, ce n'est pas ainsi qu'on jouait.

OK, et si le Lapin était un simple leurre, dont la seule mission était d'identifier Foley en lui refilant des informations inutiles ou fausses, si toute l'opération ne visait qu'à identifier le chef d'antenne de Moscou ? Mais, pour le cibler, encore aurait-il fallu qu'ils le connaissent au préalable, non ? Même le KGB n'avait pas assez d'effectifs pour monter à l'improviste une telle opération et sonder tous les personnels de l'ambassade... C'était bien trop gros et le plus sûr moyen de leur révéler qu'il se tramait quelque chose de louche.

Non, le KGB était trop professionnel pour ça.

Donc, ils n'avaient pu le cibler sans savoir, et s'ils savaient, ils avaient tout intérêt à cacher cette information, pour ne pas mettre la puce à l'oreille de la CIA en révélant une source ou une méthode qu'ils avaient au contraire tout intérêt à dissimuler.

Donc, Oleg Ivanovitch ne pouvait pas être une taupe, point final.

Et donc, il devait être sincère. Non ?

Malgré son intelligence et son expérience, Foley était incapable d'échafauder un scénario qui mène à une conclusion contraire. Le problème était que ça n'était pas logique.

Mais en matière d'espionnage, qu'est-ce qui l'était ?

Ce qui l'était, en revanche, c'était la nécessité d'exfiltrer ce gars. Ils tenaient un Lapin et le Lapin devait absolument échapper aux griffes de l'Ours.

« Tu ne veux pas me dire ce qui te tracasse ?

— Nân.

— Mais c'est important ?

— Ouais. Ouais, bien sûr que ça l'est, mais le problème est qu'on ne sait pas si c'est réellement sérieux.

— J'ai de quoi m'inquiéter ?

— Ma foi non. Ce n'est pas la Troisième Guerre mondiale ou un truc de cet acabit. Mais je ne peux vraiment pas en parler.

— Pourquoi ?

— Tu le sais : c'est confidentiel. Tu ne me parles pas de tes patients, n'est-ce pas ? C'est parce que tu as des règles d'éthique. Eh bien, moi, j'ai des règles de confidentialité. »

Cathy avait beau être intelligente, elle n'avait pas encore bien saisi. « Je peux t'aider en quelque chose ?

— Cathy, si tu avais l'habilitation pour, tu pourrais peut-être m'offrir quelques idées. Mais ce n'est même pas sûr. Tu n'es pas une psy, et la question relève de ce domaine médical. Comment les individus réagissent aux menaces, quelles sont leurs motivations, comment ils perçoivent la réalité, et en quoi cette perception motive leurs actes. J'essaie de me mettre dans la tête de gens que je ne connais pas pour essayer de deviner ce qu'ils s'apprêtent à faire. J'étudie comment ils pensent depuis déjà un bout de temps, avant même que j'intègre l'Agence, mais tu sais...

— Ouais, il est toujours difficile de regarder à l'intérieur du cerveau de quelqu'un. Et tu sais quoi ?

— Non ?

— C'est encore plus dur avec les gens sains d'esprit qu'avec les cinglés. Les gens peuvent penser rationnellement et faire les choses les plus dingues.

— À cause de leurs perceptions ? »

Elle acquiesça. « En partie, mais en partie aussi parce qu'ils ont choisi de croire en des trucs totalement faux – pour des raisons parfaitement rationnelles, mais il n'empêche que les trucs auxquels ils croient sont erronés. »

Ryan trouva que la piste méritait d'être creusée. « OK. Parle-moi de... Joseph Staline, par exemple. Il a tué des masses de gens. Pourquoi ?

— Cela relève en partie du rationnel, en partie de la paranoïa délirante. Dès qu'il voyait poindre une menace, il la traitait de manière radicale. Mais il avait tendance à voir des menaces inexistantes ou pas sérieuses au point de mériter une action meurtrière. Staline vivait à la frontière entre folie et normalité, et il la traversait sans cesse, comme un gars sur un pont qui n'arrive pas à décider sur quelle rive se poser. Dans les affaires internationales, il était censé être aussi raisonnable que tout un chacun, mais il avait une tendance brutale qui faisait que personne n'a jamais su lui dire non. Un des toubibs d'Hopkins a écrit un bouquin sur lui. Je l'ai lu quand j'étais étudiante.

— Que disait-il ? »

Le Dr Ryan haussa les épaules. « Ce n'était guère concluant. L'idée communément admise est que la maladie mentale s'explique par des déséquilibres dans la chimie du cerveau, et non parce que ton père t'aurait tapé dessus quand t'étais petit ou que t'aurais vu ta mère au lit avec un bouc. Mais on peut difficilement faire un bilan sanguin de Staline à l'heure qu'il est, pas vrai ?

— Certes. Je crois même du reste qu'ils ont brûlé son

corps et mis ses cendres... où ça ? Je ne m'en souviens plus »,
admit Jack. Pas dans une urne dans le mur du Kremlin, en
tout cas. Ou auraient-ils simplement brûlé le cercueil ? De
toute façon, quel intérêt ?

« C'est marrant. Un tas de personnages historiques ont agi
comme ils l'ont fait parce qu'ils étaient mentalement déséqui-
librés. Aujourd'hui, on pourrait les soigner avec du lithium
ou d'autres substances chimiques de synthèse – découvertes
pour la plupart ces trente dernières années – mais, en ce
temps-là, tout ce qu'ils avaient sous la main, c'était l'alcool
et l'iode. Ou à la rigueur un exorciste, ajouta-t-elle en s'interrogeant sur l'efficacité de ces derniers.

— Et Raspoutine souffrait d'un déséquilibre chimique, lui
aussi ? s'interrogea tout haut Jack.

— Possible. Je n'en sais pas trop là-dessus, hormis que
c'était une espèce de prêtre cinglé, c'est ça ?

— Pas un prêtre, plutôt un laïc mystique. Je suppose
qu'aujourd'hui il serait télé-évangéliste. Quoi qu'il en soit, il
a causé la chute des Romanov – mais ils ne servaient plus à
grand-chose de toute manière.

— Et ensuite Staline a pris le pouvoir ?

— Lénine d'abord. Staline ensuite. Vladimir Illitch est
mort d'une attaque cérébrale.

— L'hypertension, sans doute, ou un excès de cholestérol
qui aura provoqué une embolie cérébrale. Et Staline était
encore pire, c'est ça ?

— Lénine n'avait rien d'un enfant de chœur, mais Staline
était assez sidérant : la réincarnation de Tamerlan au XXᵉ siècle, ou peut-être d'un des Césars. Quand les Romains s'em-
paraient d'une cité rebelle, ils tuaient tout ce qui bouge,
jusqu'aux chiens.

— Vraiment ?

— Ouais. Mais les Rosbifs ont toujours épargné les
chiens. Ils sont trop sentimentaux, ajouta Jack.

— Sally s'ennuie d'Ernie », lui rappela soudain Cathy,

d'une manière bien féminine, mais finalement pas si déplacée dans la conversation. Ernie était leur labrador, qu'ils avaient laissé en Amérique.

« Moi aussi, mais il va se régaler cet automne... la saison du canard approche. Il ira repêcher tous les oiseaux morts tombés dans la flotte. »

Cathy réprima un frisson. Elle n'avait jamais rien chassé de plus vivant que le hamburger au supermarché du coin – mais elle découpait des êtres humains au bistouri. Comme si c'était logique, ça aussi, songea Ryan avec un sourire désabusé. Mais le monde n'avait pas besoin de logique apparente pour tourner – en tout cas, pas qu'il sache depuis sa dernière inspection.

« T'en fais pas, ma puce. Ernie va se plaire. Crois-moi.

— Ouais, bien sûr.

— Il adore aller nager, remarqua Jack, retournant le couteau dans la plaie. À part ça, quoi de neuf comme problèmes oculaires à l'hosto, la semaine prochaine ?

— Rien que de la routine : des examens et des prescriptions de lunettes toute la semaine.

— Pas rigolo... enfin, pas aussi drôle que de découper en deux l'œil gauche d'un pauvre bougre pour le recoudre ensuite, hmm ?

— Ce n'est pas comme ça qu'on procède, fit-elle remarquer.

— Ma puce, je ne serais pas fichu de découper l'œil de quelqu'un sans dégueuler... ou même tomber dans les pommes. » Cette seule idée lui donnait le frisson.

« Mauviette », fut tout ce que lui suggéra cet aveu. Elle ne comprenait pas que ce n'était pas une des choses enseignées lors du stage d'instruction des marines à Quantico, Virginie.

Mary Pat sentait que son mari était toujours réveillé, mais ce n'était pas le moment de bavarder, même en usant de leur technique de dialogue avec les mains. Non, elle préférait réfléchir aux opérations – comment faire sortir le colis. Moscou : trop dur. Les autres régions d'Union soviétique n'étaient guère plus commodes, parce que l'antenne de Moscou n'avait pas tant d'éléments à mobiliser ailleurs sur ce vaste territoire... Les missions de renseignement avaient tendance à se concentrer dans les capitales, parce que c'était là qu'on pouvait placer des « diplomates », qui étaient en fait des loups tapis sous une peau de mouton. La solution évidente était de n'utiliser sa propre capitale que pour des affaires strictement liées à l'administration et à la gestion gouvernementale, loin des questions militaires ou sensibles, mais évidemment personne ne l'adoptait pour la simple et bonne raison que toutes les huiles du gouvernement voulaient avoir leurs fonctionnaires à portée de main pour mieux goûter les plaisirs de l'exercice du pouvoir. Et c'était ce qui les faisait bander tous, que ce soit à Moscou, à Berlin du temps d'Hitler ou à Washington, DC.

Donc, si Moscou était éliminé, où ? Il n'y avait qu'un nombre limité d'endroits où le Lapin était libre d'aller. En tout cas, nulle part à l'ouest du fil – comme elle avait coutume d'appeler le Rideau de fer qui était tombé en travers de l'Europe après 1945. Et il existait bien peu d'endroits où un homme tel que lui pouvait se rendre pour un motif plausible, et qui fussent en même temps accessibles pour la CIA. Les plages de Sotchi, à la rigueur. En théorie, la Navy pourrait faire parvenir un sous-marin dans les parages et opérer l'enlèvement, mais un sous-marin, ça ne se commandait pas d'un coup de sifflet, et le simple fait de poser la question ferait des vagues dans l'état-major de la marine.

Restaient les pays frères d'Europe de l'Est, qui étaient des destinations touristiques à peu près aussi excitantes que le centre du Mississippi en plein été : idéal si on aimait les plantations de coton et la canicule, sinon... La Pologne était exclue. Varsovie avait été reconstruite après que la Wehrmacht y eut appliqué sa méthode radicale de rénovation urbaine, mais la Pologne était à présent un endroit ultra-surveillé à cause de son agitation politique intérieure, et le point de sortie le plus évident, le port de Gdansk, était désormais aussi étroitement gardé que la frontière russo-polonaise. Ça n'avait pas vraiment aidé que les Britanniques aient réussi à y dérober un exemplaire du nouveau char de combat russe T-72. Mary Pat avait espéré que le tank volé servirait à quelqu'un, mais un idiot à Londres avait cru bon de s'en vanter dans les journaux, ce qui avait mis un terme à l'utilité de Gdansk comme port de sortie pour les prochaines années. La RDA, peut-être ? Mais la plupart des Russes se fichaient comme d'une guigne de la République démocratique allemande, et il n'y avait pas grand-chose d'intéressant à voir pour eux là-bas. La Tchécoslovaquie ? Prague était sans doute une ville intéressante, marquée par son architecture impériale et une vie culturelle animée. Leurs orchestres symphoniques et leurs compagnies de ballet valaient largement leurs équivalents russes, et les galeries d'art y étaient réputées. Mais la frontière austro-tchèque était, elle, également, étroitement surveillée.

Restait... la Hongrie.

La Hongrie..., songea-t-elle. Budapest aussi était une vieille cité impériale, jadis soumise à la férule implacable de la dynastie autrichienne des Habsbourg, puis conquise par les Russes en 1945 après des combats violents et prolongés avec la SS allemande, et sans doute reconstruite depuis à l'image de sa gloire du siècle passé. L'enthousiasme pour le communisme y était plus que modéré, comme le pays l'avait montré en 1956, avant que la rébellion ne soit violemment matée par les Russes sur l'ordre personnel de Khrouchtchev, puis que, une fois Andropov installé comme ambassadeur d'URSS, la Hongrie ne revienne dans le joyeux giron des pays socialistes frères, quoique avec un gouvernement plutôt moins rigide qu'ailleurs après cette brève et sanglante rébellion. Les meneurs avaient tous été pendus, fusillés ou éliminés par d'autres moyens. La clémence n'avait jamais été une vertu cardinale du marxisme-léninisme.

Mais quantité de Russes prenaient le train pour Budapest. C'était la voisine de la Yougoslavie, la San Francisco communiste, un endroit où les Russes ne pouvaient se rendre sans autorisation, mais la Hongrie commerçait librement avec l'URSS, de sorte que les citoyens soviétiques pouvaient y acheter des VHS, des Reebok et des collants Fogal. En général, ils s'y rendaient avec une valise pleine et deux ou trois vides, plus une liste de courses pour tous leurs amis.

Les Soviétiques pouvaient se rendre là-bas avec une relative liberté, parce qu'ils détenaient des roubles du Comecon, que tous les pays socialistes étaient tenus d'honorer sur ordre du grand frère socialiste moscovite. Budapest était de fait la boutique du bloc de l'Est. On pouvait même y trouver des cassettes X pour les magnétoscopes fabriqués sur place – des copies conformes aux appareils japonais, démontés et scrupuleusement recopiés dans leurs fraternelles usines socialistes. Les cassettes venaient en contrebande de Yougoslavie, puis étaient dupliquées – on en trouvait partout et de tous les genres, de la comédie musicale au porno. Budapest possédait des galeries d'art réputées, des monuments historiques, et de bons orchestres, et l'on disait qu'on y mangeait bien. Bref, une destination tout à fait plausible pour le Lapin, avec toutes les apparences d'un retour à brève échéance dans sa chère mère patrie.

C'était le début d'un plan, songea Mary Pat. C'était également assez de sommeil perdu pour une nuit.

« Alors, que s'est-il passé ? demanda l'ambassadeur.

— Un espion de l'AVH prenait un café à la table voisine de celle où mon agent venait de faire un dépôt », expliqua Szell. Ils se trouvaient dans le bureau du diplomate, situé au dernier étage, à l'angle – en fait, dans la partie du bâtiment jadis occupée par le cardinal Jozsef Mindszenty durant sa rési-

15

dence prolongée à l'ambassade des États-Unis. Figure aimée, tant du personnel américain que de ses concitoyens, il avait été emprisonné par les nazis, libéré par l'armée Rouge à son arrivée, et presque aussitôt remis en prison pour ne pas avoir manifesté suffisamment d'enthousiasme devant l'avènement de la Nouvelle Foi en Russie, même si, officiellement, sa détention était justifiée par le prétexte tiré par les cheveux qu'il aurait été un royaliste enragé désireux de voir restaurer la maison des Habsbourg. Les communistes locaux n'avaient sur ce coup-là pas fait preuve de beaucoup d'imagination. Même au début du XXe siècle, les Habsbourg étaient à peu près aussi populaires à Budapest qu'une cargaison de rats pestiférés.

« Et pour quelle raison, ce dépôt, Jim ? » s'enquit l'ambassadeur, Peter « Spike » Ericsson. Il allait devoir répondre au communiqué venimeux, mais parfaitement prévisible, qui était arrivé avec le chef d'antenne, lequel était à présent assis au beau milieu de son bureau.

« La femme de Taylor – elle est enceinte, vous vous rappelez ? – avait quelques petits problèmes de plomberie, alors on les a expédiés tous les deux à l'Hôpital général de la 2e armée à Kaiserslautern, pour qu'elle subisse quelques examens. »

Ericsson bougonna : « Ouais, j'avais oublié...

— Toujours est-il qu'en deux mots comme en cent, j'ai fait le con », dut admettre Szell. Ce n'était pas son genre de fuir ses responsabilités. Cela allait provoquer un sérieux hoquet dans sa carrière au sein de la CIA, c'était inévitable. Mais sûr que ce devait être encore plus dur en ce moment même pour le pauvre bougre de maladroit qui avait merdé le transfert. Les agents de l'Autorité de sécurité d'État – *Allavedelmi Hatosag* ou AVH – qui l'avaient interrogé n'avaient pas eu l'occasion de jubiler depuis un bail, et ils ne s'étaient pas privés de souligner avec quelle facilité il s'était fait coincer. *Enfoirés d'amateurs*, enragea Szell. Mais l'issue de la partie était qu'il était désormais déclaré PNG, *persona non grata*, par le gouvernement hongrois, avec ordre de quitter le pays sous quarante-huit heures – de préférence la queue entre les jambes.

« Désolé de vous perdre, Bob, mais je ne peux pas y faire grand-chose.

— De toute façon, je suis un poids mort pour l'équipe, désormais. Je sais. » Szell laissa échapper un long soupir de frustration. Il était en poste ici depuis assez longtemps pour avoir pu monter un bon petit réseau, qui avait fourni une assez jolie moisson de renseignements politiques et militaires – rien de bien important, parce que la Hongrie n'était pas un pays bien important, mais on ne pouvait jamais dire quand une info intéressante pouvait surgir, même au fin fond du Lesotho – qui pouvait bien être son prochain poste, s'avisa l'officier. Il faudrait qu'il s'achète de l'écran total et une jolie veste de brousse... Enfin, au moins pourrait-il capter les matches de base-ball au pays.

Mais pour l'heure, l'antenne de Budapest se retrouvait au chômage technique. *Quoique, je doute que ça leur manque beaucoup, à Langley*, se consola Szell.

Le message informant de la chose serait transmis aux Affaires étrangères via le télex de l'ambassade – crypté, bien entendu. L'ambassadeur rédigea le brouillon de sa réponse au ministre hongrois des Affaires étrangères, rejetant l'absurde allégation que James Szell, sous-secrétaire de l'ambassade des Etats-Unis, ait pu faire quoi que ce soit en contradiction avec son statut diplomatique, et déposant une plainte officielle au nom du département d'État. Peut-être que d'ici une semaine, Washington renverrait à son tour un diplomate hongrois – un bouc émissaire ou une brebis galeuse, ce serait à Washington d'en décider. Ericsson opta pour le bouc émissaire. Pourquoi faire savoir que le FBI avait identifié une brebis galeuse, une taupe de l'ambassade ? Mieux valait la laisser continuer à brouter tranquillement le jardin qu'elle avait investi – en continuant de la surveiller de près. Et c'est ainsi que la partie continuait. L'ambassadeur estimait ce jeu stupide, mais tous les membres de son entourage le jouaient avec plus ou moins d'enthousiasme.

Le message concernant Szell s'avéra soulever si peu de vagues que, lorsqu'il fut répercuté au siège de la CIA, il se trouva noyé dans le trafic de routine, au milieu des autres éléments ne méritant pas de déranger le DCR pendant son week-end – le juge Moore recevait certes un bref mémorandum quotidien, bien entendu, et cet élément précis devrait attendre le dimanche huit heures du matin, estimèrent de concert les officiers de garde, parce que les juges aimaient leur petite vie bien ordonnée. Et puis, Budapest n'était pas d'une importance si cruciale pour l'avenir du monde, pas vrai ?

Le dimanche matin à Moscou ressemblait en gros à tous les dimanches matin sur le reste du globe, à la notable exception qu'on y voyait moins de gens s'habiller pour aller à l'église. C'était également le cas pour Ed et Mary Pat. Un prêtre catholique célébrait la messe à la chapelle de l'ambassade tous les dimanches matin, mais la plupart du temps, ils n'y allaient pas – même s'ils étaient l'un et l'autre assez bons catholiques pour se reprocher ces paresseuses transgressions. Mais l'un et l'autre se consolaient en se disant que leur culpabilité était atténuée par le fait qu'ils accomplissaient l'œuvre divine au sein même de l'empire du Mal. Donc, le programme du jour était d'emmener Eddie se promener dans le parc, où il aurait l'occasion de rencontrer des copains de jeu. C'était tout du moins l'ordre de mission du petit bonhomme. Ed père roula hors du lit et fila à la salle de bain, bientôt suivi par son épouse, puis par Petit Eddie. Pas de quotidien du matin, et les programmes dominicaux de la télé étaient aussi nuls que ceux de la semaine. Si bien qu'ils en profitèrent pour bavarder au petit déjeuner, ce qui n'est pas donné à bon nombre

18

d'Américains. Leur fils était encore assez jeune et impressionnable pour trouver Moscou intéressant, même si presque tous ses amis étaient en fait américains ou britanniques : locataires, comme sa famille, du complexe-ghetto gardé par la milice ou le KGB – les opinions divergeaient, mais chacun savait que cela ne faisait guère de différence.

Le rendez-vous était fixé à onze heures du matin. Oleg Ivanovitch serait facile à repérer – tout comme elle –, Mary Pat le savait. Visible comme un paon au milieu d'une nuée de corbeaux, se plaisait à dire son mari (même si le paon était en fait un mâle). Elle décida toutefois de faire dans la discrétion. Pas de maquillage, juste un coup de brosse dans les cheveux, un jean, un pull-over. Elle ne pouvait pas grand-chose côté silhouette – les canons esthétiques en vigueur préféraient pour une femme de sa taille dix kilos de plus. Question de régime, sans doute. Ou peut-être que, lorsqu'on avait de quoi manger dans un pays largement sous-alimenté, on se jetait sur la nourriture. Peut-être que la couche de graisse rendait les hivers plus confortables. Toujours est-il que la mode féminine pour la Russe moyenne semblait dessinée par une costumière de films de série B. On repérait assez facilement les épouses de personnages importants parce qu'elles semblaient avoir des vêtements presque de classe moyenne, par contraste avec la tenue plus « paysanne des Appalaches » du reste de la gent féminine. Mais c'était là faire injure à la population des Appalaches, décida Mary Pat.

« Tu viens, Ed ? demanda-t-elle après le petit déjeuner.

— Non, mon chou. Je vais débarrasser la cuisine et me plonger dans ce nouveau bouquin que j'ai reçu la semaine dernière.

— Bonne lecture. »

Elle regarda sa montre et fila. Le parc n'était qu'à trois rues à l'est de leur immeuble. Elle adressa un signe de main au vigile à la porte – KGB, à coup sûr, estima-t-elle –, puis prit à gauche, tenant Petit Eddie par la main. La circulation était minimale selon les critères d'outre-Atlantique et le temps avait nettement fraîchi. Elle avait bien fait de mettre au fiston une chemise à manches longues. Un coup d'œil pour le regarder lui permit de s'assurer de l'absence apparente de filature. Bien entendu, il pouvait toujours y avoir une paire de jumelles derrière une fenêtre d'un des appartements d'en face, mais, quelque part, elle en doutait. Elle avait assez bien réussi à établir dans le quartier son image de blonde américaine évaporée, et à peu près tout le monde l'avait gobée. Même les contacts d'Ed auprès de la presse locale la trouvaient encore plus idiote que lui – et pourtant, ils ne le prenaient pas pour une flèche –, ce qui n'aurait pas pu mieux la servir. Ces pies jacassantes répétaient tout ce qu'Ed et elle se disaient, jusqu'à ce que les nouvelles se soient répandues aussi uniformément que le glaçage sur ses gâteaux. Tout cela remontait au KGB aussi vite que n'importe quelle rumeur – quasiment à la vitesse de la lumière dans une telle communauté, parce que les journalistes pratiquaient l'inceste intellectuel comme un mode de vie –, et les Russes les écoutaient donc et consignaient le tout dans leurs volumineux dossiers, jusqu'à ce que ça soit devenu « de notoriété publique ». Un bon agent infiltré se servait toujours des autres pour bâtir sa couverture. Celle-ci avait un aspect aléatoire – tout comme la vraie vie – qui la rendait plausible, même aux yeux d'un professionnel de l'espionnage.

Le parc était presque aussi sinistre que le reste de la capitale. Quelques arbres, des plaques d'herbe copieusement piétinée. Presque comme si le KGB avait fait tondre et tailler tous les espaces verts pour en faire de mauvais points de contact. Que cela réduise du même coup le nombre d'endroits où les jeunes Moscovites pouvaient se donner rendez-vous et échanger des baisers ne troublait certainement pas la conscience des membres de la Centrale, conscience qui devait être du niveau de celle de Ponce Pilate un jour d'intense réflexion.

Et soudain elle découvrit le Lapin, à une centaine de mètres devant elle, parfaitement bien placé, à proximité d'une aire de jeux qui ne pouvait qu'attirer un bambin de trois ou quatre ans. En s'approchant, elle put à nouveau remarquer que les Russes adoraient leurs enfants – et celui-ci peut-être même un peu plus que la moyenne : le Lapin était du KGB, aussi avait-il accès à plus de biens de consommation que le Russe moyen, dont en bon père (comme dans tous les pays), il faisait profiter sa petite fille. Un bon point en sa faveur, estima Mary Pat. Peut-être qu'elle arriverait même à se prendre d'affection pour ce bonhomme, don du ciel inespéré pour un officier de renseignement. Il y avait tant d'espions qui étaient d'un abord aussi aimable qu'un voyou du Bronx.

Il ne la regarda pas spécialement approcher, se contentant d'embrasser les alentours d'un regard circulaire un peu las, comme n'importe quel père promenant ses enfants. L'Américaine et son fils l'abordèrent avec toutes les apparences d'une rencontre de pur hasard.

« Eddie..., regarde la petite fille. Tu peux lui dire bonjour. Essaie de lui dire quelques mots en russe, suggéra la maman.

— D'accord ! » Et de foncer comme tous les bambins. Petit Eddie courut se planter devant la gamine et dit : « Salut !

— Salut !

— Je m'appelle Eddie.

— Je m'appelle Svetlana Olegovna. Où tu habites ?

— Par là. » Et d'indiquer derrière lui le ghetto des étrangers.

« C'est votre fils ? s'enquit le Lapin.

— Oui, Eddie Junior. Edouard Edouardovitch pour vous.

— Bien... », dit alors Oleg Ivanovitch. Et d'ajouter, très sérieux : « Il est aussi à la CIA ?

— Pas exactement. » D'un geste presque théâtral, elle lui tend la main. Elle devait le protéger, au cas où des caméras se trouveraient dans les parages. « Je suis Mary Patricia Foley.

— Je vois. Votre mari a-t-il apprécié la chapka ?

— En fait, oui. Vous avez très bon goût pour les fourrures.

— Comme bien des Russes. » Puis il changea de vitesse. Il était temps de revenir au boulot. « Avez-vous décidé si vous pouvez m'aider ou non ?

— Oui, Oleg Ivanovitch, nous pouvons. Votre fille est un amour. Elle s'appelle Svetlana, c'est ça ?

— Oui, c'est mon petit *zaïtchik*. »

L'ironie de la chose était proprement sidérante. Leur Lapin russe appelait sa petite fille mon petit lapin[1]. Mary Pat ne put retenir un sourire radieux. « Alors, Oleg, comment va-t-on faire pour vous conduire en Amérique ?

— C'est vous qui me demandez ça ? s'étonna-t-il avec une certaine incrédulité.

— Ma foi, nous avons besoin d'un minimum d'informations. Vos passe-temps, vos goûts, par exemple, et ceux de votre femme.

— Je joue aux échecs. Mais plus que tout, je lis des ouvrages sur les grandes parties d'échecs. Ma femme a reçu une éducation plus classique que moi. Elle adore la musique, la grande musique, pas ces horreurs que vous produisez en Amérique.

— Un compositeur en particulier ? »

Il secoua la tête. « Tous les compositeurs classiques, Bach, Mozart, Brahms – je ne connais pas tous les noms. C'est la passion d'Irina. Elle a appris le piano quand elle était petite, mais elle n'était pas assez douée pour être admise au conservatoire d'État. C'est son plus grand regret, et nous n'avons pas de piano pour qu'elle puisse s'exercer », ajouta-t-il, sachant qu'il devait lui donner ce genre de renseignement pour l'aider dans ses efforts pour les sauver, lui et les siens. « Que désirez-vous savoir d'autre ?

— Avez-vous des problèmes de santé – un traitement médical, par exemple ? » Ils s'étaient remis à parler russe et Oleg nota l'élégance de ses tournures de langage.

---

1. Plutôt « petit lièvre », en fait. Le lapin en russe, c'est *krolik*, mais on ne l'utilise guère en diminutif affectueux.

« Non, nous sommes tous en très bonne santé. Ma Svetlana a fait toutes ses maladies infantiles, mais sans la moindre complication.

— Tant mieux. » *Ça simplifie pas mal de choses,* songea Mary Pat. « Elle est vraiment adorable. Vous devez être très fier d'elle.

— Mais est-ce qu'elle va aimer la vie à l'Ouest ? s'inquiéta-t-il tout haut.

— Oleg Ivanovitch, aucun enfant n'a jamais eu la moindre raison de ne pas aimer la vie en Amérique.

— Et que dit votre petit Edouard de la vie en Union soviétique ?

— Il s'ennuie de ses amis, bien sûr, mais juste avant de venir, nous l'avons emmené à Disney World. Il nous en parle encore tout le temps. »

Surprise de son interlocuteur : « Disney World ? Qu'est-ce que c'est ?

— C'est un vaste parc d'attractions commercial destiné aux enfants, et aux adultes qui se rappellent leur enfance. C'est en Floride, ajouta-t-elle.

— Jamais entendu parler.

— Je suis sûre que vous le trouverez remarquable et qu'il vous plaira. Et plus encore à votre fille. » Elle marqua un temps. « Que pense votre épouse de vos plans ?

— Irina n'en sait rien.

— Qu'est-ce que vous dites ! » s'exclama son interlocutrice, au comble de la surprise. *Putain, mais vous avez perdu la tête ou quoi ?*

« Irina est une bonne épouse. Elle fera ce que je lui dirai. » Le machisme russe était du genre agressif.

« Oleg Ivanovitch, c'est extrêmement dangereux pour vous. Vous devez le savoir.

— Le danger pour moi, c'est de me faire prendre par le KGB. Si ça se produit, je suis un homme mort. Et quelqu'un

23

d'autre aussi, crut-il bon d'ajouter, jugeant qu'un petit appât supplémentaire était dans son intérêt.

— Pourquoi partez-vous ? Qu'est-ce qui vous a convaincu que c'était indispensable ? » Elle devait poser la question.

« Le KGB a l'intention de tuer un homme qui ne mérite pas de mourir.

— Qui ? » Encore une question qu'elle devait poser.

« Cela, je vous le dirai quand je serai passé à l'Ouest.

— C'est de bonne guerre », dut-elle admettre. *On joue au plus fin, pas vrai ?*

« Encore une chose, ajouta-t-il.

— Oui ?

— Faites très attention aux éléments que vous transmettez à votre siège. J'ai des raisons de croire que vos communications sont compromises. Vous feriez bien de recourir à des masques jetables, comme nous le faisons à la Centrale. Vous savez de quoi je parle ?

— Toutes les transmissions vous concernant sont d'abord cryptées, puis transmises à Washington par la valise diplomatique. » Le soulagement fut aussitôt visible sur les traits de son interlocuteur, d'autant plus qu'il essayait de le dissimuler. Par la même occasion, le Lapin venait de lui procurer une information de la plus haute importance. « Sommes-nous infiltrés ?

— Ça aussi, c'est un point dont je ne discuterai qu'une fois à l'Ouest. »

Et merde, se dit Mary Pat. *Ils ont une taupe quelque part, et elle pourrait aussi bien se trouver dans la roseraie de la Maison Blanche, pour autant qu'on sache. Et merde de merde...*

« Très bien, nous redoublerons de sécurité dans votre cas », promit-elle. Mais cela voulait dire qu'il y aurait un taux de rotation minimal de deux jours pour les messages importants. Bref, avec ce gars, retour aux procédures de la Première Guerre mondiale. Ritter serait ravi. « Pouvez-vous me dire quelles méthodes pourraient être sûres ?

24

— Les Britanniques ont changé leurs machines à crypter il y a quatre mois environ. Nous n'avons pas encore réussi à les percer. Ça, je le sais. Dans quelle mesure au juste vos propres messages sont compromis, je l'ignore, mais ce dont je suis sûr, c'est que certains ont été totalement pénétrés. Ne l'oubliez surtout pas.

— Comptez sur moi, Oleg Ivanovitch. » Ce gars détenait des informations cruciales pour la CIA. Voir certaines de ses transmissions éventées, c'était ce qu'il pouvait arriver de plus dangereux à un service d'espionnage, quel qu'il soit. Des guerres avaient été gagnées et perdues à cause de ça. Les Russes ne disposaient pas de la technologie informatique des Américains, mais ils possédaient en revanche certains des meilleurs mathématiciens de la planète, et la matière grise était la machine la plus dangereuse de toutes et bigrement plus compétente que celles qu'on posait sur ou sous son bureau. Mike Russel avait-il encore de ces vieux masques jetables à l'ambassade ? La CIA s'en était servie dans le temps, mais leur manipulation encombrante les avait fait éliminer. La NSA clamait sur tous les toits que même au mieux de sa forme, Seymour Cray ne pourrait craquer leurs propres chiffres par la force brute, même avec son superordinateur CRAY-2 flambant neuf dopé aux amphétamines. S'ils se trompaient, cela pouvait nuire à l'Amérique dans des proportions incalculables. Mais il existait quantité de systèmes de cryptage et ceux qui réussissaient à en craquer un ne parvenaient pas obligatoirement à en craquer un autre. Enfin, c'est ce qu'on racontait... La sécurité des transmissions n'était toutefois pas son domaine d'expertise. Même elle devait parfois se fier à d'autres... Mais c'était comme se faire tirer dans le dos par le starter d'une course de cent mètres et devoir malgré tout courir vers la ligne. Bigre.

« C'est un aléa, mais nous ferons tout ce qui est nécessaire pour vous protéger, promit-elle. Vous voulez être exfiltré bientôt ?

— Cette semaine serait le mieux... moins pour moi que pour l'homme dont la vie est en danger.

— Je vois », même si elle ne voyait pas trop. Ce gars pouvait la mener en bateau, mais si tel était le cas, il agissait en vrai pro, et ce n'était pas l'impression qu'il lui donnait. Non, il ne lui faisait pas l'effet d'un espion confirmé. Joueur, certes, mais pas dans la même catégorie qu'elle.

« Très bien. Quand vous arriverez au travail demain, signalez que vous avez un contact », lui-dit-elle.

La proposition le surprit : « Vous êtes sérieuse ?

— Bien sûr. Dites à vos supérieurs que vous avez lié connaissance avec une Américaine, l'épouse d'un petit fonctionnaire de l'ambassade. Décrivez-moi, moi et mon fils...

— En leur disant que vous êtes une Américaine, jolie mais évaporée, accompagnée d'un mignon petit garçon bien poli ? suggéra-t-il. Et que vous auriez intérêt à travailler un peu votre russe, c'est ça ?

— Vous apprenez vite, Oleg Ivanovitch. Je parie que vous êtes bon aux échecs.

— Pas assez. Je ne serai jamais un grand maître.

— Chacun a ses limites, mais en Amérique, vous découvrirez qu'elles sont bien plus éloignées qu'en Union soviétique.

— D'ici la fin de la semaine ?

— Quand mon mari mettra une cravate rouge, vous fixerez l'heure et le lieu de rendez-vous. Peut-être que vous aurez votre signal dès demain après-midi, auquel cas nous prendrons nos dispositions.

— Eh bien, bonne journée... Au fait, où avez-vous appris le russe ?

— Mon grand-père était écuyer d'Alexis Nikolaïevitch Romanov, expliqua-t-elle. Quand j'étais petite, il m'a raconté tout plein d'histoires sur ce jeune homme et sa disparition prématurée.

— Donc, votre haine pour l'Union soviétique remonte loin, hmm ?

26

— Uniquement pour votre gouvernement, Oleg. Pas pour les habitants de ce pays. J'aimerais vous voir libres.

— Un jour peut-être, mais pas tout de suite.

— L'Histoire, Oleg Ivanovitch, n'est pas faite de quelques grands événéments mais d'une accumulation de petits. » C'était une de ses convictions les mieux ancrées. Une fois encore, pour les caméras qui pouvaient se trouver alentour, elle hocha la tête et appela son fils. Tous deux se promenèrent une heure encore dans le parc avant de rentrer déjeuner.

En guise de repas, elle et son mari se rendirent en voiture à l'ambassade, ne parlant en chemin de rien de plus important que le temps réellement superbe. Sitôt arrivés, ils allèrent manger des hot-dogs à la cantine, puis ils confièrent Eddie à la garderie. Ed et Mary Pat gagnèrent son bureau.

« Il a dit quoi ? demanda le chef d'antenne.

— Il a dit que sa femme – elle s'appelle Irina, au fait – n'est pas au courant de ses plans.

— Putain de merde !

— D'un autre côté, ça limite la question des fuites. Au moins ne risque-t-elle pas de laisser échapper quoi que ce soit. » Sa femme voyait toujours le bon côté des choses.

« Ouais, ma puce, jusqu'à ce qu'on décide de procéder à l'exfiltration et qu'elle décide qu'elle ne veut pas bouger.

— Il affirme qu'elle fera ce qu'il lui dira. Tu sais, les hommes dans ce pays aiment bien faire la loi dans le ménage.

— Ça ne risquerait pas avec toi », observa le chef d'antenne. Pour plusieurs raisons, la première étant qu'elle avait des couilles aussi grosses que les siennes.

« Je ne suis pas russe, Eddie.

— OK, qu'a-t-il raconté d'autre ?

— Il se méfie de nos transmissions. Il pense qu'une partie de nos systèmes sont compromis.

— Bon Dieu ! D'autres bonnes nouvelles ?

— Sa raison de filer est que le KGB projette de tuer quelqu'un qui, selon lui, ne mérite pas de l'être.

— A-t-il dit qui ?

— Pas tant qu'il n'aura pas humé le vent de la liberté. Mais il y a un point positif. Sa femme est mélomane. On aura besoin de trouver un bon chef d'orchestre en Hongrie.

— En Hongrie ?

— J'y ai réfléchi la nuit dernière. C'est encore le meilleur endroit pour le faire sortir. C'est Jimmy Szell qui est en poste, là-bas ?

— Ouais. » Ils avaient fait sa connaissance à la Ferme, le camp d'entraînement de la CIA sis à Tidewater, Virginie, le long de l'autoroute 64, à quelques kilomètres de la ville coloniale de Williamsburg. « J'ai toujours estimé qu'il méritait un poste plus important... » Ed réfléchit une seconde ou deux. « Donc, par la Yougoslavie via la Hongrie, c'est ton idée ?

— Tu est sacrément douée.

— OK... » Ses yeux fixèrent le mur sans le voir, tandis que son cerveau se mettait à phosphorer. « OK, ça pourrait être jouable...

— Ton signal est une cravate rouge dans le métro. Il te transmettra alors les conditions du rendez-vous, on l'arrange, et notre Lapin russe quitte la ville, avec Mme Lapine et le petit Lapinot... oh, tu vas adorer, il appelle déjà sa fille son petit *zaïtchik*...

— Flopsaut, Trotsaut et Queue-de-Coton ? nota Ed, s'exerçant à l'humour.

— Ça me plaît. On n'a qu'à baptiser l'opération BEA-TRIX », suggéra-t-elle dans la foulée. Tous deux bien sûr avaient lu, comme tout le monde, *Pierre Lapin*, le conte de Beatrix Potter, quand ils étaient petits.

« Le problème va être d'obtenir le feu vert de Langley. Si on ne peut pas utiliser les canaux de transmission habituels, la coordination de tout ce bazar risque de ne pas être de la tarte.

— À la Ferme, personne ne nous a jamais promis que notre boulot serait facile. Alors, rappelle-toi le conseil de John Clark : rester souple.

28

— Ouais, comme une anguille. » Il laissa échapper un grand soupir. « Avec la limitation des transmissions, ça revient en gros à tout organiser et diriger d'ici, sans aucune aide de la maison mère.

— Ed, c'est de toute façon ainsi que c'est censé marcher. La tâche de Langley se limite à nous dire qu'on ne peut pas faire tout ce qu'on veut », ce qui, après tout, est la fonction essentielle de la direction de toutes les entreprises de la planète.

« À quelles transmissions peut-on se fier ?

— Le Lapin dit que les Rosbifs viennent de mettre en service un nouveau système qu'ils n'ont pas réussi à craquer, enfin, pas encore. Est-ce qu'on a encore des masques jetables à l'ambassade ? »

Le CDA hocha la tête. « Pas que je sache. » Il décrocha son téléphone et pianota sur les touches. « Mike ? Vous êtes de service, aujourd'hui ? Vous voulez pas monter ? Merci. »

Russell arriva deux minutes après. « Salut, Ed... Hé, bonjour, Mary. Qu'est-ce que vous faites tous les deux à la boutique, aujourd'hui ?

— On a une question.

— OK.

— Est-ce qu'il nous reste des masques jetables ?

— Pour quoi faire ?

— C'est juste qu'on aime bien avoir cette sécurité en plus », expliqua-t-elle. La réponse faussement dégagée ne trompa guère leur interlocuteur.

« Vous êtes en train de me dire que mes systèmes ne sont pas sûrs ? s'enquit Russell en dissimulant fort bien son inquiétude.

— Nous avons des raisons de croire qu'une partie de nos systèmes de cryptage n'est pas entièrement sûre, en effet, Mike, annonça Ed au responsable des transmissions de l'ambassade.

— Putain », souffla ce dernier, avant de se tourner, gêné : « Oups, désolé, Mary. »

Elle sourit. « Y a pas de mal, Mike. Je ne sais pas ce que ce mot veut dire, même si je l'ai déjà entendu. » La blague ne fit pas rire Russell : la révélation l'avait trop ébranlé pour le rendre en ce moment perméable à l'humour.

« Qu'est-ce que vous pouvez me dire de plus ?

— Rien, Mike, dit le chef d'antenne.

— Mais l'info vous paraît solide ?

— Hélas, oui.

— OK, j'ai encore quelques vieux blocs dans mon coffre, qui datent de huit ou neuf ans. Je ne m'en suis jamais débarrassé, on ne sait jamais, vous voyez ?

— Michael, vous êtes un mec extra, approuva Ed.

— Ils sont bons pour une dizaine de dépêches d'une centaine de mots chacune, à condition qu'ils aient conservé leurs pendants à Fort Meade, mais les gars à qui je rends compte ne jettent pas grand-chose. Cela dit, il faudra qu'ils aillent les repêcher au fin fond de leurs archives.

— C'est difficile, comme manipulation ?

— Une horreur. Pas besoin de vous faire un dessin. Merde, le nouveau cryptage STRIPE a tout juste un an. Le nouveau système britannique en est une adaptation. Je connais l'équipe de la division Z qui l'a mis au point. Je vous parle d'un cryptage sur une clé 128 bits, avec une clé quotidienne unique à chaque machine. Absolument impossible à forcer.

— Sauf s'ils ont un agent infiltré à Fort Meade, Mike, fit remarquer Ed.

— Alors, qu'ils me l'envoient, ce putain d'enculé, et je lui fais la peau avec mon couteau de chasse. » L'idée même lui avait donné un tel coup de sang qu'il ne songea pas ce coup-ci à « présenter ses excuses à la dame » pour la grossièreté de ses propos. Ce grand Noir avait déjà tué et dépecé une tripotée de chevreuils, mais il gardait encore l'envie de transformer un ours en tapis, et un gros ours brun russe lui conviendrait à merveille. « OK, je ne peux rien en dire au siège ?

— Non, pas même avec STRIPE, répondit Foley.

— Mouais, ben si vous entendez un grand cri de colère venu de l'Ouest, vous saurez ce que c'est !

— Mieux vaut pour l'instant n'en discuter avec personne, Mike, suggéra tout haut Mary Pat. Ils le découvriront bien assez vite par d'autres voies. »

Cela révéla à Russell que le message au sujet du Lapin qu'il avait transmis l'autre jour avait trait à un individu qu'ils désiraient faire sortir dans les plus brefs délais et il avait désormais l'impression d'avoir deviné pourquoi. Leur Lapin était un spécialiste des transmissions, et quand on avait mis la main sur un gars comme lui, on avait certes tout intérêt à l'évacuer fissa. *Bien assez vite*, en l'occurrence, ça voulait dire tout de suite, ou en tout cas le plus tôt possible.

« OK, donnez-moi votre message, je le recrypterai avec ma machine STRIPE après l'avoir passé au bloc à usage unique. S'ils l'interceptent – il parvint à réprimer un haussement d'épaules –, est-ce que ça pourrait leur dévoiler quelque chose ?

— À vous de me dire », répondit Foley.

Russell réfléchit quelques secondes, puis il hocha la tête.

« Non, ça devrait pas. Même quand vous avez les moyens de craquer le système de l'adversaire, vous ne récupérez guère plus du tiers du trafic. Les systèmes sont trop complexes – à moins que l'agent adverse infiltré puisse lire le texte en clair à l'autre bout. Et là, il n'y a aucune parade, du moins à mon point de vue. »

Et c'était cela, l'autre idée la plus inquiétante. C'était après tout le même jeu qu'ils jouaient et l'objectif qu'ils visaient constamment restait toujours le même : infiltrer un gars au cœur du système pour qu'il puisse en faire sortir l'information la plus centrale. Comme leur agent CARDINAL, un nom qu'on ne prononçait jamais, au grand jamais, à haute voix. Mais c'était le jeu qu'ils avaient choisi, et même s'ils savaient que le camp adverse était doué, ils s'y estimaient malgré tout les meilleurs. Et c'était le fond de l'histoire.

« OK, Mike. Notre ami se fie aux masques jetables. Je suppose que tout le monde aussi.

— Les Russkofs, à coup sûr, mais ça doit faire tourner chèvres leurs troupes, d'être obligés d'éplucher chaque signal lettre à lettre.

— Déjà creusé l'aspect pénétration ? » lui demanda Ed Foley.

Russell fit aussitôt non de la tête. « Pas assez malins. Une chance, d'ailleurs. Une bonne partie de ces types finissent dans des chambres capitonnées à découper des cocottes en papier avec des ciseaux émoussés. Hé, je connais pas mal de mecs à la division Z. Il se trouve que leur patron a refusé la chaire de mathématiques à Cal Tech. Une pointure, estima Russell. De loin plus calé que je le serai jamais. Ed Popado-poulos – il est d'origine grecque –, son père tenait un restaurant à Boston. Me demandez pas si je veux son boulot...

— Non, hein ?

— Pas même s'ils m'offraient Pat Cleveland en prime. » Et c'était pourtant une chouette nana, Ed Foley le savait. Pas à dire, Mike Russell avait vraiment besoin d'une femme dans sa vie...

« OK, je vous file la dépêche d'ici une heure. Ça marche ?

— Impec. » Russell ressortit.

« Eh bien, j'ai l'impression qu'on l'a pas mal secoué, observa tout haut MP.

— L'amiral Bennett à Fort Meade ne va pas être ravi, lui non plus. Bon, j'ai un brouillon de message à rédiger.

— OK, moi, je vais voir comment Eddie se débrouille avec ses pastels. » Et Mary Patricia Kaminsky Foley prit congé à son tour.

Le briefing matinal du juge Arthur Moore était normale-ment prévu à sept heures trente, sauf les dimanches, où il faisait la grasse matinée, si bien qu'il avait alors lieu à neuf heures. Sa femme reconnaissait même la façon de tambouri-ner à la porte de l'agent du Service national de renseignement chargé de leur porter à domicile le compte rendu quotidien, que le juge lirait dans son bureau privé de leur maison de Great Falls, bureau qui était inspecté chaque semaine par les meilleurs experts en écoute de l'Agence.

Le monde avait été relativement calme la veille – même les pays communistes se relaxaient les week-ends, avait-il découvert en prenant le poste.

« Autre chose, Tommy ? demanda le juge.

— De mauvaises nouvelles de Budapest, répondit l'officier. Notre chef d'antenne, James Szell, s'est fait griller par l'adversaire en effectuant un ramassage. On n'a pas les détails, mais il s'est fait déclarer *persona non grata* par le gouvernement hongrois. Son principal adjoint, Robert Taylor, est à l'étranger pour raisons personnelles. Résultat, l'antenne de Budapest est H-S pour l'instant.

— Grave ? » Pas tant que ça, estima le DCR.

« Pas tragique. Il n'a pas l'air de se passer grand-chose en Hongrie. Leur armée n'a qu'un rôle relativement secondaire dans le pacte de Varsovie, et leur politique étrangère, en dehors des relations avec les voisins immédiats, n'est que la copie conforme de celle de Moscou. L'antenne nous transmet pas mal de renseignements militaires, mais le Pentagone n'y attache pas une grande importance. Leur armée ne s'entraîne pas assez pour constituer une menace quelconque et les Soviétiques les considèrent comme des éléments peu fiables, conclut l'officier de renseignement.

— Est-ce que Szell est du genre à faire des bourdes ? » demanda Moore. Il avait le vague souvenir d'avoir rencontré le bonhomme à un raout de l'Agence.

« En fait, Jimmy est très bien noté. Comme je vous l'ai dit, monsieur, nous n'avons encore aucun détail. Il sera sans doute rapatrié d'ici la fin de la semaine.

— Bien. C'est tout ?

— Oui, monsieur.

— Rien de neuf au sujet du pape ?

33

— Pas un mot, monsieur, il faudra un peu de temps pour que nos gars aient des retombées.

— C'est ce que dit Ritter. »

Ed Foley mit près d'une heure à rédiger sa dépêche. Elle devait être brève mais complète, et cela mit à rude épreuve ses capacités rédactionnelles. Il descendit ensuite au bureau de Mike. Il s'y assit et regarda un chef des transmissions fort bougon crypter laborieusement au masque jetable le contenu du message, lettre à lettre, le truffer d'une nouvelle suite de noms tirés de son annuaire tchèque, puis enfin sur-crypter le tout sur sa machine STRIPE. La tâche achevée, il passa sur le télécopieur de sécurité, qui, bien entendu, recrypta le texte une fois de plus, mais cette fois sur un mode graphique plutôt qu'alphanumérique. Le cryptage de la télécopie était relativement simple, mais comme l'adversaire – qui était censé intercepter les signaux de l'émetteur satellite de l'ambassade – ignorait si le signal d'origine était graphique ou textuel, cela faisait un obstacle de plus à franchir pour leurs spécialistes du chiffre. Le message monta jusqu'à un satellite géostationnaire pour redescendre, via une série d'autres relais – un à Fort Belvoir, Virginie, un autre à Sunnyvale, Californie –, jusqu'à Fort Meade, Maryland, où les autres antennes envoyaient leurs « prises » par liaisons terrestres à fibres optiques, elles aussi sécurisées.

Le personnel des transmissions à Fort Meade était intégralement composé de sous-officiers en uniforme, et quand l'un d'eux, un adjudant de l'armée de l'air, passa le message dans sa machine à décrypter, il fut surpris de voir la note indiquant que le sur-cryptage avait été fait sur un masque jetable, référence NHG-1329.

« Qu'est-ce que c'est que ce binz ? demanda-t-il à son supérieur, maître principal dans la marine.

— Bigre, commenta le chef. Ça fait un sacré bail que j'en avais pas vu. » Il dut ouvrir un classeur trois anneaux et piocher dedans pour trouver la référence du site de stockage dans les vastes archives installées tout au bout de la salle. Celles-ci étaient gardées par un sergent-chef des marines à qui le sens de l'humour – comme celui de tous les autres marines travaillant ici – avait été extrait par les chirurgiens du centre médical de la marine à Bethesda, avant son affectation à Fort Meade.

« Hé, sergent, faut que je rentre chercher un truc, dit-il au planton.

— Faut passer voir le commandant d'abord », lui indiqua le sous-off. Et donc, le maître principal se dirigea vers le commandant de l'armée de l'air, qui était en train de parcourir son journal du matin, assis derrière son bureau.

« Bonjour, mon commandant. J'aurais besoin de sortir quelque chose des archives.

— Quoi donc, chef ?

— Un masque jetable, référence NHG-1329.

— Il nous en reste encore ? s'étonna le commandant.

— Ben, mon commandant, si on n'en a plus, vous pourrez vous servir de ça pour allumer votre barbecue. » Et il lui agita sous le nez la dépêche.

Le commandant de l'Air Force l'observa. « Voyez-vous ça. Bon, d'accord. » Il griffonna une autorisation sur un calepin au coin de son bureau. « Donnez ça au marine.

— À vos ordres, mon commandant. » Le maître principal retourna aux archives, laissant l'aviateur se demander pourquoi les marins s'exprimaient toujours aussi curieusement.

« Et voilà, Sam », dit le maître principal en tenant le formulaire.

Le marine déverrouilla la porte basculante et l'officier marinier pénétra à l'intérieur. La boîte contenant le bloc n'était pas cadenassée, sans doute parce que quiconque était à même de franchir les sept niveaux de sécurité requis pour arriver jusqu'ici devait être aussi fiable que l'épouse du président des États-Unis.

Le masque jetable était un petit calepin à reliure spirale. L'officier marinier signa la décharge en ressortant, puis il retourna derrière son bureau. Le sergent d'aviation l'y rejoignit, et ensemble, ils s'attelèrent à la pénible tâche de décrypter la dépêche.

« Bigre, observa le jeune sous-off, parvenu à peu près aux deux tiers. Est-ce qu'on en parle à quelqu'un ?

— C'est au-dessus de nos compétences, fiston. J'imagine que le DCR préviendra qui de droit. Et oublie que t'en as entendu parler », ajouta-t-il. Mais il savait bien que le conseil était superflu. Avec tous les obstacles qu'ils devaient franchir pour aboutir ici, l'idée même que leur système de transmissions pût ne pas être sûr était aussi incongrue que d'apprendre que leur mère faisait des passes à Washington dans la 16ᵉ Rue.

« Ouais, chef, sûr, répondit le jeune brosseur d'ailes. Et comment on le transmet ?

— Par coursier, je pense, fils. Tu nous en siffles un ?

— À vos ordres, chef. » Et le sergent d'aviation de filer avec un sourire.

Le coursier était un sergent-chef d'aviation, au volant d'une Plymouth Reliant kaki de l'armée de terre. Il saisit l'enveloppe cachetée, la glissa dans la mallette posée sur le siège avant et démarra, direction l'autoroute Baltimore-Washington pour rallier le périphérique, puis emprunter, vers l'ouest, l'autoroute George-Washington dont la première sortie à droite était le siège de la CIA. À partir de là, la dépêche – quoi qu'elle pût contenir – cessait d'être sous sa responsabilité.

L'adresse apposée sur l'enveloppe l'expédia au sixième étage. Comme la plupart des services gouvernementaux, la CIA ne dormait jamais vraiment. Au dernier étage, Tom Ridley, membre du Service national de renseignement, était le responsable des briefings du dimanche du juge Moore. Il ne lui fallut que trois secondes pour voir que le message requérait l'attention immédiate du juge. Il décrocha son STU crypté et pressa la touche mémoire 1.

« Arthur Moore à l'appareil.

— Monsieur le juge, c'est Tom Ridley. Quelque chose vient d'arriver. » Et ce seul « quelque chose » indiquait que c'était vraiment *quelque chose*...

« Tout de suite ?

— Oui, monsieur.

— Vous pouvez passer ?

— Oui, monsieur.

— Jim Greer, aussi ?

— Oui, monsieur, et sans doute aussi M. Bostock. »

Voilà qui était intéressant. « OK, vous les prévenez et puis vous vous ramenez. » Ridley put presque entendre le *Sacrebleu de nom de Dieu, même pas possible d'avoir un dimanche tranquille !* à l'autre bout du fil avant qu'on ne raccroche. Il lui fallut quelques minutes de plus pour appeler les deux autres hauts dirigeants de l'Agence, puis il descendit prendre sa voiture, ne s'arrêtant en chemin que pour faire trois photocopies.

C'était l'heure du déjeuner à Great Falls. Mme Moore, en parfaite hôtesse, avait préparé des en-cas et des sodas pour les invités à l'improviste avant de se retirer au salon à l'étage.

« Qu'est-ce qui se passe, Tommy ? » demanda Moore. Il aimait bien ce nouvel officier de renseignement. Diplômé de l'université Marquette, c'était un expert de la Russie, et il avait été l'un des analystes préférés de Greer avant d'être muté à son poste actuel. D'ici peu, il ferait partie de l'entourage immédiat du Président embarqué à bord d'Air Force One.

« C'est arrivé en fin de matinée, via Fort Meade », précisa Ridley en leur distribuant les copies.

Mike Bostock fut le premier du groupe à réagir : « Oh, Seigneur.

— Je sens que ça va ravir Chip Bennett, prédit Jim Greer.

— Ouais, autant qu'une consultation chez le dentiste,

commenta Moore, bon dernier. OK, les gars, alors, qu'est-ce que ça nous révèle ? »

Bostock cueillit la balle au bond : « Qu'on a intérêt à faire sortir ce Lapin du terrier en quatrième vitesse, messieurs.

— Via Budapest ? s'enquit Moore, se souvenant de son mémo matinal.

— Hum, observa Bostock.

— OK. » Moore se pencha. « Mettons nos idées au clair. Primo, comment évaluez-vous l'importance de cette information ? »

Ce fut James Greer qui intervint : « Il dit que le KGB s'apprête à tuer une personne qui ne le mérite pas. Ça tendrait à suggérer le pape, non ?

— Plus important, il précise que notre système de communications pourrait être compromis, fit remarquer Bostock. C'est là ce que je note de plus grave dans ce message, James.

— OK, dans l'une ou l'autre hypothèse, on a intérêt à faire passer ce gars de notre côté du Rideau, correct ?

— Juge, tu peux y parier ton fauteuil, confirma le sous-directeur adjoint des Opérations. Et le plus vite sera le mieux.

— Pouvons-nous employer nos unités en place pour accomplir la mission ? s'enquit alors Moore.

— Ce ne sera pas facile. Budapest a été brûlée.

— Cela change-t-il l'importance de l'extraction de la gentille petite famille Lapinot de chez les Rouges ? demanda le DAR.

— Nân, fit Bostock avec un signe de dénégation.

— OK, donc si on ne peut pas le faire nous-mêmes, à qui passe-t-on le relais ?

— Tu penses aux Rosbifs ? demanda Greer.

— On les a déjà utilisés. On a de bonnes relations avec eux, et Basil aime bien être en dette avec nous, lui rappela Moore. Mike, est-ce que c'est jouable pour nous ? » demanda-t-il à Bostock.

Vigoureux signe d'approbation. « Affirmatif, monsieur. Mais ce serait pas mal d'avoir un de nos hommes à proximité pour garder l'œil sur le déroulement des opérations. Basil ne peut pas nous le refuser.

— OK, il faudra qu'on décide quel élément de chez nous on peut envoyer. Question suivante, poursuivit Moore, le délai ?

— Qu'est-ce que tu dirais de ce soir, Arthur ? lança Greer, ce qui déclencha l'hilarité générale. Comme je sens les choses, Foley a envie de diriger les opérations depuis son propre bureau, et en plus, il a l'air pressé de foncer. Foley est un gars bien. Je pense qu'on peut lui laisser la bride sur le cou. Et Budapest est sans doute un bon point de sortie pour notre Lapin.

— Je suis d'accord, renchérit Mike Bostock. C'est une ville où peut fort bien se rendre un agent du KGB, par exemple en congé, et hop, disparaître comme si de rien n'était.

— Ils s'apercevront vite qu'il est parti, observa tout haut Moore.

— Ils le savaient aussi quand Arkady Chevtchenko s'est éclipsé. Et après ? Ça ne l'a pas empêché de nous refiler des renseignements utiles, pas vrai ? » fit remarquer Bostock. Lui-même avait contribué à la supervision de l'opération, qui avait été en fait interceptée par le FBI depuis New York.

« OK. Qu'est-ce qu'on répond à Foley ? demanda Moore.

— Un seul mot : approuvé. » Bostock avait toujours adoré épauler ses gars sur le terrain.

Moore lança un regard circulaire. « Pas d'objections ? Personne ? » Concert de signes de dénégation.

« OK, Tommy. Vous retournez à Langley. Envoyez le message à Foley.

— Bien, monsieur. » L'officier de renseignement se leva et sortit. Un truc bien avec le juge Moore : quand on avait besoin d'une décision, on pouvait l'apprécier ou non, mais on l'obtenait en vitesse.

19

Signal clair

L E décalage horaire était le plus gros handicap lorsqu'on travaillait à cette antenne, Foley le savait. S'il attendait la réponse de l'ambassade, il risquait de devoir poireauter des heures, et sans contrepartie. Aussi, dès que le message eut été envoyé, il récupéra sa petite famille et retourna prendre sa voiture pour rentrer, tenant d'une main Eddie, encore en train de dévorer un hot-dog, et de l'autre, une photocopie du *Daily News* de New York. Il avait toujours considéré que c'était le meilleur quotidien sportif de la presse new-yorkaise, nonobstant ses titres racoleurs. Mike Lupica était un commentateur expert en matière de base-ball, bien meilleur même que le reste des joueurs de salon, et Ed Foley avait toujours respecté ses analyses. Le gars aurait même pu faire un bon espion s'il s'était orienté vers un métier utile. Il pouvait maintenant comprendre pourquoi les Yankees s'étaient viandés cette saison. Ces fichus Orioles étaient apparemment bien partis pour remporter le championnat et ça, pour un supporter de New York comme lui, c'était un crime pire encore que le comportement des Rangers cette année-là.

« Alors, Eddie, t'as toujours envie de patiner ? demanda-t-il à son fils, attaché à l'arrière.

— Ouais ! » répondit d'emblée le petit bonhomme. Eddie Junior était bien son fils, et peut-être qu'il réussirait à jouer

40

correctement au hockey sur glace. En tout cas, l'attendait dans la penderie paternelle la plus belle paire de patins taille enfant qu'on pouvait trouver dans le commerce, plus une autre paire pour quand ses pieds auraient grandi. Mary Pat avait déjà fait le tour des équipes minimes du coin, et celles-ci, estimait son mari, étaient sans doute les meilleures en dehors de celles du Canada, voire supérieures aux équipes canadiennes.

En fin de compte, c'était bien dommage qu'il n'ait pas pu disposer d'un STU chez lui, mais le Lapin lui avait dit que ces appareils n'étaient peut-être pas entièrement sûrs. Par ailleurs, cela aurait révélé aux Russes qu'il n'était pas ce simple petit fonctionnaire d'ambassade chargé de chouchouter la presse locale.

Les week-ends étaient toujours une période bien creuse pour la famille Foley. À part bien sûr le temps passé avec leur petit bonhomme, toutefois, ils auraient tout aussi bien pu faire ça chez eux, dans leur nouvelle location en Virginie. Mais ils étaient à Moscou pour leur travail, qui était leur passion à tous deux ; une chose, espéraient-ils, que leur fils comprendrait un jour. Et donc en ce moment, son père lisait quelques livres avec lui. Le petit commençait à apprendre l'alphabet et semblait lire certains mots, quoique plus comme des symboles calligraphiques que comme des suites de lettres. Cela suffisait toutefois à ravir son père, même si Mary Pat nourrissait quelques légers doutes. Après trente minutes de lecture, Petit Eddie convainquit son père de subir une demi-heure de cassette des *Transformers*, pour le plus grand plaisir du premier et la totale perplexité du second.

Le chef d'antenne avait bien entendu l'esprit tourné vers le Lapin, et plus précisément maintenant sur la suggestion de son épouse de faire sortir le colis sans que le KGB s'aperçoive qu'il avait disparu. C'est durant la diffusion de la cassette que l'idée lui revint. Il ne peut pas y avoir de meurtre sans cadavre, mais, inversement, avec un cadavre, on a un meurtre à coup sûr. Oui, mais si le cadavre n'était pas le bon ?

41

Toute la base de l'art du magicien, avait-il entendu un jour expliquer Doug Henning, est de savoir contrôler la perception du public. Si on peut décider de ce qu'il voit, alors on peut également lui dicter ce qu'il croit voir, et de là, précisément, ce qu'il se rappellera avoir vu, et donc ce qu'il racontera aux autres ensuite. La clé est de fournir aux gens ce qu'ils s'attendent à voir, quand bien même c'est incroyable. Les gens, même intelligents, croient à toutes sortes de trucs impossibles. C'était certainement vrai à Moscou, où les dirigeants de ce pays vaste et puissant croyaient en une philosophie politique en aussi complet décalage avec la réalité contemporaine que la monarchie de droit divin. Plus précisément, ils savaient que c'était une philosophie erronée et malgré tout se forçaient à y croire comme si c'étaient les Saintes Écritures rédigées à l'encre d'or par la main même de Dieu. Donc, ces gens pouvaient parfaitement se laisser abuser. Après tout, ils s'y échinaient déjà pas mal eux-mêmes.

OK, mais comment les abuser ? se demanda Foley. Donnez au gars d'en face ce qu'il s'attend à voir et il le verra, que ce soit vrai ou non. Ils voulaient que les Soviets croient que le Lapin et sa famille... étaient non pas partis, mais... morts ?

Les cadavres, aurait dit le capitaine Kidd, ne racontent pas d'histoires. Et encore moins quand ce ne sont pas les bons.

Les Rosbifs ont déjà fait ça pendant la Seconde Guerre mondiale, non ? se demanda Foley. Oui, il avait lu un bouquin là-dessus au lycée de Fordham, et à l'époque déjà, le concept opérationnel l'avait vivement impressionné. Mincemeat, tel était le nom de l'opération. Une idée assurément fort élégante, visant à faire croire à l'adversaire qu'il était malin, or tous les gens, partout, adorent se sentir malins...

Surtout les imbéciles, se remémora Foley. Et les services de renseignement allemands pendant la Seconde Guerre ne valaient même pas la poudre pour les envoyer *ad patres*. Ils étaient si nuls que les Boches auraient encore mieux fait de s'en passer complètement – l'astrologue d'Hitler aurait aussi bien fait l'affaire, et sans doute à bien moindre coût sur le long terme.

Mais les Russes, d'un autre côté, étaient bougrement malins, eux – assez en tout cas pour vous pousser à redoubler de prudence si vous vouliez jouer au plus fin avec eux, mais pas assez toutefois pour que, si vous leur balanciez un truc auquel ils s'attendaient, ils l'éliminent pour chercher celui auquel ils ne s'attendaient pas. Non, c'était humain, et même le nouvel *Homo sovieticus* qu'ils essayaient de fabriquer ressortissait toujours à la nature humaine, quand bien même le gouvernement soviétique cherchait à l'en arracher.

Bon, alors, comment procéder ? se demanda-t-il posément, alors que sur l'écran, un tracteur diesel se transformait en robot bipède pour mieux combattre les forces du mal... d'où qu'elles viennent...

Oh, ouais. Bon sang, mais c'est bien sûr ! Il suffisait de leur refiler ce qu'ils avaient besoin de voir pour leur prouver que le Lapin et sa petite famille étaient morts, bref, leur laisser ce que les morts laissent toujours dans ce cas-là : des cadavres. Évidemment, ça engendrerait une assez sérieuse complication, mais pas au point d'être insurmontable. Toutefois, ils auraient besoin d'un coup de main extérieur. Une idée qui ne rassurait pas vraiment Ed Foley. Dans sa branche, on se fiait à soi-même d'abord bien plus qu'aux autres – et ensuite, peut-être, à la rigueur, à d'autres membres de son propre service, mais le plus petit nombre possible. Et enfin, et s'il devenait vraiment nécessaire de se reposer sur des membres d'autres organisations, on risquait de grincer des dents. Bon, d'accord, lors des préparatifs de son affectation à Langley, on lui avait affirmé qu'il pouvait compter sur Nigel Haydock et le considérer comme un Rosbif très docile – par ailleurs très capable – qui travaillait pour un service allié proche... et puis, bon d'accord, le gars avait une bonne tête, et bon d'accord, ils avaient tout de suite bien accroché. Mais bon Dieu, n'empêche, il ne faisait pas partie du service. D'un autre côté,

43

Ritter lui avait bien affirmé que, même au pied levé, on pouvait faire confiance à Haydock pour leur filer un coup de main, et le Lapin lui-même lui avait affirmé que les transmissions britanniques n'avaient pas encore été craquées, or il devait supposer que le Lapin jouait franc-jeu. Il n'y allait pas de la vie de Foley, mais de sa carrière, à coup sûr.

OK, mais comment organiser le fourbi ? Nigel était l'attaché commercial à l'ambassade d'Angleterre, juste en face du Kremlin, sur la rive opposée, un poste qui remontait au temps des tsars et qu'on disait avoir emmerdé royalement Staline, qui voyait tous les matins flotter l'Union Jack depuis la fenêtre de son bureau. Et les Britanniques avaient contribué à recruter, puis ensuite à manipuler le colonel Oleg Penkovski du GRU, l'agent qui avait empêché la Troisième Guerre mondiale et, en passant, recruté CARDINAL, le plus beau des joyaux de la couronne de la CIA. Donc, s'il devait se fier à quelqu'un, ce serait bien à Nigel. La nécessité était la mère de bien des choses, et si jamais le Lapin avait des problèmes, alors ils sauraient que le SIS avait été pénétré. Encore une fois. Il se rendit compte qu'il devrait présenter ses excuses à Nigel rien que pour avoir eu de telles idées, mais c'était le boulot, rien de personnel.

La parano, Eddie, se dit le CDA. *Tu ne peux pas soupçonner tout le monde.*

Merde, non !

Mais, il le savait, Nigel Haydock se posait aussi des questions à son sujet. C'était simplement la règle du jeu.

Et s'ils réussissaient à faire sortir le Lapin, ce serait la preuve indéniable que Haydock était clair. Pas question que les Russkofs laissent ce petit lapin s'échapper vivant. Il en savait beaucoup trop.

Zaïtzev se doutait-il de tous les dangers vers lesquels il se précipitait ? Il se fiait entièrement à la CIA pour les faire sortir en vie, lui et sa famille...

Mais, vu la quantité d'informations auxquelles il avait accès, n'avait-il pas un jugement éclairé ?

Bon Dieu, il y avait là suffisamment de rouages enchevêtrés pour monter un atelier de mécanique...

La cassette s'acheva et le Méga-Tracteur-Robot – si tel était bien son nom – se retransforma en banal camion pour s'éloigner au son de la chanson du générique : « *Transformers*, ils sont plus que ce qu'ils paraissent... » L'essentiel pour l'instant, c'était que ça plaise à Eddie. En définitive, il avait à la fois réussi à se ménager quelques instants privilégiés avec le fiston, et pour lui le temps d'une fructueuse réflexion – pas un mauvais dimanche soir, dans l'ensemble.

« Alors, c'est quoi le plan, Arthur ? demanda Greer.

— Bonne question, James », répondit le juge. Ils regardaient ensemble à la télé le match des Orioles contre les White Sox à Baltimore. Mike Flanagan était lanceur et semblait bien parti pour décrocher un nouveau prix Cy Young, tandis que le nouveau shortstop qu'avaient déniché les Orioles jouait particulièrement bien et semblait avoir un bel avenir chez les pros. Les deux hommes buvaient de la bière en mangeant des bretzels, comme des gens ordinaires profitant d'un dimanche après-midi bien américain. C'était en partie vrai.

« Basil nous aidera. On peut lui faire confiance, dit l'amiral Greer.

— D'accord. Nos éventuels problèmes sont derrière nous et il va compartimenter les choses avec autant de soin que les joyaux de la reine dans leur écrin. Mais, au bout du compte, il faudra bien mouiller un de nos hommes.

— Qui, à ton avis ?

— Pas le chef d'antenne de Londres. Tout le monde connaît son identité, même les chauffeurs de taxi. » C'était indiscutable. Le CDA de Londres était dans le métier depuis fort longtemps, et c'était plus un administrateur qu'un officier d'active. On pouvait dire la même chose de ses collaborateurs, pour qui la capitale britannique était une véritable sinécure, et ce poste plutôt un bâton de maréchal pour des fonctionnaires proches de la retraite. C'étaient tous des hommes de valeur, bien entendu, simplement, ils étaient prêts à raccrocher les éperons. « Qui qu'il soit, il devra se rendre à Budapest, et être invisible.

— Donc, un gars qu'ils ne connaissent pas.

— Ouais. » Moore acquiesça en mordant dans son sandwich, puis il se pencha pour prendre quelques chips. « Il n'aura pas grand-chose à faire, juste laisser savoir aux Rosbifs qu'il est là. Genre, les garder dans le coup.

— Basil voudra interviewer le gars.

— C'est inévitable, admit Moore. Et il est en droit de fourrer son nez là-dedans.

— Là aussi, il faudra qu'on y mette un de nos gars.

— Indispensable, James, renchérit Moore.

— Et mieux vaudrait que ce dernier soit posté là-bas. On risque d'être pris par le temps.

— Sûr.

— Qu'est-ce que tu dirais de Ryan ? suggéra Greer. Il est parfaitement indétectable. Personne ne sait qui il est – c'est un de mes gars, n'oublie pas. Il n'a même pas le profil d'un espion.

— On a vu sa tête dans les journaux, objecta Moore.

— Tu crois que le KGB lit la page société ? Au pire, ils l'auront classé comme un riche écrivain rêvant d'être célèbre, et s'il a un dossier, il doit être enfoui au énième sous-sol de la Centrale. Ça ne devrait pas poser de problème.

— Tu crois ? » se demanda Moore. Bob Ritter en aurait à coup sûr des crampes d'estomac. Mais ce n'était pas entièrement négatif. Bob aurait voulu s'accaparer toutes les opérations de la CIA, mais, si bon fût-il, il ne serait jamais directeur du renseignement pour tout un tas de raisons, dont la moindre était que le Congrès appréciait moyennement les espions souffrant de complexes napoléoniens. « Est-il à la hauteur ?

46

— Ce garçon est un ancien marine et il sait se débrouiller sous le feu de l'action, souviens-toi.

— Il a certes payé son dû, James. C'est vrai que ce gars en a, concéda le DCR.

— Et puis, tout ce qu'on lui demande faire, c'est de garder un œil sur nos amis, pas de jouer les espions en territoire ennemi.

— Bob va en avoir une attaque.

— Cela ne nous fera pas de mal de remettre Bob à sa place, Arthur. » *Surtout*, s'abstint-il d'ajouter, *si l'opération réussit.*

Une fois qu'ils seront sortis de Moscou, ce devrait être de la routine. Tendu, mais de routine.

« Et s'il merde ?

— Arthur, Jimmy Szell a lâché le ballon à Budapest, et pourtant, c'est un agent expérimenté. Je sais, ce n'est sans doute même pas de sa faute, juste un coup de malchance, mais c'est bien la preuve qu'une bonne partie de ce boulot tient juste à la chance. Ce seront les Rosbifs qui se taperont le vrai boulot et je suis sûr que Basil saura sélectionner une bonne équipe. »

Moore soupesa calmement cette idée. Ryan était tout nouveau à la CIA, mais c'était une étoile montante. Grâce surtout à sa récente aventure – elle datait de moins d'un an –, où, par deux fois, il s'était trouvé face à des armes chargées et avait malgré tout réussi à s'en tirer. Un bon point pour les marines, c'est que ce n'était pas une fabrique de mauviettes. Ryan était tout à fait capable de penser et de réagir sur le terrain, et c'était un sacré avantage. Mieux encore, les Rosbifs l'appréciaient. Il avait vu les commentaires de sir Basil Charleston sur l'affectation de Ryan à Century House : l'homme s'était pris d'affection pour le jeune analyste américain. Bref, c'était une bonne occasion de faire intervenir un nouveau talent et, bien que n'étant pas sorti de la Ferme, il n'était pas né de la dernière pluie. Ryan avait roulé sa bosse, et il avait même en chemin déjà accroché deux loups à son tableau de chasse, pas vrai ?

« James, ça s'écarte un tantinet des règles habituelles de la maison, mais ce n'est pas pour ça que je dirai non. OK, lâche-lui la bride. J'espère juste qu'il ne mouillera pas son froc.

— Comment Foley a-t-il baptisé cette opération ?

— BEATRIX. Rapport à *Pierre Lapin*, tu vois ?

— Ce Foley ira loin, Arthur, et son épouse, Mary Patricia, c'est un sacré bout de bonne femme !

— Là, on est sûrement d'accord tous les deux, James. Elle ferait une sacrée cavalière de rodéos, quant à lui, je le verrais bien en marshall à l'ouest du Pecos », dit le DCR. Il aimait bien voir les jeunes talents que produisait le service. D'où qu'ils viennent – en fait, s'ils venaient de toutes sortes d'horizons, tous semblaient brûler du même feu qui l'avait consumé trente ans plus tôt, quand il travaillait avec Hans Tofte. Ils n'étaient somme toute pas si différents des Texas Rangers qu'il avait appris à admirer étant petit – des gars rudes, mais astucieux, qui n'hésitaient pas à faire ce qui devait être fait.

« Comment passe-t-on le signal à Basil ?

— J'ai appelé Chip Bennett hier soir et je lui ai dit de demander à ses gars de ressortir quelques vieux masques jetables. Il devrait être à Langley ce soir. On les expédiera à Londres par le 747 de la soirée, et de là, on en expédiera une partie à Moscou. Ça devrait nous permettre de communiquer de manière sûre, sinon pratique. »

Et c'était précisément ce qui allait se faire. Un système informatique utilisé pour convertir les messages en points et traits du code morse international fut connecté à une radio hyper-sensible calée sur une fréquence utilisée par aucun service, transformant le bruit de fond en une suite de caractères romains. Un des techniciens de Fort Meade observa au passage que le bruit de fond intergalactique qu'ils recopiaient était le reliquat du Big

Bang – observation qui avait valu leur prix Nobel à Penzias et Miller quelques années plus tôt – et qu'on ne pouvait guère trouver signal plus aléatoire, sauf à pouvoir le décoder pour réussir à déchiffrer la pensée divine, ce qui était au-delà des capacités même de la division Z de la NSA. Une imprimante à aiguilles sortit les lettres sur des liasses autocopiantes – trois exemplaires de chaque : l'original pour le rédacteur du message, les deux copies pour la CIA et la NSA. Toutes contenaient assez de lettres pour retranscrire le premier tiers de la Bible, chaque page et chaque ligne étant repérées par un code alphanumérique pour permettre le décryptage. Trois personnes séparaient les liasses, puis veillaient à ce que les blocs de feuillets soient bien paginés, avant de les glisser dans des classeurs à anneaux, pour en faciliter quelque peu le maniement. Puis deux des classeurs furent confiés à un sous-officier d'aviation, qui porta en voiture les exemplaires du CIA à Langley. Le chef technicien se demanda ce qui pouvait bien être aussi important pour requérir d'aussi volumineux blocs de masques jetables, que la NSA avait depuis longtemps abandonnés avec sa vénération institutionna-lisée pour toutes les technologies électroniques – mais ce n'était pas à lui de poser ce genre de question. Non, pas à Fort Meade, Maryland. Certainement pas.

Assis devant la télé, Ryan essayait de se faire aux sitcoms britanniques. Il avait appris à apprécier l'humour british – ils avaient inventé Benny Hill, après tout, et ce gars devait être sérieusement dérangé pour faire certains de ses trucs –, mais les séries télévisées réclamaient un certain temps d'accoutu-mance. Les signaux émis étaient tout simplement différents et, même s'il parlait anglais aussi bien que n'importe quel Américain, les nuances – exagérées, bien sûr, pour le petit écran – avaient une subtilité qui lui échappait parfois. Mais pas à sa femme, nota Jack. Elle riait à gorge déployée, et pour des trucs qu'il saisissait à peine.

Puis vint la note aigrelette de son STU installé dans son bureau à l'étage. Il gravit l'escalier au petit trot pour décrocher. Il ne pouvait s'agir d'une erreur. Quel que soit le service qui avait établi le numéro – British Telecom, organisme semi-public, faisait exactement ce que lui disait de faire le gouvernement –, il l'avait pris dans une série suffisamment éloignée des numéros habituels pour que seul un enfant illettré puisse composer celui de son téléphone crypté par erreur.

« Ryan, dit-il, sitôt que la synchronisation se fut établie.

— Jack, c'est Greer. Alors, comment se passe cette soirée de dimanche dans la riante Albion ?

— Il a plu aujourd'hui. Je n'ai pas pu tondre la pelouse », rapporta Ryan. Ça ne lui faisait ni chaud ni froid. Il détestait tondre, ayant appris dès l'enfance que vous aviez beau la tailler le plus ras possible, il ne fallait que quelques jours à cette saloperie pour avoir l'air de nouveau en bataille.

« Eh bien, ici, les Orioles mènent devant les White Sox par cinq à deux après six manches. Je pense que votre équipe est bien partie pour décrocher la timbale.

— Qui sera en nationale ?

— Si je devais parier, je dirais que les Phillies sont bien partis, mon garçon.

— Mon petit doigt me dit que vous avez tort, monsieur. Mes O's m'ont l'air tout bons vus d'ici. » *Et ici, ce n'est pas là-bas, merde.* Depuis qu'il avait perdu de vue les Colts, il avait reporté son intérêt sur le base-ball. Le jeu était plus intéressant d'un point de vue tactique, même s'il lui manquait l'engagement viril du football de la NFL. « Alors, que se passe-t-il à Washington un dimanche après-midi, monsieur ?

— Je tenais juste à faire le point avec vous. Un signal est en route pour Londres, qui devrait vous concerner. Une nouvelle assignation. Ça devrait vous prendre trois ou quatre jours.

— D'accord. » Voilà qui piqua sa curiosité, mais il devrait voir de quoi il retournait avant de s'exciter. Sans doute lui demandaient-ils encore une nouvelle analyse. Elles concernaient en général l'économie, parce que l'amiral appréciait sa façon de jouer avec les chiffres. « Important ?

— Ma foi, ça nous intéresserait de voir ce que vous pouvez en faire », fut tout ce que se permit de dire le DAO.

Ce gars doit enseigner aux renards à déjouer les chevaux et les chiens de chasse. Il a de la chance de ne pas être anglais. L'aristocratie locale le fusillerait pour sabotage de leurs parties de chasse, songea Ryan. « OK, monsieur. J'ai hâte de voir ça. J'imagine que vous ne pouvez pas me donner un résumé du match ? ajouta-t-il alors, avec une vague trace d'espoir dans la voix.

— Ce nouveau shortstop – Ripken, c'est ça ? –, il a doublé la ligne de champ gauche, marqué le point numéro six et mené l'action qui a mené au septième.

— Merci beaucoup. Ça bat à plate couture l'*Hôtel en folie*.

— De quoi parlez-vous ?

— C'est le genre de titre qu'ils donnent à des feuilletons humoristiques, par ici[1], amiral. C'est drôle... si on arrive à piger.

— Vous me ferez un topo à mon prochain coup de fil, suggéra le DAR.

— À vos ordres, amiral.

— La famille va bien ?

— Tout va bien, monsieur, merci.

— Parfait. Allez, bonne bourre et à plus.

— Qu'est-ce que c'était ? demanda Cathy, du séjour.

— Le patron. Il m'envoie du boulot à faire.

— Quoi au juste ? » Elle ne se lassait pas d'essayer.

« Il n'a rien dit, sinon pour m'avertir que j'allais avoir du pain sur la planche.

— Et il n'a pas précisé ?

— L'amiral est un petit cachottier.

— Hmmph », fut la seule réponse.

---

1. *Fawlty Towers*, de et avec John Cleese, des Monty Python.

Le messager s'installa dans son fauteuil de première. Le colis était dans son fourre-tout glissé sous le siège de devant, et il avait une collection de magazines à lire. Comme il voyageait incognito – et non pas au titre de courrier diplomatique officiel –, il pouvait faire comme s'il était un voyageur ordinaire, une couverture qu'il abandonnerait sitôt franchis les services d'immigration au terminal 4 d'Heathrow pour s'engouffrer dans une voiture de l'ambassade et rallier Grosvenor Square. Il avait surtout envie de se trouver un pub sympa pour descendre une bonne bière britannique avant de reprendre l'avion dans trente-six heures d'ici. Tout cela était un gâchis de compétences et d'entraînement pour un nouvel agent frais émoulu, mais chacun devait payer ses dettes et, pour un gars qui venait de sortir de la Ferme, c'est ainsi qu'il fallait entendre cette mission. Il se consola en se disant qu'il devait s'agir d'un truc quand même important. Bien sûr, Wilbur. Si ça avait été vraiment si important que ça, il aurait voyagé en Concorde.

Ed Foley dormait du sommeil du juste. Le lendemain, il trouverait une excuse quelconque pour se rendre à l'ambassade d'Angleterre, avoir un entretien avec Nigel et planifier l'opération. Si tout se passait bien, il arborerait sa cravate la plus écarlate et récupérerait le message d'Oleg Ivanovitch, organiserait leur prochain face-à-face et poursuivrait le déroulement de la mission. *Qui peut bien être ce type que le KGB veut tuer ?* se demanda-t-il. *Le pape ?* Si oui, Bob Ritter ne tiendrait plus en place. *Ou quelqu'un d'autre ?* Le KGB avait une façon très expéditive de s'occuper des gens qui ne lui plaisaient pas. Pas la CIA. Ils n'avaient en fait plus éliminé personne depuis les années 50, quand le Président Eisenhower se servait de l'Agence – avec un certain talent, du reste – comme d'une alternative au recours délibéré aux forces armées. Mais cette procédure n'avait plus été reconduite sous l'administration Kennedy, qui avait de toute façon gâché à peu près tout ce qu'elle touchait. Ils avaient dû trop lire de James Bond, sans doute. Dans la fiction, tout est toujours beaucoup plus simple que dans la réalité, même les fictions et les romans écrits par un ancien agent secret. Dans le monde réel, il n'est pas toujours évident de remonter rapidement sa braguette.

Mais il était en train de planifier une opération relativement complexe et de se dire qu'elle n'était finalement pas si complexe que ça. Commettait-il une erreur ? Son esprit s'était mis à divaguer tandis que le reste de sa conscience dormait. Même endormi, il ne cessait de ressasser les problèmes. Dans ses rêves, il voyait des lapins tourner en rond sur une prairie verdoyante sous les yeux de renards et d'ours. Les prédateurs ne bougeaient pas, peut-être parce que les rongeurs étaient trop rapides et/ou trop proches de leurs terriers pour valoir la peine d'être chassés. Mais qu'advenait-il quand les lapins s'éloignaient un peu trop de leurs trous ? Alors, les renards pouvaient les attraper, et les ours pouvaient avancer à leur tour et n'en faire qu'une bouchée... Or son boulot était de protéger les petits lapins, pas vrai ?

Malgré tout, dans ses rêves, les renards et les ours continuaient d'observer, immobiles, tandis que lui, l'aigle, décrivait des cercles loin au-dessus, embrassant la scène. Lui, l'aigle, avait renoncé aux lapins, mais un renard pouvait être succulent, si ses serres l'agrippaient au bon endroit, juste derrière la tête pour rompre le cou, avant de l'abandonner aux ours, parce que les ours se fichaient bien de ce qui leur tombait sous la dent. Oui, monsieur Ours s'en fichait royalement. C'était juste un bon gros ours, qui avait toujours le ventre vide. Il ne cracherait même pas sur un aigle si l'occasion se présentait, mais l'aigle était bien trop vif et bien trop malin, pas vrai ? Aussi longtemps en tout cas qu'il gardait l'œil aux aguets, se dit le rapace ; il avait beau avoir des qualités et jouir d'une vision acérée, même lui devait se montrer

53

prudent. Et c'est ainsi que l'aigle tournoyait, planant sur les courants ascendants, toujours aux aguets. Il ne pouvait pas vraiment se jeter dans la bataille. Au mieux, il pouvait piquer du haut du ciel et prévenir du danger les gentils petits lapins, mais les lapins étaient d'une stupidité proverbiale et ils continuaient de brouter leur herbe sans faire autant attention qu'ils auraient dû. Alors, c'était sa tâche, à lui le noble rapace, d'utiliser ses superbes capacités visuelles pour veiller sur tout. La tâche du lapin était de détaler quand il le fallait et, guidé par l'aigle, de courir vers une autre prairie, une sans renards et sans ours alentour, pour pouvoir y élever toute une ribambelles de nouveaux gentils petits lapins qui vivraient heureux à jamais, comme les trois petits lapins de Beatrix Potter.

Foley se retourna et son rêve prit fin, avec l'aigle guettant le danger, les lapins broutant leur herbe, et les renards et les ours un peu à l'écart, observant sans bouger, parce qu'ils ne savaient pas quel lapin allait s'égarer trop loin de l'abri de son petit terrier.

La sonnerie délibérément irritante du réveil matin lui fit brusquement ouvrir les yeux et il roula sur le dos pour la couper. Puis il se leva d'un bond et fila vers la salle de bain. Sa maison de Virginie lui manquait tout d'un coup. Elle avait plus d'une salle de bain – deux et demie, en fait, ce qui permettait une certaine souplesse en cas d'urgence. Petit Eddie se leva au signal et presque aussitôt fila s'asseoir par terre devant la télé en criant « Tra-vail-leuse ! » quand apparut l'émission de gymnastique matinale. Cela fit sourire chez ses parents. Même les gars du KGB à l'autre bout du fil de leurs micros durent sans doute réprimer un sourire.

« T'as quelque chose d'important de prévu au bureau aujourd'hui ? s'enquit Mary Pat depuis la cuisine.

— Eh bien, il devrait y avoir le trafic habituel du week-end en provenance de Washington. Il faudra que je file à l'ambassade d'Angleterre avant le déjeuner.

— Oh ? Pour quoi faire ?

— Je veux passer voir Nigel Haydock pour discuter avec lui de deux ou trois trucs », lui dit-elle, alors qu'elle mettait le bacon à frire. Mary Pat faisait toujours des œufs au bacon les jours de mission d'espionnage importante. Il se demanda si leurs grandes oreilles du KGB allaient finir par le remarquer. Sans doute pas. Personne n'était scrupuleux à ce point, et les habitudes alimentaires des Américains ne devaient les intéresser que dans la mesure où les étrangers en général mangeaient mieux que les Russes.

« Eh bien, tu lui diras bonjour de ma part.

— Je n'y manquerai pas. » Il bâilla, but une gorgée de café.

« Il faudrait qu'on les invite. Disons dimanche prochain ?

— Ça me va. Rôti, comme d'habitude ?

— Ouais. J'essaierai de nous avoir des épis de maïs surgelés. » Les Russes cultivaient du maïs qu'on pouvait acheter sur les marchés fermiers libres, et il n'était pas mauvais du tout, mais ce n'était quand même pas le Silver Queen qu'ils avaient pris l'habitude d'apprécier en Virginie. Aussi se rabattait-elle en général sur le maïs surgelé que l'Air Force ramenait de la base de Rhein-Main, avec les hot-dogs Chicago Red qu'on servait à la cantine de l'ambassade, et tous les autres produits du pays qui acquéraient une telle importance dans un poste comme celui-ci. *Enfin, ça doit sans doute être aussi vrai à Paris*, se dit Ed. Le petit déjeuner fut vite expédié et, une demi-heure plus tard, il était presque prêt.

« Quelle cravate, aujourd'hui, chérie ?

— Eh bien, en Russie, tu devrais mettre du rouge de temps en temps », répondit-elle en lui tendant la cravate avec un clin d'œil – et avec son épingle en argent porte-bonheur.

« Hu-hum, acquiesça-t-il en se regardant dans la glace pour rajuster son col. Eh bien, je vous présente Edward Foley Senior, fonctionnaire des Affaires étrangères.

— Ça me va tout à fait, chéri, répondit-elle en l'embrassant, un peu trop bruyamment.

— 'R'voir, p'pa ! » dit Junior, alors que son père se dirigeait vers la porte. En levant la main au lieu de lui envoyer un baiser. Il était devenu un peu trop vieux pour ces trucs de gonzesse.

Le reste du trajet suivit l'habituelle routine abrutissante : marcher à pied jusqu'au métro, acheter le journal au kiosque, puis prendre précisément le même train contre le même billet à cinq kopecks, parce que, s'il prenait toujours le même pour rentrer du boulot, pour être identifié par le KGB comme un individu aux habitudes strictes, alors son comportement matinal devait être la copie conforme de celui de l'après-midi. Arrivé à l'ambassade, il gagna son bureau et attendit que Mike Russell lui apporte les dépêches matinales. Il y en avait plus que d'habitude, releva-t-il d'emblée en feuilletant les messages pour en consulter les en-tête.

« Du nouveau sur ce dont on a parlé ? s'enquit l'officier de transmissions, s'attardant quelques instants.

— M'en a pas l'air, commenta Foley. Toujours un rien à cran ?

— Ed, faire entrer et sortir des trucs confidentiels, c'est mon seul et unique boulot, je vous signale.

— Essayez de voir les choses de mon point de vue, Mike. S'ils me tombent dessus, je deviendrai aussi inutile que des tétons sur un verrat. Sans parler des gars qui se seront fait tuer par ma faute.

— Ouais, je comprends. » Russell marqua un temps. « C'est juste que j'ai du mal à croire qu'ils puissent craquer mes systèmes, Ed. Comme vous l'avez fait remarquer, vous perdriez des gars à droite et à gauche.

— Je voudrais bien vous croire, mais on n'est jamais trop prudent, pas vrai ?

— Bien compris. Si jamais je coince un zigue en train de

fureter du côté de ma boutique, il vivra pas assez longtemps pour en causer au FBI, promit-il sombrement.

— Ne vous laissez pas non plus emporter.

— Ed, quand j'étais au Viêt Nam, des signaux mal protégés ont causé la mort de soldats. C'est bien la preuve que c'est un truc important, non ?

— Si jamais j'ai du nouveau, vous pouvez être sûr que je vous le signalerai, Mike.

— OK. » Russell ressortit, fulminant encore.

Foley classa ses messages – ils étaient tous adressés au chef d'antenne, bien entendu, sans mention de nom spécifique –, puis entreprit de les parcourir. Il y avait encore des inquiétudes concernant le KGB et le pape, mais, en dehors du Lapin, il n'avait rien de neuf à signaler, et seul son espoir lui disait que Flopsaut avait quelque chose à dire sur le sujet.

Pas mal de curiosité à propos de la dernière réunion du Politburo, mais pour l'assouvir, il faudrait qu'il attende les rapports de ses propres sources. Des interrogations sur l'état de santé de Leonid Brejnev, mais même s'ils connaissaient les noms de ses médecins – il en avait toute une équipe –, aucun ne s'adressait directement à la CIA. Il suffisait toutefois de regarder les images à la télé pour constater que Leonid Illitch n'allait pas courir le marathon aux prochains jeux Olympiques. Mais des types comme lui pouvaient se traîner encore des années, bon an mal an. Point positif, Brejnev n'allait sûrement pas se lancer dans de grands bouleversements, mais, point négatif, à mesure qu'il perdait la raison, nul ne pouvait dire de quelles conneries il était capable – et on pouvait être sûr en tout cas qu'il n'allait pas se retirer d'Afghanistan. Il n'avait strictement rien à cirer de la vie des jeunes recrues soviétiques, quand bien même il entendait les pas de la Faucheuse approcher de sa porte. Sa succession intéressait la CIA, mais il semblait à peu près établi que Iouri Vladimirovitch Andropov serait le prochain à s'asseoir au bout de la table, sauf mort subite ou gros faux pas au sens politique. Andropov était toutefois un politicien trop rusé pour ça. Non, il était bel et bien l'actuel tsarevitch, sans discussion. Avec un peu de chance, il ne devrait pas être trop vigoureux – et il le serait d'autant moins si les bruits concernant sa maladie de foie se confirmaient. Chaque fois que Foley le voyait à la télé russe, il le scrutait pour repérer le teint jaunâtre signalant l'évolution du mal – mais un simple maquillage pouvait le dissimuler, si du moins ils maquillaient leurs personnels politiques. *Hmm, comment s'en assurer ?* Tiens, peut-être une question à renvoyer à la direction Science et Technologie, à Langley.

Zaïtzev s'assit après avoir relevé Kolya Dobrik et aussitôt consulta les dépêches arrivées dans la nuit. Il décida d'en mémoriser le plus possible, aussi lui fallut-il un peu plus de temps que d'habitude pour faire suivre les messages à leurs destinataires. Il y en avait encore un de l'agent CASSIUS, routé vers les spécialistes du renseignement politique, dans les étages, mais aussi à l'Institut américano-canadien, où les académiciens lisaient dans le marc de café pour corroborer les analyses de la Centrale. Il y en avait un de NEPTUNE, qui réclamait des fonds pour l'agent qui fournissait de si bons renseignements au KGB. NEPTUNE évoquait la mer ou l'océan, non ? Zaïtzev chercha dans ses souvenirs d'autres signaux de cette source. Ne traitaient-ils pas pour l'essentiel de la marine américaine ? Et c'était justement à cause de lui qu'il avait émis des doutes sur la sécurité des transmissions des Américains. Sûr que le KGB devait le payer grassement, des centaines de milliers de dollars en liquide, ce qui n'était pas sans poser de problèmes : il était considérablement plus facile pour l'Union soviétique de payer en diamants, car elle en avait des mines en Sibérie orientale. Ils avaient du reste payé en diamants des agents américains, mais ces derniers n'avaient pas échappé à la vigilance du FBI et le KGB n'avait même pas cherché à négocier leur libération... autant pour sa loyauté. Les Américains essayaient de le faire, il le savait, mais la plupart du temps, les gens qu'ils essayaient de récupérer avaient déjà été exécutés – une pensée qui le figea brusquement.

Mais il n'était plus question de faire machine arrière désormais, et la CIA était assez compétente pour que le KGB la redoute, et n'était-ce pas là la preuve manifeste qu'il était en de bonnes mains ?

Puis il lui revint qu'il avait encore une chose à faire. Il piocha dans son tiroir de bureau un bloc de fiches destinées aux rapports de contacts. Mary lui avait suggéré de rapporter leur rencontre et c'est ce qu'il fit. Il la décrivit comme jolie, aux alentours de la trentaine, mère d'un charmant petit garçon, et pas très futée – *très Américaine de style*, écrivit-il – avec des dons modestes pour la langue : un bon vocabulaire, mais une syntaxe et une prononciation fautives, ce qui rendait son russe compréhensible mais guindé. Il ne fit aucune évaluation sur sa possibilité d'être une espionne, ce qui, estima-t-il, était la conduite la plus prudente à tenir. Après un quart d'heure de rédaction, il se rendit auprès de l'agent de sécurité du service.

« C'était une perte de temps », dit-il en tendant la fiche au responsable, un capitaine par deux fois déjà oublié du train des promotions.

L'agent de sécurité parcourut la fiche. « Où l'as-tu rencontrée ?

— C'est marqué là. » Il indiqua le formulaire. « J'avais emmené mon *zaïtchik* pour une promenade au parc, et elle est apparue avec son petit garçon. Il s'appelle Eddie, diminutif d'Edouard Edouardovitch – Edward Junior, comme disent les Américains –, quatre ans, si ma mémoire est bonne, un charmant bambin. Nous avons parlé quelques minutes, de choses et d'autres, puis chacun est reparti de son côté.

— Tes impressions ?

— Si c'est une espionne, j'ai toute confiance dans la victoire du socialisme, répondit Zaïtzev. Elle est plutôt jolie, mais bien trop maigre, et pas d'une intelligence remarquable. La ménagère américaine typique, j'imagine.

— Autre chose ?

— Tout est là, camarade capitaine. Il m'a fallu plus de temps pour consigner tout ça que pour lui parler.

— Ta vigilance a été notée, camarade commandant.

— Je sers l'Union soviétique. » Et Zaïtzev regagna son bureau. *C'était une bonne idée de me permettre ainsi de mettre encore les points sur les i.* Elle pouvait avoir déjà été suivie, après tout, mais si ce n'était pas le cas, eh bien, il y aurait une nouvelle entrée dans son dossier du KGB, signalée par un agent du KGB, pour certifier qu'elle ne constituait pas une menace pour l'Internationale socialiste.

De retour à son bureau, il se remit à enregistrer mentalement avec le plus grand soin son travail quotidien. Plus il en donnerait à la CIA, mieux il serait payé. Peut-être qu'il pourrait emmener sa fille à ce parc de loisirs Disney Planet, et peut-être que son petit *zaïtchik* s'y plairait...

Les signaux qu'il recevait venaient également d'autres pays, il les mémorisa de même. L'un d'eux, nom de code MINISTRE, en Angleterre, était intéressant. La taupe était sans doute infiltrée dans leur ministère des Affaires étrangères et elle procurait d'excellents renseignements politiques et diplomatiques fort appréciés en haut lieu.

Foley prit une voiture à plaques diplomatiques pour se rendre à l'ambassade d'Angleterre. On s'y montra relativement cordial dès qu'il eut présenté ses papiers, et Nigel descendit l'accueillir dans le grand foyer qui était en effet de dimensions imposantes.

« Hello, Ed ! » Il lui donna une poignée de main chaleureuse assortie d'un sourire. « Suivez-moi. » Ils gravirent l'escalier de marbre et prirent à droite pour gagner son bureau. Haydock ferma la porte et indiqua un siège en cuir.

« Que puis-je pour vous ?

— Nous avons un Lapin », dit Foley, escamotant les préliminaires.

Il était inutile d'en dire plus. Haydock savait que Foley était un espion – un « cousin », dans la terminologie britannique.

« Pourquoi me le dire ?

— Nous allons avoir besoin de votre aide pour le faire sortir. Nous voulons le faire par Budapest, or notre antenne sur place vient de se faire griller. Comment se présente votre boutique, là-bas ?

— Le chef est Andy Hudson. Un ancien officier de régiment parachutiste, un type capable. Mais, revenons-en au début, voulez-vous, Edward. Que pouvez-vous me dire, et pourquoi est-ce si important ?

— C'est un client qui s'est pointé à l'improviste, je pense qu'on pourrait dire ça comme ça. Il semble qu'il soit officier de transmissions. Et il a l'air cent pour cent sincère, Nigel. J'ai demandé l'autorisation de l'exfiltrer sur-le-champ et j'ai obtenu aussitôt le feu vert de Langley. Une paire de cinq, mon vieux, ajouta-t-il.

— Donc, traduisit le Britannique, priorité et fiabilité maximales pour votre bonhomme. »

Foley acquiesça d'un hochement de tête. « Ouais. Et vous voulez la bonne nouvelle ?

— S'il y en a.

— Il dit que nos communications sont compromises, mais que votre nouveau système n'a pas encore été craqué.

— Ravi de l'entendre. Donc, ça veut dire que nous pouvons communiquer librement, mais pas vous ? »

Nouveau signe d'acquiescement. « J'ai appris ce matin qu'un officier de transmissions est en route pour venir m'épauler – peut-être ont-ils concocté une paire de masques jetables pour moi. J'en saurai plus dans la journée, peut-être. »

Haydock se carra dans son siège, puis alluma une cigarette, une Silk Cut à teneur en goudron réduite. Il y était passé pour faire plaisir à sa femme.

« Vous avez un plan ? demanda l'espion britannique.

— Je pense qu'il se rendra en train à Budapest. Pour le reste, ma foi... » Foley lui décrivit à grands traits l'idée qu'ils avaient eue avec Mary Pat.

« Ça, on peut dire que c'est créatif, Edward, commenta Haydock. Quand avez-vous eu l'occasion de potasser l'opération MINCEMEAT ? Ça fait partie du cursus de base à notre académie, vous savez.

— Oh, ça remonte à quand j'étais môme. J'ai toujours trouvé que c'était rudement bien torché.

— Dans l'abstrait, l'idée n'est pas mauvaise... Mais, voyez-vous, les divers éléments nécessaires à l'opération ne se trouvent pas sous le sabot d'un cheval.

— Je m'en suis plus ou moins douté, Nigel. Alors, si nous voulons vraiment monter le spectacle, on a intérêt à s'y mettre tout de suite.

— Entendu. » Haydock marqua une pause. « Basil voudra savoir deux ou trois trucs. Que puis-je lui dire d'autre ?

— Il devrait recevoir en main propre un pli du juge Moore, dès ce matin. Tout ce que je peux dire, c'est que ce gars a l'air vraiment sérieux.

— Vous dites qu'il est officier de transmissions ? À la Centrale, donc ?

— Ouais.

— Ce pourrait être un élément précieux, en effet, reconnut Haydock. Surtout si le courrier lui passe entre les mains. »

Le hochement de tête fut plus lent ce coup-ci, et Foley riva ses yeux dans ceux de son hôte. « C'est bien notre avis aussi. »

L'envergure du truc finit par atteindre son interlocuteur.

« Sacré nom de Dieu, souffla Haydock. Ouais, ça pourrait être précieux. Et vous dites qu'il s'est présenté comme ça ?

— Tout juste. Enfin, un peu plus compliqué, mais en gros, ça se ramène à ça.

— Pas de piège, pas un appât ?

— J'y ai songé tout de suite, bien sûr, mais ça ne tiendrait pas debout, si ? » Le Britannique savait que Foley appartenait à l'Agence, mais il ignorait qu'il était chef d'antenne. « S'ils m'avaient identifié, pourquoi abattre leurs cartes si vite ?

— Exact, dut reconnaître Nigel. Ce serait malhabile. Donc, c'est Budapest ? Enfin, c'est toujours plus facile que depuis Moscou.

— Il y a également une mauvaise nouvelle. Sa femme n'est pas au courant. » Foley était bien obligé de le lui dire.

« Vous plaisantez, Edward ?

— J'aimerais bien. Mais c'est la stricte vérité.

— Ah. Enfin, que serait la vie sans quelques complications, n'est-ce pas ? Des préférences quelconques sur le moyen de faire sortir le Lapin ? demanda-t-il sans laisser Foley deviner ce qu'il pensait.

— Ça, c'est pour votre gars de Budapest, Hudson, je suppose. Ce n'est pas mon rayon, pas à moi de lui dire comment gérer cette opération. »

Haydock se contenta de hocher la tête. C'était un de ces trucs qui allaient sans dire mais qui allaient quand même mieux en le disant. « Quand ? demanda-t-il ensuite.

— Bientôt. Le plus tôt possible. Langley est presque aussi pressé que moi ». Et, s'abstint-il d'ajouter, c'était à coup sûr le meilleur moyen pour lui de marquer en fanfare son entrée comme chef d'antenne à Moscou.

« Rome, vous pensez ? Sir Basil n'a pas arrêté de m'en parler.

— Votre Premier ministre est intéressée ?

— À peu près autant que votre Président, j'imagine. Cette histoire pourrait provoquer de sérieux remous, vous savez.

— À qui le dites-vous. Quoi qu'il en soit, je voulais vous prévenir. Sir Basil aura sans doute un message pour vous dans la journée.

— Compris, Edward. Dès qu'il arrive, je serai en mesure de commencer à passer à l'action. » Il regarda sa montre – trop tôt pour inviter son hôte à boire une bière au pub de l'ambassade. Dommage.

« Dès que vous avez l'autorisation, vous me passez un coup de fil, d'accord ?

— Certainement. On va vous arranger ça, Ed. Andy Hudson est un bon agent, et il gère une bonne équipe à Budapest.

— Parfait. » Foley se leva.

« Qu'est-ce que vous diriez d'un dîner, bientôt ? proposa Haydock.

— Je pense qu'on ferait bien de se dépêcher. Penny va bientôt arriver à terme. Quand devez-vous la rapatrier ?

— D'ici une quinzaine. Le petit bougre se retourne et donne des coups de pied en permanence.

— C'est toujours bon signe.

— Nous avons un toubib correct, ici même à l'ambassade, au cas où il arriverait prématurément. » Sauf que le médecin de l'ambassade n'avait pas trop envie de procéder à un accouchement. Les généralistes n'aimaient jamais trop.

« Eh bien, si c'est un garçon, Eddie vous prêtera ses cassettes des *Transformers*, promit Ed.

— Les *Transformers* ? C'est quoi, ça ?

— Si c'est un garçon, vous le découvrirez bien assez vite », lui promit Foley.

20

Mise en place

L'OFFICIER subalterne arriva au terminal 4 d'Heathrow, à Londres, juste avant sept heures du matin. Il passa en coup de vent les services des douanes et de l'immigration et sortit, pour découvrir son chauffeur, brandissant la pancarte habituelle, portant bien sûr un faux nom, puisque les agents de la CIA n'utilisaient leur vrai que contraints et forcés. Le chauffeur quant à lui s'appelait Leonard Watts. Il conduisait une Jaguar de l'ambassade et, comme il arborait un macaron et des plaques diplomatiques, il se souciait peu des limitations de vitesse.

« Comment s'est passé le vol ?

— Bien. J'ai dormi presque tout le temps.

— Eh bien, bienvenue dans l'univers des opérations, lui dit Watts. Plus on peut dormir, mieux c'est.

— Je suppose. » C'était sa première mission à l'étranger, et pas trop foulante. « Voici le colis. » Et sa couverture n'était guère renforcée par le fait qu'il ne voyageait qu'avec la serviette du courrier, plus un petit sac de voyage qui avait fait le trajet dans le porte-bagages supérieur et contenait une chemise propre, un change de sous-vêtements et sa trousse de rasage.

« Je m'appelle Len, au fait.

— OK, moi, c'est Pete Gatewood.

65

— Première fois que vous venez à Londres ?

— Ouais », répondit Gatewood en essayant de s'habituer à sa position assise côté gauche, sans un volant pour le protéger, et qui plus est, piloté par un échappé des courses de Formule 1. « Combien de temps d'ici jusqu'à l'ambassade ?

— Une demi-heure. » Watts se concentra sur son pilotage. « Vous transportez quoi ?

— Un truc pour le CDA, c'est tout ce que je sais.

— Mouais, ben c'est pas un truc de routine. Ils m'ont même réveillé pour ça, bougonna Watts.

— Vous avez travaillé où ? demanda Gatewood, dans l'espoir de faire un peu ralentir ce cinglé.

— Oh, un peu partout. Bonn, Berlin, Prague. Je vais pas tarder à prendre ma retraite, revenir en Indiana. C'est qu'on a une équipe de foot à surveiller, maintenant.

— Ouais, sans parler de tout ce maïs », observa Gatewood. Il n'était jamais allé dans l'Indiana et n'avait pas spécialement envie de visiter l'État fermier qui, se souvint-il, avait donné pas mal de bons joueurs de basket.

Bientôt, ils passèrent devant un vaste parc verdoyant, sur leur gauche, et, quelques pâtés de maisons plus loin, le rectangle vert de Grosvenor Square. Watts arrêta la voiture pour laisser descendre Gatewood. Il contourna les « bacs à fleurs » destinés à empêcher les kamikazes en voiture-bélier de s'approcher d'un peu trop près des barrières en béton qui entouraient le bâtiment d'une laideur insigne, puis il entra. Les marines à l'intérieur vérifièrent ses papiers et passèrent un coup de fil. Peu après, une femme d'âge mûr se présenta à l'accueil et l'invita à la suivre dans l'ascenseur qui le mena au deuxième étage, dans le bureau jouxtant le groupe technique qui travaillait en étroite collaboration avec le QG du renseignement britannique à Cheltenham. Gatewood entra dans le bureau d'angle et vit un homme d'âge mûr assis derrière un bureau en chêne.

« Vous êtes Gatewood ?

— Oui, monsieur. Et vous êtes...

— Randy Silvestri. Vous avez un paquet pour moi, annonça le chef d'antenne de Londres.

— Oui, monsieur. » Gatewood ouvrit la fermeture à glissière de la serviette et en sortit la grosse enveloppe en kraft. Il la tendit à son vis-à-vis.

« Intéressé par son contenu ? demanda Silvestri en lorgnant le jeunot.

— Si cela me concerne, je suppose que vous me le direz. »

Le chef d'antenne acquiesça, satisfait. « Très bien. Annie va vous conduire en bas à la cantine prendre un petit déjeuner si vous le désirez, ou vous pouvez sauter directement dans un taxi pour rentrer à votre hôtel. Vous avez de l'argent britannique ?

— Cent livres, monsieur, en coupures de dix et de vingt.

— OK, ça devrait vous suffire. Merci, Gatewood.

— Oui, monsieur. » Et Gatewood quitta le bureau.

Silvestri ouvrit le paquet après s'être assuré qu'il n'avait pas été descellé entre-temps. La reliure à anneaux contenait entre quarante et cinquante feuillets imprimés – tous couverts de suites de lettres aléatoires sur un interligne et demi. Il s'agissait bien d'un masque jetable destiné à l'antenne de Moscou, précisait la note de couverture. Il devait le faire transmettre par coursier à Moscou sur le vol British Airways de midi. Il y avait également deux lettres, une pour sir Basil, avec indication de remise en main propre. Il ferait demander une voiture pour qu'on le conduise à Century House après avoir averti de son arrivée. L'autre pli était pour ce jeune Ryan que Greer aimait tant, lui aussi à remettre en main propre via les services de Basil. Il se demanda ce qui se tramait. Ce ne devait pas être un truc banal, vu le luxe de précautions. Il décrocha son téléphone et pressa la touche mémoire 5.

« Basil Charleston à l'appareil.

— Basil, c'est Randy. J'ai un truc pour vous qui vient d'arriver. Je peux vous l'apporter ? »

Bruit de papiers. Basil devait se douter que c'était important. « Disons, dix heures, Randy ?

— D'accord. À tout à l'heure, donc. » Silvestri but une gorgée de café en estimant le temps nécessaire. Il pouvait traîner encore une heure avant de décoller. Il pressa alors une touche sur son interphone.

« Oui, monsieur ?

— Annie, j'ai un paquet à faire parvenir à Moscou. Nous avons un porteur sur le pont ?

— Oui, monsieur.

— OK, pourriez-vous le lui descendre ?

— Oui, monsieur. » Les secrétaires de la CIA n'étaient pas payées pour être loquaces.

« Bien. Merci. » Silvestri raccrocha.

Jack et Cathy étaient dans le train, ils venaient de passer Elephant and Castle – et ils n'avaient toujours pas réussi à savoir d'où ce coin avait pu hériter d'un nom pareil. Le ciel paraissait menaçant. *L'Angleterre n'est pas assez vaste pour qu'un système dépressionnaire s'y attarde*, songea-t-il. Peut-être s'agissait-il d'un train de perturbations qui traversaient l'Atlantique ? Toujours est-il qu'entre la veille et maintenant, son record personnel de beau temps local semblait toucher à sa fin. Dommage.

« Rien que des lunettes, cette semaine, chou ? demanda-t-il à sa femme qui avait, comme d'habitude, la tête enfouie dans une revue médicale.

— Toute la semaine », confirma-t-elle. Puis elle leva les yeux. « Ce n'est pas aussi passionnant que la chirurgie, mais ça reste important, tu sais.

— Cath, si tu le fais, c'est que ça doit être important.

— Et tu ne peux pas dire ce que tu fais, toi ?

« — Pas avant d'arriver à mon bureau. » Et sans doute même pas là, non plus. Quoi que ce fût, cela avait été sans doute transmis via une imprimante ou un fax sécurisé dans la nuit... à moins qu'il s'agisse d'un message suffisamment important pour justifier l'envoi par messager. Le décalage horaire rendait la procédure relativement pratique. Le premier 747 de Dulles atterrissait en général entre six et sept heures du matin, et il y avait encore quarante minutes de trajet jusqu'à son bureau. Quand il le voulait, le gouvernement pouvait travailler plus efficacement que Federal Express. Un quart d'heure encore, pour lui du *Daily Telegraph*, pour elle du *New England Journal of Medicine* et ils se séparèrent à Victoria. Cathy, par goût de la perversité, emprunta le métro. Ryan opta pour un taxi. La voiture fila devant le palais de Westminster puis franchit la Tamise. Ryan régla les quatre livres cinquante de la course en y ajoutant un généreux pourboire. Dix secondes plus tard, il était dans les locaux.

« Bonjour, sir John, lança Bert Canderton pour l'accueillir.

— Comment va, adjudant ? » répondit Ryan en glissant son passe dans la fente avant de gagner l'ascenseur et monter à son étage.

Simon était déjà installé et parcourait le trafic de messages. Ses yeux se levèrent à l'entrée de Jack. « 'lut, Jack.

— Hé, Simon. Comment s'est passé le week-end ?

— Pas pu jardiner. Satanée pluie.

— Quelque chose d'intéressant, ce matin ? » Il se versa une tasse de café. Le thé English Breakfast de Simon n'était certes pas mauvais pour du thé, mais le thé, justement, ce n'était pas la tasse de thé de Jack. En tout cas pas le matin. Ils n'avaient pas non plus de griffes d'ours[1] et Jack avait oublié de prendre son croissant habituel en venant.

« Pas encore, mais il y a quelque chose d'Amérique.

---

1. Pâtisserie américaine, lointain équivalent de la corne de gazelle...

— Quoi donc ?

— Basil n'a rien dit, mais quand un truc est livré par coursier un lundi matin, c'est en général intéressant. Ça doit être en rapport avec les Soviétiques. Il m'a juste dit de me tenir prêt.

— Ma foi, autant débuter la semaine avec un truc intéressant. » Ryan but une gorgée de café. Il n'était pas aussi bon que celui de Cathy, mais toujours meilleur que du thé. « Prévu pour quand ?

— Vers dix heures. Votre chef d'antenne, Silvestri, l'apporte en voiture. »

Ryan ne l'avait rencontré qu'une fois. L'homme lui avait paru compétent, mais c'était bien le moins qu'on pouvait attendre d'un CDA, même à un poste de fin de carrière.

« Rien de nouveau de Moscou ?

— Juste des rumeurs sur l'état de santé de Brejnev. Il semble que son arrêt du tabac lui ait fait un minimum d'effet, observa Harding en allumant sa pipe. Résistant, le vieux bougre, ajouta l'analyste britannique.

— C'est quoi, cette histoire en Afghanistan ?

— Les Russkofs deviennent plus rusés. Ces hélicoptères Mi-24 semblent bougrement efficaces. Pas de pot pour les Afghans.

— Comment tout ça va évoluer, selon vous ? »

Harding haussa les épaules. « Tout dépendra du nombre de pertes que les Russkofs seront prêts à tolérer. Ils ont la puissance de feu nécessaire pour vaincre, il s'agit donc d'une question de volonté politique. Malheureusement pour les moudjahidin, le pouvoir à Moscou n'a pas trop l'air de se formaliser du nombre de blessés.

— Sauf si un élément vient modifier l'équation, observa tout haut Ryan.

— Quoi donc ?

— Comme un missile sol-air assez efficace pour neutraliser leurs hélicos. Nous avons le Stinger. Je n'en ai jamais manipulé, mais les rapports ont l'air sacrément bons.

— Mais est-ce qu'une bande de sauvages illettrés sera capable d'utiliser convenablement un missile ? demanda Harding, dubitatif. Un fusil moderne, certainement. Une mitrailleuse, à coup sûr. Mais un missile ?

— L'idée est de fabriquer une nouvelle arme à l'épreuve du soldat, Simon. Vous voyez : assez simple pour ne pas avoir à réfléchir quand on est trop occupé à esquiver les balles. On n'a pas beaucoup de temps pour la réflexion dans ces moments-là, alors, on réduit au maximum les étapes. Je vous l'ai dit, je n'en ai pas eu entre les mains, mais j'ai déjà manipulé des armes antichars, et celles-ci sont relativement simples.

— Eh bien, votre gouvernement devra décider s'il veut leur donner les SAM, ils n'en ont pas encore. J'ai du mal à franchement me passionner pour cette histoire. D'accord, ils tuent des Russes, et je crois savoir que c'est bien, mais de leur côté, ce sont malgré tout des sauvages sanguinaires. »

Et qui ont tué un paquet de Rosbifs, dans le temps, se remémora Ryan. *Et les Rosbifs n'ont pas la mémoire plus courte que les autres*. Il y avait aussi le risque de voir des Stinger tomber aux mains des Russes, ce qui ne ravirait pas franchement l'armée de l'air américaine. Mais tout cela le dépassait de beaucoup. Cela dit, le sujet faisait des remous au Congrès.

Jack se cala dans son siège, dégusta son café et lut les messages qui lui étaient destinés. Ensuite seulement, il revint à sa tâche assignée qui était l'analyse de l'économie soviétique. Une tâche aussi simple que de tracer la carte détaillée d'une platée de spaghettis.

Le rôle de Silvestri à Londres était un secret de polichinelle. Il était depuis trop longtemps dans le milieu de l'espionnage et, même s'il ne s'était pas fait griller lui-même, le bloc de l'Est avait en gros deviné pour quelle agence gouvernementale il travaillait à l'issue de son séjour à Varsovie, où il avait dirigé une équipe très soudée et d'où il avait extrait pas mal de renseignements politiques de valeur. Ce poste devait être son dernier – comme du reste pour la majorité de ses agents – et comme il était fort respecté de la plupart des services alliés, il avait hérité du poste à Londres, où sa tâche essentielle était d'assurer la liaison avec le SIS, le renseignement britannique. C'est pourquoi une Daimler de l'ambassade le conduisit de l'autre côté du fleuve.

Il n'eut même pas besoin d'un laissez-passer pour franchir le contrôle de sécurité. Sir Basil en personne l'attendait dans le hall, où ils échangèrent une cordiale poignée de main avant de monter.

« Quelles sont les nouvelles, Randy ?

— Eh bien, j'ai un paquet pour vous et un autre pour ce gars, Ryan, annonça Silvestri.

— Tiens donc. Puis-je le convoquer ? »

Le CDA de Londres avait lu la couverture et savait ce que contenaient les paquets. « Bien sûr, Bas, aucun problème. Harding également, si vous voulez. »

Charleston décrocha son téléphone et convoqua les intéressés. Les deux analystes arrivèrent moins de deux minutes après. Tous avaient déjà eu l'occasion de se rencontrer au moins une fois. C'était en fait Ryan qui était le moins familiarisé avec son compatriote. Sir Basil leur indiqua des sièges. Il avait déjà déchiré l'enveloppe à lui adressée. Silvestri tendit à Ryan le message qui lui était destiné.

De son côté, Jack était déjà en train de se dire *Et merde*. Il était en train de se mijoter un truc pas catholique et il avait appris à se méfier comme de la peste des changements et des nouveautés à la CIA.

« C'est ma foi très intéressant, observa Charleston.

— Est-ce que je l'ouvre tout de suite ? » demanda Ryan. Silvestri ayant opiné, il sortit son canif et trancha l'épaisse enveloppe de papier kraft. Son message n'avait que trois feuillets et il était signé de la main de l'amiral Greer.

Un Lapin, lut-il aussitôt. Il connaissait la terminologie. Quelqu'un voulait un billet pour sortir de... Moscou... et la CIA s'en chargeait, avec l'aide du SIS, parce que l'antenne de Budapest était provisoirement grillée...

« Dites à Arthur que nous serons ravis de l'aider, Randy. Nous aurons, j'imagine, l'occasion de parler avec lui avant que vous le fassiez revenir à Londres ?

— C'est la moindre des choses, Bas, confirma Silvestri. À votre avis, ça vous paraît difficile ?

— De sortir de Budapest ? » Charleston réfléchit un instant. « Pas tant que ça, j'imagine. Les Hongrois ont une police secrète assez vicieuse, mais le pays dans son ensemble n'est pas ardemment marxiste et – oh, ce Lapin indique que le KGB a compromis vos communications. Voilà donc ce qui excite à ce point Langley.

— Foutrement vrai, Basil. S'il y a bien une faille, on a intérêt à la combler vite fait.

— Ce gars travaille dans leur MERCURY ? Sacré nom de Dieu, souffla Ryan.

— Ouais, vous avez tout compris, fils, renchérit Silvestri.

— Mais bon Dieu, qu'est-ce que vous voulez que j'aille faire sur le terrain ? s'enquit aussitôt Jack. Je n'ai rien d'un espion.

— On a besoin qu'un des nôtres surveille le déroulement de l'opération.

— Je comprends tout à fait, Randy, observa Charleston, la tête toujours plongée dans ses rapports. Et vous aimeriez mieux que ce ne soit pas quelqu'un de connu de l'adversaire ?

— C'est ce qu'il semble.

— Mais pourquoi moi ? insista Ryan.

— Jack, intervint Basil, apaisant, votre seul boulot sera d'observer ce qui se passe. C'est entièrement pour la forme.

— Et ma couverture ?

73

— On vous fournira un nouveau passeport diplomatique, répondit Basil. Vous ne risquerez absolument rien. La Convention de Vienne, vous voyez...

— Mais... mais... ce sera un faux.

— Ils n'en sauront rien, mon garçon.

— Et mon accent ? » Il était certes douloureusement évident que son accent était américain, pas du tout britannique.

« En Hongrie ? sourit Silvestri.

— Jack, vu leur foutue langue, j'ai de sérieux doutes sur leur capacité à noter la différence et, de toute façon, avec vos nouveaux papiers, votre personne est quasiment inviolable.

— Relax, fiston. C'est une simple promenade de santé. Vous pouvez me faire confiance, d'accord ? lui assura Silvestri.

— Et vous serez en permanence accompagné par un agent de sécurité », ajouta Charleston.

Ryan dut s'appuyer au dossier et inspirer un grand coup. Il ne voulait pas avoir l'air d'une poule mouillée, pas devant ces gars et surtout pas sous les ordres de l'amiral Greer. « OK, excusez-moi. C'est que je n'ai jamais encore été envoyé en mission. C'est plus ou moins une nouveauté pour moi. » Il espérait avoir reculé dans les formes. « Que ferai-je au juste ? Et comment devrai-je procéder ?

— Nous allons vous envoyer à Budapest par avion depuis Heathrow. Nos gars vous récupéreront à l'aéroport pour vous conduire à l'ambassade. Vous patienterez là-bas – quarante-huit heures, j'imagine –, puis vous regarderez comment Andy procède pour exfiltrer votre Lapin de chez les Rouges. Randy, quel délai, selon vous ?

— Pour mettre les choses en branle ? D'ici la fin de la semaine, peut-être un jour ou deux de plus, estima Silvestri. Le Lapin se rendra à Budapest en train ou par avion, et votre homme devra trouver un moyen de l'évacuer.

— Pour ça, comptons deux ou trois jours, estima sir Basil. Il ne faut pas être trop pressés.

— OK, ce qui me laisse quatre jours loin de chez moi. Qu'est-ce que je donne comme prétexte ?

— À votre femme ? demanda Charleston. Dites-lui que vous devez vous rendre à... oh, mettons à Bonn, en mission pour l'OTAN. Restez vague sur le délai », conseilla-t-il. Il s'amusait in petto de devoir expliquer tout cela à cet innocent Américain expatrié.

« D'accord », finit par céder Ryan. *Mais je n'ai pas des masses de choix en la matière, hmm ?*

Au retour à l'ambassade, Foley fit un crochet par le bureau de Mike Barnes. Barnes était l'attaché culturel, l'expert officiel en matière artistique. C'était un poste important à Moscou. L'URSS avait une vie culturelle d'une grande richesse. Le fait que l'essentiel datait de l'époque des tsars ne semblait pas gêner le régime, sans doute, estima Foley, parce que tous les Grands-Russes voulaient paraître *kulturniy* et supérieurs aux Occidentaux, surtout aux Américains, dont la « culture » était bien plus récente et vulgaire que dans le pays de Borodine et de Rimski-Korsakov. Barnes était diplômé de la Julliard School et de Cornell, et il goûtait tout spécialement la musique russe.

« Hé, Mike, lança Foley.

— Alors, toujours ravi d'occuper les journaleux ? demanda Barnes.

— Comme d'hab. Au fait, j'aurais une question à te poser.

— Vas-y.

— Mary Pat et moi, nous pensons faire un petit voyage un de ces quatre, peut-être en Europe de l'Est. Prague, des villes comme ça... Il y a moyen d'entendre de la bonne musique quelque part ?

— La saison du symphonique de Prague n'a pas encore

commencé. Mais Jozsef Rozsa est en tournée à Berlin en ce moment, et il va ensuite à Budapest.

— Qui est-ce ? Le nom ne me dit rien, dit Foley, en même temps que son cœur manquait un battement.

— C'est un Hongrois, cousin de Miklos Rozsa, le compositeur hollywoodien – *Ben Hur*, des films comme ça... Une famille de musiciens, j'imagine. On le dit excellent, en tout cas. Tu me croiras si tu voudras, mais les chemins de fer d'État hongrois ont à eux seuls quatre orchestres, et Jozsef dirige le premier. Vous pouvez aller là-bas en train ou par avion, tout dépend de ton temps libre.

— Intéressant », songea tout haut Foley. *Fascinant, oui,* songea-t-il in petto.

« Tu sais, l'Orchestre d'État de Moscou commence sa saison au début du mois prochain. Ils ont un nouveau chef, un certain Anatoly Cheïmov. Je n'ai pas encore eu l'occasion de l'entendre, mais il est, paraît-il, très bien. Je pourrais t'avoir des billets, sans problème. Les Russkofs adorent se faire mousser devant les étrangers comme nous, mais ils sont réellement de classe internationale.

— Merci, Mike. J'y réfléchirai. À plus tard. » Foley repartit.

Il avait le sourire en regagnant son bureau.

« Sacré nom d'une pipe, observa sir Basil en relisant le dernier câble en provenance de Moscou. Quel fichu génie a pondu cette idée ? » demanda-t-il dans le vide. Oh, vit-il. Cet agent américain, Edward Foley... *Comment diantre va-t-il réussir à monter un coup pareil ?* se demanda le directeur général.

Il s'apprêtait à partir pour un déjeuner au palais de Westminster, sur l'autre rive, et il ne pouvait annuler ce rendez-vous. Enfin, ce serait un truc à ruminer entre le rosbif et le pudding du Yorkshire.

« Qu'est-ce que je suis verni, observa Ryan, de retour à son bureau.

— Jack, ce sera moins risqué que de traverser la rue » – ce qui pouvait en effet s'avérer un exercice palpitant à Londres.

« Je suis assez grand pour faire attention à moi, Simon, rappela Ryan à son collègue. Mais si je me loupe, c'est un autre qui paiera les pots cassés.

— Vous ne serez responsable de rien. Vous serez juste là pour observer. Je ne connais pas personnellement Andy Hudson, mais il jouit d'une excellente réputation professionnelle.

— Super, commenta Ryan. Bon, c'est l'heure du déjeuner, Simon, et je me boirais bien une bière.

— Au Duc de Clarence, comme d'hab ?

— N'est-ce pas le gars qui s'est noyé dans un tonneau de vin de Malmsey ?

— On a connu des fins pires, sir John, observa Harding.

— Au fait, c'est quoi du malmsey ?

— Un vin doux et corsé, un peu comme le madère. Il vient du reste de ces îles. »

Encore une futilité d'apprise, songea Ryan en allant récupérer son pardessus.

À Moscou, Zaïtzev compulsa son dossier personnel. Il avait accumulé douze jours de congé. Sa famille et lui n'avaient pas pris de vacances à Sotchi l'été précédent – les quotas du KGB étant déjà atteints pour juillet et août, ils avaient dû s'en passer. Comme partout ailleurs, il était plus facile d'organiser ses vacances quand on avait un enfant non scolarisé : on pouvait partir à sa guise. Svetlana était dans une garderie d'État, mais lui faire manquer quelques jours de cubes et de pastels était quand même plus facile qu'une ou deux semaines d'école primaire, ce qui était toujours mal vu.

Dans les étages supérieurs, le colonel Rojdestvenski parcourait le dernier message envoyé de Sofia par le colonel Boubovoï et que venait de lui transmettre un porteur. Donc le Premier ministre bulgare avait accédé à la requête de Moscou en s'abstenant de toute question déplacée. Les Bulgares savaient se tenir. Le chef d'État d'un pays réputé souverain comprenait quand il devait prendre ses ordres d'un simple gradé du Comité russe pour la sécurité de l'État. *Ce qui est parfaitement dans l'ordre des choses*, estima Rojdestvenski.

Et maintenant, le colonel Strokov du Dirjavna Sugurnost n'avait plus qu'à choisir le tireur, à coup sûr un Turc pour que l'opération 666 soit lancée. Il comptait en rendre compte au président Andropov un peu plus tard dans la journée.

« Trois cadavres ? » demanda Alan Kingshot, pas peu surpris. Il était le plus haut gradé des officiers de sir Basil, un agent aguerri qui avait sillonné les rues de toutes les grandes villes d'Europe, d'abord comme fonctionnaire « officiel », et par la suite comme « expert » de la maison, avec trente-sept années de bons et loyaux services pour la reine et le pays.

« Pour une substitution, j'imagine ?

— Oui. Le gars qui a suggéré ça doit être un fan de MINCEMEAT, je suppose », répondit Basil.

L'opération MINCEMEAT était une légende de la Seconde Guerre mondiale. Elle avait été conçue pour faire croire à l'Allemagne que la prochaine grande manœuvre alliée ne serait pas l'opération HUSKY, à savoir l'invasion de la Sicile, aussi avait-il été décidé de suggérer au renseignement allemand que la Corse était en réalité le lieu de débarquement prévu. Pour ce faire, les Allemands s'étaient vu refiler le cadavre d'un poivrot mort en état d'ébriété et transformé post mortem en commandant des Royal Marines, censé être un des officiers chargés de l'organisation de cette prétendue manœuvre d'occupation de la Corse. Le corps avait été jeté en mer au large de l'Espagne par le sous-marin britannique *Seraph*. Ramené au rivage, il avait été dûment remis à la police locale et autopsié, et la serviette accrochée au cadavre par une menotte remise à l'officier local de l'Abwehr, le renseignement allemand. Lequel avait aussitôt transmis son contenu à Berlin, où il avait eu l'effet escompté, à savoir déplacer plusieurs divisions allemandes vers une île sans autre intérêt stratégique que d'avoir été le berceau de Napoléon. L'histoire avait été baptisée *L'Homme qui n'existait pas*, elle avait fait l'objet d'un roman puis d'un film, et prouvé, s'il en était besoin, les piètres performances du renseignement germanique, qui n'était pas fichu de distinguer le cadavre d'un ivrogne de celui d'un soldat de métier.

« Que savons-nous d'autre ? demanda Kingshot. Je veux dire, concernant l'âge, le sexe...

— Oui, j'entends bien... et la couleur des cheveux, ainsi de suite. L'origine du décès aura également son importance. Nous n'avons pas encore ces détails. De sorte que la question initiale reste vaste : est-ce possible ?

— Dans l'absolu, oui, mais avant de pouvoir aller de l'avant, j'aurai besoin de pas mal de détails. Comme j'ai dit : la taille, le poids, la couleur des cheveux et des yeux, le sexe, bien sûr... Ensuite seulement, on pourra aviser.

— Eh bien, Alan, commencez déjà à y réfléchir. Et donnez-moi une liste précise d'ici demain midi.

— Et dans quelle ville, tout cela ?

— Budapest, sans doute.

— Eh bien, ce n'est pas rien..., nota tout haut l'agent.

— Fichu travail macabre », commenta sir Basil après le départ de son collaborateur.

Assis dans son bureau, Andy Hudson se détendait après son copieux en-cas servi au pub de l'ambassade et arrosé d'une pinte de John Courage. Pas très grand, avec quatre-vingt deux sauts en parachute à son palmarès – et les genoux amochés pour le prouver –, il avait été démobilisé du service actif pour invalidité huit ans plus tôt, mais comme il aimait bien un minimum d'animation dans la vie, il avait décidé d'entrer au Secret Intelligence Service, où il avait rapidement gravi les échelons – en grande partie grâce à ses dons pour les langues. Et ici, à Budapest, il en avait bien besoin. Le hongrois est classé par les linguistes parmi les langues ouralo-altaïques. Son parent le plus proche en Europe est le finnois, puis vient le mongol. Elle n'a aucun rapport avec les autres langues européennes, sinon quelques noms d'origine chrétienne importés quand les Magyars se sont convertis au christianisme de guerre lasse, à force de massacrer des missionnaires. Au passage, ils y perdirent le peu de tempérament guerrier qui leur restait encore. Le peuple hongrois était parmi les plus paisibles du continent.

Les Hongrois excellaient toutefois à monter des intrigues et, comme dans toutes les sociétés, ils avaient leur frange de criminels – mais les leurs appartenaient en majorité au Parti communiste et à l'appareil du pouvoir. La police secrète, baptisée *Allavedelmi Hatosag*, pouvait se montrer aussi vicieuse que la Tcheka du temps de Félix de Fer. Mais vicieux n'est pas synonyme d'efficace. C'était comme s'ils essayaient de compenser leur inefficacité congénitale par un surcroît de brutalité contre ceux qu'ils réussissaient tant bien que mal à capturer. Et leur police était d'une stupidité notoire – il y avait même une expression hongroise, « bête comme six paires de bottes de flic », dont Hudson avait souvent pu vérifier la véracité. Bref, ils n'avaient rien à voir avec la police londonienne, mais Budapest n'était pas non plus Londres.

En fait, l'agent britannique trouvait plutôt agréable la vie ici. Budapest était une ville étonnamment jolie, très française par son architecture, et d'une décontraction surprenante pour une capitale communiste. La cuisine y était d'une qualité remarquable, même dans les cantines ouvrières d'État qu'on trouvait à tous les coins de rue, où la chère était sinon raffinée, du moins savoureuse. Les transports publics remplissaient leur rôle, qui était pour l'essentiel le renseignement politique. Il avait une source – du nom de PARADE – infiltrée au ministère des Affaires étrangères, qui l'alimentait en informations fort intéressantes sur le pacte de Varsovie et la politique des pays du bloc de l'Est en général, en échange d'argent liquide – pas beaucoup, d'ailleurs, si faibles étaient ses besoins.

Comme le reste de l'Europe centrale, Budapest n'avait qu'une heure de décalage horaire avec Londres. Le messager de l'ambassade frappa à la porte de Hudson, puis entra et se pencha pour déposer une enveloppe sur son bureau. Hudson posa son cigarillo pour l'ouvrir. En provenance de Londres, nota-t-il. Sir Basil en personne...

Sacré nom de Dieu. La vie allait enfin devenir un petit peu plus passionnante.

« Détails à suivre », indiquait la fin du message. À coup sûr. On ne savait jamais tout tant que ce n'était pas indispensable. En tant que supérieur, sir Basil n'était pas un mauvais bougre, mais comme tous les chefs de réseaux d'espionnage, il adorait étaler sa science, ce qui n'était jamais trop apprécié sur le terrain, où les abeilles ouvrières devaient se méfier des guêpes. Hudson avait une équipe de trois personnes, lui compris. Budapest n'était pas une antenne importante, et pour lui, ce n'était qu'une étape en attendant l'ouverture d'un poste de plus grande envergure. En l'état actuel des choses, il était trop jeune pour être chef d'antenne. Basil lui offrait là une chance de faire ses preuves. Cela lui convenait parfaitement. La plupart des chefs d'antenne restaient assis dans leur bureau comme des araignées au milieu de leur toile, ce qui pouvait paraître spectaculaire mais était en fait passablement ennuyeux, car synonyme de rédaction interminable de rapports circonstanciés. Il préférait opérer lui-même sur le terrain. Avec bien sûr le risque de se faire griller, comme l'avait été Jim Szell, un sacré coup de malchance, uniquement, comme l'avait appris Hudson d'une source du nom de BOOT, infiltrée au sein même de l'AVH. Mais tout le charme du boulot venait du danger. Et c'était toujours moins risqué que de sauter de la trappe arrière d'un Lockheed Hercules lesté de trente kilos d'armement et de rations. Moins dangereux aussi que de patrouiller dans Belfast au milieu des Provos. C'était pourtant l'expérience apprise dans les rues des villes d'Ulster qui lui avait donné ses qualités d'espion sur le terrain. Comme toujours dans la vie, on faisait son miel de tout, même des plus amères expériences. Mais, question amertume, il préférait une rasade de bière.

Il y avait un Lapin à débusquer. Cela ne devrait pas être trop difficile, même si le spécimen était sûrement précieux, puisque la CIA demandait l'assistance du « Six » et que ça ne se voyait pas tous les jours. Sauf quand ces fichus Yankees s'emmêlaient les pinceaux, ce qui, réflexion faite, n'était somme toute pas si rare.

Pour l'heure, il n'avait pas grand-chose à faire. Il ne pouvait pas savoir quelle conduite adopter tant qu'il n'avait pas reçu bien plus de détails, mais, dans l'absolu, il savait comment faire sortir des gens de Hongrie. Ce n'était pas si sorcier. Les Hongrois étaient suffisamment peu liés au marxisme pour ne pas être des adversaires bien coriaces. Aussi envoya-t-il un message « dépêche reçue » à Century House, puis il attendit de nouveaux développements.

Le vol de midi British Airways pour Moscou était effectué par un biréacteur Boeing 737. La durée prévue était de quatre heures, selon les vents, qui étaient relativement calmes ce jour-là. Sitôt débarqué à l'aéroport Cheremetyevo, le coursier venu de Londres franchit la porte des services d'immigration qu'il passa sans encombre, grâce à son sac en toile et son passeport diplomatique, puis il se dirigea vers la voiture de l'ambassade qui l'attendait à l'entrée, pour gagner la capitale. Le coursier avait déjà fait ce trajet pour remplir cette mission bien des fois, au point que le chauffeur et les gardes de l'ambassade le connaissaient de vue et qu'il savait se retrouver sans peine dans le dédale du bâtiment. Une fois sa livraison effectuée, il descendit à la cantine manger un hot-dog et boire une bière, puis il ouvrit le dernier livre de poche qu'il avait acheté. Il se dit qu'il aurait intérêt à faire un peu d'exercice, car l'essentiel de son boulot se passait assis, entre sièges de voiture et fauteuils d'avion. Ça ne devait pas être très bon pour la santé.

Mike Russell contempla le monstrueux masque jetable qu'on lui avait envoyé, en espérant ne pas avoir à l'utiliser entièrement en une seule fois. La simple corvée de devoir transposer des lettres aléatoires avait déjà de quoi vous rendre dingue, et il devait bien exister un moyen plus facile de procéder. Après tout, c'était à ça que servaient ses machines de cryptage KH-7, mais Foley lui avait suggéré que la 7 n'était pas cent pour cent sûre, insinuation qui avait scandalisé le professionnel en lui. La KH-7 était en effet la machine à crypter la plus perfectionnée qu'on ait jamais conçue : facile à utiliser et absolument impossible à craquer – enfin, pensait-il jusqu'à présent. Il connaissait l'équipe de mathématiciens qui en avait conçu les algorithmes. Les formules algébriques utilisées dans la 7 lui passaient si loin au-dessus de la tête qu'il avait du mal à en distinguer le fond... Mais ce qu'un mathématicien pouvait faire, un autre en théorie devait pouvoir le défaire... Or les Russes étaient excellents mathématiciens. D'où ce cauchemar : les communications qu'il avait pour mission de protéger étaient lues par l'ennemi.

Et ça, c'était tout bonnement impensable.

Donc, pratique ou pas, il devait désormais utiliser ce masque pour crypter toutes les transmissions super-importantes.

Ce n'était pas qu'il ait une vie mondaine si active à Moscou. En temps normal, les citoyens russes considéraient sa peau noire comme la preuve de quelque relation parentale avec un singe grimpeur africain, ce qui était si vexant pour lui qu'il n'en parlait jamais à personne, se contentant de laisser bouillir intérieurement sa rage, le genre de colère ancrée jusqu'au tréfonds de l'âme qu'il avait ressentie à l'égard du Ku Klux Klan jusqu'à ce que le FBI eût mis cette bande de cinglés ignares hors d'état de nuire. Peut-être continuaient-ils à le haïr, mais un chien peut bien regarder un évêque sans le mordre... pareil pour ces crétins de fanatiques qui avaient dû oublier qu'Ulysses Simpsons Grant avait vaincu Bobby Lee, après tout. Ils pouvaient cracher leur haine autant qu'ils voulaient, la perspective de moisir dans le pénitencier fédéral de Leavenworth les maintenait dans leurs petits trous obscurs. *Les Russes ne valent pas mieux*, se dit Russell, *ces enculés de racistes*. Mais il avait ses bouquins, son magnéto et ses cassettes de jazz cool, plus la prime de risque assortie au poste. Et maintenant, il allait faire passer sous le nez des Russkofs un signal indéchiffrable, et Foley pourrait ainsi faire filer son Lapin. Il décrocha son téléphone, composa un numéro.

« Foley.

— Russell. Vous voulez bien descendre à mon bureau une minute ?

— J'arrive », répondit le chef d'antenne. Quatre minutes chrono. « Que se passe-t-il, Mike ? » demanda-t-il en franchissant la porte.

Russell brandit l'épais classeur. « Il n'y en a que trois exemplaires. Le nôtre, Langley et Fort Meade. Vous vouliez la sécurité, vous l'avez. Tâchez juste de rester concis. Ce genre de connerie me flanque vraiment de l'hypertension.

— Entendu, Mike. Je suis le premier à regretter qu'il n'y ait pas d'autre façon de procéder.

— Un jour, peut-être. Il devrait bien y avoir moyen de faire ça avec un ordinateur... Par exemple, en reportant le masque sur disquette. Tiens, je devrais en toucher un mot à Fort Meade, songea tout haut Russell. Ces trucs ont de quoi vous coller la migraine. »

Je ne voudrais pas être à ta place, s'abstint de répondre Foley. « OK, j'aurai quelque chose pour vous un peu plus tard dans la journée.

— D'accord. » Russell hocha la tête. Il n'avait pas besoin de préciser que le message serait également crypté sur sa KH-7 et ensuite seulement sur-crypté avec le masque. Il espérait bien que les Russkofs intercepteraient le signal et fileraient le document à leurs cryptanalystes. Imaginer ces salauds s'esquinter sur un de ses messages et en devenir cinglés était un des petits plaisirs qui lui donnaient le sourire. *Parfait, on va leur filer du grain à moudre, à ces matheux de classe internationale.*

Mais c'était impossible à savoir. Si le KGB avait réussi, par exemple, à installer un micro dans le bâtiment, celui-ci serait alimenté non pas par une pile intégrée, mais plutôt par un faisceau de micro-ondes émises depuis Notre-Dame des Puces, de l'autre côté de la rue. Il avait deux gars chargés d'ausculter en permanence l'ambassade à la recherche de signaux radio-fréquence. Épisodiquement, ils en repéraient un et parvenaient à extraire le micro, mais le dernier exemple remontait déjà à vingt mois. Ils prétendaient désormais que l'ambassade était parfaitement nettoyée et absolument propre. Mais personne n'y croyait vraiment. Les Russkofs étaient bien trop malins. Russell se demandait comment Foley avait réussi à garder le secret sur son identité, mais ce n'était pas son problème. Maintenir la sécurité des communications lui suffisait amplement.

De retour dans son bureau, Foley rédigea le premier jet de son message à Langley, en cherchant le maximum de concision pour faire plaisir à Russell. Le signal allait à coup sûr faire hausser pas mal de sourcils au sixième étage. Il espérait simplement que les Rosbifs n'aient pas déjà touché un mot de cette idée à Washington. Ce serait vu comme un geste parfaitement déplacé, et tous les hauts responsables, dans quelque pays que ce soit, étaient vite vexés par ce genre de manœuvre mesquine. Mais dans certains cas, on n'avait tout simplement pas le temps d'emprunter la voie hiérarchique, et en tant que chef d'antenne, il était en droit de manifester de temps à autre un minimum d'initiative.

Et avec l'initiative, peut-être un brin de panache.

Foley regarda sa montre. Il avait noué la plus rouge de toutes ses cravates, il était à une heure et demie de son retour en métro et le Lapin devait absolument le voir et surtout voir le signal. Une petite voix intérieure lui disait de mettre en branle BEATRIX dans les plus brefs délais. Qu'il y eût un danger pour le Lapin ou pour toute autre raison, il n'aurait su dire, mais Foley était homme à se fier à son instinct.

21

Un congé

Il n'était pas si évident d'emprunter la bonne rame. Le Lapin et Foley exploitaient l'un et l'autre l'inhumaine efficacité de ce qui devait être le seul aspect de la vie soviétique à fonctionner convenablement, le plus remarquable étant que les trains circulaient selon un horaire aussi régulier et prévisible que la course du soleil. Foley remit sa dépêche entre les mains de Mike Russell, puis il enfila son imper et sortit de l'ambassade par la grande porte précisément à l'heure dite, gagna la station de métro de son pas habituel et déboucha sur le quai au moment pile, avant de se retourner pour vérifier encore une fois l'heure à l'horloge pendue au plafond de la station. Ouais, encore réussi. La rame entra en gare, avec la même ponctualité que la rame précédente en était sortie, Foley monta dans sa voiture habituelle et se tourna pour voir.... oui, le Lapin était là. Foley déplia son journal. Son imper déboutonné pendait, lâche, autour de lui.

Zaïtzev s'avoua de fait surpris en voyant la cravate rouge, mais il aurait eu mauvaise grâce de s'en plaindre. Comme les autres fois, il se faufila pour s'approcher.

C'était presque devenu de la routine, songea le CDA. Il sentit la main se glisser subrepticement dans sa poche et se retirer. Heureusement, ça n'allait plus se reproduire trop souvent. C'était relativement sûr pour Foley, mais très risqué pour le Lapin, si adroit qu'il ait pu devenir à ce délicat exercice. La présence d'autres voyageurs dans la voiture – à force, il reconnaissait des visages – pouvait fort bien trahir l'intervention d'éléments de la Deuxième Direction principale. Il pouvait être soumis à une surveillance intermittente, avec toute une série d'agents pour se relayer. Ce serait une tactique habile pour l'adversaire, son recours épisodique réduisant les risques de se faire repérer.

Comme toujours, la rame entra dans la station à l'heure précise et Foley en descendit. D'ici quelques semaines, il faudrait qu'il mette la doublure à son manteau, et peut-être même coiffe la chapka que lui avait achetée Mary Pat. Il devait commencer à réfléchir à ce qui se passerait après qu'ils auraient réussi à exfiltrer le Lapin. Si BEATRIX marchait comme prévu, il allait devoir maintenir un certain temps encore ses activités de couverture – ou peut-être passer à la voiture pour se rendre à l'ambassade, un changement de routine qui ne paraîtrait guère incongru aux Russes. Il était américain, après tout, et les Américains aimaient la voiture, c'était connu. Le métro devenait lassant. Trop bondé, et souvent avec des voyageurs qui n'avaient pas l'air de savoir à quoi servait une douche. *Les trucs que je dois faire pour mon pays*, songea-t-il. *Non*, se corrigea-t-il, *les trucs que je dois faire contre les ennemis de mon pays*. C'était tout l'intérêt de sa tâche. *Flanquer au gros Ours un bon mal au bide – qui sait même, un cancer de l'estomac*, pensa-t-il, songeur, en regagnant son appartement.

« Oui, Alan ? demanda Charleston en levant les yeux de son bureau.

— C'est une opération d'importance, crois-je savoir ? demanda Kingshot.

— D'importance par ses objectifs, en effet, confirma le directeur général. Mais aussi routinière que possible dans son déroulement. Nous n'avons que trois éléments à Budapest et il ne serait pas vraiment malin d'y expédier un commando d'hommes de main.

— Qui d'autre y va ?

— Jack Ryan, l'Américain, dit sir Basil.

— Il n'est pas officier de renseignement, objecta aussitôt Kingshot.

— C'est à la base une opération américaine, Alan. Il est raisonnable qu'ils nous demandent qu'un de leurs compatriotes l'accompagne à titre d'observateur. En échange, nous aurons un jour ou deux pour interroger le Lapin dans une planque de notre choix. Il aura sans nul doute quantité d'informations intéressantes à nous fournir et ce sera l'occasion ou jamais de parler avec lui.

— Eh bien, j'espère que ce Ryan ne nous fera pas un coup en douce.

— Alan, il a prouvé ses qualités de pondération en période critique, non ? nota sir Basil, toujours aussi raisonnable.

— Ce doit être son entraînement de marine, convint Kingshot, un peu à contrecœur.

— Et il est très habile, Alan. Il nous fournit un excellent boulot avec ses analyses prospectives.

— Si vous le dites, monsieur. Mais pour obtenir ces trois cadavres, j'aurai besoin d'un coup de main de la branche spéciale, puis d'un certain temps pour patienter en espérant qu'il survienne une catastrophe quelconque.

— À quoi pensez-vous ? »

Kingshot lui expliqua l'ébauche de son concept opérationnel. C'était en fait le seul moyen de parvenir à leurs fins. Et, comme l'avait déjà observé sir Basil un peu plus tôt, c'était aussi morbide qu'une autopsie.

« Quelle probabilité qu'un tel événement se produise ? s'enquit Basil.

— Il faudra que je demande à la police.

« — Qui est votre contact chez eux ?

— Le commissaire divisionnaire Patrick Nolan. Mais vous l'avez rencontré. »

Charleston ferma brièvement les yeux. « Le grand baraqué ? Celui qui arrête des avants de rugby pour son échauffement ?

— C'est bien lui. Ils l'appellent Tibout dans son service. Je crois qu'il se bouffe des haltères au petit déjeuner. Est-ce que je peux évoquer devant lui cette opération BEATRIX ?

— Juste dans la limite du strict nécessaire, Alan.

— Entendu, monsieur », et sur ces mots, Kingshot ressortit.

« Vous voulez quoi ? s'exclama Nolan derrière une pinte de bière dans un pub, à une rue de New Scotland Yard, un peu après quatre heures de l'après-midi.

— Tu m'as bien entendu, Tibout », dit Kingshot. Il alluma une cigarette pour faire comme le reste de la clientèle du bar.

« Ma foi, je dois dire que j'ai entendu pas mal de trucs tordus quand j'étais au Yard, mais alors ça, jamais... » Nolan faisait son mètre quatre-vingt-dix pour cent dix kilos et presque pas un poil de graisse. Il passait au moins une heure, trois fois par semaine, dans la salle de gym du Yard. Il portait rarement une arme en service. Il n'en avait jamais besoin pour l'aider à prouver à un criminel que toute résistance était futile.

« Est-ce que tu peux me préciser pour quoi faire ? demanda-t-il.

— Désolé, pas le droit. Tout ce que je peux te dire, c'est que c'est pour un truc d'une certaine importance. »

Grande lampée de bière. « Mouais... tu sais que je garde pas ces trucs en chambre froide, même au musée du service.

— Je pensais plutôt à un accident de la circulation. Il s'en produit tout le temps, non ?

— Oui, bien sûr, Alan, mais pas à chaque fois une famille entière de trois personnes.

— Eh bien, justement, combien de fois ce genre précis d'accident arrive ? insista Kingshot.

— Peut-être une vingtaine au total dans l'année, en moyenne, mais c'est très irrégulier. On ne peut pas compter dessus n'importe quelle semaine.

— Eh bien, on n'a plus qu'à espérer avoir un coup de bol, sinon, tant pis. » Ce serait un sérieux aléa. Peut-être vaudrait-il mieux sur ce coup réclamer l'aide des Américains. Ils avaient bien cinquante mille morts chaque année sur leurs autoroutes. Oui, décida Kingshot, c'est ce qu'il suggérerait à sir Basil dès le lendemain matin.

« Un coup de bol ? Pas sûr que ce soit l'expression que j'emploierais, Alan, fit observer Nolan.

— Tu me comprends, Tibout. Tout ce que je peux en dire, c'est que c'est bougrement important.

— Et si ça se produit en pleine nature, sur une autoroute, par exemple, on fait quoi ?

— On récupère les cadavres...

— Et vis-vis des survivants ? demanda Nolan.

— On remplace les corps par des sacs lestés. L'état des dépouilles empêchera toute cérémonie de mise en bière, non ?

— Oui, en effet. Et ensuite ?

— On demandera à nos gars de s'occuper d'arranger les corps. Inutile de s'appesantir sur les détails. » Le SIS entretenait des relations étroites et cordiales avec la police de Londres, mais il ne fallait pas trop pousser non plus.

Nolan acheva sa pinte de bière. « Oui, je te laisse les cauchemars, Alan. » Il réussit à ne pas frissonner. « Je devrais commencer à ouvrir l'œil ?

— Immédiatement, oui.

91

— Et nous devrions envisager de récupérer les éléments de plus d'un incident de ce type ?

— C'est évident. » Kingshot eut un hochement de tête. « Une autre tournée ?

— Bonne idée, Alan », acquiesça Nolan. Son hôte héla le serveur. « Tu sais, un de ces quatre, j'aimerais bien savoir au juste à quoi tu m'utilises.

— Un jour, quand nous aurons pris tous les deux notre retraite, Patrick. Tu seras alors ravi de découvrir à quoi tu as contribué. Ça, je peux te le garantir, vieille branche.

— Si tu le dis, Alan », concéda Nolan. Provisoirement.

« Sacré bon sang ! » s'exclama le juge Moore en lisant la dernière dépêche de Moscou. Il tendit l'exemplaire à Greer, qui le parcourut avant de le passer à Mike Bostock.

« Mike, ton gars Foley a l'imagination fertile, commenta l'amiral.

— Ça m'a plus l'air d'un coup de Mary Pat. C'est elle le cow-boy – enfin, la cow-girl. En tout cas, c'est original, non ?

— Original n'est peut-être pas le terme, dit le DCR en roulant des yeux. OK, Mike, est-ce faisable ?

— En théorie, oui. Et le concept opérationnel me plaît. Récupérer un transfuge à l'insu des Russkofs. Ça a de la gueule, messieurs, commenta Bostock, admiratif. Le moins ragoûtant est qu'il faut trois cadavres, dont celui d'un enfant. »

Les trois patrons du renseignement réussirent à ne pas frémir à cette idée. Curieusement, c'était pour le juge Moore que la chose était la plus facile, lui qui avait dû se mouiller trente ans plus tôt. Mais c'était en temps de guerre, et les règles étaient bien moins strictes. Mais pas au point de l'empêcher d'avoir des regrets. C'était ce qui l'avait ramené dans le giron de la loi. Il ne pouvait pas effacer les erreurs qu'il avait commises, mais il pouvait faire en sorte que ça ne se reproduise plus. *Ça ou quelque chose d'équivalent*, se disait-il maintenant. *Quelque chose d'équivalent*.

« Pourquoi un accident de voiture ? demanda Moore. Pourquoi pas un incendie, par exemple ? Cela ne collerait-il pas mieux à l'objectif tactique ?

— Bien vu, admit d'emblée Bostock. Moins de traumatismes physiques à devoir justifier.

— Je vais transmettre la remarque à Basil. » Même les plus brillants des individus n'étaient pas à l'abri d'une certaine étroitesse de pensée, se rendit compte Moore. Enfin, c'était justement pour cela qu'il n'arrêtait pas de dire aux gens de penser en dehors du cadre établi. Et de temps à autre, il y en avait un qui y arrivait. Pas assez souvent, toutefois.

« Vous savez, observa Mike Bostock après un moment de réflexion, ça va être un sacré truc si on réussit le coup.

— "Si" peut être un terme très élastique, Mike, le mit en garde l'amiral.

— Ma foi, peut-être que ce coup-ci le verre est à moitié plein, suggéra Mike. Bien, l'essentiel de la mission est d'exfiltrer ce gars, mais de temps en temps, il est bon de pouvoir arrondir les angles.

— Hmph, observa Greer, dubitatif.

— Eh bien, je peux interroger Emil, au FBI, et lui demander son opinion là-dessus, suggéra Moore. Après tout, c'est plus sa branche que la nôtre.

— Et si jamais un avocat vient fourrer son nez là-dedans, on fait quoi, Arthur ?

— James, il y a des moyens de s'occuper des avocats. »

Un pistolet est souvent utile, s'abstint de renchérir l'amiral Greer. Il acquiesça en silence. Chaque chose en son temps, surtout dans ce métier de fous.

« Comment s'est passée ta journée, mon chou ? demanda Mary Pat.

— Oh, comme d'hab », fut la réponse destinée aux micros du plafond. Plus explicites furent les deux pouces levés, suivis par la transmission du billet sorti de la poche d'imper. Ils avaient le lieu et l'heure du rendez-vous. MP devait s'en charger. Elle lut le billet, acquiesça. Eddie et elle allaient faire une autre promenade pour rencontrer la petite Svetlana, le *zaïtchik*. Ensuite, il n'y aurait plus qu'à trouver un moyen de faire sortir le Lapin de la capitale, et comme il était du KGB, ce ne devrait pas être trop difficile. C'était un des avantages de travailler à la Centrale. Ils s'apprêtaient à récupérer un petit nobliau, après tout, et non pas un banal moujik.

Il nota qu'il y avait du steak au dîner – le plat de cérémonie habituel. MP était tout excitée par cette affaire, sans doute même encore plus que lui. Avec un peu de chance, cette opération BEATRIX allait bâtir sa réputation et l'un comme l'autre briguaient justement une bonne réputation d'agents opérationnels.

Ryan retourna à Chatham par son train habituel. Il avait encore une fois raté sa femme, mais elle avait eu une journée de routine, aussi avait-elle sans doute quitté le travail plus tôt, à l'instar de tous ses collègues fonctionnaires. Il se demanda si elle garderait ce rythme quand ils seraient rentrés chez eux à Peregrine Cliff. Sans doute pas. Bernie Katz aimait bien avoir un bureau propre et une liste d'attente réduite à zéro, et les habitudes de travail locales poussaient sa femme à boire. Bon point toutefois, sans intervention chirurgicale prévue cette semaine, ils pourraient se permettre de déguster du vin ce soir au dîner.

Jack se demanda combien de temps il allait être bloqué loin de chez lui. Ce n'était pas une chose à laquelle il était habitué. Un avantage à être analyste était qu'il faisait tout son travail au bureau, puis rentrait en voiture tous les soirs. Il avait rarement dormi hors du foyer conjugal depuis qu'ils étaient mariés, une règle presque sacrée dans leur mariage. Il aimait quand il s'éveillait à trois heures du matin pouvoir se retourner et l'embrasser au milieu d'un rêve et la voir alors sourire dans son sommeil. Son mariage avec Cathy était l'ancrage de sa vie, le centre même de son univers. Mais voilà que le devoir allait l'éloigner d'elle plusieurs jours sans doute – pas une perspective alléchante. Pas plus que celle de devoir monter dans un de ces fichus avions pour se rendre dans un pays communiste muni de faux papiers afin d'y chapeauter une opération clandestine... des techniques dont il ne savait foutre rien, sinon ce qu'il en avait glané ici ou là à l'occasion de discussions avec certains opérationnels à Langley... et de son expérience personnelle ici même à Londres, puis chez lui, au bord de la Chesapeake, quand Sean Miller et ses terroristes avaient déboulé sous son toit, l'arme à la main. C'était une expérience qu'il s'efforçait constamment d'oublier. Il en serait peut-être allé autrement s'il était resté chez les marines, mais dans ce cas, il se serait retrouvé au milieu de compagnons d'armes. Il aurait pu jouir de leur respect, se remémorer avec eux ses faits d'armes, avec l'orgueil d'avoir fait ce qu'il fallait au moment où il le fallait, narrer ses exploits aux intéressés, transmettre les leçons tactiques apprises à la dure sur le champ de semi-bataille tout en descendant des bières au mess, et même sourire de trucs qui ne prêtent d'ordinaire pas à sourire. Mais il avait quitté les marines avec le dos démoli, et il s'était retrouvé à devoir affronter son combat dans la peau d'un civil parfaitement terrorisé. Le courage, pourtant, lui avait-on dit un jour, c'était d'être le seul à savoir à quel point on était terrifié. Et sans doute était-il vrai qu'il avait su manifester cette qualité au moment voulu. Mais sa tâche en Hongrie se réduirait à observer, puis – la partie essentielle – à assister à l'interrogatoire du Lapin par les gars de sir Basil, dans une planque secrète à Londres ou ailleurs, avant que l'Air Force (sans doute) ne les expédie à Washington à bord d'un de ses KC-135 de missions spéciales, depuis la base de

95

la RAF à Bentwaters, avec à bord plats raffinés et alcools pour aider à surmonter la peur de l'avion.

Il descendit du train, sortit de la gare et prit un taxi pour Grizedale Close, où il découvrit Cathy qui avait renvoyé miss Margaret et s'affairait dans la cuisine, aidée, nota-t-il, par Sally.

« Hé, chou ! » Baiser. Il souleva Sally pour le gros câlin habituel. Les petites filles savent faire des gros câlins.

« Alors, c'était quoi, ce fameux message si important ? s'enquit son épouse.

— Pas de quoi fouetter un chat. Plutôt décevant, même. »

Cathy se retourna pour le regarder droit dans les yeux. Jack n'était pas fichu de mentir. C'était même un des traits qu'elle préférait chez lui. « Hon-hon.

— Véridique, ma puce ! » dit Ryan, reconnaissant le regard et s'enfonçant encore un peu plus dans le trou qu'il venait lui-même de creuser. « Personne m'a tiré dessus ou quoi...

— OK », admit-elle, sous-entendu : *on en causera plus tard.*

Tu t'es encore planté, Jack, se dit Ryan. « Comment ça se passe, sur le front des lunettes ?

— J'ai vu six patients, j'avais tout le temps d'en recevoir huit ou neuf, mais c'est tous ceux que j'avais sur ma liste.

— Tu as parlé à Bernie des conditions de travail, ici ?

— Je l'ai appelé aujourd'hui, juste après être rentrée. Il s'est bien marré et m'a dit de profiter plutôt de mes vacances.

— Et au sujet de tes gars qui s'étaient bu une chope durant une opération ? »

Cathy se retourna. « Il a dit, je cite : "Jack est à la CIA, non ? Dites-lui de faire abattre ces salauds", fin de citation. » Elle revint à ses fourneaux.

« Faudra que tu lui dises qu'on n'applique plus ce genre de méthode. » Jack réussit à sourire. Ça au moins, ce n'était pas un mensonge, et il espérait qu'elle s'en rendrait compte.

« Je sais. Tu n'aurais jamais été capable de supporter un tel poids sur la conscience.

— Trop catho, confirma-t-il.

— Enfin, au moins, ça me permet d'être sûre que tu ne me tromperas pas.

— Que Dieu me frappe du cancer si jamais cette idée m'effleure. » C'était la seule imprécation faisant intervenir le cancer qu'elle approuvât (presque).

« Tu n'en auras jamais l'occasion, Jack. » Et c'était bien la vérité. Elle n'aimait ni les armes à feu, ni les effusions de sang, mais elle l'aimait d'amour. Et cela suffisait à leur bonheur.

Le dîner s'avéra succulent, suivi des activités habituelles de la soirée, jusqu'à ce que vienne l'heure de mettre leur grande fille de quatre ans dans son pyjama jaune et de la coucher dans son dodo.

Une Sally au lit et un Petit Eddie assoupi lui aussi, il était temps d'aller s'avachir devant la télé pour regarder les bêtises habituelles. C'est du moins ce que Jack avait espéré, jusqu'à ce que...

« OK, Jack, alors, c'est quoi la mauvaise nouvelle ?

— Pas grand-chose », répondit-il. La pire réponse possible. Cathy savait trop bien lire dans ses pensées.

« Ce qui veut dire ?

— Je dois faire un petit déplacement – à Bonn. » Jack s'était souvenu à temps du conseil de sir Basil. « Une histoire avec l'OTAN.

— Pour quoi faire ?

— Pas le droit de dire, chou.

— Combien de temps ?

— Trois ou quatre jours, sans doute. Ils estiment que je suis le seul habilité, pour je ne sais trop quelle raison.

— Hon-hon. » La demi-vérité de Ryan était juste assez tordue pour l'empêcher (pour une fois) de lire dans ses pensées.

« Tu ne seras pas armé ?

— Chérie, je suis analyste, pas agent, je te signale. Ce genre de truc n'est pas de mon ressort. Incidemment, je ne pense pas que les espions soient souvent armés de nos jours. Trop dur à expliquer si quelqu'un le remarque.

— Mais...

— James Bond, c'est au cinéma, ma puce, pas dans la vraie vie. »

Ryan reporta son attention sur la télé. ITV repassait *Danger-UXB* et, une fois encore, Jack se surprit à se demander si Brian réussirait à survivre à sa mission de désamorçage de bombes pour épouser Suzy, une fois rendu à la vie civile. Démineur, ça c'était un boulot pénible... mais d'un autre côté, quand on commettait une erreur, au moins n'avait-on pas à la regretter longtemps.

« Des nouvelles de Bob ? » s'enquit Greer juste avant six heures du matin.

Le juge Moore quitta son luxueux fauteuil pivotant pour s'étirer. Trop de temps à rester assis, pas assez de mouvement. Chez lui, au Texas, il avait un petit ranch – appelé ainsi parce qu'il avait trois chevaux ; on ne pouvait être un citoyen en vue au Texas si l'on ne possédait pas un ou deux chevaux – et, trois ou quatre fois par semaine, il sellait Aztec et montait une heure ou deux, surtout pour garder les idées claires, s'accorder une plage de réflexion en dehors du bureau. C'était en général à ces moments-là qu'il avait ses idées les plus fructueuses. Peut-être était-ce la raison pour laquelle il se sentait aussi bougrement improductif ici. Un bureau n'est pas le meilleur endroit pour penser, même si tous les responsables du monde vous prétendent le contraire. Dieu seul sait pourquoi. C'était ce dont il aurait eu besoin à Langley : son écurie personnelle. Ce n'était pas la place qui manquait sur le campus, qui était bien cinq fois plus grand que ses terres au

Texas. Mais si jamais il faisait une chose pareille, ce serait un scandale international : le directeur du renseignement américain aimait faire du cheval coiffé de son Stetson noir – il était livré avec la monture – avec sans doute un Colt 45 à la hanche – ça, c'était en option – et ça, franchement, ça risquait d'être mal vu des équipes de télé qui ne manqueraient pas d'apparaître tout autour de l'enclos, bardées de leurs caméras portatives. Et donc, pour de vulgaires raisons de vanité personnelle, il devait se refuser la chance de s'adonner à un minimum de réflexion créative. C'était totalement crétin, se dit l'ancien juge, de laisser de telles considérations affecter sa façon de travailler. Là-bas, en Angleterre, sir Basil pouvait chasser le renard, juché sur un élégant pur-sang, et quelqu'un y trouvait-il à redire ? Diantre non. On l'admirerait ou, au pire, on le jugerait un tantinet excentrique, dans un pays où l'excentricité était une qualité admirable. Mais au pays de la liberté, les hommes étaient esclaves de coutumes à eux imposées par des journalistes et des politiciens élus qui sautaient leur secrétaire. Enfin, personne n'avait dit que le monde devait être sensé, après tout.

« Rien d'important. Juste un câble signalant que ses rencontres avec nos amis coréens se sont bien déroulées, rapporta Moore.

— Tu sais, ces types m'effraient un peu », observa Greer. Il n'avait pas besoin d'expliquer pourquoi. Il arrivait à la KCIA d'ordonner à ses personnels de traiter de manière un peu trop radicale les employés de l'autre gouvernement coréen. Les règles étaient quelque peu différentes là-bas. L'état de guerre larvée entre le Nord et le Sud restait bien réel, et en temps de guerre, certains perdaient la vie. La CIA n'avait plus agi de la sorte depuis près de trente ans. Les Asiatiques n'avaient pas adopté les notions occidentales sur le prix de la vie humaine. Peut-être à cause de la surpopulation dans leurs pays. Peut-être à cause de la différence de convictions religieuses. Peut-être pour tout un tas de raisons,

mais toujours est-il qu'elles différaient quelque peu des para-
mètres opérationnels dans le cadre (ou à l'extérieur) desquels
ils avaient l'habitude d'opérer.

« Ce sont nos meilleurs yeux en Corée du Nord et en
Chine, James, lui rappela Moore. Et ce sont des alliés fidèles.

— Je sais, Arthur. » C'était toujours sympa d'avoir de
temps en temps des nouvelles de la République de Chine
populaire. Tenter de pénétrer ce pays était l'une des principa-
les sources de frustration de la CIA. « J'aimerais juste qu'ils
soient un peu moins cavaliers vis-à-vis du meurtre.

— Ils opèrent selon des règles très strictes, et les deux
camps semblent s'y conformer. »

Et dans les deux camps, les meurtres devaient être autorisés
au plus haut niveau. Même si cela faisait une belle jambe
aux cadavres en question. Les opérations « sales » interféraient
toujours avec l'essentiel de la mission, qui restait la collecte
de renseignements. C'était une chose que certains oubliaient
parfois, mais que la CIA et le KGB comprenaient fort bien,
raison pour laquelle l'un et l'autre service s'en étaient débar-
rassés.

Mais quand l'information recueillie effrayait ou à tout le
moins dérangeait les hommes politiques en charge des services de renseignement, alors les officines d'espionnage se
voyaient ordonner des choses qu'elles préféraient en général
éviter – de sorte qu'elles déléguaient le sale boulot à des sub-
stituts et/ou des mercenaires, en général...

« Arthur, si le KGB veut nuire au pape, comment vont-ils
s'y prendre à ton avis ?

— Pas en agissant eux-mêmes, réfléchit Moore. Trop
dangereux. Ce serait une catastrophe politique, comme une
tornade balayant le Kremlin. Cela mettrait à coup sûr un
terme à la carrière politique de Iouri Vladimirovitch et, tu
sais, je ne le vois pas trop prendre de risques, pour quelque
cause que ce soit. Le pouvoir reste trop important pour lui. »

Le DAR acquiesça : « Entièrement d'accord. Je pense du

reste qu'il ne va pas tarder à démissionner de son poste. Bien forcé. Jamais ils ne le laisseraient passer directement de patron du KGB à secrétaire général du Parti. La perspective est un peu trop sinistre, même pour eux... Ils gardent le souvenir de Beria – ceux qui siègent au Comité central en tout cas.

— C'est un bon point, James, observa Moore en quittant des yeux la fenêtre. Je me demande combien de temps il reste à Leonid Illitch. » Preuve que la santé de Brejnev demeurait un sujet de constante préoccupation pour la CIA – à vrai dire, pour tout le monde à Washington.

« Andropov est notre meilleur indicateur. Nous sommes presque sûrs qu'il est le remplaçant désigné de Brejnev. Quand il semblera que Leonid Illitch aborde la dernière ligne droite, alors on verra Iouri Vladimirovitch changer de fonction.

— Bien vu, James. Je filerai le tuyau aux Affaires étrangères et à la Maison Blanche.

— On nous paie pour ça. Mais revenons-en au pape, suggéra Greer.

— Le Président continue de poser des questions, confirma Moore.

— S'ils agissent, ce ne sera pas avec un Russe. Trop de chausse-trapes politiques, Arthur.

— Là encore, je suis de ton avis. Mais ça nous laisse quelle possibilité ?

— Ils se servent des Bulgares pour leur sale boulot, fit remarquer Greer.

— Donc, on cherche un tireur bulgare ?

— À ton avis, combien de Bulgares font le pèlerinage de Rome ?

— On ne peut pas demander aux Italiens de nous regarder ça, n'est-ce pas ? Ça risquerait de leur mettre la puce à l'oreille, et on ne peut pas se permettre de fuites. Ça la ficherait mal dans la presse. Non, impossible, James. »

Greer laissa échapper un gros soupir. « Ouais, je sais. Tant qu'on n'a rien de solide.

— De plus solide en tout cas que ce qu'on a pour l'instant – et c'est du vent, James, rien que du vent. » *Ce serait chouette*, se dit le juge Moore, *que la CIA soit aussi puissante que le croient ses détracteurs et le cinéma. Même pas tout le temps. Rien qu'une fois de temps à autre.* Mais voilà, elle ne l'était pas, c'était un fait.

Le lendemain, à Moscou, la journée ne s'annonça pas différente de partout ailleurs sur la planète. Zaïtzev s'éveilla à la sonnerie de son vieux réveil mécanique, ronchonna et pesta comme tous les travailleurs du monde, puis il se dirigea d'un pas titubant vers la salle de bain. Dix minutes plus tard, il buvait son thé matinal et mangeait ses tartines de pain noir beurré.

À moins de quinze cents mètres de là, la famille Foley faisait à peu près la même chose. Ed choisit pour changer une gaufre à l'anglaise avec de la gelée de groseille pour accompagner son café, rejoint bientôt par Petit Eddie, qui avait lâché provisoirement « la Travailleuse » et ses cassettes des *Transformers*. Il avait hâte de rejoindre la crèche ouverte pour les enfants d'Occidentaux sur place, dans le ghetto. Il y montrait des dons prometteurs aux pastels ainsi que sur les nouveaux tricycles Hot Wheels qui venaient d'arriver, sans oublier ses talents de champion au tourniquet.

Il se dit qu'il pouvait se détendre. Le rendez-vous n'était pas prévu avant le soir et MP s'en chargerait. D'ici une semaine environ... ou à peu près... BEATRIX serait terminée, et il pourrait se relaxer à nouveau, laisser ses agents battre le pavé de cette putain de saleté de ville. Et bien sûr, ces fichus Orioles de Baltimore se retrouvaient en phase finale du championnat et se préparaient à affronter les Phillies de Philadelphie, reléguant encore une fois les Bombers du Bronx en seconde division. Bon Dieu, mais quelle mouche avait piqué leur nouveau sponsor ? Comment les gens friqués pouvaient-ils être aussi stupides ?

Il faudrait qu'il garde ses petites habitudes de transport. Si jamais le KGB l'avait fait filer, il était peu probable – quoique ? – qu'ils aient relevé quel train précis il empruntait. Bonne question. S'ils opéraient une filature à deux, le numéro deux devait rester sur le quai et, après le départ de la rame, noter l'heure de celui-ci d'après l'horloge de la station – la seule fiable, puisque c'était celle qui pilotait les trains. Les agents du KGB étaient des professionnels scrupuleux, mais l'étaient-ils à ce point ? Une telle précision était proprement germanique, mais si ces salauds étaient capables de faire rouler des trains avec cette ponctualité, alors le KGB devait sans doute être capable d'en prendre note, or le minutage exact était précisément ce qui lui permettait à lui, Foley, de contacter le Lapin.

Putain d'existence, merde ! enragea-t-il brièvement. Mais il l'avait su avant d'accepter le poste à Moscou, et puis la vie ici était exaltante, non ? *Ouais, sans doute aussi exaltante que pour Louis XVI le trajet en charrette jusqu'à la guillotine*, songea Ed Senior.

Un jour, il donnerait des conférences là-dessus à la Ferme. Il espérait que ses élèves apprécieraient la difficulté qu'il aurait eue rien qu'à rédiger le plan de ce cours traitant de l'opération BEATRIX. Enfin, ils auraient intérêt à être impressionnés.

Quarante minutes plus tard, il avait acheté les *Izvestia* et descendait l'interminable escalier mécanique pour rejoindre les quais, négligeant comme toujours les regards en biais des Russes épiant un authentique Américain comme si c'était un animal au zoo. Ça ne serait jamais arrivé à un Russe à New York où l'on pouvait rencontrer tous les groupes ethniques – surtout au volant d'un taxi.

La routine matinale était désormais coulée dans le béton. Miss Margaret chaperonnait les enfants, et Eddie Beaverton attendait à la porte. Les enfants eurent droit aux bisous habituels et les parents filèrent au boulot. S'il y avait une chose que Ryan détestait, c'était bien la routine. Si seulement il avait réussi à persuader Cathy d'acheter un appartement à Londres, alors chaque journée de travail aurait été raccourcie de deux bonnes heures – mais non, Cathy voulait de la verdure pour que les mômes puissent s'y ébattre. Et d'ici peu, ils ne verraient le soleil qu'une fois arrivés au boulot, et encore, un peu plus tard, quasiment même plus.

Dix minutes après, ils étaient dans leur compartiment de première classe et filaient vers le nord-ouest en direction de Londres, Cathy plongée dans sa revue médicale et Jack dans son *Daily Telegraph*. Il y avait un article sur la Pologne et ce journaliste était inhabituellement bien documenté, nota d'emblée Ryan. Les articles dans la presse britannique tendaient à être bien moins verbeux que ceux du *Washington Post* et, pour une fois, Jack se prit à le regretter. Ce gars avait été bien informé et/ou il avait d'excellentes qualités d'analyse. Le gouvernement polonais était réellement pris entre deux feux, sa marge de manœuvre se rétrécissait et le bruit courait que le pape aurait émis des protestations sur le sort de sa patrie et de ses concitoyens, et ce seul fait, notait le gratte-papier, pouvait susciter pas mal de remous.

On ne peut pas mieux dire, songea Jack. Le plus embêtant, c'était que la nouvelle s'était désormais ébruitée. D'où venait la fuite ? Il connaissait de nom le journaliste. C'était un spécialiste des Affaires étrangères, en particulier européennes. Alors, d'où ? D'un membre du Foreign Office ? Ces gens étaient dans l'ensemble avisés, mais, comme leurs homologues américains du département d'État, il leur arrivait de parler sans réfléchir, et de ce côté de l'Atlantique, cela pouvait arriver autour d'un pot amical dans un des milliers de pubs confortables, peut-être dans une stalle d'angle bien tranquille, avec un fonctionnaire du gouvernement renvoyant l'ascenseur ou simplement désireux de se faire mousser devant les médias. Est-ce que cela risquait de faire tomber des têtes ? Il se posa la question. Il faudrait qu'il s'en ouvre à Simon.

À moins que la fuite vienne de Simon lui-même. Il avait un poste suffisamment élevé et il était apprécié de son chef. Peut-être Basil avait-il autorisé la fuite ? Ou peut-être connaissaient-ils tous les deux un gars de Whitehall et l'avaient-ils autorisé à boire un verre amical avec un gars de Fleet Street ?

Ou peut-être que le journaliste était assez malin pour additionner tout seul deux et deux ? Il n'y avait pas qu'à Century House que travaillaient les petits malins. En tout cas, en Amérique, ils ne travaillaient certainement pas tous à Langley. Plus généralement, le talent se trouve là où est l'argent, parce que les gens intelligents veulent de grandes maisons et de chouettes vacances, comme tout le monde. Ceux qui étaient dans la fonction publique savaient qu'ils pouvaient vivre dans l'aisance, pas dans le luxe – mais les meilleurs d'entre eux savaient également qu'ils avaient une mission à remplir, c'était pourquoi l'on trouvait d'excellents éléments sous l'uniforme ou portant un insigne et une arme. Dans son cas personnel, Ryan avait bien réussi dans la finance, mais il avait fini par s'y sentir insatisfait. Ainsi donc, tous les gens talentueux ne couraient pas après l'argent. Certains se donnaient pour but une quête quelconque.

Est-ce ce que tu es en train de faire, Jack ? C'est la question qu'il se posait lorsque le train entra en gare de Victoria.

« Quelles sont tes profondes réflexions, ce matin ? demanda sa femme.

— Hein ?

— Je reconnais cette tête, chéri, remarqua-t-elle. T'es en train de ruminer quelque chose d'important.

— Cathy, t'es ophtalmo ou t'es psy ?

— Avec toi, je suis psy », répondit-elle avec un sourire mutin.

Jack se leva et ouvrit la portière du compartiment. « OK, Milady. Vous avez des orbites à redresser et moi des secrets à démasquer. » D'un signe de main, il la convia à descendre. « Qu'as-tu appris de neuf dans ta *Gazette mensuelle de l'aisselle et du trou du cul* ?

— Tu ne comprendrais pas.

— Sans doute que non », concéda Jack en se dirigeant vers la station de taxi. Celui dans lequel ils montèrent était bleu gorge de pigeon, au lieu de noir. Pour changer.

« Hôpital Hammersmith, indiqua Ryan au chauffeur, et ensuite au 100, Westminster Bridge Road.

— Le MI-6, c'est ça, monsieur ?

— Pardon ? répondit Ryan, innocemment.

— Universal Export, monsieur, là où travaillait James Bond. » Il étouffa un rire et démarra.

Enfin, songea Ryan, la sortie pour la CIA sur l'autoroute George-Washington n'était plus marquée SERVICE NATIONAL DES AUTOROUTES. Cathy trouvait la chose plutôt amusante. On ne pouvait rien cacher aux chauffeurs de taxi londoniens. Cathy sortit d'un bond sous le vaste porche d'accès du Hammersmith et le chauffeur fit demi-tour pour rallier Century House, quelques rues plus loin. Ryan descendit, passa devant le sergent-chef Canderton et monta dans son bureau.

Sitôt passée la porte, il déposa le *Telegraph* sur le bureau de Simon avant de se débarrasser de son imper.

« J'ai vu, Jack, dit aussitôt Harding.

— Qui a parlé ?

— Aucune certitude. Les Affaires étrangères, sans doute. Ils ont été mis au courant. Ou peut-être quelqu'un dans l'entourage du Premier ministre. Sir Basil n'est pas ravi, lui assura Harding.

— Personne n'a appelé le journal ?

— Non. Nous ne savions rien jusqu'à sa parution, ce matin.

— Je pensais que les quotidiens d'ici avaient des relations plus cordiales avec le gouvernement.

— En général, c'est le cas, ce qui me porte à croire que la fuite provient bien des services du Premier ministre. » Harding gardait l'air de rien, mais Jack se surprit à vouloir déchiffrer ses traits. Une tâche à laquelle sa femme aurait été bien meilleure que lui. Il avait toutefois le sentiment que son collègue n'était pas tout à fait sincère, mais il n'avait pas non plus vraiment matière à s'en plaindre.

« Du nouveau du côté des dépêches de la nuit ? »

Harding fit non de la tête. « Rien de bien intéressant. Rien non plus sur l'opération BEATRIX. Vous avez parlé à votre femme de votre prochain voyage ?

— Ouais, et je n'ai pas besoin de vous dire qu'elle a eu tôt fait de voir clair dans mon jeu.

— Comme la plupart des femmes, Jack », rit de bon cœur Harding.

Zaïtzev avait le même bureau et la même pile de messages, toujours différents par le menu détail, mais en réalité foncièrement toujours les mêmes : des rapports d'officiers transmettant des données émanant de ressortissants étrangers sur toutes sortes de sujets. Il avait mémorisé des centaines de noms d'opérations et gardé plusieurs milliers de détails dans la tête, parmi lesquels le vrai nom de certains agents et le nom de code de quantité d'autres.

Comme les autres jours de travail, il prit son temps pour parcourir le trafic matinal avant de le répartir dans les étages, se fiant à sa mémoire exercée pour enregistrer et classer tous les détails importants.

Certains bien sûr contenaient des informations dissimulées de bien des façons. Il y avait sans doute un agent infiltré au sein même de la CIA, par exemple, mais Zaïtzev ne connaissait que son nom de code, TRUMPET. Même les données qu'il transmettait étaient cachées par le recours à plusieurs couches de surencodage, parmi lesquelles un masque jetable. Mais les données étaient adressées à un colonel du cinquième étage spécialisé dans les enquêtes sur la CIA et qui travaillait en étroite collaboration avec la Deuxième Direction principale – donc, par déduction, TRUMPET fournissait au KGB des éléments qui intéressaient la Deuxième Direction, et ça, c'était bien l'indication que des agents travaillaient pour la CIA, ici même à Moscou. Ce qui avait de quoi lui donner des frissons, mais les Américains à qui il avait parlé... il les avait mis en garde sur les problèmes de sécurité des communications, ce qui limiterait toute dépêche le concernant à un nombre très limité d'individus. Et il savait par ailleurs que TRUMPET se faisait payer grassement, donc ce n'était sans doute pas un des cadres haut placés de la CIA qui, jugeait Zaïtzev, étaient sans doute déjà fort bien rémunérés. Un agent par idéologie lui aurait donné matière à s'inquiéter, mais il n'y en avait aucun en Amérique à sa connaissance – et il était bien placé pour le savoir, pas vrai ?

D'ici une semaine, peut-être moins, se dit l'officier de transmissions, il serait en sûreté à l'Ouest. Il espérait que sa femme ne piquerait pas une crise quand il lui exposerait ses plans, mais sans doute pas. Elle n'avait pas de famille proche. Sa mère était décédée l'année précédente et elle n'avait ni frères ni sœurs pour la retenir ; par ailleurs, elle n'avait aucun plaisir à travailler au GOUM à cause de la corruption ambiante. Et puis, il lui promettrait de lui acheter le piano dont elle avait envie depuis si longtemps, mais que même avec son traitement au KGB il n'avait pu lui offrir, si maigres étant les stocks disponibles.

Il se mit à brasser ses papiers, peut-être un peu plus lentement que d'habitude, mais pas tant que ça. Il n'y avait pas des masses de travailleurs acharnés, même au KGB. L'adage – cynique – qui courait en Union soviétique était que : « Tant qu'ils feront semblant de nous payer, on fera semblant de bosser », et le principe s'appliquait également ici. Si vous dépassiez votre quota, ils se contentaient de l'augmenter l'année suivante sans amélioration notable de vos conditions de travail – de sorte que bien peu s'échinaient assez pour être encore distingués comme Héros du travail socialiste.

Juste après onze heures du matin, le colonel Rojdestvenski fit son apparition en salle des transmissions. Zaïtzev intercepta son regard et lui fit signe d'approcher.

« Oui, camarade commandant, dit le colonel.

— Camarade colonel, dit-il d'une voix posée, il n'y a pas eu récemment de transmissions concernant 666. Y a-t-il quelque chose que j'aurais besoin de savoir ? »

La question désarçonna Rojdestvenski. « Pourquoi cette question ?

— Camarade colonel, reprit humblement Zaïtzev, j'ai cru comprendre que cette opération était importante et que j'étais le seul officier de transmissions habilité à la traiter. Aurais-je commis une erreur quelconque ?

— Ah. » Rojdestvenski se relaxa visiblement. « Non, camarade commandant, nous n'avons aucune plainte à formuler. L'opération n'a plus besoin de transmissions de ce type.

— Je vois. Merci, camarade colonel.

— Vous avez l'air fatigué, commandant Zaïtzev. Y aurait-il un problème ?

— Non, non, camarade. Je suppose que j'aurais bien besoin de vacances. Je n'ai pu aller nulle part l'été dernier. Une semaine ou deux de congé ne seraient pas du luxe, avant l'arrivée de l'hiver.

— Très bien. Si vous avez des difficultés, prévenez-moi, et je tâcherai d'arrondir les angles. »

Zaïtzev lui adressa un sourire de reconnaissance. « Eh bien, merci beaucoup, camarade colonel.

— Vous faites du bon boulot ici, Zaïtzev. Nous avons

tous droit à des moments de loisir, même les membres de la Sécurité de l'État.

— Encore merci, camarade colonel. Je sers l'Union soviétique. »

Rojdestvenski fit demi-tour et repartit. Dès qu'il eut franchi la porte, Zaïtzev laissa échapper un grand soupir et reprit son épluchage et sa mémorisation des dépêches... mais pas pour l'Union soviétique. *Donc*, se dit-il, *l'opération 666 est désormais gérée par coursier.* Il faudrait qu'il en sache plus, mais déjà il avait appris que cette opération se poursuivait sur un mode de priorité maximale. Ils allaient donc bel et bien passer à l'action. Il se demanda si les Américains réussiraient à l'exfiltrer assez vite pour lui permettre de l'empêcher. L'information était entre ses mains, mais pas la capacité d'agir à partir de celle-ci. Il n'était pas dans la même position que Cassandre, la fille du roi Priam de Troie, qui savait ce qui allait se passer mais était incapable d'amener quiconque à agir. Cassandre avait irrité les dieux qui l'avaient punie en lui infligeant cette malédiction, mais lui, qu'avait-il fait pour la mériter ? se demanda Zaïtzev, soudain furieux de l'inefficacité de la CIA. Mais il ne pouvait pas non plus embarquer tranquillement dans un avion de la Pan Am à l'aéroport de Cheremetyevo...

22

Acquisitions et dispositions

L E second face-à-face devait avoir lieu au GOUM, car un certain Petit Lapin avait besoin de vêtements d'automne et d'hiver que son père s'avérait soudain désireux de lui acheter – une surprise pour Irina Bogdanova, mais pas désagréable au demeurant. Mary Pat, la grande experte en shopping de la famille Foley, déambulait dans les rayons en contemplant les articles, surprise de découvrir que tout n'était pas de la camelote soviétique. Certains articles étaient presque attrayants... même s'ils ne l'étaient pas au point de l'inciter à les acheter. Elle aboutit encore une fois au rayon fourrures – celles exposées ici auraient fort bien pu se vendre à New York, même si elles ne pouvaient rivaliser avec celles de Fendi. Il n'y avait pas assez de stylistes italiens en Russie. Mais la qualité de la fourrure proprement dite – bref, celle des peaux – était tout à fait correcte. Le seul problème était que les Soviétiques n'étaient pas fichus de les coudre convenablement. *C'est vraiment du gâchis*, se dit-elle. Le plus triste avec l'Union soviétique était de voir comment le gouvernement de ce pays empêchait ses citoyens de réussir quoi que ce soit. Il y avait si peu d'originalité ici. Les meilleurs articles en vente étaient tous anciens, il s'agissait d'œuvres d'art datant d'avant la Révolution, de petits objets en général, presque toujours des objets de piété, vendus sur des marchés aux puces improvisés afin de glaner quelques sous pour nourrir une famille. Elle avait déjà acheté plusieurs pièces, en essayant de ne pas se sentir une voleuse en agissant ainsi. Pour apaiser sa conscience, elle ne marchandait jamais, payant presque toujours le prix réclamé au lieu d'essayer de grappiller quelques roubles. Cela aurait été pour elle comme du vol à main armée, or le but ultime de sa mission à Moscou – elle y croyait dur comme fer – était d'aider ces gens, même si c'était d'une façon qu'ils auraient eu du mal à comprendre ou admettre. Mais, en général, les Moscovites aimaient les sourires et l'amabilité des Américains. Et ils appréciaient sans aucun doute les roubles certifiés barrés de bleu avec lesquels elle réglait ses achats, de l'argent liquide qui leur donnait accès à des articles de luxe ou qu'ils pouvaient changer au taux de trois ou quatre contre un.

Elle continua de se balader durant encore une demi-heure, puis elle avisa sa cible, au rayon des habits pour enfants. Elle s'y dirigea, prenant le temps au passage de choisir pour les examiner quelques articles par-ci, par-là, avant de surgir par l'arrière.

« Bonsoir, Oleg Ivanovitch », dit-elle d'une voix calme, et de lui tendre une parka pour une petite fille de trois ou quatre ans.

« Mary, c'est ça ?

— C'est exact. Dites-moi, auriez-vous quelques jours de vacances à prendre ?

— Oui, tout à fait. Deux semaines, en fait.

— Et vous m'avez dit que votre femme aime la musique classique ?

— C'est également exact.

— Il y a un excellent chef d'orchestre. Il s'appelle Jozsef Rozsa. Il doit diriger dimanche soir à la principale salle de concert de Budapest. Le meilleur hôtel où vous pourriez descendre est l'Astoria. Il est situé à proximité de la gare, et il est fréquenté par les hôtes soviétiques. Dites à tous vos amis

112

ce que vous comptez faire. Arrangez-vous pour leur acheter des articles à Budapest. Faites tout ce que fait un citoyen soviétique en visite. Nous nous chargerons du reste, lui assura-t-elle.

— De nous trois, lui rappela Zaïtzev. Nous partons tous ?

— Bien entendu, Oleg. Votre petit *zaïtchik* verra toutes les merveilles de l'Amérique et les hivers y sont bien moins rudes qu'ici, ajouta MP.

— Nous autres Russes aimons nos hivers, fit-il remarquer avec une pointe d'amour-propre.

— Dans ce cas, vous aurez toujours la possibilité de vivre dans des régions aussi froides que Moscou. Et si vous voulez du temps chaud en février, il vous suffira de descendre en voiture ou en avion en Floride pour vous détendre sur une plage ensoleillée.

— Vous êtes agent de voyages, Mary ? demanda le Lapin.

— Pour vous, Oleg, c'est tout ce que je suis. Êtes-vous à l'aise pour passer des informations à mon mari dans le métro ?

— Oui. »

Tu ne devrais pas, songea Mary Pat. « Quelle est la plus belle de vos cravates ?

— Une bleue à rayures rouges.

— Très bien, portez-la deux jours avant de prendre le train pour Budapest. Bousculez-le et excusez-vous : nous saurons. Deux jours avant votre départ de Moscou, mettez votre cravate rayée bleue et bousculez-le dans le métro », répéta-t-elle. Il fallait toujours être prudent. Les gens pouvaient commettre les pires erreurs pour les choses les plus simples, même – non : surtout – quand leur vie était en jeu. C'est pourquoi elle lui facilitait la tâche dans la mesure du possible. Une seule chose à mémoriser. Une seule chose à faire.

« *Da*, répondit-il, ça ne me posera pas de difficulté. »

Optimiste, mon salaud, hein ? « Excellent. Mais je vous en conjure, Oleg Ivanovitch, soyez prudent. » Et sur ces mots, elle prit congé. Mais elle n'avait pas fait cinq mètres qu'elle se retourna. Dans son sac, il y avait un Minox. Elle le sortit, prit cinq clichés, puis s'éloigna.

« Alors, rien trouvé qui vaille le coup ? demanda son mari, resté à l'attendre au volant de leur Mercedes 280 d'occasion.

— Non, vraiment rien d'intéressant. Peut-être qu'on devrait faire un saut à Helsinki pour nous trouver des vêtements d'hiver, suggéra-t-elle. Tu vois, en train, par exemple. Ça pourrait être marrant. Eddie devrait adorer. »

Le chef d'antenne haussa les sourcils. *Sans doute préférable de prendre le train,* traduisit-il. *Sans avoir l'air ni pressé ni forcé. Lesté d'un tas de valises, la moitié vides, pour pouvoir rapporter à ton retour toutes les merdes que t'auras pu acheter avec tes roubles du Comecon,* continua-t-il de réfléchir. *Sauf que tu ne reviendras pas... Et si Londres et Langley arrivent à s'entendre, peut-être qu'on aura réussi le coup du siècle.*

« Alors, on rentre, chou ? » demanda Foley. Le comble serait que le KGB n'ait *pas* truffé de micros leur domicile et leur voiture et qu'ils se livrent pour rien à tout ce manège et à ces acrobaties d'agents secrets, songea-t-il, rêveur. Enfin, au pire, ça constituait toujours un excellent exercice, pas vrai ?

« Ouais, on en a assez fait pour aujourd'hui. »

« Sacré nom d'une pipe ! » s'exclama Basil Charleston. Il décrocha son téléphone et pressa trois boutons.

« Oui, monsieur ? dit Kingshot, entrant dans le bureau.

— Ceci. » Charleston lui tendit la dépêche.

« Merde », souffla Kingshot.

Sir Basil réussit à sourire. « C'est toujours les choses les plus simples, les plus évidentes, n'est-ce pas ?

— Oui, monsieur. Malgré tout, ça vous donne l'air un

peu idiot, admit-il. Un incendie domestique... plus pratique que notre idée initiale.

— En tout cas, une chose à ne pas oublier. Combien d'incendies domestiques avons-nous à Londres, Alan ?

— Sir Basil, je n'en ai pas la moindre idée, reconnut le plus expérimenté des agents du SIS. Mais je m'en vais vous trouver ça.

— Faites-en part également à votre ami Nolan.

— Dès demain matin, monsieur, promit Kingshot. Au moins cela accroît nos chances. Est-ce que la CIA travaille également sur la même piste ?

— Oui. »

Le FBI aussi. Le directeur Emil Jacobs avait entendu son content de requêtes bizarres de la part des gars « de l'autre rive », comme on surnommait parfois la CIA dans les hautes sphères de Washington. Mais là, c'était franchement sordide. Il décrocha son téléphone et prit la ligne directe avec le DCR.

« Il y a une bonne raison, je présume, Arthur ? demanda-t-il sans préambule.

— Pas au téléphone, Emil, mais la réponse est oui.

— Trois Blancs, un homme, la trentaine, une femme du même âge et une petite fille de trois ou quatre ans, dit Jacobs en relisant la note transmise par porteur de Langley. Mes gars vont se dire que le patron a pété une durite, Arthur. On ferait sans doute mieux de demander un coup de main aux forces de police locales.

— Mais...

— Oui, je sais, ça s'ébruiterait trop vite. OK, je peux envoyer un message à tous mes chefs de section et leur demander d'éplucher leur quotidien local, mais ça ne sera pas facile de garder longtemps le secret.

— Emil, je comprends tout à fait. Nous essayons nous aussi d'avoir un coup de main des Britanniques sur ce coup-là. Pas le genre de truc qui se trouve sous le pas d'un cheval, je sais. Tout ce que je peux dire, c'est que c'est très important, Emil.

— Tu dois te rendre au Capitole, d'ici peu ?

— La commission parlementaire sur le renseignement se réunit demain à dix heures. Pour parler du budget », expliqua Moore. Le Congrès voulait toujours en savoir plus de ce côté, et Moore devait défendre son service contre les gens du Capitole qui auraient tôt fait de couper l'herbe sous le pied à la CIA – pour mieux se plaindre ensuite des « échecs du renseignement », bien entendu.

« OK, est-ce que tu peux faire un saut pour passer me voir avant ? Il faut que j'entende cette histoire abracadabrante, annonça Jacobs.

— Neuf heures moins vingt, moins le quart ?

— Ça me va, Arthur.

— OK, à bientôt, donc », promit Moore.

Le directeur Jacobs raccrocha en s'interrogeant sur ce qui pouvait bien être assez important pour qu'on demande au FBI de jouer les pilleurs de tombes.

Pendant le trajet de retour en métro, après avoir acheté à son petit *zaïtchik* une parka blanche décorée de fleurs rouges et vertes, Zaïtzev réfléchit à sa stratégie. Quand allait-il annoncer à Irina leurs vacances impromptues ? S'il lui balançait ça comme une surprise, il y aurait un problème : Irina s'inquiéterait de son boulot au GOUM, mais, selon ses dires mêmes, la boîte était si mal gérée qu'ils devraient à peine remarquer son absence. D'un autre côté, s'il prenait trop de précautions et la prévenait suffisamment à l'avance, un autre problème surgirait : elle voudrait tout gérer, comme n'importe quelle bonne ménagère, puisque, selon elle, il était incapable d'organiser quoi que ce soit. Ce qui était plutôt amusant, songea Oleg Ivanovitch, compte tenu des circonstances.

Donc, finalement, non, il ne lui dirait rien à l'avance et lui ferait au contraire la surprise de ce voyage, en utilisant comme prétexte ce fameux chef d'orchestre hongrois. Et puis ensuite, la grosse surprise viendrait à Budapest. Il se demanda comment elle réagirait alors à la nouvelle. Peut-être pas très bien, mais c'était une femme russe, éduquée et formée pour accepter les ordres de son mari, ce qui, dans l'esprit de tout Russe, était dans l'ordre normal des choses.

Svetlana adorait prendre le métro. Comme tous les petits enfants, avait découvert Oleg. Pour eux, tout devenait une aventure à vivre avec de grands yeux écarquillés, même quelque chose d'aussi banal qu'un voyage en train dans un souterrain. Elle ne marchait pas, elle ne courait pas : elle bondissait, littéralement, comme un chiot – ou plutôt comme un petit lapin, songea son père en la couvant du regard. Son petit *zaïtchik* allait-il découvrir encore de plus belles aventures à l'Ouest ?

Sans doute... si j'arrive à l'y conduire en vie, se rappela Zaïtzev. Il y avait du danger, mais quelque part, il avait moins peur pour lui que pour sa fille. Comme c'était bizarre. Quoique... Il ne savait plus trop. Ce qu'il savait, c'est qu'il avait une mission à accomplir, et c'était là tout ce qu'il voyait comme but. Le reste n'était qu'une suite d'étapes intermédiaires, mais, au bout du chemin, il y avait une lumière glorieuse, éclatante, et c'est tout ce qu'il pouvait voir. C'était étrange comme cette lumière était devenue de plus en plus brillante, entre ses premiers doutes à l'endroit de l'opération 666 et maintenant, alors qu'elle accaparait tout son panorama mental. Comme un papillon attiré par une lampe, il tournait toujours plus près de celle-ci, et son seul espoir était que cette lumière ne soit pas une flamme qui allait le brûler.

« Là, papa ! » s'exclama Svetlana, reconnaissant leur station. Elle lui prit la main et le traîna vers les portes coulissan-

117

tes. Une minute après, elle bondissait sur les marches de l'escalator, excitée par cette nouvelle aventure. Son enfant se comportait comme un adulte américain – du moins, tels que les imaginaient les Russes : toujours enclins à trouver des prétextes et des raisons pour s'amuser, au lieu de voir les dangers et les menaces que les citoyens soviétiques prudents et raisonnables détectaient partout. Mais si les Américains étaient aussi écervelés, alors pourquoi les Soviétiques essayaient-ils en permanence – et en vain – de les rattraper ? L'Amérique avait-elle raison quand l'URSS avait si souvent tort ? Question profonde qu'il avait à peine considérée. Tout ce qu'il connaissait de l'Amérique venait de la propagande manifeste qu'il voyait chaque soir à la télévision ou lisait tous les matins dans la presse d'État. Il savait que ça devait être faux, mais il n'avait rien pour équilibrer, puisqu'il ne connaissait pas vraiment les informations réelles. Tant et si bien que son passage à l'Ouest relevait quasiment du pari pascalien. Si son pays se trompait à ce point, alors l'autre superpuissance devait avoir forcément raison. C'était un pari risqué et bien hasardeux, songea-t-il en marchant, tenant la main de sa petite fille. Il devrait se montrer plus craintif.

Mais il était trop tard pour avoir peur, et faire demi-tour aurait été désormais aussi dangereux qu'aller de l'avant. Par-dessus tout, la question essentielle était de savoir qui le détruirait – son pays ou lui-même – si jamais il n'accomplissait pas sa mission. Et d'un autre côté, l'Amérique le récompenserait-elle d'avoir tenté de faire ce qu'il estimait être juste ? Il lui semblait être comme Lénine et les autres héros de la Révolution : il voyait une chose qui était objectivement mauvaise et il allait tenter de l'empêcher. Pourquoi ? Parce que c'était son devoir. Il devait espérer que les ennemis de son pays verraient le bien et le mal comme lui. Serait-ce le cas ? Tandis que le Président américain avait dénoncé son pays en l'appelant l'empire du Mal, son propre pays disait en gros la même chose de l'Amérique. Qui avait raison ? Qui avait tort ? Mais c'étaient bien son pays et son employeur qui complotaient pour assassiner un innocent, et il n'avait pas besoin d'aller chercher plus loin.

Alors qu'accompagné de Svetlana, il tournait à gauche pour entrer dans leur immeuble, Oleg admit une bonne fois pour toutes que sa voie était tracée. Il ne pouvait plus rien changer, il ne pouvait que jeter le dé et attendre de voir quel chiffre allait sortir.

Et où sa fille grandirait-elle ? Cela aussi, seuls les dés le diraient.

Cela se produisit d'abord à York, la plus grande métropole du nord de l'Angleterre. Les spécialistes de la lutte contre le feu disent à qui veut les entendre que le moins important dans un incendie, c'est ce qui l'a provoqué, car les causes sont toujours les mêmes : dans le cas présent, c'était une de celles que les pompiers aiment le moins découvrir. Après une soirée amicale à son pub favori, le Brown Lion, Owen Williams avait réussi à descendre six pintes de bière brune qui, ajoutées à une longue et fatigante journée de travail – il était charpentier –, l'avaient quelque peu assommé, alors qu'il revenait à son appartement au deuxième étage ; mais sa somnolence ne l'avait pas empêché de mettre en route la télé dans sa chambre et d'allumer sa dernière cigarette de la journée. La tête calée sur l'oreiller relevé, il avait tiré quelques bouffées avant de s'assoupir, vaincu par l'alcool et sa journée de dur labeur. En cet instant, sa main s'ouvrit et la cigarette tomba sur la literie. Là, elle continua de se consumer pendant une dizaine de minutes avant que les draps de coton blanc ne se mettent à brûler. Comme Williams était célibataire – il avait divorcé un an auparavant –, il n'y avait personne à proximité pour remarquer l'odeur âcre et nauséabonde ; peu à peu, la fumée s'éleva jusqu'au plafond, tandis que le feu à bas bruit consumait progressivement la literie, puis le matelas.

119

Les gens meurent rarement brûlés vifs, et cela n'arriva pas non plus à Owen Williams. Non, il commença à respirer la fumée. La fumée – les spécialistes parlent plus volontiers de « gaz de combustion » – est composée pour l'essentiel d'air chaud, de monoxyde de carbone et de particules de suie, qui sont les résidus non carbonisés des éléments combustibles. De tous ces éléments, le monoxyde de carbone est souvent le plus meurtrier, car il se lie avec les globules rouges. Un lien plus fort que celui que forme l'hémoglobine avec l'oxygène permettant au sang de transporter celui-ci aux organes. L'effet sur le cerveau est assez analogue à celui de l'alcool : une euphorie, semblable à une légère ébriété, suivie d'une perte de conscience et, si cela se prolonge, comme ce fut le cas, de la mort par manque d'oxygénation du cerveau. Tant et si bien que, malgré le feu qui faisait désormais rage autour de lui, Owen Williams ne se réveilla pas, mais s'enfonça au contraire toujours plus avant dans un sommeil qui le mena paisiblement vers l'éternité, à l'âge de trente-deux ans.

Ce n'est que trois heures plus tard qu'un travailleur posté qui logeait au même étage, de retour à son domicile, nota une odeur dans le couloir du second qui l'alerta aussitôt. Il tambourina à la porte et, n'obtenant pas de réponse, courut à son appartement appeler les pompiers.

Il y avait une caserne à moins de six rues, et là, comme dans toutes les casernes du monde, les soldats du feu jaillirent de leur lit, enfilèrent leurs bottes et leur combinaison, glissèrent par le mât de laiton jusqu'au niveau où était entreposé le matériel, appuyèrent sur le bouton pour lever les portes automatiques et foncèrent dans la rue à bord de leur auto-pompe Dennis suivie de près par la grande échelle. Les conducteurs connaissaient les rues aussi bien que des chauffeurs de taxi et ils arrivèrent sur les lieux moins de dix minutes après avoir été réveillés par la sonnerie de l'alarme. L'équipe de l'autopompe arrêta le véhicule et deux hommes déroulèrent les tuyaux de toile pour les brancher sur la borne d'incendie au coin de la rue, mettant leurs lances en batterie avec expertise, comme à l'exercice. Les autres pompiers dont la tâche essentielle était l'intervention de sauvetage se précipitèrent à l'intérieur du bâtiment et découvrirent que le citoyen responsable qui avait donné l'alarme avait déjà tambouriné à toutes les portes du palier et réveillé ses voisins pour leur demander d'évacuer leur appartement. Il indiqua au chef des pompiers la bonne porte et ce costaud la défonça en deux coups de hache. Il fut accueilli par un dense nuage de fumée noire dont l'odeur traversa son masque respiratoire et fit aussitôt résonner le mot « matelas » dans son esprit exercé. Suivit la brève prière d'être arrivé à temps, puis la crainte immédiate que ce ne fût pas le cas. Tout, y compris l'heure, se liguait contre eux dans l'obscurité du petit matin. Il se précipita vers la chambre du fond, brisa la fenêtre avec sa hache en acier pour évacuer les fumées, puis se retourna pour découvrir un spectacle déjà vu hélas une trentaine de fois : une forme humaine, presque cachée par la fumée, et immobile. Entre-temps, deux de ses collègues s'étaient déjà rués dans la chambre. Ils traînèrent Owen Williams dehors, dans le couloir.

« Oh, merde ! » lança un des hommes. Le chef des secouristes de l'équipe plaqua un masque à oxygène sur le visage livide et se mit à presser sur le bouton pour envoyer de l'oxygène pur dans les poumons de la victime, tandis qu'un second homme martelait son torse pour effectuer un massage cardiaque et que, derrière eux, les responsables de la lance amenaient leur tuyau dans l'appartement et commençaient à arroser les lieux.

Bref, tout se déroula comme à la parade. L'incendie fut éteint en moins de trois minutes. Peu après, le plus gros de la fumée avait été évacué et les soldats du feu purent ôter leurs masques protecteurs. Mais dehors, dans le couloir, Owen Williams ne manifestait pas le moindre signe de vie. La règle était que personne n'était mort tant qu'un médecin n'avait pas prononcé le décès, aussi évacuèrent-ils le corps, inerte comme un gros sac pesant, jusqu'à l'ambulance blanche garée dans la rue. L'équipe de secouristes avait elle aussi son plan de bataille qu'elle suivit à la lettre : déposer le corps sur la civière, vérifier le réflexe pupillaire, s'assurer du dégagement des voies respiratoires – elles n'étaient pas obstruées –, puis utiliser le ventilateur pour insuffler de l'oxygène et recommencer les procédures de massage cardiaque. Les brûlures périphériques pourraient attendre. La première chose était de faire repartir le cœur et la respiration pulmonaire, tandis que le chauffeur fonçait dans les rues sombres en direction de l'hôpital Queen Victoria, distant de moins de deux kilomètres.

Mais lorsqu'ils y arrivèrent, les secouristes à l'arrière avaient acquis la certitude qu'ils ne faisaient que perdre un temps précieux. La zone d'accueil des urgences était prête à les recevoir. Le chauffeur recula pour s'y garer, les portes arrière furent grandes ouvertes et la civière sortie, tandis qu'un jeune urgentiste observait la victime, mais sans rien toucher encore.

« Inhalation de fumées, indiqua le secouriste des pompiers qui venait de franchir les portes battantes des urgences. Intoxication sévère au monoxyde de carbone. » Les brûlures étendues, quoiques superficielles, pouvaient attendre.

« Ça fait combien de temps ? demanda aussitôt l'interne.

— Je n'en sais rien. Mais ça se présente mal, docteur. Empoisonnement au CO, pupilles fixes et dilatées, ongles rougis, toujours aucune réaction au massage cardiaque ou à l'insufflation d'oxygène », signala le secouriste.

Les toubibs firent tout ce qu'ils purent. On ne laisse pas un homme à l'orée de la trentaine dire adieu à la vie, mais, au bout d'une heure, il devint manifeste qu'Owen Williams ne rouvrirait plus jamais ses yeux bleus, et sur l'ordre du médecin, les efforts de réanimation furent interrompus, le décès déclaré et inscrit avec l'heure sur le certificat. La police était également là, bien entendu. Ils se contentèrent de bavar-

122

der avec les pompiers en attendant confirmation par le labo de la cause du décès. On effectua une prise de sang – sans tarder pour analyser les gaz dissous dans le sang – et, au bout d'un quart d'heure, le laboratoire signala que le taux de moxyde de carbone était de 39 pour cent, soit largement au-dessus de la dose létale. L'homme devait être mort avant même que les pompiers aient quitté leur couchette. Point final.

Ce fut dès lors à la police de prendre le relais. Il y avait eu mort d'homme, celle-ci devait être signalée et l'accident remonter la chaîne hiérarchique.

Cette chaîne aboutissait à Londres, dans l'immeuble d'acier et de verre qui abritait le New Scotland Yard, avec son enseigne tournante triangulaire qui laissait croire que tel était le nom de la police londonienne quand ce n'était que celui de la rue où se dressait l'immeuble qui avait accueilli jadis l'ancien siège. Là, un Post-it collé sur un télescripteur signalait que le commissaire divisionnaire Nolan de la Section spéciale voulait être immédiatement tenu informé de tout décès dû à un incendie ou un accident, et l'opérateur du télex décrocha son téléphone et appela le numéro convenu.

Ce numéro était celui de l'agent de permanence à la Section spéciale. L'homme posa quelques questions, puis il appela York pour avoir un complément d'information. Sa tâche alors fut de réveiller « Tibout » Nolan. Il était juste un peu plus de quatre heures du matin.

« Très bien, dit le commissaire divisionnaire après avoir rassemblé ses esprits. Dites-leur de ne rien faire et de ne surtout pas toucher au corps – ne pas y toucher du tout. Assurez-vous qu'ils aient bien compris : ne rien faire du tout.

— Très bien, chef, dit le sergent de garde. Je vais leur transmettre. »

Et à douze kilomètres de là, Patrick Nolan se rendormit, ou du moins essaya-t-il, alors que son esprit se redemandait pourquoi diantre le SIS avait besoin d'un cadavre humain rôti. Ce devait vraiment être pour un truc spécial, même si la perspective avait quelque chose de peu ragoûtant – de quoi en tout cas lui ôter le sommeil pendant une bonne vingtaine de minutes, jusqu'à ce que la fatigue finisse par l'emporter.

L'échange de messages au-dessus de l'Atlantique et de l'Europe de l'Est se poursuivit toute la nuit, et tous étaient traités par des spécialistes des transmissions dans les diverses ambassades, ces employés sous-payés et surexploités qui, travaillant quasiment seuls, étaient indispensables à l'échange des informations les plus confidentielles entre donneurs d'ordres et récepteurs, de sorte qu'ils étaient virtuellement les seuls à tout savoir sans jamais agir pour autant. C'étaient eux que l'opposition s'efforçait d'abord de corrompre, eux qui par conséquent se trouvaient les mieux surveillés de tous les personnels, que ce soit au siège des services ou dans les ambassades, même s'ils n'en retiraient en échange aucune sollicitude particulière. Mais c'était par le truchement d'un de ces employés souvent sous-estimés et pourtant vitaux que les dépêches aboutissaient aux services idoines.

L'un de ces destinataires était Nigel Haydoc, et c'est à lui que parvint le plus important des messages de matinée parce que lui seul, à ce moment-là, connaissait l'ampleur de l'opération BEATRIX, ici même dans son bureau, où il travaillait avec la couverture d'attaché commercial auprès de l'ambassadeur de Sa Majesté, sur la rive orientale de la Moskova.

Haydock avait coutume de prendre son petit déjeuner à l'ambassade car, avec une femme enceinte jusqu'aux yeux, il trouvait inconvenant de lui demander de lui préparer ses repas matinaux – en outre, elle dormait beaucoup, sans doute pour se préparer aux longues heures d'insomnie quand le petit salopiot serait arrivé, estimait Nigel. De sorte qu'il était déjà installé derrière son bureau et dégustait son thé matinal en mangeant une gaufre beurrée quand survint la dépêche de Londres.

« Sacré nom de Dieu », souffla-t-il. Puis il se tut pour réfléchir. Brillante, cette variante des Américains sur le thème de MINCEMEAT – sordide, à n'en pas douter, mais brillante. Et il semblait que sir Basil était prêt à marcher dans la combine. Sacré vieux bougre. C'était bien dans le genre des trucs que Bas appréciait. L'actuel patron du service était un adepte de la vieille école, un qui savait apprécier les opérations tordues. *Son excès d'habileté causera peut-être sa chute un de ces quatre, mais, en attendant, on doit bien admirer son panache*, songea Haydock. Donc, amener le Lapin à Budapest, puis s'arranger à partir de là pour le faire disparaître...

Le matin, Andy Hudson préférait du café, accompagné d'œufs, de bacon, de tomates provençales et de pain grillé.

« Brillantissime ! » s'exclama-t-il tout haut. L'audace de cette opération séduisait son côté aventureux. Donc, ils allaient devoir faire sortir trois individus – un homme et une femme adultes, plus une petite fille –, clandestinement, de Hongrie. Pas terriblement difficile, mais il faudrait qu'il vérifie ses contacts, parce que c'était le genre d'opération qu'il n'avait pas intérêt à foirer, surtout s'il espérait une promotion à l'avenir. Le Secret Intelligence Service avait, parmi les divers services du gouvernement britannique, ceci de particulier qu'il récompensait certes plutôt bien les réussites, mais se montrait singulièrement impitoyable à l'égard des échecs – il n'y avait pas de syndicat à Century House pour protéger les abeilles ouvrières. Mais ça, il l'avait su dès son entrée et, quoi qu'il en soit, ils ne pouvaient pas lui supprimer sa retraite – une fois acquis les points d'ancienneté y ouvrant droit, se remémora-t-il aussitôt. Mais même si l'opération n'était pas la Coupe du monde, ce serait un peu comme de marquer le but gagnant pour Arsenal contre Manchester United au stade de Wembley.

Donc, pour Hudson, la première tâche de la journée était de s'assurer de ses contacts transfrontaliers. Il les estimait fiables. Il avait passé pas mal de temps à monter son réseau et l'avait déjà inspecté par le passé. Mais il allait remettre ça, et tout de suite. Il allait également s'assurer de son contact à l'AVH... quoique ? Hudson se posa la question. Qu'est-ce que ça lui rapporterait ? Tout au plus de savoir si la police secrète hongroise était ou non en état d'alerte ou à la recherche de quelque chose, mais dans ce cas, le Lapin ne quitterait pas Moscou. Son information devait être bougrement importante pour qu'une opération d'une telle complexité soit menée par la CIA via le SIS, et le KGB était un service bien trop prudent et trop conservateur pour courir le moindre risque si l'information était aussi sensible. Dans la communauté du renseignement, le camp adverse n'était jamais entièrement prévisible. Il y avait tout simplement trop d'individus aux idées suffisamment différentes pour qu'ils ne marchent pas tous au pas cadencé. Donc, non, l'AVH ne devait pas savoir grand-chose, si même il savait quoi que ce soit. Le KGB ne se fiait à personne, sauf supervision directe, et si possible avec des armes à feu.

Donc, le seul truc utile dans son cas était de tester ses procédures d'évasion et encore, de le faire avec circonspection, sinon d'attendre que ce fameux Ryan débarque de Londres pour regarder par-dessus son épaule... *Ryan, Ryan...*, songea-t-il, la *CIA*. Le même que celui qui... non, aucune chance ? Juste une coïncidence. Obligé. Ce Ryan-ci était un bleu... Un bleu, mais débarqué d'Amérique. *Ce serait quand même trop gros, comme coïncidence*, décida le CDA de Budapest.

Ryan s'était souvenu des croissants et cette fois, il les avait emportés dans le taxi entre la gare de Victoria et Century House, avec le café. En débarquant, il vit le pardessus de Simon accroché au portemanteau, mais pas de Simon en vue. *Sans doute parti voir Basil*, pensa-t-il en s'installant derrière son bureau et en considérant la pile de messages nocturnes à parcourir. Les croissants – il avait fait très fort en en achetant trois, plus du beurre et des sachets de gelée de groseille – étaient tellement croustillants qu'il risquait de les trouver émiettés sur son costume avant d'avoir pu y goûter et le café était loin d'être mauvais. Il faudrait qu'il écrive chez Starbucks pour leur suggérer d'ouvrir quelques boutiques à Londres. Les Britanniques auraient besoin d'avoir du bon café pour les changer de leur satané thé, et cette nouvelle entreprise de Seattle pouvait bien faire un tabac, à supposer qu'ils arrivent à former de bons torréfacteurs. Il leva les yeux quand la porte s'ouvrit.

« 'lut, Jack !

— Hé, Simon ! Comment va Sir Basil, ce matin ?

— Il se sent tout ragaillardi par cette opération BEATRIX. C'est en route, si l'on peut dire.

— Pouvez-vous m'en raconter un peu plus ? »

Simon Harding réfléchit quelques instants, puis lui expliqua en quelques mots.

« Putain, est-ce que quelqu'un a perdu la tête ou quoi ? s'exclama Ryan au terme de ce mini-exposé.

— Jack, c'est une idée créative, admit Harding. Mais il ne devrait pas y avoir trop d'obstacles, côté difficultés opérationnelles.

— Sauf si je dégueule, réagit sombrement Jack.

— Alors, prenez avec vous un sac en plastique, suggéra Harding. Vous n'aurez qu'à en piquer un dans l'avion.

— Très drôle, Simon. » Ryan marqua une pause. « C'est quoi, au juste, une espèce de cérémonie d'initiation à mon endroit ?

— Non, c'est pas le genre de la maison. Le concept opérationnel vient de chez vous, et la demande de coopération émane du juge Moore en personne.

— Bordel ! Et c'est moi qu'ils envoient au casse-pipe, hein ?

— Jack, l'objectif de la manœuvre n'est pas seulement d'exfiltrer le Lapin, mais de le faire de telle manière que les Russkofs le croient mort, et non pas transfuge, parti avec femme et enfant. »

En fait, ce qui gênait Ryan, c'était les cadavres. Qu'est-ce qu'il pouvait y avoir de plus dégoûtant ? *Et encore, il ne sait même pas le pire,* songea Simon Harding, pas mécontent d'avoir escamoté cet ultime détail.

Zaïtzev entra dans le service administratif de la Centrale, au premier étage. Il présenta ses papiers à la secrétaire et attendit quelques minutes avant de pénétrer dans le bureau du responsable.

« Oui ? dit le bureaucrate, daignant à peine lever la tête.

— J'aimerais prendre mes jours de congé. Je voudrais emmener ma femme à Budapest. Il s'y produit un chef d'orchestre qu'elle aimerait entendre... et j'aimerais m'y rendre en train plutôt qu'en avion.

— Quand ça ?

— Dans les prochains jours. Aussi vite que possible, en fait.

— Je vois. » L'agence de voyages du KGB faisait quantité de choses, la plupart totalement futiles. L'agent de voyages – Zaïtzev ne voyait pas comment l'appeler autrement – n'avait toujours pas levé les yeux. « Il faut que je voie les places de train disponibles.

— Je voudrais voyager en classe internationale, voiture à compartiments, trois couchettes – j'ai un enfant, voyez-vous.

— Ça risque de ne pas être facile, dit le bureaucrate.

— Camarade, s'il y a la moindre difficulté, je vous prierai de contacter le colonel Rojdestvenski », précisa-t-il d'une voix douce.

Ce nom amena l'autre à lever la tête, remarqua Zaïtzev. La seule question était de savoir s'il allait ou non passer le coup de fil. Le rond-de-cuir moyen évitait en général de se faire remarquer d'un supérieur, et comme la plupart des employés de la Centrale, il avait une saine frousse de tous les occupants du dernier étage. D'un autre côté, il pouvait vouloir s'assurer que quelqu'un ne lançait pas, au culot, le nom du colonel. Oui, mais attirer l'attention de celui-ci en passant pour un petit fouille-merde obséquieux ne le servirait guère. Il regarda Zaïtzev en se demandant s'il était habilité à invoquer le nom et l'autorité de Rojdestvenski.

« Je vais voir ce que je peux faire, camarade commandant, promit-il enfin.

— Quand puis-je vous rappeler ?

— Dans la journée.

— Merci, camarade. » Zaïtzev ressortit dans le corridor pour rejoindre les ascenseurs. Donc, c'était réglé, grâce à son protecteur temporaire au dernier étage. Pour s'assurer que tout allait bien, il avait gardé sa cravate bleue à rayures pliée dans sa poche de pardessus. De retour à son bureau, il reprit sa tâche de mémorisation du contenu de tous ses messages de routine. Dommage, s'avisa-t-il, qu'il ne puisse pas recopier un de ces blocs de masques jetables, mais ce n'était pas réalisable en pratique ; quant à les mémoriser, c'était purement impossible, même pour une mémoire exercée comme la sienne.

En cours, tels étaient les seuls mots du message de Langley, vit Foley. Donc, c'était parti. Bien. La maison mère était pressée de lancer BEATRIX, et c'était sans doute parce que le Lapin les avait mis en garde contre des failles dans la sécurité des transmissions, la seule nouvelle à pouvoir déclencher à tous coups une panique générale au sixième étage de la boîte. Mais est-ce que ça pouvait être vrai ? Non. Mike Russell estimait que non, et comme il l'avait déjà observé, si tel avait été le cas, plusieurs de ses agents se seraient déjà retrouvés balayés comme des confettis après le carnaval, or rien de tout cela ne s'était produit... à moins que le KGB commence vraiment à être malin et qu'il ait retourné ses agents en les faisant opérer sous contrôle soviétique, mais il aurait été capable de s'en rendre compte, non ? *Eh bien, sans doute...*, jugea Foley. Non, ils ne pouvaient quand même pas être tous des agents doubles. Certains trucs étaient impossibles à cacher, sauf à considérer que la Deuxième Direction principale du KGB avait réussi à monter l'opération la plus habile de toute l'histoire de l'espionnage ; même si c'était possible en théorie, cela restait hautement improbable, et il y avait des chances qu'ils aient évité de s'y aventurer car, pour être crédible, la qualité de l'information lâchée aurait dû être bonne – trop bonne pour être ébruitée délibérément...

Mais il ne pouvait entièrement écarter l'éventualité. Certes, la NSA allait en ce moment même prendre des mesures pour inspecter toutes leurs machines de cryptage, la KH-7 en premier, mais Fort Meade avait une équipe très active dont la seule tâche était de craquer leurs propres systèmes et les mathématiciens russes avaient beau être très forts – ils l'avaient toujours été –, ce n'étaient pas non plus des extraterrestres... à moins qu'ils aient infiltré un de leurs propres agents dans les hautes sphères de Fort Meade, une préoccupation constante pour le service. Combien le KGB serait-il prêt à payer ce genre d'information ? Des millions, peut-être. Ils n'avaient pas tant d'argent que ça pour payer leur personnel et, en plus de sa mesquinerie, le KGB se montrait singulièrement peu loyal vis-à-vis de ses employés, les considérant tous comme des éléments sacrifiables. Oh, bien sûr, ils avaient réussi à récupérer Kim Philby et à l'installer en toute sécurité ici même à Moscou. Les services secrets occidentaux savaient où il vivait – ils avaient même réussi à photographier ce sale traître. Ils savaient également combien il buvait – même selon les critères russes. Mais quand les Russes perdaient un agent par suite de son arrestation, est-ce qu'ils essayaient de marchander pour le récupérer ? De proposer un échange ? Non, plus en tout cas depuis que la CIA avait marchandé pour récupérer Francis Gary Powers, l'infortuné pilote de l'avion-espion U2 abattu en 1961, pour l'échanger en définitive contre Rudolf Abel. Mais Abel était un de leurs officiers, un colonel de grande valeur qui opérait à New York. Ce genre d'attitude devait forcément dissuader tout espion américain d'espérer faire fortune avec de l'argent soustrait aux Russes. Et les traîtres n'avaient pas la belle vie dans les prisons fédérales, ce qui devait avoir là aussi une puissante vertu dissuasive.

Mais les traîtres existaient bien, si malavisés fussent-ils. Au moins, l'époque de l'espion par idéologie était-elle depuis longtemps passée. Or ces derniers étaient de loin les plus productifs car les plus zélés : c'était encore le temps où les gens croyaient vraiment que le communisme était l'avant-garde de l'évolution humaine, mais même les Russes avaient cessé de croire au marxisme-léninisme, excepté Souslov – qui était quasiment mort – et son successeur désigné, Alexandrov. Tant et si bien que désormais, les agents du KGB à l'Ouest n'étaient presque tous que de vulgaires mercenaires. Pas des combattants de la liberté qu'Ed Foley dirigerait dans les rues de Moscou. Une illusion chère au cœur de tous les agents de la CIA, même son épouse.

Et le Lapin, dans tout ça ? L'homme était scandalisé par quelque chose. Un meurtre, avait-il dit, un projet d'assassinat. Une chose en tout cas qui révoltait le sens moral d'un homme honnête. Donc, oui, le Lapin avait des motivations honorables et, par conséquent, il était digne de l'attention et de la sollicitude de la CIA.

Bon Dieu, se dit Ed Foley, *les illusions qu'il faut se trimbaler dans ce putain de métier à la con*. Il fallait être le psychiatre, la mère aimante, le père sévère, l'ami proche et le confesseur d'individus qui, par idéalisme, confusion, colère ou simple intérêt, avaient choisi de trahir leur pays. Certains buvaient trop ; d'autres étaient si enragés qu'ils mettaient leur vie en danger en prenant des risques grotesques. Certains étaient carrément cinglés, déments, cliniquement dérangés. D'autres encore devenaient des pervers sexuels – merde, certains l'étaient déjà au départ et ça ne faisait qu'empirer. Mais Ed Foley devait malgré tout être leur assistante sociale, ce qui était une assez bizarre description d'emploi pour qui se voyait comme un guerrier affrontant le grand méchant Ours.

Bon, se dit-il, *chaque chose en son temps*. Il avait choisi en connaissance de cause une profession tout juste bien payée, où l'on ne devait espérer aucun mérite, aucune reconnaissance, pour les dangers, physiques et psychologiques, encourus en servant son pays d'une façon qui ne serait jamais reconnue par les millions de citoyens qu'il contribuait à protéger, une profession méprisée des journalistes – mais il le leur rendait bien – et où il était hors de question de se défendre en révélant ce qu'on faisait réellement. Quelle chienne de vie.

Mais elle avait ses satisfactions... comme celle d'aider le Lapin à s'échapper...

Si BEATRIX marchait.

Foley se dit que, désormais, une fois encore, il savait l'impression que ça faisait de lancer la balle lors d'une finale.

Istvan Kovacs vivait à quelques rues du Parlement hongrois, un bâtiment ornementé évoquant le palais de Westminster, au deuxième étage d'un immeuble du début du siècle, dont les quatre toilettes étaient situées au rez-de-chaussée dans une cour singulièrement sordide. Hudson prit le métro jusqu'au palais du gouvernement et termina le chemin à pied, en vérifiant qu'il n'était pas suivi. Il avait prévenu de sa visite – détail remarquable, les lignes en ville étaient sûres, échappant à tout contrôle, principalement à cause de l'état lamentable du réseau téléphonique local.

Kovacs était si typiquement hongrois qu'il aurait mérité d'avoir sa photo dans les brochures touristiques inexistantes : un mètre quatre-vingts, trapu, visage rond, yeux marron, cheveux bruns. Mais il s'habillait plutôt mieux que la moyenne de ses concitoyens, grâce à sa profession : Kovacs était contrebandier. C'était presque une activité honorable dans ce pays, puisqu'il faisait son trafic avec leur voisin du sud, la Yougoslavie, pays prétendument marxiste mais dont les frontières étaient suffisamment perméables pour qu'un homme habile puisse s'y procurer des biens occidentaux, qu'il revendait ensuite en Hongrie et dans le reste de l'Europe orientale. Les contrôles douaniers à la frontière yougoslave étaient assez lâches, surtout pour ceux qui avaient un arrangement avec les gardes-frontière. Kovacs, par exemple.

« Salut, Istvan ! » lança Andy Hudson avec un sourire. « Istvan » était la version locale de Steven, et « Kovacs », la version locale de Smith ou Martin.

« Andy, bonjour ! » répondit son interlocuteur. Il ouvrit une bouteille de tokay, le vin jaune local préparé avec des raisins atteints par la pourriture noble qui les touchait à intervalles réguliers. Hudson avait fini par apprécier cette variante locale du sherry – le goût était différent mais l'emploi identique.

« Merci, Istvan. » Hudson but une gorgée. C'était du bon, affichant ses six paniers de raisins sur l'étiquette, signe de la meilleure qualité. « Alors, comment vont les affaires ?

— Excellentes. Nos magnétoscopes ont beaucoup de succès chez les Yougoslaves, et les cassettes qu'ils me vendent ont beaucoup de succès un peu partout. Oh, si je pouvais avoir la même queue que ces acteurs ! » Il rit.

« Les nanas sont pas mal non plus », nota Hudson. Il avait vu sa part de vidéos de ce genre.

« Comment une *kurva* peut-elle être aussi belle ?

— Les Américains paient mieux leurs putes que nous en Europe, je suppose. Mais, Istvan, ces femmes n'ont pas de cœur. » Hudson n'avait jamais payé pour ça – enfin, jamais ouvertement.

« C'est pas leur cœur qui m'intéresse. » Et de repartir d'un rire jovial. Il avait déjà dû tâter du tokay, donc il ne devait pas faire de livraison ce soir-là. Enfin, personne ne bossait en continu.

« J'aurais peut-être une tâche pour toi.

— Qu'est-ce que tu veux que je te rapporte ?

— Rien. Ce serait plutôt pour faire sortir quelque chose, précisa Hudson.

— C'est simple. Les problèmes avec les *határ rség*, c'est quand on revient, et encore, pas tant que ça. » Il leva la main droite en frottant le gras du pouce contre l'index, signe universel pour indiquer ce que voulaient les gardes-frontière : de l'argent ou quelque chose de négociable.

« C'est que le colis pourrait être encombrant, avertit Hudson.

— Encombrant, comment ? C'est un tank que tu veux que je sorte ? » L'armée hongroise venait de prendre livraison du tout nouveau char russe T-72, et cela avait fait les gros titres de la télé, histoire de remonter le moral des troupes. *Du temps perdu*, estima Hudson.

« Ça peut être délicat, poursuivit son interlocuteur, mais c'est faisable, si on y met le prix. » Toutefois, les Polonais en avaient déjà refilé un au SIS britannique, un fait relativement méconnu.

« Non, Istvan, plus petit. À peu près de ma taille, mais en trois exemplaires.

— Trois personnes ? » demanda Kovacs, ne recueillant en

134

réponse qu'un regard impavide. Il saisit le message. « Bah...
pas difficile... *baszd meg !* conclut-il. Une foutaise.

— Je savais que je pouvais compter sur toi, Istvan, dit
Hudson avec le sourire. Combien ?

— Pour faire entrer trois personnes en Yougoslavie... »
Kovacs soupesa la chose un moment. « Oh, disons cinq mille
D-marks.

— *Ez kurva drága !* » objecta aussitôt Hudson – du moins,
en apparence. C'était en fait presque donné. « Très bien,
espèce de voleur ! Je les paierai parce que t'es mon ami –
passe pour cette fois. » Il finit son verre. « Tu sais, je pourrais
très bien les faire sortir en avion, suggéra-t-il.

— Mais l'aéroport est le seul endroit où les *bátar rség* sont
sur leurs gardes, fit remarquer Kovacs. Les pauvres bougres
sont toujours en première ligne, avec leurs supérieurs en permanence dans les parages. Ils ne risquent pas d'être accessibles aux... négociations.

— Je suppose, admit Hudson. Très bien. Je te rappelle
pour te tenir au courant du programme.

— Parfait. Tu sais où me trouver. »

Hudson se leva. « Et merci pour le verre, mon ami.

— Ça lubrifie les affaires », dit Kovacs en lui ouvrant la
porte. Cinq mille marks allemands lui permettraient de couvrir pas mal d'obligations et surtout d'acheter plein d'articles
qu'il pourrait revendre à Budapest avec un coquet bénéfice.

23

Attention au départ

ZAïTZEV rappela l'agence de voyages à quinze heures trente. Il espérait ne pas trahir ainsi une impatience suspecte, mais, après tout, chacun était en droit de s'intéresser aux dispositions pratiques de ses vacances.

« Camarade commandant, vous avez des billets dans le train d'après-demain. Il quitte la gare de Kiev à treize heures trente et arrive à Budapest le surlendemain à quatorze heures pile. Vous et votre famille avez des places dans la voiture 906, compartiments A et B. Vous avez également des réservations à l'hôtel Astoria de Budapest, chambre 307, pour onze jours. L'hôtel est situé juste en face de la Maison de la culture et de l'amitié soviétiques, qui est bien entendu une antenne du KGB avec un bureau de liaison, au cas où vous auriez besoin d'aide sur place.

— Parfait. Merci beaucoup pour votre aide. » Zaïtzev réfléchit quelques instants. « Est-ce que je peux vous acheter quelque chose à Budapest ?

— Eh bien... merci, camarade – avec soudain un léger entrain dans la voix. Oui, peut-être de la lingerie pour ma femme, dit le fonctionnaire d'un ton furtif.

— Quelle taille ?

— Ma femme est une vraie Russe », répondit-il. Signifiant par là qu'elle était tout, sauf anorexique.

« Très bien. Je trouverai bien quelque chose, ou ma femme m'y aidera.

— Parfait. Profitez bien de votre voyage.

— Oh, comptez sur moi », lui promit Zaïtzev. Cette question réglée, Oleg Ivanovitch abandonna son bureau pour aller voir son supérieur hiérarchique et l'informer de ses plans pour les quinze prochains jours.

« Y a-t-il des projets de la direction pour lesquels vous êtes le seul à être habilité ? s'enquit le lieutenant-colonel.

— Oui, mais j'ai demandé au colonel Rojdestvenski et il m'a dit de ne pas me faire de souci. Vous pouvez l'appeler pour qu'il vous le confirme, camarade », lui indiqua Zaïtzev.

Ce qu'il fit, en sa présence. Le bref coup de fil s'acheva sur un : « Merci beaucoup, camarade », avant que l'officier ne lève les yeux vers son subordonné. « Très bien, Oleg Ivanovitch, vous êtes relevé de vos fonctions à partir de ce soir. Dites, au fait, pendant que vous serez à Budapest...

— Mais certainement, Andreï Vassilievitch. Vous me rembourserez à mon retour. » Andreï était un chef bien, qui ne criait jamais, toujours prêt à aider son personnel quand il le lui demandait. Dommage qu'il travaille pour une officine qui liquidait des innocents.

Il ne lui restait plus qu'à faire le ménage sur son bureau, ce qui n'était guère difficile. Le règlement du KGB stipulait que tous les bureaux devaient être disposés de la même manière pour permettre aux employés d'échanger leurs postes sans aucune confusion, et le plan de travail de Zaïtzev suivait les spécifications à la lettre. Une fois ses crayons bien taillés et bien alignés, son journal de réception des messages mis à jour et tous ses calepins bien rangés à leur place, il vida sa corbeille à papier puis se dirigea vers les toilettes. Là, il entra dans une stalle, ôta sa cravate marron et la remplaça par la bleue à rayures. Il regarda sa montre. Il était même un peu en avance. N'étant pas pressé de partir, il fuma deux cigarettes au lieu d'une et, une fois sorti, prit le temps de goûter le temps agréable de l'après-midi, s'arrêtant en chemin pour acheter un journal et, petite gâterie, six paquets de Krasno-presnenski, la cigarette de luxe que fumait Leonid Brejnev en personne, pour deux roubles quarante. Pour avoir quelque chose d'agréable à fumer dans le train. Autant claquer ses roubles maintenant, décida-t-il. Là où il se rendait, ils vau-draient des clopinettes. Puis il descendit dans la station de métro et regarda la pendule. Le train, comme de juste, arriva pile à l'heure.

Foley était à la même place, faisant toujours la même chose de la même manière, l'esprit tournant à toute vitesse, tandis que le train ralentissait pour s'immobiliser dans cette fameuse station. Il sentit une imperceptible vibration lorsque les voyageurs embarquèrent, entendit maugréer les gens qui se bousculaient. Il se redressa pour pouvoir tourner la page. Le train redémarra avec une embardée. Les machinistes – méca-niciens ? – avaient toujours la main un peu lourde sur le manipulateur. Peu après, il détecta une présence sur sa gau-che. Il ne la voyait pas, mais la sentait. Deux minutes plus tard, la rame ralentit à l'abord d'une autre station. Elle s'ar-rêta avec une secousse et quelqu'un le heurta. Foley se retourna légèrement pour voir qui c'était.

« Excusez-moi, camarade », dit le Lapin. Il portait une cra-vate bleue à rayures rouges.

« Y a pas de mal », répondit Foley, négligemment, mais son cœur avait bondi dans sa poitrine.

OK, après-demain, gare de Kiev. Le train pour Budapest. Le Lapin s'écarta d'un pas ou deux et ce fut tout. Le signal avait été passé.

Missile lancé. Foley replia son journal et se faufila par les portes coulissantes.

Le parcours à pied habituel jusqu'à son appartement. Mary Pat préparait le dîner.

« T'aimes ma cravate ? Tu ne m'en as pas parlé ce matin. »

Les yeux de MP s'illuminèrent. *Après-demain*, comprit-elle. Il fallait qu'ils transmettent le signal, mais ce n'était qu'une formalité. Elle espéra qu'à Langley ils étaient prêts. BEATRIX s'emballait un peu, mais à quoi bon tergiverser ?

« Alors, qu'est-ce qu'il y a à dîner ?

— Eh bien, je voulais nous trouver des steaks, mais j'ai bien peur que tu doives te contenter de poulet rôti.

— C'est très bien, ma puce.

— Le steak, ce sera pour après-demain, peut-être ?

— Ça me paraît une bonne idée. Dis, où es Eddie ?

— Devant ses *Transformers*, bien entendu. » Elle indiqua le séjour.

« C'est bien mon garçon, ça, observa Ed avec un sourire. Il sait reconnaître les choses importantes. » Foley embrassa tendrement son épouse.

« Plus tard, tigre ! » répondit Mary Pat dans un souffle. Mais une opération réussie méritait une discrète célébration. Non que le succès fût assuré, mais ils avaient déjà accompli un grand pas en ce sens, et c'était leur première mission à Moscou. « T'as les photos ? » murmura-t-elle.

Il les sortit de sa poche de veston. Elles n'étaient pas vraiment de qualité magazine, mais elles donnaient une bonne idée du Lapin et de son Petit Lapin. Ils ne savaient pas quelle tête avait Mme Lapin, mais il faudrait faire avec. Ils passeraient les clichés à Nigel et Penny. L'un des deux surveillerait la gare pour s'assurer que la famille Lapin était bien dans les temps.

« Ed, il y a un problème avec la douche, dit Mary Pat. La pomme marche pas bien.

— Je vais voir si Nigel a des outils. » Foley sortit de l'appartement et enfila le couloir. Quelques minutes après, ils étaient de retour, Nigel équipé de sa caisse à outils.

« Salut, Mary. » Il la salua d'un geste en se dirigeant vers la salle de bain. Une fois sur place, il se mit à remuer ses outils dans la caisse, puis ouvrit l'eau : ainsi, les éventuels micros du KGB seraient neutralisés.

« OK, Ed, que se passe-t-il ? »

Foley lui tendit les photos. « Le Lapin et son Petit Lapin. Nous n'avons rien encore sur Mme Lapin. Ils doivent tous les trois prendre le train de treize heures pour Budapest, après-demain.

— Gare de Kiev, dit Haydock en hochant la tête. Tu veux que je prenne une photo de Mme Lapin, c'est ça ?

— C'est ça.

— Très bien. Ça peut se faire. » Il se mit aussitôt à phosphorer. En tant qu'attaché commercial, il pouvait sans grand peine trouver un prétexte quelconque. Avec la complicité d'un journaliste afin de faire passer ça pour un reportage d'infos – un truc sur le tourisme, par exemple. Paul Matthews du *Times* jouerait le jeu. Fastoche. Il lui demanderait de faire venir un photographe afin de prendre des clichés professionnels de toute la famille Lapin à destination de Londres et de Langley. Et les Russkofs n'y verraient que du feu. Quelle que soit l'importance de l'information qu'il détenait, le Lapin n'était jamais qu'un employé du chiffre, un parmi les milliers d'employés du KGB trop insignifiants pour être remarqués. Donc, dès le lendemain, Haydock contacterait les chemins de fer d'État soviétiques et leur dirait que leurs homologues britanniques – eux aussi nationalisés – étaient intéressés par une comparaison de leurs méthodes de gestion, et... oui, ça devrait marcher. Les Soviétiques n'adoraient rien tant que voir les autres désirer s'informer sur leur glorieux système. C'était bon pour leur ego. Nigel se pencha pour fermer le robinet.

« Là, je crois que c'est réparé, Edward.

— Merci, vieux. T'as une adresse à me donner à Moscou pour acheter de l'outillage ?

— Non, Ed. J'ai ceux-là depuis que je suis tout môme. Ils appartenaient à mon père, tu vois. »

C'est à ce moment-là que Foley se souvint de ce qui était arrivé au père de Nigel. Ouais, il voulait que BEATRIX réussisse. Il voulait saisir toutes les occasions pour en mettre un bon dans le gros cul poilu de l'Ours. « Comment va Penny ?

— Le bébé se fait toujours attendre. C'est dans une semaine, peut-être plus. En fait, elle ne devrait pas arriver à terme avant trois semaines mais...

— Mais les toubibs se plantent toujours là-dessus, mec, toujours. Si tu veux un conseil, reste auprès d'elle. Quand est-ce que vous comptez rentrer ?

— D'ici une dizaine de jours, ça devrait aller, nous assure le médecin de l'ambassade. Il n'y a que deux heures de vol, après tout.

— Ton toubib est un optimiste. Ces trucs-là ne se passent jamais comme prévu. Je suppose que tu n'as pas envie de voir un petit Anglais naître à Moscou, hein ?

— Non, Edward, sûrement pas.

— Eh bien, évite à Penny de faire du trampoline, suggéra-t-il avec un clin d'œil.

— Oui, certainement, Ed. » L'humour américain pouvait être d'un vulgaire...

Ça pourrait être intéressant, songea Foley en raccompagnant son ami à la porte. Il avait toujours cru que les enfants anglais naissaient à l'âge de cinq ans pour être expédiés illico au pensionnat. Les élevaient-ils de la même façon que les Américains ? Il faudrait qu'il s'en assure.

Personne ne vint réclamer la dépouille d'Owen Williams – il se trouva que l'homme n'avait pas de famille proche et que son ex-épouse ne s'intéressait plus du tout à lui, surtout mort. Dès réception d'un télex du commissaire divisionnaire Patrick Nolan de la police de Londres, les collègues sur place mirent le corps dans un cercueil en aluminium. Celui-ci fut chargé dans un car de police qui prit la route du sud vers

Londres. Mais pas directement. Il fit halte en un lieu choisi à l'avance, où le cercueil fut transféré dans un autre fourgon, anonyme celui-ci, pour rejoindre la capitale. Son trajet s'acheva dans une morgue du quartier de Swiss Cottage, au nord de Londres.

Le corps n'était pas en très bon état et, comme il n'était pas passé entre les mains d'employés des pompes funèbres, il n'avait subi aucun traitement. La partie inférieure, non brûlée, avait pris une teinte bleu cramoisi caractéristique de la lividité cadavérique. Dès que le cœur cesse de battre, le sang s'accumule, par gravité, dans les parties inférieures du corps – en l'occurrence, le dos –, où, par manque d'oxygène, il tend à donner à la peau une couleur bleuâtre, tandis que la partie supérieure prend une désagréable pâleur ivoire. L'employé de cette morgue était un civil qui effectuait à l'occasion des interventions spécialisées à la demande du SIS. Accompagné d'un médecin légiste, il procéda à un examen du corps, pour voir s'il y avait quoi que ce soit d'inhabituel. Le pire était l'odeur de chair humaine grillée, mais leurs masques chirurgicaux atténuaient la puanteur.

« Un tatouage, sous l'avant-bras, partiellement brûlé mais pas entièrement, signala le thanatologue.

— Très bien. » Le légiste alluma un chalumeau à propane et appliqua la torche sur le bras, cramant ainsi toute trace de tatouage. « Autre chose, Williams ? demanda-t-il deux minutes plus tard.

— Rien de particulier. Le haut du corps est bien brûlé. Quasiment plus de système pileux (l'odeur de poils et de cheveux brûlés était particulièrement nauséabonde) et l'une des oreilles est presque entièrement carbonisée. J'imagine que le gars était déjà mort avant de cramer.

— Sûrement, observa le médecin légiste. Le taux de CO dans le sang était largement au-dessus de la dose létale. Ça m'étonnerait que le pauvre bougre ait senti quoi que ce soit. » Puis il brûla les empreintes digitales, s'attardant avec sa torche sur le reste des deux mains pour ne pas laisser croire à une mutilation délibérée.

« Et voilà, dit-il finalement. S'il reste encore un moyen d'identifier le corps, j'ignore lequel.

— On le congèle ? demanda le thanatologue.

— Non, je ne pense pas. Si on le refroidit à deux ou trois degrés, aucune décomposition ne devrait plus se produire.

— Dans la neige carbonique, alors ?

— Oui. Le cercueil métallique est bien isolé et sa fermeture est hermétique. La neige carbonique ne fond pas, elle se transforme directement en gaz. Donc, aucun risque. Bien, il ne reste plus qu'à l'habiller. » Le toubib avait apporté des sous-vêtements. Aucun n'était d'origine britannique, et tous étaient déjà bien abîmés par le feu. Toutes ces manipulations n'avaient rien de ragoûtant, mais thanatologues et médecins légistes devaient s'y accoutumer dès leurs débuts dans la profession. C'était juste une question de point de vue et, dans le cas présent, une variante de leur boulot. Mais celle-ci n'en était pas moins sordide, même pour deux habitués comme eux. L'un et l'autre auraient bien besoin d'un petit verre avant de terminer leur nuit. Dès qu'ils eurent fini leur tâche, le cercueil en alu fut chargé à nouveau dans la fourgonnette qui repartit vers Century House. Au matin, il y aurait un mot sur le bureau de sir Basil pour lui annoncer que le Lapin A était prêt pour son dernier vol.

Un peu plus tard cette même nuit et à près de cinq mille kilomètres de là, à Boston, Massachusetts, une explosion de gaz se produisit au premier étage d'une maison à charpente en bois donnant sur le port. Trois personnes s'y trouvaient à ce moment-là. Les deux adultes n'étaient pas mariés, mais tous deux étaient ivres, et la fille de la femme, âgée de quatre ans – et sans lien de famille avec le locataire masculin – était déjà au lit. L'incendie se propagea vite, trop vite pour que les deux adultes puissent réagir compte tenu de leur état d'ébriété. Les trois victimes moururent rapidement, asphyxiées avant d'être brûlées. Les pompiers de la ville arrivèrent sur les lieux en moins de dix minutes. Deux hommes se frayèrent un passage à travers les flammes sous la protection de deux lances à incendie, découvrirent les corps et les sortirent, mais ils savaient déjà que, encore une fois, ils étaient arrivés trop tard. Le capitaine put presque aussitôt déterminer l'origine du sinistre : dans la cuisine, une fuite de gaz sur le vieux four que le propriétaire n'avait jamais voulu changer, et trois personnes étaient mortes à cause de son avarice. (Il s'empresserait bien sûr de toucher l'argent de l'assurance, non sans se dire désolé par cette tragédie.) Pour les soldats du feu, ce n'était pas la première fois. Ce ne serait pas non plus la dernière : ses hommes et lui auraient encore des cauchemars en songeant aux trois corps, surtout celui de la petite. Mais c'était inhérent au métier.

Le sinistre était survenu assez tôt pour faire l'ouverture du journal de vingt-trois heures, au prétexte que « Plus il y a de sang, plus ça se vend. » L'inspecteur responsable de l'antenne du FBI à Boston était encore debout devant la télé. En fait, il attendait le résumé des éliminatoires de base-ball – il avait participé à un dîner officiel et avait raté le direct sur NBC. Dès qu'il vit le reportage, il se souvint de ce télex insensé reçu un peu plus tôt dans la journée. Il laissa échapper un juron et décrocha son téléphone.

« FBI, dit le jeune agent de permanence en décrochant.

— Fais lever Johnny, ordonna l'inspecteur. Toute une famille vient de cramer dans un incendie sur Hester Street. Il saura quoi faire. Dis-lui de me rappeler chez moi si nécessaire.

— Bien, chef. » La cause était entendue, mais pas pour l'inspecteur adjoint John Tyler qui était en train de lire au lit – natif de Caroline du Sud, il préférait le football universitaire au base-ball professionnel – quand le téléphone sonna.

144

Il bougonna en se dirigeant vers les toilettes, puis il récupéra son arme de service et ses clés de voiture avant de filer. Il avait vu lui aussi le télex de Washington et se demandait quel genre de drogue prenait Emil Jacobs, mais ce n'était pas à lui d'en discuter.

Peu après, mais cinq fuseaux horaires plus à l'est, Jack Ryan roula hors du lit, se leva, alla chercher son journal à la porte, puis revint allumer la télé. CNN rapportait également l'incendie de Boston – la soirée était pauvre en événements. Il murmura une brève prière pour les victimes puis, presque aussitôt, s'interrogea sur le raccord du tuyau de son propre four. Sa maison était toutefois bien plus récente que les véritables scieries qui passaient pour des maisons dans les quartiers sud de Boston. Quand ces bâtisses prenaient feu, c'était du sérieux, et du rapide. Trop rapide pour que les malheureux aient pu sortir, manifestement. Il se souvint de son père qui répétait souvent combien il respectait les pompiers, ces gens qui se précipitaient dans les bâtiments en flammes au lieu de les fuir. La partie la plus pénible du boulot devait être la découverte des corps inertes à l'intérieur. Hochant la tête, il ouvrit son quotidien du matin et prit son café, tandis que sa toubib de femme découvrait la fin du reportage et se livrait à ses propres réflexions. Elle se souvint d'avoir traité des grands brûlés en troisième année de fac : ils hurlaient quand on débridait les tissus nécrosés et l'on ne pouvait pas y faire grand-chose. Mais ces malheureux à Boston étaient morts, et voilà. Ce n'était pas drôle, mais des morts, elle en avait vu souvent, parce que la médecine ne gagne pas toujours. Ce n'était jamais une idée bien agréable pour un parent, d'autant que la petite fille de Boston avait l'âge de Sally et qu'elle ne grandirait plus. Elle soupira. Consolation, elle devait opérer dans la matinée, une manière d'améliorer la santé de ses semblables.

Sir Basil Charleston vivait dans un luxueux hôtel particulier situé dans le quartier cossu de Belgravia, au sud de Knightsbridge. Veuf, avec des enfants qui avaient depuis longtemps quitté le toit familial, il était habitué à vivre seul, même s'il avait un discret détachement en permanence sur place pour assurer sa sécurité. Une bonne venait trois fois par semaine faire le ménage, en revanche, il se passait d'une cuisinière, préférant dîner dehors ou se préparer lui-même des repas simples.

Il avait bien sûr à sa disposition tout l'attirail d'un roi de l'espionnage : trois types différents de téléphones cryptés, un télex également crypté et un tout nouveau télécopieur, crypté lui aussi. Il n'avait pas de secrétaire sur place mais, quand il y avait des affaires au bureau et qu'il n'y était pas, un service de porteur spécial lui permettait d'être tenu au courant de tous les documents imprimés qui circulaient dans le service. En fait, comme il devait supposer que l'« opposition » surveillait constamment son domicile, il jugeait plus malin de rester chez lui en période de crise, pour mieux projeter une image de calme. Peu importait de toute façon : il demeurait étroitement lié au SIS par un cordon ombilical électronique.

Et c'était encore le cas ce matin. Quelqu'un, à Century House, avait cru bon de lui faire savoir que le SIS disposait désormais d'un cadavre adulte de sexe masculin à utiliser pour l'opération BEATRIX : exactement le genre de truc dont il avait besoin à l'heure du petit déjeuner, nota-t-il avec une grimace. Il leur en fallait trois cependant, dont un cadavre de petite fille, ce qui n'était vraiment pas l'idéal avec son thé matinal et ses flocons d'avoine écossais.

Il était cependant difficile de ne pas être passionné par cette opération BEATRIX. Si leur Lapin disait vrai – ce n'était pas toujours le cas –, alors il avait dans la tête toutes sortes d'informations utiles. La plus utile de toutes, bien sûr, serait qu'il puisse identifier les agents soviétiques infiltrés dans le gouvernement de Sa Gracieuse Majesté. C'était en vérité la

146

tâche du Service de sécurité – qu'on continuait à tort d'appeler le MI-5 –, mais les deux services collaboraient étroitement, plus étroitement que la CIA et le FBI aux États-Unis, c'était du moins l'impression qu'en avait Charleston. Sir Basil et ses collaborateurs soupçonnaient depuis longtemps l'existence d'une fuite quelque part aux plus hauts échelons du Foreign Office, mais sans pouvoir identifier le suspect. De sorte que s'ils parvenaient à exfiltrer leur Lapin – il se rappela que rien n'était garanti d'avance –, ce serait sans aucun doute une question que ses hommes lui poseraient, une fois parvenus dans leur planque habituelle, non loin de Taunton, au milieu des collines du Somerset.

« Tu ne vas pas travailler, aujourd'hui ? » demanda Irina. Son mari aurait déjà dû être parti au bureau.

« Non, et j'ai une surprise pour toi, annonça Oleg.

— Ah bon, quoi donc ?

— Nous partons demain pour Budapest. »

La nouvelle lui fit tourner brusquement la tête. « Quoi ?

— J'ai décidé de prendre mes jours de congé, et il y a un nouveau chef d'orchestre qui se produit à Budapest en ce moment. Jozsef Rozsa. Comme tu adores la musique classique, j'ai décidé de t'y inviter, avec notre petit *zaïtchik*.

— Oh..., fut tout ce qu'elle trouva à dire. Mais mon boulot au GOUM ?

— Tu ne peux pas te libérer ?

— Ma foi, si, je suppose, admit Irina. Mais pourquoi Budapest ?

— Eh bien, la musique, déjà, et puis, on pourra y faire quelques emplettes. J'ai déjà toute une liste d'articles à acheter pour mes collègues de la Centrale.

— Ah oui... on pourra trouver aussi de jolies choses pour Svetlana », songea-t-elle tout haut. Travaillant au GOUM, elle savait ce qui était disponible en Hongrie et qu'elle n'au-

147

rait aucune chance de trouver à Moscou, même dans les magasins réservés. « Qui est ce Rozsa, au fait ?

— C'est un jeune chef hongrois qui fait une tournée en Europe de l'Est. Il a une excellente réputation, chérie. Le programme devrait être consacré à Brahms et Bach – il dirige un des orchestres d'État de Hongrie – et n'oublie pas, crut-il bon d'ajouter, ce sera l'occasion de faire du shopping... » Aucune femme au monde n'aurait pu résister à une telle offre, estima Oleg. Il attendit, patient, l'objection suivante :

« Je n'ai rien à me mettre !

— Ma chérie, c'est bien pour ça que nous allons à Budapest. Tu pourras acheter là-bas tout ce dont tu as besoin.

— Eh bien...

— Et pense à mettre tout ce qu'il te faut dans un seul sac. On aura besoin de bagages vides pour ramener tout ce qu'on aura acheté pour nous et nos amis.

— Mais...

— Irina, imagine Budapest comme un magasin gigantesque. Des magnétoscopes hongrois, des jeans et des collants occidentaux, de vrais parfums... Toutes tes collègues du GOUM vont être folles de jalousie, lui promit-il.

— Eh bien...

— J'en étais sûr. Ma chérie, nous partons en vacances ! » lui dit-il en mettant un accent de virilité dans sa voix.

« Si tu le dis, répondit-elle avec un soupçon de sourire cupide. J'appellerai le magasin un peu plus tard, pour les prévenir. J'imagine que je ne leur manquerai pas beaucoup.

— Les seules personnes à Moscou qui peuvent leur manquer, ce sont les membres du Politburo, et encore, juste pendant les trente-six heures nécessaires à les remplacer », observa-t-il.

C'est ainsi que l'affaire fut réglée. Ils prenaient le train pour la Hongrie. Irina se mit à réfléchir à ce qu'elle allait emporter. Oleg lui faisait confiance pour ça. *D'ici une semaine, dix jours tout au plus, nous aurons de bien meilleurs habits*, se dit l'officier des transmissions du KGB. Et peut-être que dans un mois ou deux, ils se rendraient à cette fameuse Disney Planet, dans la province de Floride...

Il se demanda si la CIA se rendait compte de la confiance qu'il plaçait en elle et il pria – activité peu commune pour un agent du KGB – pour qu'elle sache répondre à ses espoirs.

« Bonjour, Jack.

— Hé, Simon ! Quoi de neuf sur la planète ? » Jack déposa son café avant d'ôter son pardessus.

« Souslov est mort la nuit dernière, annonça Harding. La nouvelle sera annoncée dans les journaux de l'après-midi.

— Quel dommage. Encore un démon qui a retrouvé la voie de l'enfer, pas vrai ? » *Au moins il est mort avec une bonne vue, grâce à Bernie Katz et ses collègues de Johns Hopkins,* se dit Ryan. « Complications du diabète ? »

Harding haussa les épaules. « Plus l'âge, je suppose. Attaque cardiaque, nous disent nos sources. Incroyable, mais le vieux bougre avait donc bien un cœur. Quoi qu'il en soit, son remplaçant va être Mikhaïl Evguenievitch Alexandrov.

— Et ce n'est pas à proprement parler un joyeux luron. Quand doivent-ils le planter en terre, le Souslov ?

— C'était un membre éminent du Politburo. J'imagine qu'il aura droit à des obsèques nationales, avec défilé, fanfare et tout le tralala, puis crémation et urne dans le mur du Kremlin.

— Que peut bien penser un vrai communiste à l'heure de la mort ? On peut imaginer qu'ils se demandent si tout ça n'a pas été qu'une vaste foutaise ?

— Aucune idée. Mais Souslov était à l'évidence un vrai croyant. Sans doute a-t-il dû songer à tout ce qu'il avait accompli dans sa vie, en menant l'humanité vers cet "avenir radieux" qu'ils ont tous à la bouche. »

Personne ne serait aussi con, eut envie de rétorquer Ryan, mais Simon avait sans doute raison. Rien ne s'accrochait plus à l'esprit d'un homme qu'une mauvaise idée, et nul doute que les mauvaises idées de Mike le Rouge lui avaient tenu à cœur ou à ce qui en tenait lieu. Mais le scénario d'après-vie le plus optimiste pour un communiste était le pire que pouvait imaginer Ryan, et si le communiste se trompait, alors, au sens propre, il le paierait en enfer. *Pas de pot, Michka. J'espère que t'as pensé à prendre de l'écran total.*

« OK, quoi de prévu pour aujourd'hui ?

— La Premier ministre veut savoir si cela aura un quelconque effet sur la ligne du Politburo.

— Dites-lui que non, sûrement pas. En termes politiques, Alexandrov pourrait aussi bien être le frère jumeau de Souslov. Il pense que Marx est Dieu et que Lénine est son prophète, et que Staline avait en gros raison, mais qu'il était juste un rien *niekulturniy* dans son application des théories politiques. Le reste du Politburo ne croit pas vraiment à ces histoires mais ils doivent continuer à faire comme si. Alexandrov est comme qui dirait le nouveau chef de l'orchestre symphonique idéologique. Ils n'aiment plus trop la mélodie, mais ils continuent de danser dessus, parce que c'est la seule qu'ils connaissent. Je ne pense pas que cela affectera le moins du monde leurs décisions politiques. Je parie qu'ils l'écoutent parler, mais que ce qui rentre par une oreille ressort aussitôt par l'autre ; ils font mine de le respecter mais, en réalité, ils s'en moquent.

— C'est un peu plus complexe, mais vous avez saisi l'essentiel, admit Harding. Le problème, c'est qu'il faut que je trouve un moyen de pondre dix pages double interligne pour le dire.

— Ouais, la logorrhée bureaucratique. » Ryan n'avait jamais réussi à maîtriser cette langue – une des raisons qui lui avaient valu l'affection de l'amiral Greer.

« Nous avons nos procédures, Jack, et Madame le Premier ministre – en fait, tous les Premiers ministres – aime qu'on lui explique les choses en termes qui lui soient compréhensibles.

— La Dame de fer comprend le même langage qu'un charretier, je parie.

— Uniquement quand il sort de sa bouche, sir John, pas quand d'autres essaient de le lui infliger.

— Je suppose. OK, dut concéder Ryan. Quels documents vous faut-il ?

— Nous avons un dossier complet sur Alexandrov. J'ai déjà demandé qu'on le fasse descendre. »

La journée allait donc être consacrée à l'écriture créative, décida Ryan. Il aurait été plus intéressant d'examiner leur économie, mais, au lieu de cela, il allait devoir contribuer à la rédaction d'une nécrologie analytique et prospective pour un individu que personne n'avait aimé et qui allait de toute façon décéder intestat.

Les préparatifs se révélèrent encore plus aisés qu'il ne l'avait espéré. Haydock s'était attendu à ce que les Russes fussent ravis et, de fait, il avait suffi d'un coup de fil à son contact au ministère des Transports. Dès dix heures le lendemain, il devait se retrouver, en compagnie de Paul Matthews et d'un photographe du *Times*, à la gare de Kiev pour réaliser un reportage sur les chemins de fer d'État soviétiques et un comparatif entre ceux-ci et leurs homologues britanniques qui avaient besoin d'une sérieuse remise en ordre, au dire de la majorité des Anglais, surtout au niveau de l'encadrement supérieur.

Matthews soupçonnait probablement Haydock d'appartenir au « Six », mais il n'en avait jamais rien laissé paraître, tant l'espion lui avait rendu de services pour dénicher de bons sujets de papier. C'était la méthode habituelle pour s'attirer la faveur des journalistes – on l'enseignait même à l'Académie du SIS – mais officiellement leurs homologues de la CIA n'y avaient pas droit. *Le Congrès américain est remarquablement doué pour voter les lois les plus absurdes et les plus aptes à paralyser l'action de ses services de renseignement*, songea le Britannique, même s'il était sûr que les règles officielles devaient être enfreintes quotidiennement par les hommes en proie aux réalités du terrain. Lui-même avait violé certaines des moins strictes de son propre service de tutelle. Sans jamais se faire pincer, bien sûr. Pas plus qu'il ne s'était fait pincer à traiter avec des agents dans les rues de Moscou...

« Salut, Toni. » Ed Foley tendit une main amicale au correspondant à Moscou du *New York Times*. Il se demanda si Prince savait à quel point il le méprisait. Mais c'était sans doute réciproque. « Quoi de neuf, aujourd'hui ?

— On guette une déclaration de l'ambassadeur sur la disparition de Mikhaïl Souslov. »

Rire de Foley. « Qu'est-ce que vous pariez qu'il est ravi que ce vieil enfoiré ait avalé son bulletin de naissance ?

— Puis-je vous citer ? » Prince brandit son calepin.

Temps de faire machine arrière : « Pas vraiment. Je n'ai reçu aucune consigne, Tony, et le patron a d'autres chats à fouetter pour l'instant. Guère de temps pour vous voir avant la fin d'après-midi, j'en ai peur.

— Eh bien, c'est qu'il me faut absolument quelque chose, Ed.

— Hmm... "Mikhaïl Souslov était un membre éminent du Politburo, et une force idéologique de premier plan dans ce pays, nous ne pouvons que regretter sa disparition prématurée..." Ça vous va ?

— Votre première déclaration était meilleure et bien plus sincère, observa le correspondant du quotidien américain.

— Vous l'avez déjà rencontré ? »

Price opina. « Deux fois, oui, avant et après que les toubibs d'Hopkins l'eurent opéré...

152

— Parce que c'est vrai ? Je veux dire... j'en ai bien entendu parler, mais sans plus de précisions... », fit mine de s'étonner Foley.

Prince acquiesça derechef. « Absolument vrai. Il portait des verres épais comme des culs de bouteille. Plutôt courtois. Bien élevé et tout, mais avec une certaine raideur sous-jacente. J'ai comme l'impression qu'il était un peu le grand-prêtre du communisme.

— Oh, les vœux de pauvreté, de chasteté et d'obéissance, c'est ça ?

— Vous savez, il y avait en lui un côté esthète, comme s'il était en effet une espèce de prêtre, ajouta Prince après un instant de réflexion.

— Vraiment ?

— Ouais, il y avait quelque chose de surnaturel chez lui, un peu comme s'il était capable de discerner des choses invisibles au commun des mortels, oui, comme une sorte de prêtre. Toujours est-il qu'il croyait dur comme fer au communisme. Et sans états d'âme.

— Stalinien ? demanda Foley.

— Non, mais il y a trente ans, il l'aurait été. Je le vois bien signer le décret d'arrêt de mort d'un opposant. Ça ne lui aurait pas ôté le sommeil – non, pas le genre de notre Michka.

— Qui est appelé à le remplacer ?

— Aucune certitude, admit Prince. Mes contacts disent qu'ils n'en savent rien.

— Je le pensais très lié avec un autre Mikhaïl... Cet Alexandrov », hasarda Foley, en se demandant si les contacts de son interlocuteur étaient aussi bons qu'il le laissait entendre. Embobiner les reporters occidentaux était un jeu pour la direction soviétique. Il en allait autrement à Washington, où un journaliste pouvait exercer un pouvoir sur les hommes politiques. Ce n'était pas le cas ici. Les membres du Politburo ne redoutaient aucunement la presse – ce serait plutôt l'inverse, en fait.

Les contacts de Prince n'étaient du reste pas si fameux. « Peut-être, mais je n'en suis pas sûr. Qu'est-ce qu'on raconte, par ici ?

— Je ne suis pas encore allé faire un tour à la cantine, Tony. Pas eu l'occasion d'entendre les potins », biaisa Foley. *Tu t'attendais quand même pas à ce que je te tuyaute, non ?*

« Ma foi, on en saura un peu plus demain ou après-demain. »

Mais ça serait bon pour ton image si t'étais le premier journaliste à émettre la prédiction, et t'aimerais bien que je te file un petit coup de main, pas vrai ? Compte là-dessus..., songea Foley, puis il dut se raviser. Prince n'était sans doute pas un ami bien estimable, mais il pouvait se montrer utile, et il n'était jamais recommandé de se faire des ennemis pour le plaisir. D'un autre côté, lui rendre trop ouvertement service pouvait suggérer, soit que Foley était un agent, soit qu'il connaissait l'identité de ceux-ci, or Tony Prince faisait partie de ces types bavards qui adorent montrer aux gens combien ils sont malins... *Non, mieux vaut le laisser s'imaginer que je suis un idiot, comme ça, il pourra raconter à tous les vents à quel point il est malin, lui, et à quel point moi je suis bête.*

Leur meilleure couverture, avait-il appris à la Ferme, était de se faire passer pour des empotés, et quand bien même c'était un rien douloureux pour l'ego, cela servait la mission, or il était homme à privilégier la mission avant tout. *Donc... rien à branler de Prince et de ce qu'il peut penser. C'est moi, et moi seul, qui fais la différence dans ce patelin.*

« Vous savez quoi... je lancerai quelques coups de sonde... pour voir ce que pensent les gens.

— C'est sympa. » *Non pas que j'attende grand-chose d'utile d'un type comme toi,* songea Prince, peut-être un peu trop fort.

Il était moins habile qu'il ne le croyait à dissimuler ses

154

pensées. Il aurait fait un bien piètre joueur de poker, estima le chef d'antenne en le raccompagnant à la porte. Un coup d'œil à sa montre. Temps de déjeuner.

Comme la plupart des gares européennes, celle de Kiev était de teinte jaune pâle – en fait, comme bon nombre d'anciennes résidences princières, à croire qu'au début du XIXᵉ tout le continent avait connu un excédent de production de moutarde et que toutes les têtes couronnées avaient apprécié la couleur au point d'en faire badigeonner l'ensemble de leurs palais.

Le mal a épargné l'Angleterre, Dieu merci, songea Haydock. La marquise était recouverte d'une verrière pour laisser pénétrer la lumière mais, comme à Londres, les panneaux vitrés étaient rarement (si tant est qu'ils le fussent) nettoyés, de sorte qu'ils restaient maculés de la suie de locomotives à vapeur depuis longtemps disparues.

Mais les Russes, eux, n'avaient pas changé. Ils continuaient d'envahir les quais, encombrés de leurs valises bon marché, et ils n'étaient presque jamais seuls : la plupart du temps, ils arrivaient en famille, même si un seul d'entre eux partait en voyage, pour mieux laisser libre cours à des adieux ponctués d'effusions et de baisers passionnés, entre hommes et femmes, mais aussi entre hommes, ce qui ne laissait pas de surprendre l'Anglais. Mais enfin c'était une coutume locale, et toutes les coutumes locales surprenaient les visiteurs. Le train à destination de Kiev, Belgrade et Budapest devait partir à treize heures pile et les chemins de fer russes, comme le métro de Moscou, étaient d'une ponctualité remarquable.

À quelques pas de là, Paul Matthews était en grande conversation avec un représentant des chemins de fer soviétiques, discutant à ce moment-là des moyens de traction électrique – la majeure partie du réseau était électrifiée, puisque le camarade Lénine avait décidé d'apporter au pays l'électricité et d'en chasser les poux. Assez curieusement, le premier objectif s'était avéré plus aisé à atteindre que le second.

Sur la voie 3, la grosse locomotive VL80T, avec ses deux cents tonnes d'acier, était placée en tête de la rame composée de trois voitures à places assises, une voiture-restaurant, six voitures-lits internationales et trois voitures postales attelées juste derrière la loco. Sur le quai, on voyait attendre un certain nombre de conducteurs et de contrôleurs, l'air passablement revêche, comme l'étaient souvent les personnels de service russes.

Haydock scrutait les lieux du regard, l'image du Lapin et de sa petite famille gravée dans la mémoire. L'horloge indiquait douze heures quinze, en accord avec sa montre-bracelet. Le Lapin allait-il se montrer ? Haydock préférait d'habitude être en avance à la gare ou à l'aéroport, reliquat peut-être d'une peur d'être en retard venue de l'enfance. Quoi qu'il en soit, il aurait été déjà là pour un train partant à une heure. Mais tout le monde n'était pas comme lui, se remémora Nigel – sa femme, par exemple. Il continuait de redouter qu'elle accouche dans la voiture lorsqu'ils se rendraient à la clinique. Ça ferait un beau gâchis, songea l'espion, tandis que Paul Matthews posait ses questions et que le photographe mitraillait. Enfin...

Oui, c'était bien le Lapin, avec sa petite famille Lapinot. Nigel tapa sur l'épaule du photographe.

« Cette famille qui approche, là... Adorable, la petite », observa-t-il à la cantonade. Le photographe prit d'emblée une dizaine de clichés, puis il changea de boîtier Nikon et en reprit dix autres. *Excellent*, songea Haydock. Il les donnerait à développer avant la fermeture de l'ambassade pour la nuit, en ferait tirer quelques-unes pour... – non, il les remettrait lui-même en main propre à Ed Foley et veillerait à ce que le reste soit confié aux « courriers de la reine » – le terme très honorifique qu'employaient les Britanniques pour désigner les coursiers chargés de la valise diplomatique. Ainsi il aurait

156

la certitude qu'ils seraient parvenus entre les mains de sir Basil dès son arrivée.

Il se demanda comment ils comptaient dissimuler la défection du Lapin – à coup sûr en recourant à des cadavres. Déplaisant, mais bien possible. Il n'était pas mécontent de ne pas avoir à s'occuper de détails aussi sordides.

En fait, la petite famille Lapin passa à moins de trois mètres de lui et de son ami journaliste. Il n'y eut pas un mot d'échangé, même si la petite fille, comme toutes les petites filles du monde, se retourna pour le regarder au passage. Il lui adressa un clin d'œil et eut droit à un petit sourire en retour. Mais bientôt, ils étaient passés et se dirigeaient vers le contrôleur pour lui présenter leurs billets.

Matthews continuait de poser ses questions et d'obtenir des réponses fort polies d'un fonctionnaire russe fort affable.

À 12 heures 59 minutes 30 secondes, après avoir parcouru la rame de bout en bout pour s'assurer que toutes les portes sauf une étaient fermées, le chef de train – c'est du moins ce que supposa Haydock au vu de son uniforme miteux – siffla et agita son drapeau pour indiquer au mécanicien qu'il pouvait démarrer. À treize heures pile, la corne retentit et le convoi s'ébranla, s'éloignant lentement du quai pour filer vers l'ouest, dans le vaste dédale de l'avant-gare, en direction de Kiev, Belgrade et Budapest.

24

Par monts et par vaux

Pour Svetlana surtout, c'était une aventure. Mais en fait pour tous les trois, car aucun des membres de la famille Zaïtzev n'avait encore eu l'occasion de prendre un train de grande ligne. L'avant-gare était comme toutes les avant-gares : des kilomètres et des kilomètres de rails parallèles qui se rejoignaient et divergeaient, encombrés de wagons plats et couverts chargés de Dieu sait quoi à destination de Dieu sait où. Le mauvais état de la voie ne faisait qu'accroître l'impression de vitesse. Oleg et Irina allumèrent chacun une cigarette tout en contemplant d'un air distrait le paysage qui défilait derrière les baies vastes mais crasseuses. Les fauteuils étaient loin d'être inconfortables et Oleg vit aisément comment les couchettes se dépliaient depuis le plafond.

Ils avaient en fait deux compartiments qui communiquaient par une porte. Les cloisons étaient en bois – du bouleau, apparemment – et chaque compartiment était doté de son lavabo particulier, ainsi le *zaïtchik* aurait ses propres toilettes personnelles pour la première fois de sa vie, un fait qui méritait d'être apprécié.

Cinq minutes après le départ, le contrôleur vint vérifier leurs billets. Zaïtzev les lui tendit.

« Vous êtes de la Sécurité de l'État ? » demanda poliment le fonctionnaire. *Donc, l'agence de voyages du KGB aura déjà appelé*, songea Zaïtzev. *Bon point pour eux.* Ce rond-de-cuir voulait sans doute lui aussi de la lingerie pour bobonne.

« Je ne suis pas autorisé à en discuter, camarade », répondit Oleg Ivanovitch, le regard sévère, pour mieux faire sentir au cheminot son importance. C'était un bon moyen de s'assurer un service convenable. Un agent du KGB ne valait certes pas un membre du Politburo mais bougrement plus qu'un simple directeur d'usine. C'était moins tant parce que les gens redoutaient le KGB que parce qu'ils n'avaient aucune envie de se faire remarquer, en mal, par le service.

« Oui, bien entendu, camarade. Si vous avez besoin de quoi que ce soit, n'hésitez pas à m'appeler. Le dîner est servi à dix-huit heures, et la voiture-restaurant se trouve juste devant celle-ci. » Il indiqua l'avant de la rame.

« Comment est la nourriture ? » décida de demander Irina. Être l'épouse d'un agent du KGB avait à coup sûr ses avantages...

« Pas mauvaise du tout, camarade, répondit poliment le contrôleur. J'y mange moi-même », ajouta-t-il, ce qui valait compliment, estima le couple.

« Merci, camarade.

— Je vous souhaite bon voyage en notre compagnie », conclut l'homme avant de prendre congé.

Oleg et Irina sortirent leurs bouquins. Svetlana plaqua le nez contre la vitre pour regarder le monde défiler de l'autre côté, et c'est ainsi que débuta leur voyage à trois, dont un seul connaissait la destination finale.

L'ouest de la Russie était pour l'essentiel composé de plaines vallonnées et d'horizons lointains, un paysage somme toute guère différent de celui du Kansas ou de l'est du Colorado. Bref, d'un ennui profond pour tout le monde, sauf pour leur *zaïtchik*, pour qui tout était neuf et excitant, surtout le bétail qui paissait le long des voies. Elle trouva que les vaches étaient « vachement sympas ».

À Moscou, Nigel Haydock remercia le fonctionnaire du ministère des Transports pour son aide remarquable, ainsi que Paul Matthews, puis les trois hommes regagnèrent l'ambassade. Celle-ci était dotée d'un labo et le photographe s'y rendit aussitôt, tandis que Matthews suivait Nigel dans son bureau.

« Alors, Paul, il y a matière à faire un papier intéressant ?

— Je suppose. Mais est-ce si important que ça ?

— Eh bien, j'aimerais assez que les Soviétiques soient convaincus que je contribue à la gloire de leur pays », expliqua Haydock dans un rire.

Toi, t'es un gars du « six », pas vrai ? songea Matthews sans formuler ses soupçons. « Je crois que je pourrai pondre quelque chose. Dieu sait à quel point British Rail aurait besoin d'un bon coup de pouce. Peut-être que cela encouragera les Finances à leur accorder un peu plus de subventions.

— Ce ne serait pas une mauvaise idée », admit Nigel. Il était clair que son hôte avait ses soupçons, mais il eut la grâce de les taire, les remettant peut-être au jour où Nigel aurait regagné son bureau de Century House et qu'ils se retrouveraient ensemble dans un pub de Fleet Street.

« Vous voulez voir nos photos ?

— Ça ne vous dérange pas ?

— Pas du tout. On en jette la majorité, vous savez.

— Parfait », dit Haydock. Puis, se tournant vers la tablette, derrière son bureau : « Je vous sers quelque chose ?

— Volontiers, Nigel. Oui, un sherry serait parfait. »

Deux sherries plus tard, le photographe entra avec une chemise garnie de tirages. Haydock la prit, l'ouvrit et les feuilleta. « Vous faites un excellent boulot. Moi, quand je me sers de mon Nikon, je n'arrive jamais à trouver la bonne lumière... » Il venait de découvrir un portrait de famille du Lapin et, plus important, de madame. Ils étaient là tous les trois, tous plus beaux les uns que les autres. Il glissa les clichés

160

dans son tiroir et rendit la chemise. Matthews comprit le signal.

« Eh bien, faut que je retourne au bureau rédiger ce papier. Encore merci pour le tuyau, Nigel.

— De rien, Paul. Je ne vous raccompagne pas ?

— Pas de problème, vieux. » Matthews et son photographe s'éclipsèrent dans le corridor. Haydock reporta son attention sur les clichés. Mme Lapin était typiquement russe : avec ce faciès rond, ces traits slaves, elle aurait pu avoir des millions de sœurs identiques d'un bout à l'autre du pays. Elle avait besoin de perdre quelques kilos et de s'offrir un petit ravalement une fois à l'Ouest... *s'ils arrivent jusque-là*, se corrigea-t-il aussitôt. Taille, environ un mètre soixante, poids, dans les soixante-cinq kilos, pas du tout déplaisante. La gamine était un amour, avec ses grands yeux bleus et son expression ravie – trop jeune encore pour savoir dissimuler ses sentiments derrière un masque à l'air absent, comme presque tous les adultes dans ce pays. Non, les enfants sont partout pareils, avec cette même innocence, cette même insatiable curiosité. Mais le plus important, c'était qu'ils tenaient désormais des clichés de bonne qualité de toute la famille.

Le coursier se trouvait au dernier étage, près du bureau de l'ambassadeur, sir John Kenny. Haydock lui confia une enveloppe en kraft collée, fermée par un rabat métallique et scellée par un tampon de cire. L'adresse de destination était celle de la boîte postale du Foreign Office, d'où le pli irait directement à Century House, en face de Whitehall, sur l'autre rive de la Tamise. La valise diplomatique que portait le coursier était une coûteuse mallette en cuir frappée de chaque côté des armes de la famille royale de Windsor. Elle était dotée en outre d'une paire de menottes pour permettre sa fixation au poignet, nonobstant les règles strictes de la Convention de Vienne. En bas de l'ambassade, une voiture était prête à conduire le courrier de la reine à l'aéroport international de Cheremetyevo, où il embarquerait dans le 737

161

du vol British Airways de l'après-midi à destination d'Heathrow. Les photos seraient entre les mains de sir Basil avant qu'il ne soit reparti chez lui, et il était prêt à parier qu'une brochette d'experts de Century House resteraient faire des heures supplémentaires pour les examiner. Ce serait l'ultime vérification officielle pour s'assurer de l'authenticité du Lapin. Ses traits seraient comparés à ceux des agents et espions du KGB connus de leurs services, et si jamais il y avait recoupement, alors Ed et Mary Foley se retrouveraient dans de sales draps. Mais Haydock en doutait. En quoi il partageait l'avis de ses homologues de la CIA. Ce type avait l'air tout ce qu'il y a d'authentique. Mais, d'un autre côté, c'était aussi le cas des meilleurs agents de la Deuxième Direction, pas vrai ?

Sa dernière étape fut pour les transmissions, afin d'adresser un bref message au QG du SIS pour leur annoncer qu'un pli important concernant l'opération BEATRIX venait de leur être envoyé par courrier diplomatique. Cela devrait leur mettre la puce à l'oreille, et un gars du SIS irait illico se pointer au service du courrier de Whitehall pour y guetter l'arrivée de cette fameuse enveloppe. *La bureaucratie gouvernementale a beau être traînarde et paperassière*, songea Haydock, *quand il s'agit d'un truc important, en général, ça ne traîne pas, du moins avec le SIS.*

Après deux heures vingt de vol, avec un léger retard dû à des vents contraires, l'avion vint enfin se garer devant le terminal 3 d'Heathrow. Là, un fonctionnaire des Affaires étrangères embarqua le courrier diplomatique dans une limousine Jaguar noire, direction le centre de Londres, et le courrier de la reine put livrer son pli avant de regagner son bureau. Il ne l'avait pas encore rejoint qu'un agent du SIS avait récupéré l'enveloppe et se dirigeait vers le pont de Westminster pour traverser la Tamise.

« Vous l'avez ? demanda sir Basil.

— Le voici, monsieur », et le messager lui tendit l'enveloppe. Charleston contrôla l'état des sceaux et, satisfait de son inspection, l'ouvrit à l'aide de son coupe-papier. Là, pour la première fois, il put voir à quoi ressemblait le Lapin. Trois minutes plus tard, Alan Kingshot entrait dans son bureau. Charleston lui passa les photos couleur.

Kingshot prit celle du dessus et l'examina longuement.

« C'est donc notre Lapin, dit-il enfin.

— Tout à fait, Alan, confirma sir Basil.

— Il m'a l'air parfaitement banal. Idem pour sa femme. La petite est plutôt mignonne, observa tout haut le chef du renseignement. Et ils sont en route pour Budapest, c'est ça ?

— Leur train a quitté la gare de Kiev il y a cinq heures et demie.

— Nigel a fait vite. » Kingshot examina de plus près les visages, en se demandant quelles informations reposaient dans le cerveau de l'homme, et s'ils auraient ou non l'occasion de les exploiter. « Donc, BEATRIX est lancée. Avons-nous déjà les corps ?

— L'homme récupéré à York correspond assez bien. Il nous faudra toutefois lui carboniser le visage, j'en ai peur, observa Charleston avec une moue de dégoût.

— Rien de bien surprenant, monsieur, admit Kingshot. Et pour les deux autres ?

— Deux candidates venues d'Amérique. Une mère et sa fille tuées dans l'incendie de leur maison à Boston, je crois. Le FBI est en train de travailler dessus à l'heure où je vous parle. Nous devons leur transmettre immédiatement ces photos pour être sûrs que les corps correspondent bien.

— Je peux m'en occuper, si vous voulez, monsieur.

— Oui, volontiers, faites, Alan, je vous prie. »

La machine installée au rez-de-chaussée était un télécopieur couleur analogue à ceux qu'utilisait la presse – le modèle, fabriqué par Xerox, était relativement nouveau et, lui expliqua l'opérateur, très facile à utiliser. Il jeta sur la photo un regard distrait. La transmission à une machine identique située à Langley prit moins de deux minutes. Kingshot récupéra le cliché et remonta au bureau de C.

« C'est fait, monsieur. » Sir Basil lui fit signe de s'asseoir.

Charleston regarda sa montre, s'accordant cinq minutes de marge parce que le siège de la CIA était un vaste bâtiment et que le service des transmissions y était installé au sous-sol. Puis il appela le juge Arthur Moore sur la ligne spéciale cryptée.

« Bonjour, Basil, dit la voix de Moore sur le circuit numérique.

— Bonjour, Arthur. Vous avez la photo ?

— Elle vient de m'arriver. Une jolie petite famille, observa le DCR. Elle a été prise à la gare ?

— Oui, Arthur. Ils sont en route à l'heure qu'il est. Ils devraient arriver à Budapest d'ici environ vingt... non, dix-neuf heures.

— OK. De votre côté, vous êtes prêt, Basil ?

— Nous ne devrions plus tarder. Reste toutefois la question de ces deux malheureuses victimes de Boston. Nous avons déjà le corps de l'homme. Il semble à première vue qu'il corresponde à peu près à nos besoins.

— OK, moi, je vais demander au FBI de presser le mouvement », répondit Moore. Il allait falloir qu'il transmette au plus vite ce cliché au bâtiment Hoover. *Autant partager cette sordide besogne avec Emil.*

« Très bien, Arthur. Je vous tiens au courant.

— Parfait, Bas. À plus.

— Excellent. » Charleston raccrocha, puis il considéra Kingshot assis en face de lui. « Dites à nos gars de préparer le corps pour son transport à Budapest.

— Le délai, monsieur ?

— Trois jours, ça devrait convenir, estima sir Basil.

— Très bien. » Kingshot ressortit.

C réfléchit un moment, puis il décida qu'il était temps d'avertir l'Américain. Il appuya sur une autre touche de son téléphone. Il ne fallut qu'une minute et demie.

« Oui, monsieur ? dit Ryan en entrant dans son bureau.

— Votre voyage à Budapest... Vous partez dans trois jours, peut-être quatre, mais plus probablement trois.

— Je décolle d'où ?

— Il y a un vol matinal sur British Airways au départ d'Heathrow. Vous pourrez partir d'ici ou prendre un taxi à la gare de Victoria. Vous serez accompagné durant le vol par un de nos agents et serez accueilli à Budapest par Andy Hudson. C'est notre chef d'antenne sur place. Un type bien. Il dirige une excellente petite équipe.

— Bien, monsieur », dit Ryan, ne sachant trop quoi ajouter, alors qu'il se préparait à sa première mission d'espionnage sur le terrain. Il décida néanmoins que le moment était venu de poser une question : « Que doit-il se passer au juste, monsieur ?

— Je n'ai encore aucune certitude, mais Andy a de bonnes relations avec les contrebandiers et les trafiquants sur place. J'imagine qu'il va arranger un passage en Yougoslavie, et de là, un retour via un vol commercial. »

Super, encore ces putains d'avions, songea Ryan. *On ne pourrait pas prendre le train, pour changer ?* Mais les anciens marines n'étaient pas censés avoir peur. « OK, je suppose que ça ira.

— Vous pourrez parler à notre Lapin, mais discrètement, le mit en garde Charleston. Ensuite, vous aurez le droit d'assister à notre première séance de debriefing dans le Somerset. Enfin, j'imagine que vous ferez partie du groupe chargé de l'escorter aux États-Unis, sans doute à bord d'un avion de transport de l'US Air Force au départ de la base RAF de Bentwaters. »

De mieux en mieux, se dit Jack. Il faudrait bien qu'il arrive à surmonter son horreur de l'avion, et intellectuellement, il savait que le plus tôt serait le mieux. Le seul problème était qu'il n'y était pas encore parvenu. Enfin, il n'aurait plus à voler nulle part à bord d'un CH-46 doté d'une transmission défaillante. C'était là qu'il mettait la barre.

« Ce qui me fait au total combien de temps hors du foyer familial ? » *Et loin de ma femme*, songea Ryan.

« Quatre jours, mais ça pourrait aller jusqu'à sept. Ça dépend comment tout cela va se goupiller à Budapest, répondit Basil. C'est difficile à prévoir. »

Aucun d'entre eux n'avait encore jamais mangé tout en roulant à cent à l'heure. Pour la petite fille, l'aventure devenait toujours plus passionnante. Le dîner fut correct. Rôti de bœuf dans la moyenne de ce qu'on trouvait en Union soviétique, donc pas de quoi être déçu, servi avec des pommes de terre et des haricots verts, le tout bien entendu arrosé d'une carafe de vodka, d'une des meilleures marques, pour effacer les désagréments du voyage. Ils filaient vers le couchant, traversant à présent un territoire exclusivement consacré aux cultures. Penchée au-dessus de la table, Irina coupait la viande pour son *zaïtchik* avant de regarder son petit ange manger son dîner, comme la grande fille qu'elle prétendait être, accompagné d'un verre de lait froid.

« Alors, maintenant, tu te fais une fête de ce voyage, ma chérie ? demanda Oleg.

— Oui, surtout les magasins. » Évidemment.

Oleg Ivanovitch était envahi par un grand calme – en fait, jamais il n'avait éprouvé une telle paix depuis des semaines. C'était vraiment en train d'arriver. Sa trahison – une partie de sa conscience continuait de voir la chose ainsi – était en cours. Il se demanda combien de ses compatriotes – en fait, combien de ses collègues de la Centrale – auraient eu le courage de prendre un tel risque. Nul ne pouvait le savoir. Il vivait dans un pays et travaillait dans un organisme où chacun dissimulait le fond de ses pensées. Et au KGB, même cette habitude russe de sanctifier les amitiés proches en parlant de trucs susceptibles de vous expédier en prison, au motif que jamais un ami véritable ne vous dénoncerait – non, même cette habitude n'avait pas cours. Aucun agent du KGB n'aurait risqué une chose pareille. Le KGB était fondé sur l'équilibre dichotomique entre loyauté et trahison. Loyauté envers l'État et ses principes, trahison de quiconque les violait. Mais puisqu'il n'y croyait plus, à ces principes, il avait dû recourir à la trahison pour sauver son âme.

Et désormais, la trahison suivait son cours. Si jamais les responsables de la Deuxième Direction principale avaient vent de ses plans, ils feraient une attaque de l'avoir autorisé à monter dans ce train. Il pouvait descendre à un arrêt intermédiaire – voire simplement sauter si le train ralentissait à l'approche d'un endroit convenu à l'avance – et ainsi s'évader pour tomber aux mains des Occidentaux qui pouvaient l'attendre n'importe où sur le trajet. Non, il ne risquait rien, du moins tant qu'il restait à bord du train. Alors, autant se calmer, laisser venir, voir comment les choses allaient tourner. Il ne cessait de se répéter qu'il avait fait le bon choix, et cette certitude lui procurait un sentiment – peut-être illusoire – de sécurité personnelle. S'il y avait un Dieu, alors Il ne pouvait que protéger un homme qui cherchait à fuir l'empire du Mal.

Chez les Ryan, une fois encore, il y avait des spaghettis au menu du dîner. Cathy avait une recette de sauce particulièrement succulente – elle la tenait de sa mère, qui n'avait pourtant pas la moindre goutte de sang italien dans les veines, et son mari l'adorait, surtout avec ce bon pain italien qu'elle trouvait dans une petite boulangerie du centre de Chatham. Pas d'opération prévue le lendemain, il y avait donc du vin au repas. Le moment était venu de lui annoncer la nouvelle :

« Chérie, il faut que je parte en voyage d'ici quelques jours.

— Ce truc pour l'OTAN ?

— J'en ai bien peur, ma puce. Il y en a normalement pour trois ou quatre jours, peut-être un peu plus.

— C'est à quel sujet, tu peux le dire ?

— Nân. Défendu.

— Encore des histoires de barbouze ?

— Ouais. » Ça au moins, il pouvait le lui dire.

« C'est quoi un barbouze ? demanda Sally.

— C'est ce que fait papa, répondit Cathy sans réfléchir.

— Papa est un Barbapapa ? demanda Sally.

— Quoi ? fit son père.

— "Voici venir les Barbapapa", fredonna Sally, enfin, tu sais bien. » Comment un papa pouvait-il être aussi stupide ?

« Non, ma chérie, c'est pas tout à fait ça, lui dit Jack.

— Alors, pourquoi que maman l'a dit ? » insista Sally.

De la vraie graine d'agent du FBI, songea aussitôt son père.

Ce fut à Cathy d'intervenir : « Sally, maman faisait juste une plaisanterie.

— Oh. » Sally se remit à touiller ses *pasghettis*. Jack adressa un regard éloquent à son épouse. Ils ne devaient pas parler de son travail devant leur fille – jamais. Les enfants sont incapables de garder un secret plus de cinq minutes, non ? Donc, avait-il appris, ne jamais dire quoi que ce soit à un môme si on ne voulait pas le retrouver à la une du *Washington Post*. Tous leurs voisins de Grizedale Close étaient persuadés que John Patrick Ryan travaillait à l'ambassade des États-Unis et qu'il était l'heureux époux d'une femme chirurgienne. Personne n'avait besoin de savoir qu'il était agent de la CIA. Trop de risques de curiosité. Trop de risques de blagues.

« Trois ou quatre jours ? demanda Cathy.

— C'est ce qu'on m'a dit. Peut-être un petit peu plus, mais guère plus long, je pense.

— Important ? » Sally tenait sans doute de sa mère sa nature curieuse... et peut-être un peu aussi de lui.

168

« Assez important pour qu'ils me flanquent dans un avion, ouais. » La réponse était éloquente : Cathy savait combien son mari détestait les voyages en avion.

« Enfin, tu as toujours ton ordonnance pour du Valium. Tu veux que j'y rajoute un bêta-bloquant ?

— Non, merci, chou, pas cette fois-ci.

— Tu sais, si tu avais le mal de l'air, ce serait plus facile à comprendre. » Et plus facile à soigner, mais ça, ça allait sans dire.

« Écoute, ma puce, tu étais là quand mon dos m'a lâché, tu te souviens ? Je garde d'assez mauvais souvenirs des escapades aériennes. Peut-être que pour rentrer chez nous, on pourrait envisager de prendre le paquebot », ajouta-t-il, une nuance d'espoir dans la voix. Mais non, ça ne marcherait pas ainsi. Ça ne marchait jamais ainsi dans la vraie vie.

« L'avion, c'est chouette », protesta Sally. De ce côté-là, pas à dire, elle tenait de sa mère.

Voyager était fatalement fatigant, aussi la famille Zaïtzev fut-elle agréablement surprise de découvrir des lits tout préparés quand elle regagna ses deux compartiments. Irina changea sa fille pour lui passer sa petite chemise de nuit jaune à fleurs. Elle donna à ses parents le bisou habituel, puis grimpa dans son lit toute seule comme une grande – elle y tenait – avant de se glisser sous les couvertures. Mais, au lieu de s'endormir, elle se cala la tête sur l'oreiller pour contempler, derrière la vitre, le paysage qui défilait dans la nuit. Juste quelques rares lumières dans les bâtiments des sovkhozes, malgré tout, un spectacle fascinant pour la petite fille.

Ses parents laissèrent entrouverte la porte de communication, au cas où elle aurait des cauchemars ou une brusque envie de câlin rassurant. Avant de monter au lit, Svetlana avait regardé dessous pour vérifier qu'il n'y avait pas de cachette pour un gros ours noir et elle se montra rassurée par cette inspection. Oleg et Irina ouvrirent leurs bouquins et peu à peu s'assoupirent, bercés par les balancements de la rame.

« BEATRIX a démarré, annonça Moore à l'amiral Greer. Le Lapin et sa famille sont dans le train, sans doute doivent-ils entrer en Ukraine à l'heure qu'il est.

— J'ai horreur de devoir attendre ainsi », observa le DAR. Il était plus facile pour lui de l'admettre. Il n'avait jamais opéré sur le terrain pour une mission de renseignement. Non, son boulot avait toujours été derrière un bureau, à éplucher des informations importantes. C'étaient ces moments-là qui lui rappelaient ces plaisirs simples d'être de quart sur un bâtiment de guerre – le plus souvent des sous-marins, dans son cas – où vous pouviez contempler le vent et les vagues, sentir la brise vous fouetter le visage et, à l'énoncé de quelques mots, changer le cap et la vitesse de votre navire au lieu d'attendre que l'océan et l'ennemi lointain décident à votre place. Vous aviez l'illusion d'être maître de votre destin.

« La patience est la vertu la plus difficile à acquérir, James, et plus on monte en grade, plus on en a besoin. Pour moi, c'est comme d'être assis sur le banc à attendre que les avocats veuillent bien en venir au fait. Cela peut prendre une éternité, surtout quand on sait à l'avance ce que ces idiots s'apprêtent à dire », admit Moore. Ça aussi, il l'avait connu et vécu sur le terrain. Mais, là non plus, l'essentiel de ce boulot ne se réduisait pas à l'attente. Personne ne contrôlait entièrement son destin, une vérité qui ne se faisait jour que tard dans la vie. On se contentait de patauger d'un point à un autre, en s'efforçant de commettre le moins d'erreurs possible.

« On en parle déjà au Président ? »

Moore fit non de la tête. « Inutile de lui donner de fausses joies. S'il s'imagine que ce type détient des informations qu'en réalité il n'a pas, merde, pourquoi le décevoir ? Des déceptions, on en a déjà bien assez par ici, tu ne crois pas ?

— Arthur, on n'a jamais trop d'informations, et plus on en recueille, plus on est à même d'évaluer celles qu'il nous faut et que l'on n'a pas.

— James, mon garçon, ni toi ni moi n'avons été formés pour jouer les philosophes.

— Ça vient avec les tempes grisonnantes, Arthur. »

Sur ces entrefaites, Mike Bostock fit son entrée. « Encore deux jours et BEATRIX entrera dans les livres d'histoire, annonça-t-il avec un sourire.

— Mike, où diable avez-vous appris à croire au Père Noël ? demanda le DCR.

— Juge, voyons les choses en face : nous avons mis la main sur un transfuge qui est en ce moment précis en train de passer à l'Ouest. Nous avons une excellente équipe pour l'exfiltrer de chez les Rouges. Vous pouvez vous fier à vos troupes pour s'acquitter de la mission que vous leur avez confiée.

— Mais il n'y a pas que nos troupes, fit observer Greer.

— Basil dirige une bonne boutique, amiral. Vous le savez.

— Certes, admit Greer.

— Alors, autant patienter pour voir ce qu'on trouvera au pied du sapin, pas vrai, Mike ? demanda Moore.

— Je viens d'envoyer ma lettre au Père Noël et le Père Noël livre toujours. Tout le monde sait ça. » Il était rayonnant en songeant à toutes les possibilités. « Qu'est-ce qu'on va faire de lui quand il débarque ?

— L'expédier à la ferme du côté de Winchester, j'imagine ? songea tout haut Moore. Histoire de lui offrir un cadre sympa pour décompresser, on pourra même lui proposer quelques balades touristiques.

— Et on envisage quoi comme dédommagement ? s'enquit l'amiral Greer.

171

— Ça dépend », répondit Moore, qui tenait les cordons de la bourse à partir de la caisse noire de l'Agence.

« Si c'est de la bonne information... oh, on pourrait monter jusqu'à un million, j'imagine. Et un emploi sympa, une fois qu'on aura tiré de lui tout ce qui nous intéresse.

— Où, je me demande ? intervint Bostock.

— Ça, on peut le laisser en décider. »

Il s'agissait d'un processus à la fois simple et complexe. Dès son arrivée, la famille du Lapin devrait se mettre à l'anglais. Changer d'identité. Il leur faudrait de nouveaux noms, pour commencer. On pourrait sans doute en faire des immigrés norvégiens pour expliquer leur accent. La CIA avait la capacité d'accueillir au total jusqu'à cent nouveaux citoyens chaque année, par le truchement des services d'immigration et de naturalisation (un quota qui n'était jamais entièrement rempli). Les Lapins auraient également besoin de numéros de Sécurité sociale et de permis de conduire – précédés sans doute de leçons de conduite, pour l'un et l'autre, peut-être, à coup sûr pour la femme – délivrés par les autorités de Virginie. (L'Agence entretenait des relations cordiales avec le gouvernement de l'État et Richmond ne posait jamais trop de questions.)

Puis viendrait la phase d'aide psychologique pour des gens qui venaient de quitter tout ce qu'ils avaient connu jusqu'ici et devaient retrouver leurs marques dans un pays nouveau et complètement différent. Pour ce faire, l'Agence avait sous contrat permanent un professeur de psychologie de l'université de Columbia. Ils auraient en outre d'anciens transfuges pour les guider durant la phase de transition. Rien de tout cela n'était simple pour les nouveaux immigrants. Aux yeux des Russes, l'Amérique était comme un magasin de jouets pour un enfant qui n'aurait jamais su qu'il puisse même exister de tels magasins – une expérience en tout point éprouvante, pratiquement sans points de comparaison, un peu comme s'ils débarquaient sur une autre planète. Il fallait leur rendre ce passage le moins traumatisant possible. D'abord, dans l'intérêt de l'information, mais aussi pour s'assurer qu'ils ne veuillent pas repartir – et connaître une mort presque certaine, du moins pour le mari, mais cela s'était pourtant déjà produit, si intense était pour chaque individu l'appel de la terre natale.

« S'il aime les climats froids, envoyez-le du côté de Saint Paul-Minneapolis, suggéra l'amiral. Mais, messieurs, nous sommes en train de mettre la charrue avant les bœufs.

— James, tu es toujours la voix de la sagesse même, observa le DCR avec un sourire.

— Il faut bien quelqu'un pour jouer ce rôle. C'est que les œufs n'ont pas encore été pondus, messieurs. Il sera bien temps ensuite de compter les poussins. »

Et si jamais notre bonhomme ne sait rien ? songea Moore. *S'il voulait juste un billet de sortie ?*

Sacré putain de boulot ! conclut pour sa part le DCR.

« Enfin, Basil nous tiendra au courant, et nous avons par ailleurs Ryan pour veiller sur nos intérêts.

— Vous parlez d'une nouvelle, juge. Basil doit en rigoler dans sa chope de bière.

— C'est un bon garçon, Mike. Ne le sous-estimez pas. Ceux qui l'ont fait croupissent en ce moment dans le pénitentier d'État du Maryland, en attendant que leur procès vienne en appel, rétorqua Greer pour défendre son protégé.

— Ouais, bon, d'accord, il a été marine dans le temps, concéda Bostock. Qu'est-ce que je raconte à Bob s'il appelle ?

— Rien, répondit aussitôt le DCR. Jusqu'à ce que nous ayons appris de la bouche même du Lapin quelle partie de nos transmissions est compromise, on redouble de prudence avec nos communications téléphoniques. Clair ? »

Bostock hocha la tête comme un élève de primaire. « Oui, m'sieur.

— J'ai demandé au service de S & T d'inspecter nos

lignes téléphoniques. Ils disent qu'elles sont sûres. Chip Bennett est encore en train de remuer ciel et terre à Fort Meade. » Moore n'avait pas besoin d'ajouter que cette annonce du Lapin, si elle devait s'avérer, était pour Washington la révélation la plus angoissante depuis Pearl Harbor. Mais peut-être qu'ils parviendraient à la retourner contre les Russkofs. L'espoir faisait toujours vivre à Langley, comme partout ailleurs. Il était peu probable que les Russes soient au courant d'un élément ignoré de sa direction Science & Technologie, mais il faut toujours payer quand on veut voir le jeu de l'adversaire.

Ryan faisait tranquillement ses bagages. Cathy savait mieux s'y prendre que lui, mais il ignorait de quoi il aurait besoin. Quelle tenue adopter pour jouer les agents secrets ? Un complet veston ? Ses affaires militaires du temps des marines ? (il les avait toujours, y compris ficelles et sardines). De jolis souliers de cuir ? Des tennis ? Ça, ça lui semblait approprié. Il finit par opter pour un costume discret et deux paires de chaussures de marche, dont une habillée. Et tout ça devait tenir dans un bagage unique – en l'occurrence, un gros sac de voyage à deux poches, facile à transporter et relativement anonyme. Il laissa son passeport dans le tiroir du bureau. Sir Basil devait lui en donner un nouveau, britannique, flambant neuf, estampillé diplomatique. Assorti sans doute d'une nouvelle identité. *Bigre*, se dit Jack, *un nouveau nom à mémoriser et auquel il faudra ne pas oublier de réagir.* Jusqu'ici, il avait toujours été habitué à n'en avoir qu'un.

Un truc à mettre au crédit de Merrill Lynch : vous saviez toujours parfaitement où vous situer. *Évidemment*, continua de songer Jack, *histoire que la planète entière sache que tu n'étais qu'un laquais de Joe Muller. Eh bien, non merci !*

N'importe quel connard un peu têtu pouvait réussir à faire fortune, et son beau-père était du nombre.

« Terminé ? lança la voix de Cathy dans son dos.

— Presque, chou, répondit Jack.

— Ce n'est pas dangereux, au moins, ce que tu vas faire, hein ?

— Je ne pense pas, non, chou. » Mais Jack était incapable de mentir et son incertitude avait dû transparaître.

« Où vas-tu ?

— Je te l'ai déjà dit, souviens-toi : en Allemagne. » *Oh-oh, elle m'a encore coincé.*

« En mission pour l'OTAN ?

— C'est ce qu'ils m'ont dit, oui.

— Que fais-tu au juste à Londres, Jack ? Century House, c'est le siège du renseignement, et...

— Cathy, je te l'ai déjà dit. Je suis analyste. Je parcours les informations émanant de sources variées, j'essaie de discerner ce qu'elles signifient et je rédige des rapports. Tu sais, ce n'est pas foncièrement différent de ce que je faisais chez Merrill Lynch. Mon boulot consiste à décortiquer l'information pour tâcher d'en extraire la substantifique moelle. Ils estiment que je suis doué pour ça.

— Mais rien avec des armes ? » À moitié une question, à moitié une observation. Jack supposa que cela venait de son travail aux urgences à Hopkins. Dans l'ensemble, les toubibs apprécient modérément les armes à feu, hormis celles qui servent à tirer le gibier à plumes en automne. Elle n'aimait pas la carabine Remington rangée dans sa penderie, non chargée, et encore moins le pistolet Browning Hi-Power dissimulé sur l'étagère, chargé, lui.

« Chérie, non, pas d'armes, aucune arme. Je ne fais pas dans ce genre d'espionnage.

— OK », concéda-t-elle, plus ou moins. Elle ne le croyait pas entièrement, mais elle savait qu'il ne pouvait pas plus lui dire ce qu'il faisait qu'elle ne pouvait discuter de ses patients avec lui. D'où sa frustration. « J'espère juste que tu ne seras pas absent trop longtemps.

— Ma puce, tu sais combien j'ai horreur d'être loin de toi. J'arrive même pas à fermer l'œil de la nuit quand je ne te sens pas auprès de moi.

— Alors, emmène-moi...

— Pour que tu puisses aller faire du shopping en Allemagne... ? Pour quoi faire ? Acheter à Sally des robes tyroliennes ?

— Ma foi, elle aime bien les films de Heidi..., répondit-elle sans grande conviction.

— J'aimerais bien, tu sais, mais tu peux pas.

— Et merde, observa Lady Caroline Ryan.

— Nous vivons dans un monde imparfait, ma chérie. »

Elle détestait ce genre d'aphorisme et sa seule réponse fut un borborygme inarticulé. Mais, à dire vrai, elle n'avait rien à répondre.

Quelques minutes plus tard, au lit, Jack s'interrogea sur ce qu'il allait bien pouvoir faire. La raison lui dictait que sa mission serait en tous points de routine, à un détail près : le lieu. Mais à un détail près, Abraham Lincoln, lui aussi, avait apprécié sa soirée au théâtre Ford[1]. Il se retrouverait sur un sol étranger – non, rectification : un sol étranger hostile. Il vivait déjà expatrié, et si amicaux que puissent être les Britanniques, il ne se sentait pas vraiment chez lui. Mais les Rosbifs l'aimaient bien. Ce ne serait pas le cas des Hongrois. Ils n'allaient pas le tirer à vue, mais ils ne lui donneraient pas non plus les clés de la ville. Et puis, qu'adviendrait-il s'ils découvraient qu'il voyageait avec un faux passeport ? Qu'avait à dire sur ce point la Convention de Vienne ? Mais, d'un autre côté, il ne pouvait pas non plus se déballonner sur ce coup-ci. Il était quand même un ancien marine, non. Il était censé être intrépide. Ouais, bien sûr. Le seul truc qu'il voyait à mettre à son actif était, quelques mois plus tôt, d'être allé pisser juste avant que les méchants ne viennent s'inviter chez

---

1. Rappelons que c'est dans ce théâtre qu'il fut assassiné.

lui, ce qui lui avait évité de mouiller son froc quand on lui avait pointé un flingue sur la tempe. Bon, il s'en était tiré, mais ça ne faisait sûrement pas de lui pour autant un héros. Il avait réussi à survivre, réussi à tuer le mec armé de l'Uzi, mais le seul truc dont il se sentait fier, c'était de ne pas avoir dézingué ce salopard de Sean Miller. Non, celui-là, il avait laissé l'État du Maryland s'occuper de régler son cas, dans les formes, à moins que la Cour suprême ne vienne y mettre son grain de sel, ce qui lui semblait en l'occurrence improbable, compte tenu du nombre d'agents du service de protection présidentiel qui avaient trouvé la mort. Les tribunaux avaient tendance à ne pas oublier les flics assassinés[1].

Mais qu'allait-il se passer en Hongrie ? Il ne serait qu'un observateur, l'agent semi-officiel de la CIA chargé de superviser l'évacuation d'un ahuri de Russe désireux de déménager de Moscou. *Bon Dieu, pourquoi faut-il que ce soit toujours sur moi que ce genre de truc semble devoir tomber ?* Comme s'il jouait à la loterie du diable et que son numéro sorte à chaque coup. Est-ce que cela cesserait un jour ? On le payait à examiner l'avenir et faire des prédictions, mais, intérieurement, il savait qu'il n'était pas fichu d'y arriver. Il avait besoin que d'autres lui disent ce qui se passait en réalité, pour ensuite seulement lui permettre de le corréler avec ce qui avait déjà été fait, afin de combiner les deux pour deviner plus ou moins ce qu'il conviendrait de faire. Bon, d'accord, il y avait pas mal réussi dans le milieu de la finance, mais là, personne ne se faisait tuer pour quelques parts de marché. Alors que cette fois, qui sait, ce pouvait bien être son joli petit cul qui allait se retrouver dans la ligne de mire. Super. Vraiment super. Il fixa le plafond. Pourquoi étaient-ils toujours peints en blanc ? Le noir ne serait-il pas une meilleure couleur pour dormir ? On voyait toujours les plafonds blancs, même dans les pièces plongées dans l'obscurité. Y avait-il une raison ?

_____

1. Cf. *Jeux de guerre*, Albin Michel, 1988.

Y avait-il une raison pour qu'il n'arrive pas à dormir ? Pourquoi n'arrêtait-il pas de se poser toutes ces satanées questions sans réponse ? Quelle que soit l'issue de cette histoire, il s'en tirerait presque à coup sûr sans bobo. Sir Basil ne pouvait pas lui laisser arriver quoi que ce soit. Ça la ficherait mal du côté de Langley, et les Rosbifs ne pouvaient pas se le permettre – trop gênant. Le juge Moore risquait de ne pas l'oublier et ça envenimerait leurs relations pour les dix ans à venir, si ce n'est plus. Donc, non, le SIS ne laisserait rien de fâcheux lui arriver.

D'un autre côté, ils n'allaient pas être les seuls joueurs sur le terrain et, comme au base-ball, le problème était que chaque équipe jouait pour gagner et qu'il fallait parfaitement calculer son coup pour réussir la balle gagnante.

Mais tu ne peux pas te dégonfler, Jack. D'autres, dont il estimait l'opinion, auraient honte de lui – et pis encore, il aurait honte de lui-même. Alors, que ça lui plaise ou non, il devait enfiler le maillot et se rendre sur le terrain, en espérant ne pas lâcher cette foutue balle.

Ou alors, retourner la queue basse chez Merrill Lynch, mais non, il préférait encore affronter les baïonnettes. *Mais c'est pourtant vrai*, se rendit-il compte, un peu surpris. Cela le rendait-il brave ou simplement têtu ? Bonne question. Et la seule réponse ne pouvait venir que d'un autre, mais qui ne verrait qu'un membre de l'équation. On ne voyait que la partie matérielle, jamais l'idée qui sous-tendait l'action. Or ce n'était pas suffisant pour juger de celle-ci, à l'exemple de ces journalistes et historiens qui tendaient à modeler ainsi la réalité, comme s'ils étaient réellement capables de comprendre toutes ces choses situées à des kilomètres ou des années de distance. *Ouais, bien sûr.*

Quoi qu'il en soit, ses bagages étaient faits, et avec de la chance, la pire phase de ce voyage serait le trajet en avion. Même s'il en avait horreur, elle demeurait relativement prévisible... à moins qu'une aile ne se détache.

« C'est quoi encore, ce merdier ? » lança John Tyler, sans s'adresser à personne en particulier. Le télex qu'il avait en main se contentait de donner des ordres, mais sans fournir les raisons qui les motivaient.

Les corps avaient été transportés à la morgue municipale, accompagnés d'instructions demandant de ne pas y toucher. Tyler réfléchit un instant, puis il décida de passer un coup de fil au substitut du procureur avec lequel il avait l'habitude de collaborer.

« Vous voulez quoi ? » demanda Peter Mayfair, avec une certaine incrédulité. Sorti troisième de sa promotion à l'École de droit de Harvard, trois ans plus tôt, il était en train de grimper à toute vitesse les échelons de la hiérarchie au bureau du procureur. Les gens l'appelaient Max.

« Vous m'avez bien compris.

— Ça rime à quoi, cette histoire ?

— Aucune idée. Tout ce que je sais, c'est que ça vient direct du bureau d'Emil. On dirait un truc pondu sur la rive opposée, mais le télex n'en dit mot. On se débrouille comment ?

— Où sont les corps ?

— À la morgue, je suppose. Il y a un billet dessus – il s'agit d'une mère et de sa fille, soit dit en passant – qui stipule de ne pas y toucher. Donc, je suppose qu'ils sont au frigo.

— Et vous les voulez... en l'état, c'est ça ?

— Congelés, j'imagine, mais ouais, en l'état. » *Drôle de façon de formuler les choses*, se dit l'inspecteur divisionnaire adjoint.

« Pas de famille ?

— À ma connaissance, la police n'est pas encore parvenue à en localiser.

— OK, faut espérer que ça en restera là. S'il n'y a pas de famille pour s'y opposer, on les déclare indigents et on demande à la PJ de les remettre aux autorités fédérales, un

179

peu comme lorsqu'ils trouvent le cadavre d'un ivrogne dans la rue : on le met dans une caisse en sapin et on l'enterre dans la fosse commune. Où devez-vous les emmener ?

— Max, je n'en sais rien. Je suppose qu'une fois que j'aurai renvoyé à Emil un télex d'accusé de réception, il me le dira.

— C'est pressé ? s'enquit ensuite Max, en se demandant quelle priorité affecter à la question.

— Avant-hier sans faute, Max.

— OK, si vous voulez, je saute dans ma voiture et je file à la morgue.

— Entendu, on se retrouve là-bas. Merci, Max.

— Vous me devez une bière et un plateau de fruits de mer, ajouta le substitut du procureur.

— Tope là. » Il faudrait qu'il tienne promesse.

25

Changement de bogies

LES corps furent déposés dans des caisses d'aluminium bon marché – celles utilisées pour le transport des dépouilles par avion – et celles-ci chargées dans une fourgonnette du FBI qui fila vers l'aéroport international Logan. L'agent Tyler appela Washington pour demander la suite du programme et – coup de veine – l'émetteur radio de sa voiture était crypté.

Il s'avéra qu'Emil Jacobs, directeur du FBI, n'avait pas encore entièrement élucidé la question, aussi dut-il appeler le juge Moore, à la CIA, où l'on s'agita un peu plus, jusqu'à ce qu'il fût décidé de les embarquer sur le 747 British Airways qui devait décoller de Boston pour Heathrow, afin de permettre aux hommes de Sir Basil de les récupérer. L'opération fut rondement menée car BA coopérait volontiers avec les services de police américains, aussi le vol 214 quitta-t-il la passerelle d'embarquement à huit heures dix et, peu après, il gagnait de l'altitude pour parcourir les cinq mille kilomètres le séparant du terminal 4 d'Heathrow.

Il était près de cinq heures du matin quand Zaïtzev s'éveilla dans sa couchette supérieure, sans trop savoir pourquoi. Il se tourna à demi pour regarder par la fenêtre et

181

comprit alors : le train s'était immobilisé en gare. Il ne savait pas laquelle – il n'avait pas mémorisé l'horaire – et il fut pris d'un frisson soudain. Et si des hommes de la Deuxième Direction principale venaient de monter dans le train ? En plein jour, il aurait chassé cette idée absurde, mais le KGB avait la réputation d'arrêter les gens au beau milieu de la nuit, quand ils étaient les moins à même d'opposer une résistance efficace, et la terreur soudain l'envahit. Puis il entendit des pas dans le couloir... mais ils dépassèrent son compartiment et, peu après, le train s'ébranla de nouveau, s'éloignant du bâtiment en bois de la gare, pour à nouveau n'offrir qu'une vue sur les ténèbres. *Pourquoi cette peur ?* se demanda Zaïtzev. Pourquoi maintenant ? N'était-il pas en sûreté désormais ? *Enfin, presque,* se corrigea-t-il. La réponse était non, pas tant qu'il ne foulerait pas un sol étranger. Il devait bien garder la chose à l'esprit, aussi longtemps qu'il ne se trouverait pas en terre étrangère, non socialiste. Et il n'y était pas encore. Cette idée en tête, il roula de l'autre côté et tenta de retrouver le sommeil. Le mouvement du train finit par vaincre son anxiété et il retrouva des rêves qui n'étaient toutefois guère plus rassurants.

Le 747 de British Airways traversait lui aussi l'obscurité, emportant ses passagers, endormis pour la plupart, tandis que l'équipage surveillait les batteries d'instruments tout en sirotant un café, prenant le temps d'admirer les étoiles et surveillant l'horizon pour y guetter les premières lueurs de l'aube. Celles-ci apparaissaient en général aux abords de la côte ouest de l'Irlande.

Ryan s'éveilla plus tôt qu'à l'accoutumée. Il se glissa hors du lit sans déranger sa femme, s'habilla, sortit. Le laitier entrait juste dans l'impasse desservant l'extrémité du lotissement. Il arrêta sa camionnette et descendit avec une miche de pain et les deux litres de lait entier que ses gamins descendaient avec le même appétit qu'un réacteur Pratt & Whitney le kérosène. Il était à mi-chemin de la maison quand il remarqua son client.

« Un problème, m'sieur ? demanda le livreur, en se disant que peut-être un enfant était malade, raison habituelle pour trouver de jeunes parents debout dès potron-minet.

— Non, je suis juste tombé du lit, dit Ryan en réprimant un bâillement.

— Rien besoin de spécial ?

— Juste une cigarette », répondit Ryan, sans réfléchir. Sous la stricte férule de Cathy, il n'en avait pas fumé une seule depuis son arrivée en Angleterre.

« Eh bien, tenez, m'sieur. » Le livreur lui tendit son paquet, le tapotant pour en faire sortir une.

Cela prit de court Ryan. « Euh, merci. » Mais il la prit malgré tout, acceptant également la flamme du briquet à gaz. La première bouffée le fit tousser, mais cela fut vite passé. Dans la fraîcheur de l'aube, c'était une sensation éminemment sympathique – le plus remarquable dans les mauvaises habitudes étant la vitesse à laquelle vous les reprenez. Le tabac était fort, évoquant ces Marlboro qu'il fumait en terminale, quand c'était encore un des rites du passage à l'âge adulte à la fin des années 60. *Il devrait arrêter, ce laitier*, songea Jack, *mais sans doute qu'il n'est pas marié à une chirurgienne de Hopkins.*

Il ne devait pas non plus avoir trop souvent l'occasion de causer à ses clients. « Vous vous plaisez, ici, m'sieur ?

— Oui, beaucoup. Les gens sont très sympathiques.

— On fait de notre mieux, m'sieur. Eh bien alors, bonne journée.

— Merci. À vous aussi », dit Ryan, tandis que le livreur regagnait sa camionnette. Les laitiers étaient en voie de disparition en Amérique, victimes des supermarchés et des supérettes.

183

Dommage. Il lui revint le souvenir des tranches de pain Peter Wheat et des beignets bien gras du temps où il était petit. Quelque part, ils s'en étaient allés sans qu'il s'en aperçoive, aux alentours de son passage en sixième. Mais la clope et l'air calme n'étaient pas non plus une mauvaise façon de se réveiller. Pas un bruit. Même les oiseaux dormaient encore. Il leva les yeux pour contempler les feux d'un avion tout là-haut dans le ciel. Des voyageurs qui se rendaient sans doute en Scandinavie, à en juger par leur trajectoire, sûrement au départ d'Heathrow. *Quel pauvre bougre doit se lever à une heure pareille pour se rendre à un rendez-vous ?* Enfin... il termina sa cigarette et la projeta d'une pichenette sur la pelouse, en se demandant si Cathy la repérerait. Bon, il pourrait toujours dire que le mégot avait été jeté par un autre. Dommage que le livreur de journaux ne soit pas encore passé. Jack retourna donc à l'intérieur pour allumer la télé de la cuisine sur CNN. Il tomba sur les sports. Les Orioles avaient encore une fois gagné et se retrouveraient en finale contre Philadelphie. C'était une bonne nouvelle, enfin, presque. S'il avait été chez lui, il aurait acheté des billets pour assister à un ou deux matches au Memorial Stadium et regardé le reste de la compétition à la télé. Mais pas cette année. Son abonnement au câble ne lui offrait pas une seule chaîne pour suivre les matches de base-ball, même si les Britanniques s'étaient mis à regarder les compétitions de football américain de la NFL. Ils n'y pigeaient pas grand-chose mais, pour une raison quelconque, ils aimaient bien le regarder. *C'est toujours mieux que leurs programmes habituels*, nota Ryan avec un reniflement de mépris. Cathy aimait bien leurs sitcoms, mais lui n'accrochait pas. En revanche, leurs émissions d'informations étaient remarquables. Enfin, des goûts et des couleurs... *Non est disputandum*, comme disaient les Romains. Puis il vit l'aube poindre, le premier soupçon de lumière à l'horizon. Il faudrait encore une bonne heure pour que le jour s'installe, mais il arrivait déjà et même le désir d'un supplément de sommeil ne pourrait l'arrêter.

184

Jack décida de mettre en route le café – il suffisait de basculer l'interrupteur de la machine qu'il avait offerte à Cathy pour son anniversaire. Puis il entendit le *flop* du quotidien jeté sur le perron et sortit le récupérer.

« Tombé du lit ? dit Cathy à son retour.

— Ouais. Voyais pas l'intérêt de me tourner et me retourner. » Il embrassa sa femme. Elle le regarda d'un drôle d'air après ce baiser, mais la mimique s'évanouit. Son nez sensible au tabac lui avait envoyé un imperceptible message mais son esprit l'avait écarté, le jugeant par trop improbable.

« T'as mis en route le café ?

— J'ai appuyé sur le bouton, confirma Jack. Je te laisse t'occuper du reste.

— Tu veux quoi, pour le petit déjeuner ?

— Ai-je le choix ? » demanda Ryan, passablement incrédule. Elle lui refaisait un plan bouffe saine. Fini les beignets.

« Bonjour, mon *zaïtchik* ! dit Oleg à sa fille.

— Papa ! » Elle tendit les bras avec ce grand sourire qu'ont les petits enfants au réveil. Ils le perdent bien vite en grandissant, mais il fait l'étonnement de tous les parents du monde tant qu'il dure. Oleg la souleva du lit pour la serrer dans ses bras. Ses petits pieds nus se posèrent sur la moquette du compartiment et, en deux pas, elle gagna ses toilettes privées. Irina entra pour déposer sur le lit ses habits, puis les deux adultes se retirèrent de leur côté. Dix minutes plus tard, toute la petite famille se dirigeait vers la voiture-restaurant. Oleg se retourna et vit un homme de service s'empresser de faire en premier le ménage dans leur compartiment. Oui, il y avait des avantages à être membre du KGB, même si ce n'était plus que pour vingt-quatre heures.

Quelque part durant la nuit, le train s'était arrêté à une ferme d'État pour s'approvisionner en lait frais dont Svetlana put se régaler au petit déjeuner. Pour leur part, les adultes avaient droit à du café médiocre (au mieux) et du pain beurré (il n'y avait plus d'œufs à la cuisine). Au moins pain et beurre étaient-ils frais et savoureux.

Il y avait une pile de journaux déposée à l'extrémité de la voiture. Oleg prit la *Pravda* et s'installa pour la lire – et découvrir les mensonges habituels. Un autre avantage d'appartenir au KGB était que ça vous évitait de croire ce qui était écrit dans les journaux. *Au moins les* Izvestia *publient des reportages sur des gens réels, dont certains même sont véridiques*, songea-t-il. Mais, évidemment, dans un train soviétique, on ne pouvait trouver que les journaux les plus politiquement corrects et la « Vérité », puisque tel était son nom, était du nombre, grogna Zaïtzev.

Ryan gardait toujours deux trousses, de toilette et de rasage, toutes prêtes en cas de déplacement. Son sac de voyage était fixé par son gros crochet de laiton dans la penderie, déjà bouclé dans l'attente du moment où sir Basil déciderait de l'expédier à Budapest. Il le regarda tout en nouant sa cravate, en se demandant quand il allait bien partir. Puis Cathy rentra dans la chambre et s'habilla. Sa blouse blanche devait à coup sûr être restée accrochée à une patère à la porte de son bureau – les deux, d'ailleurs : à Hammersmith et à Moorefields, chacune avec le badge approprié.

« Cath ?

— Ouais ?

— Ta blouse... tu as gardé ton badge de Hopkins ou ils t'en ont refilé un nouveau ? » Il n'avait jamais songé à lui poser la question.

« Un nouveau. Trop long à expliquer chaque fois aux patients qui auraient pu le remarquer. » Mais certains malgré tout l'interrogeaient à cause de son accent, ou bien lui demandaient pourquoi son badge la désignait comme « Lady Caroline Ryan, MD, FACS » – docteur en médecine et interne en chirurgie. Mais c'était surtout la mention « Lady » qui flattait sa vanité féminine. Jack la regarda se brosser les cheveux, un spectacle qui le ravissait toujours. Elle aurait été à tomber si elle avait eu les cheveux un rien plus longs, mais elle ne les laissait jamais pousser, expliquant que les calots de chirurgien gâcheraient de toute façon toutes les coiffures qu'elle aurait pu adopter. Il faudrait y remédier la prochaine fois qu'ils seraient invités à un dîner officiel. C'était à leur programme : la reine les appréciait l'un et l'autre, tout comme le prince de Galles, et leurs noms figuraient sur la version locale de la liste A – celle des invités de marque à la Maison Blanche. Vous ne pouviez refuser de telles invitations, même si Cathy avait toujours une excuse au cas où elle devait opérer le lendemain. Les espions, en revanche, étaient censés se montrer enchantés d'un tel honneur, bien qu'il fût synonyme de sommeil écourté avant la dure journée de travail suivante.

« Qu'est-ce que t'as au programme aujourd'hui ?

— Une conférence sur le laser à arc au xénon. Ils doivent bientôt en acheter un, et je suis la seule personne à Londres qui sache m'en servir correctement.

— Ma femme qui tire au laser...

— Enfin, je peux toujours leur expliquer ce que je fais, moi, répondit-elle, môssieur l'agent secret.

— Oui, ma chérie. » Soupir de Ryan. *Tiens, peut-être que je devrais prendre le Browning dans mes affaires, aujourd'hui, rien que pour la faire chier.* Mais si jamais quelqu'un dans le train le remarquait, il serait au mieux considéré comme un type louche et, au pire, il se retrouverait au poste à devoir expliquer aux agents ce qu'il faisait avec un accessoire pareil sur lui. Et même son statut de diplomate ne le protégerait pas entièrement des tracasseries inévitables.

Un quart d'heure plus tard, Jack et Cathy étaient dans le compartiment de leur train de banlieue, filant vers le nord-ouest de Londres, elle, à nouveau plongée dans une de ses revues médicales, et lui, parcourant le *Telegraph*. John Keegan y tenait une rubrique de politique intérieure et c'était un historien pour qui Ryan avait un immense respect, surtout comme analyste politique. Pourquoi Basil ne l'avait pas recruté dans son équipe à Century House, cela demeurait pour lui un mystère. Mais, après tout, peut-être Keegan était-il tout simplement financièrement comblé en tant qu'historien, à même de répandre ses lumières sur les masses – enfin, les masses cultivées, s'entend. Cela se tenait. Personne ne faisait fortune dans la fonction publique en Grande-Bretagne... sans parler de l'anonymat – enfin, c'était toujours agréable de temps en temps de recevoir une petite tape sur la tête quand on avait fait quelque chose de particulièrement bien. Et ça, aucun bureaucrate de par le monde n'y avait droit.

À l'heure approximative où leur train passait à la station Elephant and Castle, le vol 714 s'immobilisait pour un arrêt prématuré au terminal 4 d'Heathrow. Il n'avait pas rejoint une passerelle d'embarquement. À la place, il s'était arrêté à la hauteur de l'endroit où étaient garées les navettes chargées de conduire les passagers au service d'immigration. À peine les sabots de train avaient-ils été placés pour immobiliser l'appareil que la porte de la soute s'ouvrait. Les deux derniers bagages chargés à Logan avaient été les deux cercueils, aussi furent-ils les deux premiers à être débarqués. Les étiquettes placées à l'angle de chacun indiquaient aux manutentionnaires leur destination et deux fonctionnaires anonymes dépêchés par Century House étaient là de toute manière pour surveiller le bon déroulement des opérations. Une fois déposés sur un chariot à quatre roues, les cercueils furent dirigés vers un parking où ils furent prestement embarqués dans un petit camion banalisé. Les deux hommes du SIS montèrent à bord et démarrèrent, mettant le cap à l'est vers Londres, sans savoir le moins du monde à quoi rimait leur boulot. C'était souvent le cas.

Le camion arriva au 100, Westminster Bridge Road quarante minutes plus tard. Là, les caisses furent déchargées et placées sur un autre chariot, pour rejoindre un monte-charge qui les descendit au deuxième sous-sol.

Deux autres hommes étaient là pour les réceptionner. Les caisses furent ouvertes et les employés ne purent que remercier le ciel qu'il y ait eu une provision suffisante de neige carbonique dans les conteneurs pour empêcher les cadavres de répandre l'odeur particulièrement nauséabonde des tissus en décomposition. Les mains protégées par des gants en caoutchouc, ils soulevèrent les corps – aucun n'était bien lourd – pour les déposer sur deux tables en inox. L'une et l'autre dépouille étaient nues et, dans le cas de la petite fille, le spectacle était particulièrement attristant.

Et cela n'allait qu'empirer. En comparant les corps avec le cliché en provenance du *Times*, il fut constaté, sans grande surprise, que le visage de l'enfant ne correspondait pas avec celui de la photo. Il en était de même de la femme adulte, même si la masse corporelle et la silhouette convenaient à peu près. L'incendie et les gaz toxiques qui avaient mis fin à ses jours avait laissé le visage quasiment intact. Tant et si bien que l'un comme l'autre allaient devoir être totalement défigurés pour être utilisable dans le cadre de l'opération BEATRIX. Ce qui fut fait à l'aide de chalumeaux à propane.

Pour commencer, l'un des employés poussa au maximum le puissant ventilateur intégré au plafond. Puis les deux hommes enfilèrent leur combinaison isolante avant d'allumer les chalumeaux et d'en appliquer impitoyablement la flamme sur la tête des deux victimes. Comme la couleur des cheveux ne correspondait ni pour l'une, ni pour l'autre, ceux-ci furent brûlés en premier. Puis les torches vinrent lécher les visages. L'opération fut rapide, pas assez pourtant au goût des deux employés du SIS. Celui chargé de la petite marmonna dans sa barbe une brève prière pour le salut de son âme, sûr qu'elle devait se trouver désormais là où vont les âmes des enfants innocents. Ce qui restait n'était que de la chair froide, sans plus de valeur pour son propriétaire initial, mais d'une valeur certaine pour le Royaume-Uni – et sans aucun doute aussi pour les États-Unis d'Amérique –, sinon, jamais on ne leur aurait demandé de se livrer à une tâche aussi sordide. C'est quand l'œil gauche de la petite explosa sous la pression des gaz que son involontaire persécuteur dut se détourner pour vomir. Mais il fallait que ce soit fait. Les yeux n'étaient pas de la bonne couleur.

Les mains et les pieds devaient être également carbonisés, puis les deux corps furent soumis à un examen scrupuleux pour y repérer tatouages, cicatrices ou autres traits caractéristiques, mais sans résultat, pas même une cicatrice d'appendicectomie.

Tout bien pesé, il s'écoula quatre-vingt-dix minutes avant que les deux hommes ne se considèrent pleinement satisfaits de leur travail. Puis il fallut habiller les corps. Des habits d'origine soviétique furent enfilés, et ceux-ci durent être brûlés à leur tour pour que les fibres de tissu se mêlent aux brûlures superficielles. Cette sordide besogne accomplie, les corps furent remis dans leurs caisses métalliques, auxquelles on rajouta de la neige carbonique afin de continuer à retarder le processus de décomposition. Les caisses furent ensuite déposées près d'un troisième cercueil identique, dans un angle de la pièce. Entre-temps, l'horloge avait tourné et c'était l'heure du déjeuner, mais aucun des deux hommes n'avait faim. Ils avaient plutôt envie de quelques rasades de whisky, et ce n'étaient pas les pubs qui manquaient aux alentours.

« Jack ? » Sir Basil passa la tête par la porte entrouverte et découvrit Ryan plongé dans ses documents, en bon analyste.

« Oui, monsieur, répondit Ryan en levant la tête.

— Avez-vous fait vos bagages ?

— Je les ai laissés chez moi, mais oui, je suis prêt, monsieur.

— Bien. Vous prenez le vol BA de vingt heures au départ du terminal 3 d'Heathrow. Un chauffeur vous accompagnera pour récupérer vos affaires... disons, vers quinze heures trente ?

— Je n'ai pas encore mon passeport ni mon visa, l'informa Ryan.

— Vous les aurez après déjeuner. Votre couverture officielle est celle d'auditeur auprès du Foreign Office. Si ma mémoire est bonne, vous avez un diplôme d'expert-comptable. Peut-être que vous pourrez en profiter pour examiner nos livres de comptes, pendant que vous y êtes... » C'était censé être drôle.

Ryan tenta de lui rendre la pareille : « Sans doute plus intéressant que le marché boursier local. Quelqu'un m'accompagne ?

— Non, mais vous serez accueilli à l'arrivée par Andy Hudson, notre chef d'antenne à Budapest. Un type bien. Passez me voir avant de filer.

— D'accord, monsieur. » Et la tête de sir Basil s'évanouit à nouveau dans le couloir.

« Simon, qu'est-ce que vous diriez d'une pinte de bière et d'un sandwich ? lança Ryan à son collègue.

— Excellente idée. » Harding se leva et prit son pardessus. Ils descendirent pour se rendre au Duc de Clarence.

Le déjeuner dans le train était agréable : du bortsch, des nouilles, du pain noir et un vrai dessert : des fraises, sans doute d'une ferme de la région. Un seul problème : Svetlana n'aimait pas le bortsch, ce qui était plutôt curieux pour une Russe. Elle chipota en se contentant de manger la crème aigre, mais engloutit ses nouilles avec appétit et dévora littéralement les fraises. Ils venaient de traverser les monts de Transylvanie à la frontière bulgare. Le train allait traverser Sofia, puis obliquer au nord-ouest en direction de Belgrade, en Yougoslavie, avant d'atteindre finalement la Hongrie.

Les Zaïtzev traînèrent à table, tandis que la petite regardait par la fenêtre alors que le train approchait de Sofia.

Oleg Ivanovitch fit de même, tout en tirant sur sa cigarette. Comme ils traversaient la capitale bulgare, il se surprit à se demander quel immeuble abritait le Dirjavna Sugurnost. Et le colonel Boubovoï s'y trouvait-il, en train d'ourdir ses plans, sans doute en compagnie du colonel Strokov ? À quel stade d'avancement se trouvaient-ils ? La vie du Saint-Père était-elle en danger immédiat ? Comment réagirait-il s'il était assassiné avant qu'il ait pu lancer son avertissement ? Aurait-il pu, aurait-il dû agir plus vite ? Toujours les mêmes satanées questions, et personne à qui pouvoir se confier ! *Tu fais de ton mieux, Oleg Ivanovitch*, ne cessait-il de se répéter, *et personne ne peut faire plus !*

La gare de Sofia ressemblait à une cathédrale, impressionnant édifice de pierre aux allures presque religieuses. Il ne redoutait plus dorénavant qu'un commando du KGB ne monte dans le train pour l'appréhender. Non, il ne pensait plus qu'à aller de l'avant, arriver à Budapest et voir ce que les gens la CIA y avaient prévu... en espérant qu'ils étaient compétents. Le KGB pouvait monter ce genre d'opération avec un professionnalisme consommé, presque comme de vrais magiciens de music-hall. La CIA était-elle aussi efficace ? À la télé soviétique, ils étaient souvent présentés comme des adversaires maléfiques mais patauds – quoique, ce n'était pas ce qu'on disait à la Centrale. Non, au 2, place Djerzinski, on les portraiturait comme des esprits maléfiques, sans cesse aux aguets, rusés comme le diable, bref des ennemis redoutables. Alors, où se situait la vérité ? Sans doute ne tarderait-il pas à le savoir – d'une manière ou d'une autre. Zaïtzev écrasa son mégot et reconduisit sa petite famille dans les compartiments.

« Alors, il vous tarde de partir en mission, Jack ? s'enquit Harding.

— Ouais, autant que d'aller chez le dentiste. Et ne venez pas me raconter que ce sera une sinécure. Vous n'êtes pas allé plus que moi sur le terrain.

— Ce sont vos collègues qui l'ont suggéré, vous savez.

— Ouais, eh bien, quand je rentrerai au pays – si j'y rentre –, j'irai abattre l'amiral Greer, répondit Ryan, plaisantant à moitié. Je n'ai pas été formé pour ça, Simon, je vous signale.

— Combien de personnes sont formées pour subir une agression physique directe ? Or cela vous est arrivé, lui rappela Simon.

— OK, j'ai été lieutenant d'infanterie de marine dans le temps... pendant, quoi ? onze mois, peut-être, avant que cet hélico ne s'abîme en Crète et que je me bousille le dos. Merde, je déteste même les montagnes russes. Mes parents adoraient ça, ils n'arrêtaient pas de me trimbaler au parc d'attractions de Gwynn Oak quand j'étais môme. Ils s'attendaient à ce que j'aime, moi aussi, ces putains de trucs. P'pa avait été para dans la 101e division aéroportée, expliqua Ryan, il y a quarante ans. Dégringoler du ciel ne le troublait pas outre mesure. » La remarque fut suivie d'un grognement. Au moins, chez les marines, ils ne se sentaient pas obligés de vous faire sauter d'un avion. *Oh, et puis merde*, songea Jack, tout soudain. Qu'est-ce qui le tracassait le plus ? Ça ou prendre l'avion ? Cela l'amena à baisser les yeux et à étouffer un rire ironique. « Au fait, est-ce que vos agents sont armés ? »

Rire de son interlocuteur. « Seulement au cinéma, Jack.

Ces trucs sont bougrement lourds à trimbaler et leur présence est parfois délicate à justifier. Il n'y a pas d'agent double zéro au SIS – du moins, pas à ma connaissance. Les Français descendent des types à l'occasion, et du reste, ils savent plutôt y faire. Idem pour les Israéliens, mais tout le monde commet des erreurs, même les professionnels aguerris, et ce genre de bavure peut s'avérer difficile à expliquer à la presse.

— Vous ne pouvez pas invoquer le secret défense ?

— En théorie, oui, mais en pratique, c'est une autre histoire. La presse britannique a ses propres règles, voyez-vous.

— Le *Washington Post* aussi, comme Nixon l'a découvert à ses dépens. Donc, je ne devrais tuer personne ?

— Je serais vous, j'essaierais de l'éviter », convint Simon en mâchonnant son sandwich à la dinde.

Belgrade – Beograd pour les autochtones – était également dotée d'une très jolie gare. Les architectes du siècle dernier avaient de toute évidence rivalisé pour se surpasser, comme leurs pieux collègues bâtisseurs de cathédrales du Moyen Âge. Le train avait plusieurs heures de retard, remarqua-t-il avec surprise. Il n'arrivait pas à comprendre pourquoi. Il n'avait pas souvenance d'un quelconque arrêt prolongé. Peut-être ne roulaient-ils pas aussi vite que prévu. Au sortir de Belgrade, le train gravit en sinuant quelques collines basses, et en prenant tout son temps. Zaïtzev se dit que le paysage était sûrement joli en hiver. La région ne devait-elle pas du reste accueillir prochainement les jeux Olympiques ? L'hiver ici arrivait sans doute à peu près à la même époque qu'à Moscou. Il était un peu en retard cette année, mais c'était en général le signe qu'il serait rigoureux. Il se demanda comment serait l'hiver en Amérique...

« Prêt, Jack ? demanda Charleston, dans son bureau.

— Je crois. » Ryan contempla son nouveau passeport. Étant diplomatique, il était un peu plus décoré que le document habituel, relié de cuir rouge et frappé sur sa couverture des armes de la Couronne. Il le feuilleta pour découvrir les tampons de tous les endroits qu'il n'avait pas visités. La Thaïlande, la République populaire de Chine. *Bigre*, se dit Jack, *j'ai rudement bourlingué.* « Pourquoi ce visa ? » s'enquit-il. Le Royaume-Uni n'en exigeait de personne.

« La Hongrie contrôle de manière très stricte les mouvements aux frontières. Ils exigent un visa d'entrée comme de sortie. Vous n'aurez pas besoin de ce dernier, je pense, observa Basil. Hudson vous fera sans doute ressortir par le sud. Il entretient de bonnes relations avec les contrebandiers locaux.

— En traversant les montagnes à pied ? »

Basil hocha la tête. « Non, ce n'est pas une chose qu'on fait souvent. Plutôt en voiture ou en camion. Ce ne devrait vraiment pas être un problème, mon garçon. » Il leva les yeux. « C'est une simple opération de routine, Jack.

— Si vous le dites, monsieur. » *En tout cas, sûrement pas pour moi.*

Charleston se leva. « Bonne chance, Jack. On se revoit dans quelques jours. »

Ryan prit sa main. « Bien compris, sir Basil. » *Semper fi,* vieux.

Une voiture l'attendait. Jack monta à l'avant et le chauffeur prit la direction de l'est. Grâce à la circulation fluide de l'après-midi, le trajet ne prit qu'une cinquantaine de minutes, presque aussi rapide qu'en train.

Arrivé à Chatham, Ryan trouva sa fille qui faisait la sieste, Petit Jack en train de jouer avec ses pieds – toujours aussi fascinants – au milieu de son parc, et miss Margaret assise avec un magazine au salon.

« Monsieur Ryan... je ne vous attendais pas...

— Tout va bien, je dois juste partir en voyage d'affaires. »
Il se dirigea vers le téléphone mural de la cuisine pour appeler
Cathy, mais on lui répondit qu'elle était en train de donner
sa fichue conférence sur son joujou laser. *C'est celui qui lui
sert à cautériser les vaisseaux sanguins, enfin, quelque chose
comme ça.* Le front plissé, il monta à l'étage chercher son sac.
Il essaierait de la rappeler de l'aéroport. Mais, au cas où, il
griffonna un mot.

PARTI POUR BONN. TACHERAI DE RAPPELER. BISOUS. JACK. Le
billet se retrouva collé sur la porte du frigo. Puis Ryan se
pencha pour embrasser Sally, il s'accroupit pour serrer son
fils dans ses bras pour un baiser tout collant. Le petit bonhomme bavait d'abondance. Un mouchoir en papier s'im-
posa pour rectifier sa mise.

« Bon voyage, monsieur Ryan, lança dans son dos la
nounou.

— Merci, Margaret. À plus tard. » Dès que la voiture eut
démarré, elle appela Century House pour leur signaler que
sir John était en route pour Heathrow. Puis elle revint à son
magazine, le *Tattler*[1] du mois.

Le train fit un arrêt imprévu sur un faisceau de voies à la
frontière hongroise, près de la ville de Zombor. Zaïtzev ne s'y
était pas attendu et bientôt sa surprise ne fit que redoubler. Il
y avait des grues de leur côté du train et à peine la rame
s'était-elle immobilisée qu'une foule d'ouvriers en bleu
apparut.

Les rails des Chemins de fer de Hongrie avaient un écartement normal de 1,435 m, écartement qui, détail assez incongru, venait des chariots utilisés par les Romains. Mais celui
des chemins de fer russes était de 1,524 mm, pour une raison

---

1. Équivalent britannique de *Point de vue* ou *Gala*.

que tout le monde avait oubliée[1]. La solution consistait à soulever les caisses des voitures pour les désolidariser des bogies à l'écartement russe et à les redéposer sur d'autres bogies à l'écartement normal. L'opération prenait environ une heure, mais elle se déroula avec efficacité. Tout ceci fascina Svetlana, et même son père s'avoua impressionné de voir la tâche accomplie de façon aussi routinière. Une heure vingt minutes plus tard, le train s'ébranlait à nouveau sur la voie normale orientée presque plein nord, derrière une autre motrice électrique, à travers les riches terres agricoles de Hongrie. Presque aussitôt, Svetlana se mit à gazouiller en apercevant des hommes en tenue locale juchés sur des chevaux, spectacle que l'enfant comme ses deux parents trouvèrent passablement exotique.

L'avion était un Boeing 737 – un appareil relativement récent – et, pour une fois, Ryan décida de voyager accompagné : il s'acheta un paquet de cigarettes à l'aérogare et en alluma une aussitôt dans le hall.

La bonne nouvelle était qu'on lui avait attribué le fauteuil de première 1-A, côté hublot. La contemplation du ciel était bien le seul agrément d'un voyage aérien, avec l'avantage supplémentaire que personne ne risquait de remarquer votre masque d'inquiétude, hormis peut-être l'hôtesse, parce que, à l'instar des médecins, elles étaient sans doute, elles aussi, capables de flairer la peur. Mais au moins à l'avant la gnôle était gratis, et Ryan tenta donc de commander du whiskey américain, pour découvrir qu'il n'y avait que du scotch – qu'il n'aimait pas –, de la vodka – qu'il n'aimait pas non plus – et du gin – dont il ne fallait pas lui parler. Ce n'était pas la bonne compagnie aérienne pour boire du Jack

---

1. La raison est en réalité stratégique : afin d'empêcher toute utilisation militaire en cas d'invasion.

Daniel's, mais la carte des vins était OK et, une fois l'appareil parvenu à son altitude de croisière, le témoin No SMOKING s'éteignit avec un petit ding et Ryan alluma illico une autre cigarette. Ça ne valait pas un bon whiskey américain ou un bourbon, mais c'était toujours mieux que rien. Au moins, cela lui permettait-il de faire mine de se relaxer, les yeux clos, en ne soulevant qu'épisodiquement les paupières pour voir si ce qui défilait sous les ailes était vert ou bleu. Le vol était d'une douceur agréable, avec juste quelques rares trous d'air pour l'amener à étreindre les accoudoirs, et trois verres d'un vin blanc français fort correct l'aidèrent à surmonter son anxiété.

Alors qu'ils survolaient la Belgique, il se remit à réfléchir. Combien de gens n'aimaient pas l'avion ? Un tiers, la moitié peut-être ? Combien le détestaient autant que lui ? La moitié de cette moitié ? Il y avait donc de bonnes chances qu'il ne soit pas seul. Les gens inquiets tendaient à masquer leur crainte, et un regard alentour lui révéla des visages sans doute pas différents du sien. Donc, en définitive, il ne devait pas être la seule mauviette à bord. Et le vin était bon et fruité. Et si les terroristes de l'ULA n'avaient pas réussi à lui faire la peau avec leurs Uzi, sous son propre toit au bord de la baie de la Chesapeake, c'est donc que le hasard jouait plutôt en sa faveur. Alors, autant se détendre et profiter du voyage – de toute façon, il n'avait guère le choix : il était coincé là, après tout, et le Boeing filait à près de cinq cents nœuds.

Il y eut quelques secousses durant la descente, mais pour Ryan, c'était la seule partie du vol durant laquelle il se sentait en sécurité : quand l'appareil regagnait la terre. Certes, intellectuellement, il savait que c'était en réalité la phase la plus risquée, mais ses tripes ne voyaient pas les choses ainsi. Il entendit gémir les divers servomoteurs, puis le chuintement qui annonçait l'ouverture des trappes du train, moment où il se sentit suffisamment réconforté pour regarder le sol se ruer vers lui. L'atterrissage fut cahoteux, mais Jack n'en avait cure. Il avait rejoint le plancher des vaches, où l'on pouvait se tenir et se balader tout seul à une vitesse à peu près raisonnable. Bien.

Il y eut un autre faisceau de voies, encombré de wagons couverts et de wagons à bestiaux, et leur train tressauta en franchissant une série d'aiguilles. Le *zaïtchik* avait encore le nez collé au carreau. Enfin, ils entrèrent sous une verrière et le convoi s'immobilisa dans une embardée à la gare de l'Est. Des porteurs en vague uniforme passablement miteux convergeaient vers le fourgon à bagages. Le *zaïtchik* bondit littéralement dehors pour regarder le spectacle, semant presque sa mère qui la rattrapa tant bien que mal, encombrée qu'elle était par leurs sacs de voyage. Oleg se dirigea vers le fourgon pour surveiller le transfert de leurs valises sur un diable. Ils s'éloignèrent du quai, gagnèrent l'antique hall passablement décrépit qu'ils traversèrent pour se retrouver dehors, devant la station de taxis. Il y en avait quantité, que des Lada – la version russe d'un vieux modèle de Fiat –, toutes de la même couleur, qui avait dû être beige sous la couche de crasse. Zaïtzev gratifia le porteur d'un rouble Comecon et supervisa le chargement de leurs bagages dans la voiture. La malle de la petite berline était bien trop exiguë. Trois sacs trouvèrent leur place sur le siège avant, et Svetlana allait devoir faire la course jusqu'à l'hôtel juchée sur les genoux de sa mère. Le taxi démarra, effectua un demi-tour rapide et d'une légalité douteuse avant de filer à tombeau ouvert au milieu de ce qui ressemblait à une grande artère commerçante.

L'hôtel Astoria n'était qu'à quatre minutes de la gare. La bâtisse était d'allure imposante, on aurait presque dit un palace du temps passé. Le hall en revanche était de dimensions modestes, même s'il ne manquait pas d'allure avec sa débauche de boiseries en chêne sculpté. Le réceptionniste les attendait et les accueillit avec le sourire. Peu après avoir donné à Zaïtzev la clé de leur chambre, il leur indiqua, de l'autre côté de la rue, le Centre culturel soviéto-hongrois, qui était si manifestement une antenne du KGB qu'on aurait pu y exhiber la statue de Félix de Fer en façade. Le groom les conduisit vers un minuscule ascenseur qui les mena au troisième, où ils prirent le couloir à droite pour gagner la chambre 307, une chambre d'angle qui allait être leur logis pour les dix prochains jours – c'est du moins ce que chacun pensait, Oleg excepté. Le groom reçut lui aussi un rouble pour sa peine et se retira, laissant la famille dans une pièce à peine plus grande que leurs deux compartiments de train, et avec bien sûr une seule salle de bain, mais équipée d'une baignoire avec douche, équipement dont tous trois avaient le plus grand besoin. Oleg laissa sa femme et sa fille y passer les premières.

Si miteuse qu'elle pût être selon les critères occidentaux, la chambre avait presque des allures de palais selon les normes soviétiques. Il y avait une chaise près de la fenêtre et Zaïtzev alla s'y asseoir et guetter la rue dans l'espoir d'y repérer un agent de la CIA. Vain espoir, il le savait, mais il pouvait difficilement résister à la tentation.

Les hommes qu'il cherchait n'étaient pas du tout des Américains puisqu'il s'agissait de Tom Trent et Chris Morton, qui travaillaient pour Andy Hudson. Tous deux étaient bruns et ne s'étaient pas lavés ce matin-là pour mieux se faire passer pour des ouvriers hongrois. Trent était allé faire le guet à la gare et il les avait repérés dès leur arrivée, tandis que Morton s'était posté près de l'hôtel. Grâce aux clichés de bonne qualité fournis par le photographe du *Times* à Moscou, identifier les Zaïtzev avait été un jeu d'enfant. En guise d'ultime vérification, Morton qui parlait couramment le russe était entré s'enquérir du numéro de la chambre de son « vieil ami » auprès du réceptionniste, contre un billet de vingt forints et un clin d'œil. Prétextant alors un tour au bar, il en avait profité pour effectuer un repérage du rez-de-chaussée de l'hôtel, en prévision de leur action future. Jusqu'ici, alors qu'ils avaient décidé de regagner l'ambassade en métro, tout s'était remarquablement bien déroulé. Le train avait eu du retard, mais leurs informations sur l'hôtel avaient été parfaitement exactes, pour une fois.

Par sa taille et son apparence, Andy Hudson était dans la moyenne, seuls ses cheveux blond filasse le désignaient comme un étranger dans un pays où sinon tout le monde se ressemblait plus ou moins. C'est du moins l'impression qu'avait eue Ryan en débarquant dans l'aérogare.

« Pouvons-nous parler ? s'enquit-il, alors qu'ils s'éloignaient de l'aéroport.

— Oui, la voiture est propre. » Comme tous les véhicules analogues, elle était régulièrement inspectée et garée dans un endroit protégé.

« En êtes-vous sûr ?

— L'opposition n'enfreint pas les règles de la diplomatie. Ça peut paraître étrange mais c'est vrai. En outre, le véhicule est doté d'un système d'alarme très perfectionné. À vrai dire, je ne sais même pas si je serais moi-même capable de la bidouiller. Quoi qu'il en soit, bienvenue à Budapest, Sir John. » Il avait prononcé le nom *Bioudapescht*, à la hongroise, ce qui désarçonna Ryan.

« Vous savez donc qui je suis ?

— Oui, j'étais rentré à Londres en mars dernier. J'étais dans la capitale quand vous avez accompli vos exploits – franchement, vous auriez très bien pu vous faire tuer, si ce putain d'Irlandais n'avait pas fait le con.

— Je me le suis dit bien des fois, monsieur Hud...

— Andy, suggéra d'emblée son interlocuteur.

— D'accord. Moi, c'est Jack.

— Bon vol ?

— Tout vol dont on redescend entier est un bon vol, Andy. Bien, parlez-moi donc de la mission et de la façon dont vous envisagez son déroulement.

— Pure routine. Nous observons le Lapin et sa famille, nous les maintiendrons sous surveillance intermittente, et quand on jugera le moment venu, on les enlèvera pour les faire passer en Yougoslavie.

— Et comment ?

— En voiture ou en camion, ce n'est pas encore décidé, répondit Hudson. La Hongrie est le seul problème éventuel. Les Yougoslaves se contrefichent de qui peut passer leur frontière, ils ont des millions de concitoyens qui travaillent à divers titres à l'étranger. Et nos relations avec les gardes-frontière sont des plus cordiales, lui assura Andy.

— Vous leur graissez la patte ? »

Hudson acquiesça tout en virant pour contourner un parc de taille modeste. « C'est pour eux un bon moyen de procurer à leur famille des articles à la mode. Je connais des gens qui font le trafic de drogues dures ; personnellement, je n'y touche pas, bien entendu. La drogue est une des rares choses dont les autorités font mine de s'occuper, mais certains douaniers sont plus ouverts aux négociations que d'autres – merde, ils le sont sans doute tous, ou presque. Mais c'est incroyable ce qu'on peut obtenir contre quelques billets en devise forte ou une paire de Reebok. Le marché noir est très animé par ici, et comme il permet souvent de faire entrer dans le pays des devises, les autorités politiques ont tendance à détourner les yeux aussi longtemps qu'il ne prend pas des proportions débridées, vous voyez...

— Mais alors, comment l'antenne de la CIA s'est-elle fait griller ?

— Un putain de coup de malchance. » Et durant une

minute ou deux, de lui expliquer. « Comme de se faire écraser par un camion sur une route déserte.

— Bigre, et ce genre de truc arrive souvent ?

— Pas souvent, à peu près autant que de gagner à la loterie nationale.

— Il faut jouer pour gagner », murmura Ryan. C'était la devise de la loterie d'État du Maryland, qui n'était jamais qu'une autre forme d'impôt infligée à ceux qui étaient assez idiots pour y participer, juste un peu plus cynique que les autres.

« Eh oui, c'est bien vrai. C'est un risque que nous prenons tous.

— Et comment l'évaluez-vous pour ce qui est de faire sortir le Lapin et sa famille ?

— Oh, à un contre dix mille. »

Pour Ryan, cela semblait jouable, mais il restait encore un problème en suspens : « Vous a-t-on dit que sa femme et sa petite ignorent que leurs vacances doivent se prolonger ? »

Pour le coup, Hudson tourna la tête. « Merde, j'espère que vous plaisantez ?

— Que non. C'est ce qu'il a dit à nos gars de Moscou. Pourquoi, ça complique les choses ? »

Ses mains étreignirent nerveusement le volant. « Seulement si elle fait du foin. Je suppose qu'on peut régler ça si nécessaire. » Mais il était manifeste que c'était un souci.

« Je me suis laissé dire que les Européennes s'affirmaient bien moins que les Américaines.

— Certes, c'est vrai, admit Hudson. Surtout dans le cas des Russes, j'imagine. Enfin, on verra bien. »

Encore un virage pour s'engager sur Harm Utca et ils se retrouvèrent à l'ambassade d'Angleterre. Hudson gara la voiture et descendit.

« Cet immeuble que vous voyez là est le *Budapesti Rendörfökápitanság*, le quartier général de la police. C'est toujours bien d'être situé dans un endroit protégé, même si nous ne sommes guère menacés. Cela dit, la police locale n'a pas une réputation fameuse. À part ça, la langue est impossible – ouralo-altaïque, vous diront les linguistes. Elle viendrait de quelque part au fin fond de la Mongolie, véridique ! Sans aucun lien avec les autres langues connues. Vous ne trouverez pas beaucoup de monde qui parle anglais par ici, mais certains l'allemand, à cause de la proximité avec l'Autriche. Mais ne vous tracassez pas, il y aura toujours un des nôtres avec vous. Je vous ferai faire une petite visite guidée demain matin. Je ne sais pas pour vous, mais moi les voyages, ça me crève.

— Ouais, admit Ryan. Appelons ça le choc du dépaysement.

— Dans ce cas, on va vous installer dans vos quartiers à l'étage. La cantine de l'ambassade est tout à fait correcte et vos quartiers confortables, sinon luxueux. Laissez-moi prendre votre sac. »

Il n'y avait rien à redire à l'hospitalité, constata Jack dix minutes plus tard. Un lit, une salle de bain particulière, un téléviseur et un magnétoscope avec une douzaine de cassettes. Il opta pour *La Mer cruelle* de Charles Frend, avec Jack Hawkins, et réussit à tenir jusqu'au bout avant de piquer du nez.

26

Des touristes

Tous trois se réveillèrent à peu près en même temps. Le petit *zaïtchik* fut la première, bientôt suivie par sa maman et enfin son papa. L'hôtel Astoria disposait même d'un service à l'étage, luxe inouï pour des citoyens soviétiques. Leur chambre avait le téléphone et Irina, une fois notées les commandes de son petit monde, appela le numéro idoine et s'entendit répondre qu'on leur monterait les petits déjeuners d'ici une trentaine de minutes.

« J'aurais pu les préparer plus vite », observa Irina avec une trace d'aigreur. Mais même elle dut reconnaître que ne pas avoir à s'en charger n'était pas si mal, à tout prendre. Et tous se relayèrent donc dans la salle de bain en attendant l'arrivée de leur repas matinal.

Ryan prit une douche et descendit à la cantine de l'ambassade à huit heures moins le quart. Il était évident que les Rosbifs aimaient avoir leurs aises tout autant que les fonctionnaires américains des Affaires étrangères. Il se servit une tonne d'œufs brouillés avec du bacon – il adorait le bacon anglais, même si en revanche leurs saucisses pourtant si populaires lui semblaient toujours farcies de sciure – avec quatre tranches de pain de mie, car il estimait qu'il allait avoir besoin d'un solide petit déjeuner pour tenir jusqu'au bout de cette journée.

Le café n'était pas mauvais du tout. S'étant renseigné, il apprit qu'il venait d'Autriche, ce qui expliquait sa qualité.

« L'ambassadeur l'a bien stipulé, indiqua Hudson en s'asseyant en face de son hôte américain. Dickie ne plaisante pas avec son café.

— Qui ça ? demanda Jack.

— Richard Dover. C'est l'ambassadeur, il est à Londres en ce moment, il est parti avant-hier. Pas de chance. Il aurait été ravi de faire votre connaissance. C'est un bon patron. Alors, bien dormi ?

— Pas à me plaindre. Mais quoi, il n'y a jamais qu'une heure de décalage horaire. Au fait, est-ce qu'il y a moyen que j'appelle Londres ? Je n'ai pas eu l'occasion de parler à ma femme depuis mon départ hier. Je ne voudrais pas qu'elle s'inquiète, expliqua Jack.

— Aucun problème. Vous pouvez le faire de mon bureau.

— Elle me croit à Bonn en mission pour l'OTAN.

— Vraiment ?

— Cathy sait que je travaille à la CIA, mais elle ne sait pas trop ce que j'y fais – d'ailleurs, moi-même, je ne sais pas trop ce que je suis venu fiche ici. Je suis analyste..., expliqua Ryan, pas espion.

— C'est ce que disait le message vous concernant. De la couille, observa l'agent secret d'un ton un peu crispé. Voyez ça comme une nouvelle expérience à ajouter à votre palmarès.

— Merci bien, Andy. » Ryan leva les yeux et lui adressa un sourire en biais. « J'en ai déjà eu largement ma dose.

— Eh bien, la prochaine fois que vous ferez un rapport, au moins vous aurez une meilleure notion de ce qui se passe sur le terrain.

— Ça ne me dérange pas, tant que je ne me prends pas un mur de brique sur la tronche.

— C'est mon boulot de l'éviter. »

206

Ryàn dégusta une longue gorgée de café. Il ne valait pas celui de Cathy mais, pour du mélange industriel, il était buvable. « Quel est le plan pour aujourd'hui ?

— Finissez votre petit déjeuner et je suis votre guide touristique. On va vous donner un petit aperçu du pays, puis il sera temps de songer à comment parachever l'opération BEATRIX. »

La famille Zaïtzev se montra agréablement surprise par la qualité de la nourriture. Oleg avait entendu des compliments sur la cuisine hongroise, mais il vaut toujours mieux juger sur pièces. Pressés de découvrir cette ville inconnue, ils terminèrent le repas, s'habillèrent, descendirent et se renseignèrent. Comme c'était Irina la plus intéressée par les bonnes affaires, elle s'enquit de la meilleure artère commerçante. L'employé de la réception lui répondit que c'était sans conteste Váci utca, où ils pouvaient aller par le métro, qui, précisa-t-il incidemment, était le plus ancien d'Europe. Ils se dirigèrent donc vers la station Andrassy utca et descendirent les marches. Le métro de Budapest, remarquèrent-ils d'emblée, n'était en fait qu'un simple tramway souterrain. Les voitures étaient en bois et surmontées d'un pantographe comme les trams habituels. Mais celui-ci était souterrain, ou plutôt semi-enterré. Toujours est-il que, dix minutes plus tard, ils se trouvaient sur Vorosmarty tér, la place du Martyr rouge, à quelques pas seulement de la rue Váci. Ils ne remarquèrent pas l'homme qui les accompagnait à quelque distance – Tom Trent – et qui ne fut pas peu surpris de les voir se diriger droit vers l'ambassade d'Angleterre sur Harm utca.

Ryan remonta dans sa chambre prendre son imper – Hudson lui avait conseillé de se couvrir pour la balade matinale –, puis il redescendit rapidement dans le hall. Le ciel était partiellement couvert et suggérait l'imminence de la pluie. Hudson salua d'un geste le vigile en faction à la porte et sortit, précédant Ryan, avant de s'immobiliser, interdit. Tournant d'emblée les yeux vers la gauche et le siège de la police, il avait en fait découvert Tom Trent, à une soixantaine de mètres à peine...

En train de filer la famille Lapin ?

« Euh... Jack ?

— Ouais, Andy ?

— Voilà notre putain de Lapin et toute la famille Lapinot. »

Ryan se retourna et de fait découvrit, ébahi, les trois personnages de la photo qui se dirigeaient droit vers lui. « Que diable... ?

— Ils doivent aller faire des courses dans la rue voisine. C'est un quartier touristique... plein de boutiques. Mais c'est quand même une sacrée coïncidence, observa Hudson, malgré tout curieux.

— On les suit ? demanda Jack.

— Pourquoi pas ? » répondit Hudson, pour la forme. Il alluma un cigarillo et son compagnon une cigarette, tandis que les Lapins passaient devant eux. Ils attendirent que Trent fût passé à son tour pour lui emboîter le pas.

« À votre avis, ça veut dire quelque chose ? demanda Ryan.

— Je n'en sais rien », admit Hudson. Mais même s'il ne manifestait aucun malaise visible, le ton de sa voix était éloquent. Ils les suivirent malgré tout.

L'énigme fut élucidée presque immédiatement. Au bout de quelques minutes, il apparut que les Lapins faisaient des courses, madame Lapin ayant pris les choses en main, comme toutes les mamans lapins de la terre.

La rue Váci avait l'air ancienne, même si les bâtiments avaient dû être restaurés après la Seconde Guerre mondiale, jugea Ryan. La ville avait connu d'âpres combats au début de 1945. Ryan contempla les vitrines et y découvrit l'assortiment habituel d'articles, quoique de moindre qualité, et en quantité moindre, qu'on trouvait en Amérique ou à Londres. Mais ils devaient sans aucun doute être impressionnants pour la famille Lapin, chaque devanture valant de grands signes enthousiastes de maman Lapin.

« Elle doit se croire sur Bond's Street, observa Hudson.

— Pas vraiment », rétorqua Jack dans un rire. Il avait déjà eu l'occasion d'y entamer sérieusement son compte en banque. Bond Street était peut-être la plus belle rue commerçante du monde, encore fallait-il avoir les moyens d'en arpenter les trottoirs. Mais à quoi ressemblait Moscou, et surtout, à quoi devait ressembler une zone commerciale aux yeux de Moscovites ?

Toutes les femmes se ressemblaient sur un point, estima Jack. Elles adoraient faire du lèche-vitrine, jusqu'au moment où l'effort de se retenir d'acheter devenait insupportable. Dans le cas de madame Lapin, cela dura précisément 0,4 pâté de maisons avant qu'elle n'entre dans une boutique de vêtements, traînant son petit Lapereau derrière elle, tandis que monsieur Lapin entrait le dernier, avec une réticence manifeste.

« Ça risque de durer un moment, prédit Ryan. Je sais, j'ai déjà donné, j'ai même gagné le T-shirt.

— Comment ça, Jack ?

— Z'êtes marié, Andy ?

— Oui.

— Des enfants ?

— Deux garçons.

— Vous avez de la chance. Les filles coûtent plus cher. » Ils s'approchèrent pour détailler la boutique en question. Confection pour dames. *Ouais*, se dit Jack, *ça risque effectivement de durer un bout de temps.*

« Bon, très bien, au moins, on sait à quoi ils ressemblent. Temps pour nous de lever le camp, sir John. » Hudson embrassa du geste toute la longueur de Váci utca, comme s'il décrivait l'artère à un nouveau visiteur de Budapest, puis il reconduisit son hôte vers l'ambassade, sans cesser de scruter des yeux les alentours, telles deux antennes radar. Il continuait de gesticuler sans rapport avec ses paroles : « Donc, nous savons de quoi ils ont l'air. Je n'ai remarqué aucune couverture visible. C'est un bon point. S'il s'était agi d'un traquenard, jamais ils n'auraient laissé l'appât venir aussi près de nous. En tout cas, à leur place, j'aurais évité, et de ce côté, les méthodes du KGB sont parfaitement prévisibles.

— Vous pensez ?

— Oh, oui. Les Russes sont très bons, mais prévisibles. Un peu comme leur jeu de football ou d'échecs, j'imagine : très direct, parfaitement bien exécuté, mais sans grande originalité et sans vraiment de classe. Leurs activités restent toujours bien circonscrites. C'est leur culture. Ils n'encouragent pas leurs compatriotes à se démarquer, voyez-vous.

— Certes, mais leurs leaders, si.

— Celui dont vous parlez est mort il y a trente ans, Jack, et ils n'ont pas envie de renouveler l'expérience.

— Bien d'accord. » C'était indiscutable : le système soviétique n'encourageait aucune forme d'individualisme.

« Et maintenant, on va où ?

— La salle de concert, l'hôtel, les points intéressants. On a eu notre content de surprises pour la matinée, j'imagine. »

Les petits garçons détestent en général les courses dans les magasins, mais ce n'est pas souvent le cas des petites filles. Et sûrement pas du *zaïtchik* qui n'avait jamais vu une telle diversité d'habits de couleurs vives, même dans les boutiques réservées auxquelles ses parents avaient depuis peu accès. Sous l'œil et les conseils maternels, Svetlana n'essaya pas moins de six manteaux, qui allaient du vert feuillage au rouge incandescent avec col de velours noir. Après en avoir essayé encore deux autres, ce fut le rouge qu'elles achetèrent et que la petite tint absolument à porter illico. L'étape suivante fut pour Oleg Ivanovitch, qui acheta trois magnétoscopes, tous trois des copies pirates de Sony Betamax. Il apprit que le magasin livrerait la marchandise à leur hôtel – les Occidentaux en visite s'y approvisionnaient ici. Voilà déjà qui réglait la moitié de sa liste de courses pour les collègues du bureau. Pour faire bonne mesure, il décida d'y ajouter quelques cassettes, d'un genre qu'il n'aurait pas voulu montrer à sa fille, mais qui aurait comblé d'aise ses collègues de la Centrale. Au total, Zaïtzev se trouva délesté de près de deux mille roubles Comecon dont il n'aurait de toute manière guère l'usage à l'Ouest.

L'expédition dans les magasins se poursuivit ainsi presque jusqu'à l'heure du déjeuner, heure à laquelle ils étaient trop chargés pour poursuivre dans des conditions confortables, aussi regagnèrent-ils leur hôtel en métro pour y décharger leur butin avant de s'occuper de distraire la petite.

La place des Héros avait été bâtie par les Habsbourg pour fêter leur possession royale (mais pas entièrement volontaire) de la Hongrie à la fin du siècle précédent. Elle s'ornait de statues des anciens rois de Hongrie jusqu'à saint Stéphane – « Istvan » en langue magyare – à qui Jimmy Carter avait restitué sa couronne quelques années auparavant, celle qui était surmontée de la croix tordue.

Hudson en expliqua l'origine : « Cela s'est produit, dit-on, quand Stéphane l'a posée un peu trop violemment sur son crâne. Sa restitution a sans doute été un geste habile de la part de Carter. C'est un symbole de leur nationalité, voyez-vous. Le régime communiste ne pouvait se permettre de la rejeter et, en l'acceptant, ils se voyaient forcés d'admettre que l'histoire du pays remontait bien avant le marxisme-léninisme. Je ne suis pas en adoration devant M. Carter, mais c'était, je pense, un geste subtil de sa part. La majorité des

Hongrois détestent le communisme, Jack. Leur pays est profondément religieux.

— J'ai remarqué en effet quantité d'églises », observa Ryan. Rien que six ou sept sur le chemin jusqu'à ce parc.

« C'est l'autre élément qui leur donne un fort sentiment d'identité politique. Le gouvernement ne l'apprécie guère, mais il est trop profondément ancré pour être détruit, ce serait bien trop dangereux, tant et si bien qu'il existe entre Église et pouvoir un modus vivendi.

— Si je devais parier, je miserais sur l'Église. »

Hudson se tourna. « Moi aussi, sir John. »

Ryan embrassa du regard la place. « Sacrément imposante. » Au bas mot un kilomètre carré de pavés.

« Ça remonte aux événements de 1956, expliqua Hudson. Les Soviétiques voulaient qu'elle soit assez vaste pour accueillir des transports de troupes. Vous pouvez y faire atterrir un Antonov-10, ce qui facilite l'intervention de troupes aéroportées si jamais les autochtones se révoltaient de nouveau. Vous pourriez amener ici dix ou douze An-10, avec cent cinquante soldats chacun, de quoi défendre le centre-ville des menées contre-révolutionnaires en attendant que les chars arrivent de l'est. Ce n'est pas un plan très brillant, mais c'est leur mode de pensée.

— Et si on vient garer deux autobus en travers de la place et qu'on leur tire dans les pneus ?

— Je n'ai pas dit qu'il était parfait, Jack, répondit Hudson. Dans la même veine, mieux encore : quelques mines antipersonnel. Ça vous tuerait ces salopards tout en déclenchant un joli début d'incendie. Impossible qu'un pilote puisse les remarquer au moment de son approche. Déjà que les pilotes de transports de troupes n'y voient pas grand-chose... »

Avec les Russkofs qui s'imaginent pouvoir introduire leurs troupes avant que la situation ne leur échappe. Ouais, ça se tient..., songea Ryan.

« Vous savez qui était l'ambassadeur de Russie en 56 ?

— Non... attendez voir une minute... mais si. N'était-ce pas Andropov ? »

Hudson opina. « Iouri Vladimirovitch soi-même. Ça explique pourquoi les gens d'ici le portent dans leur cœur. Un sacré paquet de gens ont perdu la vie dans cette aventure. »

Ryan se souvint qu'il était à l'école primaire à l'époque – trop jeune pour évaluer la complexité de la situation géopolitique : aux États-Unis, c'était l'automne d'une année d'élection présidentielle, et dans le même temps, l'Angleterre et la France avaient décidé d'envahir l'Égypte pour protéger leurs droits sur le canal de Suez. Eisenhower s'était trouvé partagé entre deux crises simultanées et, par la force des choses, n'avait guère pu réagir. Mais l'Amérique y avait gagné un sacré paquet d'immigrés. Pas un bilan totalement négatif.

« Et la police secrète locale ?

— Juste au bout d'Andrassy utca, au numéro 60. C'est un immeuble tout à fait banal, mais dont les murs sont littéralement éclaboussés de sang. Enfin, c'est quand même moins terrible qu'à une époque. Les premiers occupants étaient des partisans de Félix de Fer, plus impitoyables encore que la Gestapo hitlérienne. Mais après l'échec de la rébellion, ils se sont quelque peu assagis et ont changé leur nom d'*Allamvedelmi Osztaly* en *Allavedelmi Hivatal*. Soit *Bureau* de la Sécurité d'État au lieu de *Section*. L'ancien patron fut remplacé et ils se sont radoucis. Auparavant, ils avaient une réputation méritée de tortionnaires. Il paraît que ces méthodes sont désormais du passé. Mais la réputation à elle seule suffit à faire craquer n'importe quel suspect. C'est quand même plus rassurant d'avoir sur soi un passeport diplomatique, conclut Andy.

— Comment sont-ils, sinon ? s'enquit Jack.

— De vrais balourds. Ils ont peut-être recruté jadis des types compétents, mais ça remonte à un bail. Sans doute une

213

subsistance de leurs méthodes tordues des années 40 et 50. Les gens de valeur n'ont pas envie de travailler là-bas et il n'y a par ailleurs aucun avantage réel à en tirer – du genre de ceux que le KGB peut offrir à ses recrues. En fait, ce pays possède un certain nombre d'universités superbes. Elles forment d'excellents ingénieurs et scientifiques. Et la faculté de médecine Semmelweis est de tout premier ordre.

— Hé, c'est vrai que la moitié des membres du projet Manhattan étaient hongrois, n'est-ce pas ? »

Hudson acquiesça. « Tout à fait, et une bonne partie étaient juifs. Il n'en reste plus des masses, même si pendant la guerre les Hongrois ont sauvé près de la moitié des leurs. C'est du reste sans doute ce qui a coûté la vie au chef de l'État, l'amiral Horthy : il est mort, comme on a dit par euphémisme, dans des « circonstances mystérieuses ». Difficile de dire aujourd'hui quel genre d'homme c'était. Un courant de pensée soutient qu'il était farouchement anticommuniste mais certainement pas pro-nazi. Peut-être tout simplement un homme qui s'est retrouvé au mauvais endroit au mauvais moment. Sans doute ne le saurons-nous jamais. »

Hudson semblait apprécier de jouer les guides touristiques. Ça le changeait agréablement du rôle de roi – enfin peut-être juste de prince – des espions.

Mais il était temps de revenir aux choses sérieuses. « OK, alors, comment allons-nous procéder ? » demanda Jack. Il cherchait du regard l'indice d'une filature, mais s'il y en avait une, elle lui restait indétectable, à moins qu'ils ne soient suivis par une ribambelle de ces Lada crasseuses qu'on voyait rouler partout. De ce côté, il allait devoir se reposer sur Hudson.

« Retournons à la voiture. On va aller jeter un coup d'œil du côté de l'hôtel. » Il n'était qu'à quelques minutes de là, au bout d'Andrassy utca, une artère bordée d'immeubles au style architectural remarquablement français. Ryan n'était jamais allé à Paris mais, en fermant les yeux, il avait l'impression d'y être.

« Voilà, nous y sommes », dit Hudson en se garant. Un avantage des pays communistes : il n'était pas difficile de trouver une place pour se garer.

« Personne ne nous observe ? se demanda Ryan en essayant de ne pas trahir trop ouvertement sa curiosité.

— Si c'est le cas, alors ils sont drôlement adroits. Tenez, là, juste en face, vous avez l'antenne locale du KGB. La Maison de la culture et de l'amitié soviéto-hongroise, hélas bien mal lotie en ces deux domaines, mais où l'on compte entre trente et quarante agents du KGB, dont aucun ne s'intéresse à nous, ajouta l'Anglais. Le Hongrois moyen préférerait sans doute attraper la chaude-pisse qu'aller flâner à l'intérieur. Vous auriez du mal à croire à quel point les Soviétiques sont détestés dans ce pays. Les autochtones veulent bien accepter leur argent et peut-être leur serrer la main après une tractation, mais cela ne va guère plus loin. Ils n'ont pas oublié 1956, Jack. »

L'hôtel évoqua d'emblée pour Ryan ce que H.L. Mencken avait appelé « l'Âge de la dorure » : des ambitions de champagne avec un budget de mousseux.

« J'ai connu mieux », observa-t-il. Ce n'était manifestement ni le Plaza de New York ni le Savoy de Londres.

« Mais nos amis russes, sans doute pas. »

Bigre. Si on arrive à les amener en Amérique, ils ne vont pas en croire leurs yeux.

« Entrons. Le bar est assez sympathique », l'informa Hudson.

C'était en effet le cas : un peu en retrait sur la droite, en contrebas de quelques marches, on aurait presque dit une discothèque new-yorkaise, le niveau sonore en moins. L'orchestre n'était pas encore arrivé, il y avait juste des disques, joués pas trop fort. De la musique américaine, nota Jack. Ça faisait drôle. Hudson commanda deux verres de tokay.

Ryan but une gorgée du sien. Pas mauvais.

« Et mis en bouteille également en Californie, je crois bien. C'est la boisson nationale en Hongrie. Il faut s'y faire, le goût est spécial, mais c'est toujours meilleur que la grappa. »

Ryan étouffa un rire. « Je connais... C'est le terme italien pour "essence à briquet". Mon oncle Mario l'adorait. Enfin, *de gustibus*, comme on dit... » Un coup d'œil circulaire. Personne à moins de six mètres. « Peut-on parler ?

— Contentons-nous de repérer les lieux. Je passerai dans la soirée. Ce bar ferme après minuit et il faut que je voie à quoi ressemble le personnel. Notre Lapin occupe la chambre 307. Troisième étage, à l'angle. Aisément accessible par l'escalier d'incendie. Trois entrées, une en façade et une de chaque côté. Si, comme je l'escompte, il n'y a qu'un seul employé à la réception, il suffira de détourner son attention pour faire monter nos colis et évacuer la famille Lapin.

— Les colis ? »

Hudson se tourna. « Ils ne vous ont pas dit ?

— Dit quoi ? »

Sacré nom de Dieu, pensa Hudson. *Ils ne sont jamais fichus de transmettre l'information nécessaire à qui de droit. Il y a des trucs qui ne changeront jamais.*

« On en parlera plus tard. »

Oh-oh, se dit aussitôt Ryan. Il sentait venir un truc pas catholique. À coup sûr. Peut-être qu'en fin de compte il aurait dû apporter son Browning. *Et merde*. Il finit son verre, partit à la recherche des toilettes pour hommes. Les pictogrammes aidaient bien. Les lieux n'avaient pas été récurés depuis un bout de temps et il était heureux de n'avoir pas à s'asseoir. Il émergea et découvrit qu'Andy l'attendait. Il le suivit dehors. Bientôt, ils avaient réintégré la voiture.

« OK, et maintenant, est-ce qu'on peut discuter de ce petit problème ? demanda Jack.

— Plus tard », lui dit Hudson. Ce qui ne fit qu'accroître son inquiétude.

Les colis venaient d'arriver à l'aéroport – trois caisses d'assez bonne taille, frappées d'étiquettes diplomatiques – et un fonctionnaire de l'ambassade les attendait au pied de la rampe pour s'assurer qu'on n'y avait pas touché. Quelqu'un avait pris soin de les placer dans des emballages à la marque d'une société d'électronique – Siemens, en l'occurrence –, ce qui leur donnait l'apparence de machines à crypter ou autres appareillages encombrants et délicats. Les colis furent chargés dans la fourgonnette de l'ambassade et ramenés en ville, sans que cela n'éveille la curiosité outre mesure. La présence du fonctionnaire de l'ambassade avait évité à la livraison un passage aux rayons X, et c'était là l'essentiel. Les rayons auraient pu en effet endommager les circuits électroniques, se dirent bien entendu les employés de la douane à l'aérogare, ce qu'ils consignèrent comme de juste dans leur rapport officiel au *Belügyminisztérium*. Sous peu, l'information serait transmise à qui de droit – y compris au KGB – que l'ambassade de Grande-Bretagne à Budapest venait de recevoir un nouvel équipement de chiffrage. L'information serait dûment archivée puis oubliée.

« Alors, la visite vous a plu ? demanda Hudson, une fois de retour dans son bureau.

— Ça vaut largement un audit à la Cour des comptes. Bon, OK, Andy, rétorqua Ryan. Vous vous décidez à me mettre au parfum ?

— L'idée est venue de vos services. Nous devons faire sortir la famille du Lapin de telle sorte que le KGB pense qu'ils sont morts, et que par conséquent aucun transfuge ne risque de coopérer avec l'Ouest. À cet effet, nous avons trois cadavres à placer dans la chambre d'hôtel, une fois que Flopsaut, Trotsaut et Queue-de-Coton auront pris la tangente.

— OK, d'accord, dit Ryan. Simon m'en a parlé. Et ensuite ?

217

— Ensuite, on met le feu à la chambre. Les trois corps sont des victimes d'incendies domestiques. Ils devraient être arrivés aujourd'hui. »

Ryan n'était pour l'instant capable que de ressentir un dégoût viscéral. Son visage avait dû trahir ses émotions.

« C'est pas toujours du boulot propre, crut bon de faire remarquer à son hôte le chef d'antenne du SIS.

— Bon Dieu, Andy ! D'où viennent les corps ?

— Est-ce que cela a une quelconque importance ? »

Lent soupir résigné. « Non, je suppose que non. » Ryan hocha la tête. « Et ensuite ?

— On les conduit en voiture vers le sud du pays. On doit retrouver un de mes agents, Istvan Kovacs, un contrebandier professionnel grassement payé pour nous faire passer la frontière et entrer en Yougoslavie. De là, direction la Dalmatie. Un certain nombre de mes compatriotes aiment bien aller y prendre le soleil. On embarque la famille Lapin à bord d'un vol commercial pour la ramener, et vous avec, en Angleterre, où l'opération s'achève à la satisfaction générale.

— OK. » *Que puis-je dire d'autre ?* « Quand ?

— Dans deux ou trois jours, je pense.

— Vous comptez partir couvert ? demanda-t-il ensuite.

— Vous parlez d'une arme à feu ?

— Pas d'une fronde », crut bon d'expliciter Ryan.

Hudson se contenta de hocher la tête. « Pas vraiment utiles, les flingues. Si jamais on a des problèmes, ce sera face à des soldats aguerris et dotés d'armes automatiques, et dans ce cas, un pistolet ne sert à rien, sinon à pousser l'opposition à vous tirer dessus avec une bonne chance de faire mouche. Non, si ça devait arriver, vous avez tout intérêt à essayer de vous en tirer en exhibant vos papiers diplomatiques. On a déjà confectionné des passeports britanniques pour le Lapin et sa famille. » Il sortit de son tiroir de bureau une grande enveloppe. « Ça devrait suffire.

— Vous avez pensé à tout, hein ? » Ryan n'était pas certain d'en être parfaitement convaincu.

« C'est pour ça qu'on me paie, sir John. »

Et je suis mal placé pour émettre des critiques, se rendit compte Ryan. « OK, c'est vous le pro. Moi, je ne suis qu'un connard de touriste.

— Tom Trent vient de rentrer. » Il y avait un message sur le bureau de Hudson. « Il n'a pas remarqué de filature derrière la famille Lapin. Donc, jusqu'ici, l'opération semble se dérouler sans anicroches. Je dirais même que tout se passe au mieux. » *Excepté pour les trois cadavres carbonisés et congelés dans le sous-sol de l'ambassade*, s'abstint-il d'ajouter. « Cela m'a rassuré de les avoir vus ce matin. Ils ont l'air parfaitement ordinaires, et c'est toujours un bon point. Au moins n'allons-nous pas être obligés de faire sortir en douce Grace Kelly. C'est le genre de personne qu'on remarque, mais les femmes comme celle du Lapin, sûrement pas.

— Flopsaut, Trotsaut et Queue-de-Coton..., murmura Ryan.

— Après tout, il ne s'agit que de les changer de terrier.

— Si vous le dites... », répondit Ryan, dubitatif.

Tom Trent les fila sur le long trajet à pied qui conduisait de l'hôtel au zoo local, endroit idéal pour les mômes. Le lion et le tigre étaient magnifiques et la maison des éléphants – une bâtisse pastel aux arabesques délirantes – abritait plusieurs pachydermes de bonne taille. Après un cornet de glace pour la petite, la partie promenade touristique de la journée toucha à sa fin. La famille Lapin reprit le chemin de l'hôtel, le père faisant les cinq cents derniers mètres en portant dans ses bras la gamine endormie. C'était la phase la plus délicate pour Trent, pour qui réussir à rester invisible mettait à rude épreuve ses aptitudes professionnelles, mais la famille Lapin n'était guère attentive et, sitôt réintégré l'Astoria, Trent fila aux toilettes retourner son pardessus réversible, histoire au moins de changer la couleur de ses habits. Une demi-heure plus tard, les Zaïtzev ressortaient, mais pour rentrer aussitôt dans le restaurant populaire qui jouxtait l'hôtel. La cuisine qu'on y servait était saine et copieuse, sans recherche particulière, mais surtout, elle était bon marché. Trent les regarda garnir leurs assiettes de spécialités locales avant d'aller s'asseoir pour les dévorer. Tous gardèrent cependant une petite place pour le strudel aux pommes, qui à Budapest était presque aussi bon qu'à Vienne, pour dix fois moins cher. Quarante minutes encore, et toute la famille paraissait gavée et bien fatiguée, sans même le courage de faire une petite promenade digestive autour du pâté de maisons avant de regagner l'hôtel, prendre l'ascenseur jusqu'au troisième et sans doute s'offrir une nuit de sommeil. Trent attendit encore une demi-heure, par mesure de précaution, puis rentra en taxi au parc Marty. Il avait eu une longue journée et il lui fallait rédiger son rapport pour Hudson.

Le CDA et Ryan buvaient une bière à la cantine quand Trent revint de l'ambassade. On fit les présentations avant de commander une autre pinte pour le nouvel arrivant.

« Eh bien, qu'est-ce que t'en penses, Tom ?

— Il ne fait pas de doute qu'ils correspondent trait pour trait au signalement qu'on nous avait donné. La petite fille – son père l'appelle son *zaïtchik,* ça veut dire son "lapin", je crois – semble très mignonne. À part ça, c'est une famille ordinaire qui fait des choses ordinaires. Il est allé acheter trois magnétoscopes dans une boutique de la rue Váci. Le magasin les a livrés à l'hôtel. Puis l'après-midi, ils sont ressortis faire un tour.

— Où ça ?

— Oh, une vraie promenade de touristes : au zoo. La petite s'est montrée comme de juste impressionnée par les animaux, mais ce qui l'a frappée le plus, c'est quand même le nouveau manteau rouge à col noir qu'ils lui ont acheté ce matin. Dans l'ensemble, une petite famille bien sympathique, conclut l'espion.

— Bref, rien qui sorte de l'ordinaire ? s'enquit Hudson.

— Non, rien du tout, Andy, et s'ils sont filés, je n'ai pas réussi à le détecter. La seule surprise de la journée est survenue ce matin quand ils sont passés devant l'ambassade en partant faire leurs courses. J'avoue que ce fut un moment tendu, mais rétrospectivement, il semble bien que c'était une pure coïncidence. Váci utca, c'est l'endroit idéal pour le shopping, qu'on vienne de l'Ouest ou de l'Est. Le chasseur de l'hôtel aura dû leur conseiller de s'y rendre en prenant le métro ici.

— Bref, tout baigne ? demanda Ryan en finissant sa bière.

— Ça m'en a tout l'air, oui, confirma Trent.

— OK, alors quand est-ce qu'on passe à l'action ? s'enquit l'Américain.

— Eh bien, ce Rozsa, le fameux chef d'orchestre, entame sa saison demain soir. Disons après-demain ? Laissons à madame Lapin une chance d'écouter sa musique. Au fait, est-ce qu'il y aurait possibilité d'avoir des billets pour nous ? demanda Hudson.

— C'est déjà fait, répondit Trent. Loge 6, côté droit, une vue parfaite sur toute la salle. Ça aide d'être diplomate, pas vrai ?

— Et le programme est... ?

— Bach, les trois premiers *Concertos brandebourgeois*, suivis d'une sélection d'autres œuvres baroques.

— Une agréable soirée en perspective, observa Ryan.

— Les orchestres d'ici sont à vrai dire excellents, sir John.

— Andy, laissez un peu tomber les titres, je vous prie, d'accord ? Mon prénom est Jack. John Patrick pour être précis, mais tout le monde m'appelle "Jack" depuis que j'ai trois ans.

221

— C'est un honneur, vous savez.

— Fort bien, et j'en ai remercié Sa Majesté, mais par chez nous, ce n'est pas dans les traditions, d'accord ?

— Ma foi, porter une épée peut être gênant quand on a besoin de s'asseoir, compatit Trent.

— Et l'entretien du cheval, ce n'est pas non plus de la tarte, ajouta Hudson avec un rire. Sans parler des frais de tournois.

— OK, peut-être que je l'ai bien cherché, admit Ryan. Toujours est-il que je ne souhaite qu'une chose : c'est faire sortir d'ici au plus vite notre Lapin.

— Mais on le sortira, Jack, lui assura Hudson. Et vous serez aux premières loges pour y assister. »

« Tout le monde est à Budapest, signala Bostock. Le Lapin et sa famille sont descendus dans un hôtel tout ce qu'il y a de banal, l'Astoria.

— N'est-ce pas le nom d'un quartier de New York ? remarqua le DCR.

— Du Queens, confirma Greer. L'hôtel ?

— Il convient à merveille à nos plans, l'informa le sous-directeur adjoint des Opérations. Basil indique que, jusqu'ici, tout se déroule selon les plans. On n'a repéré aucune surveillance de nos sujets. Bref, la routine. Je suppose que nos cousins ont un chef d'antenne compétent à Budapest. Les trois corps sont arrivés là-bas aujourd'hui. Il n'y a plus qu'à terminer le boulot et l'affaire est pliée.

— Niveau de confiance ? demanda le DAR.

— Oh, disons dans les soixante-quinze pour cent, amiral, estima Bostock. Voire mieux.

— Et qu'en est-il de Ryan ? s'enquit ensuite Greer.

— Pas la moindre observation de Londres sur son comportement. J'imagine que votre protégé sait se tenir.

— C'est un bon gars. Il devrait très bien s'en sortir.

— Je me demande quelle tête il fait », dit le juge Moore, songeur.

À cette remarque, les deux autres échangèrent un sourire et un hochement de tête. Bostock fut le premier à parler. Comme tous les membres de la direction des Opérations, il avait ses doutes sur les collègues, autrement plus nombreux, de la direction du Renseignement.

« Sans doute est-il moins à l'aise que douillettement installé dans son fauteuil derrière son bureau.

— Il se débrouillera très bien, messieurs, leur assura Greer, en espérant ne pas se tromper.

— Je me demande ce que ce bonhomme peut bien avoir à nous offrir... ? murmura ensuite Moore.

— Ça, nous le saurons dans une semaine », lui garantit Bostock. C'était toujours lui l'optimiste. Et trois chances sur quatre, c'était un risque à courir, tant que ce n'était pas votre peau qui était en jeu.

Le juge Moore consulta sa pendulette de bureau et ajouta mentalement six heures. Les gens devaient dormir à Budapest en ce moment, et à Londres, ils n'allaient pas tarder. Il lui revint ses propres aventures sur le terrain, qui se ramenaient pour l'essentiel à attendre que des individus se pointent à des rendez-vous ou à remplir des comptes rendus de contacts à destination des bureaucrates qui continuaient à diriger la CIA. On ne pouvait faire l'impasse sur le fait que l'Agence était une officine gouvernementale et donc sujette à toutes les restrictions et lourdeurs administratives inhérentes à cette triste réalité. Mais cette fois-ci, pour cette opération BEATRIX, ils avaient bel et bien décidé de mettre les bouchées doubles, pour une fois... uniquement parce que ce fameux Lapin avait dit que la sécurité des communications gouvernementales était compromise. Pas du tout parce qu'il avait indiqué détenir des informations sur les risques concernant la vie d'un innocent. Le gouvernement avait ses priorités et celles-ci ne correspondaient pas toujours aux exigences du monde rationnel.

Il était censé être le directeur de l'Agence centrale de renseignement et, selon la loi fédérale, à la tête de l'ensemble des opérations de collecte et d'analyse du renseignement extérieur du gouvernement des États-Unis. Mais parvenir à faire fonctionner efficacement cette lourde machine bureaucratique équivalait à faire échouer une baleine et à lui ordonner de voler dans les airs. Vous pouviez toujours crier et tempêter, vous ne pourriez pas vaincre la force de gravitation. Le gouvernement était composé d'hommes, et donc en théorie, il devrait être possible à ces hommes de le changer, mais en pratique, ça n'arrivait pas.

Donc, avec trois chances sur quatre, ils allaient récupérer leur Russe et l'interroger dans une planque confortable des collines de Virginie, lui vider le cerveau, et peut-être découvrir deux ou trois trucs utiles et intéressants, mais le jeu dans son ensemble ne serait pas changé, et sans doute pas non plus la CIA.

« Rien de spécial à dire à Basil ?

— Non, je ne vois rien, monsieur, répondit Bostock. À part essayer de patienter en attendant que ses hommes aient rempli la mission.

— Exact », concéda le juge Moore.

Malgré ses trois pintes de bière anglaise brune, Ryan dormit mal cette nuit-là. Il n'arrivait pas à trouver ce qui était susceptible de clocher. Hudson et son équipe semblaient certes compétents et la famille Lapin lui avait paru passablement ordinaire la veille au matin. Ce n'étaient jamais que trois personnes, dont une désirait ardemment quitter l'URSS, ce qui, estimait Ryan, était on ne peut plus raisonnable, même si le peuple russe était un des plus farouchement patriotes qui soit. Mais toute règle avait ses exceptions et il était évident que cet homme avait une conscience et qu'il éprouvait le besoin d'empêcher... quelque chose. Quoi ? Jack n'aurait su dire, et il eût été vain de jouer aux devinettes. Spéculer n'était pas analyser, or c'était à faire de la bonne analyse qu'on lui payait son maigre salaire.

Il aurait été toutefois intéressant de savoir. Ryan n'avait jamais eu l'occasion de s'entretenir avec un transfuge. Il avait lu des études, et il avait déjà envoyé par écrit des questions à certains pour avoir des réponses sur des points bien spécifiques, mais il n'en avait jamais regardé un dans les yeux, n'avait jamais vu son visage lorsqu'il répondait. Comme au poker, c'était pourtant le seul moyen de deviner le jeu de l'adversaire. Mais il n'avait pas le talent pour ça de sa femme – un avantage de la pratique médicale –, même s'il n'était pas non plus un gamin de trois ans prêt à gober n'importe quoi. Non, il voulait voir ce gars, lui parler et lui décortiquer le cerveau, rien que pour pouvoir mesurer la fiabilité de ses révélations. Le Lapin pouvait être une taupe, après tout... Le KGB l'avait déjà fait par le passé, avait entendu Ryan. Un transfuge, récupéré après l'assassinat de Kennedy, avait juré ses grands dieux que le KGB n'avait rien à voir avec l'attentat. Cela avait en fait suffi pour que l'Agence se demande si le KGB n'aurait pas pu justement en être l'auteur. Le KGB savait se montrer retors, mais comme tous les gens un peu trop malins, ses agents finissaient invariablement par en faire trop... et ça ne faisait qu'empirer avec le temps. Ils comprenaient les Occidentaux et leur façon de penser. Non, les Russkofs ne mesuraient pas dix pieds de haut, et non, ils n'étaient pas géniaux en tout, quoi que puissent dire et penser les semeurs d'effroi à Washington – voire à Langley.

Tout le monde a la capacité de commettre des erreurs. Il savait cela de son père qui avait gagné sa vie à capturer des meurtriers, dont certains s'étaient cru pourtant fort malins. Non, la seule différence entre un sage et un imbécile est l'ampleur des erreurs qu'ils commettent. L'erreur est humaine, et plus vous êtes intelligent et puissant, plus vaste est l'envergure du plantage. Comme avec Johnson et le Viêt Nam – la guerre à laquelle Jack avait échappé de justesse grâce à son âge –, un gâchis colossal infligé à son propre pays par le plus habile tacticien de son époque, un homme qui avait cru que ses capacités de politicien se traduiraient à l'échelon de la politique internationale, pour découvrir, à son corps défendant, qu'un communiste du Sud-Est asiatique ne pensait pas forcément comme un sénateur du Texas. Tous les hommes ont leurs limitations. Le seul problème est que certains sont plus dangereux que d'autres. Et alors qu'un génie est conscient d'avoir des limites, l'idiotie est toujours sans bornes.

Allongé sur le lit, fumant une cigarette, il regardait le plafond tout en se demandant ce que lui réservait le lendemain. Encore une manifestation de Sean Miller et de ses terroristes ?

Jack espérait bien que non, tout en se demandant pourquoi Hudson ne gardait pas une arme à portée de main en prévision de cette aventure. Ça devait encore être un trait des Européens, décida-t-il. En terre hostile, les Américains aimaient avoir au moins un ami de confiance auprès d'eux.

27

Le Lapin détale

Un jour de plus dans une étrange cité, songea Zaïtzev, alors que le soleil commençait à s'élever à l'est, deux heures plus tard qu'à Moscou. Deux heures de grasse matinée gagnées par rapport à chez lui, nota Oleg Ivanovitch. Le moment venu, espérait-il, il s'éveillerait encore ailleurs, et soumis à un autre fuseau horaire. Mais pour l'heure, il resta étendu à savourer l'instant. Il n'y avait quasiment aucun bruit dehors, peut-être quelques livreurs dans la rue. Le soleil n'avait pas encore tout à fait décollé de l'horizon. Il faisait sombre, mais ce n'était plus la nuit ; le ciel s'éclaircissait, mais ce n'était pas encore tout à fait le matin. On était à mi-aube. Un moment qui pouvait être agréable. Un de ceux qu'apprécient les enfants, l'instant magique où le monde n'appartient qu'aux quelques rares personnes debout, quand tous les autres restent encore blottis au fond de leur lit, et que les gamins peuvent se promener comme de petits rois, jusqu'à ce que leurs mères les attrapent pour les refourrer de force sous les draps.

Mais Zaïtzev se contentait de rester étendu sur son lit, bercé par la respiration lente de sa femme et de sa fille, alors qu'il était à présent parfaitement réveillé, libre de penser, seul, sans entraves.

Quand allaient-ils le contacter ? Que diraient-ils ? Allaient-ils changer d'avis ? Trahir sa confiance ?

Pourquoi bon sang était-il aussi inquiet pour tout ? N'était-il pas temps enfin de se fier un tant soit peu à la CIA ? N'allait-il pas devenir un atout maître pour eux ? Une pièce de grande valeur ? Même le KGB, pourtant si radin, offrait confort et prestige à ses transfuges. Tout l'alcool que pouvait ingurgiter Kim Philby. Tous les *jopniki* que Burgess pouvait enculer, si du moins il fallait en croire les ragots. Et dans l'un et l'autre cas, d'après la rumeur, leurs appétits étaient pourtant énormes. Mais ces rumeurs ne faisaient qu'enfler à la longue, et pour une part elles tenaient à l'antipathie des Soviétiques à l'égard des homosexuels.

Il poursuivit ses réflexions et s'interrogea : il était un homme de principes, non ? Bien sûr que oui. C'était pour ses principes qu'il mettait sa vie en jeu. Tel un jongleur avec ses couteaux. Et comme pour ce jongleur, toute erreur de jugement pouvait être fatale. Oleg alluma sa première clope de la journée, essayant de tout récapituler pour la centième fois peut-être, toujours en quête d'une autre issue viable.

Il pouvait très bien se rendre aux concerts, continuer ses achats, reprendre le train, retourner à la gare de Kiev et se voir accueilli en héros par ses collègues pour leur avoir rapporté des magnétoscopes et des cassettes porno, sans oublier la lingerie pour leurs femmes, et sans doute quelques babioles pour lui. Et le KGB ne se douterait jamais de rien.

Mais dans ce cas, le prêtre polonais mourra, assassiné par les Soviétiques... que tu as le pouvoir d'arrêter... et dans ce cas, quel genre d'homme verras-tu quand tu te regarderas dans ta glace, Oleg Ivanovitch ?

On en revenait toujours au même point, n'est-ce pas ?

Mais il eût été vain d'essayer de se rendormir, alors il continua de fumer sa cigarette, allongé, attendant que le ciel s'éclaircisse derrière la fenêtre de sa chambre d'hôtel.

Cathy Ryan ne s'éveilla vraiment que lorsque, en tâtonnant sur le lit, sa main ne rencontra que le vide là où elle aurait dû trouver son époux. Réaction machinale sans doute, cela l'amena à s'éveiller en sursaut pour presque aussitôt se rappeler qu'il avait quitté la ville et même le pays – le leur et maintenant celui-ci – et que par conséquent elle se retrouvait seule, telle une mère célibataire, hypothèse qu'elle n'avait absolument pas envisagée quand elle avait épousé John Patrick Ryan, Sr. Elle n'était pas la seule femme au monde dont le mari voyageait pour affaires – son propre père le faisait souvent, et depuis qu'elle était toute petite, elle avait dû s'en accommoder. Mais là, c'était la première fois pour Jack, et ça ne lui plaisait pas du tout.

Non pas qu'elle fût incapable d'assumer. Elle devait chaque jour assumer des tribulations bien pires. Ce n'était pas non plus par crainte que Jack commît quelque écart pendant son absence. Elle s'était souvent posé la même question à propos des voyages de son père – le mariage de ses parents avait à l'occasion battu de l'aile – et elle ignorait ce que sa mère (à présent disparue) avait pu en penser. Mais avec Jack, non, cela ne devrait pas être un problème. Seulement, elle l'aimait et elle savait qu'il l'aimait, lui aussi, et les gens qui s'aiment sont censés rester ensemble. S'ils s'étaient rencontrés alors qu'il était encore officier chez les marines, cela aurait créé un problème qu'elle aurait dû affronter – et, pis encore, elle aurait dû peut-être un jour affronter l'absence d'un mari parti au combat, et cela, elle en était sûre, était sans doute le pire enfer qu'on pût vivre. Mais non, elle ne l'avait rencontré qu'après. Son père l'avait invitée à dîner, en amenant au dernier moment Jack, un jeune courtier en Bourse à l'instinct affûté, prêt à quitter le bureau de Baltimore pour monter au siège à New York, et il n'avait pu qu'être surpris – surprise agréable au début – de l'intérêt mutuel que s'étaient instantanément découvert les deux jeunes gens ; puis était venue la révélation que Jack voulait ramasser ses billes et retourner enseigner l'histoire. Grosse surprise, là. Elle avait eu un peu de mal à l'avaler, mais Jack supportait à peine Joseph Muller, vice-président-directeur de Merrill Lynch Pierce Fenner and Smith (plus les acquisitions faites au cours des cinq dernières années). Pour elle, Joe était toujours « papa », quand c'était simplement « lui » (entendez : « l'emmerdeur ») pour Jack.

Sur quoi peut-il bien bosser ? se demanda-t-elle. *Bonn ? L'Allemagne ? L'OTAN ?* Ce foutu boulot de renseignement, aller fouiner dans les trucs secrets et pondre des observations tout aussi secrètes adressées à des gens qui allaient ou non les lire et les évaluer. Elle au moins travaillait dans une branche honnête, redonnant la santé aux malades, ou à tout le moins les aidant à y voir plus clair. Mais pas Jack.

Ce n'était pas qu'il faisait des choses inutiles. Il le lui avait expliqué un peu plus tôt dans l'année : le monde était plein de méchants, et il fallait bien quelqu'un pour se battre contre. Par chance, il ne le faisait pas avec une arme chargée – Cathy avait horreur des armes, même celles qui avaient empêché son enlèvement et son assassinat, dans leur maison du Maryland, cette nuit qui s'était achevée, Dieu merci, par la venue au monde de Petit Jack. Elle avait traité son content de blessures par balles aux urgences durant son internat, assez en tout cas pour constater le mal qu'elles provoquaient, mais, certes, pas le mal qu'elles avaient pu empêcher ailleurs. À cet égard, son univers était peut-être quelque peu limité, un fait toutefois dont elle avait conscience, raison pour laquelle elle permettait à Jack de garder à proximité quelques exemplaires de ces saletés, mais bien sûr hors de portée des enfants, même juchés sur une chaise. Il avait un jour voulu lui apprendre à s'en servir, mais elle avait refusé ne serait-ce que d'y toucher. Quelque part, elle se disait qu'elle réagissait de façon excessive, mais elle était une femme, voilà tout... et Jack ne semblait pas s'en être formalisé pour autant.

Mais pourquoi n'est-il pas ici ? se demanda Cathy dans le noir. Qu'est-ce qui pouvait donc être assez important pour éloigner son mari de sa femme et de ses enfants ?

230

Il ne pouvait pas lui dire. Et c'était bien ça qui la mettait vraiment en rogne. Elle n'y pouvait rien, mais ce n'était pas comme si elle se trouvait aux prises avec le cancer d'un patient en phase terminale. Enfin, ce n'était pas non plus comme s'il s'envoyait en l'air avec une jeune Gretschen... Malgré tout... merde. Elle voulait simplement ravoir son mari.

À douze cents kilomètres de là, Ryan était déjà réveillé, douché, rasé, brossé, habillé et prêt à affronter la journée. Il y avait un truc dans les voyages, qui lui facilitait les réveils matinaux. Mais là, il n'avait pas grand-chose à faire jusqu'à l'ouverture de la cantine de l'ambassade. Il regarda le téléphone près de son lit et caressa l'idée d'appeler la maison, mais il ne savait pas comment obtenir l'extérieur depuis cet appareil, et sans doute aurait-il besoin de l'autorisation – et de l'aide – de Hudson pour accomplir la mission. Bigre. Il s'était réveillé à trois heures du matin, croyant se tourner et donner à Cathy un baiser sur la joue – un truc qu'il aimait bien faire, même si au matin elle n'en gardait aucun souvenir. Mais le mieux, c'est qu'elle lui rendait toujours son baiser. C'est donc qu'elle l'aimait vraiment. Sinon... Les gens ne peuvent pas dissimuler quand ils dorment. C'était là un fait important dans l'univers personnel de Ryan.

Il était inutile d'allumer la radio de chevet. Le hongrois était une langue sans doute venue de la planète Mars. En tout cas, sûrement pas de la Terre. Il n'avait pas entendu – pas même vu – un seul mot qui lui évoquât l'anglais, l'allemand ou le latin, les trois langues qu'il avait étudiées à un moment ou un autre de son existence. De surcroît, les autochtones parlaient à la vitesse d'une mitrailleuse, ajoutant à la difficulté. Si Hudson l'avait abandonné quelque part dans cette ville, il n'aurait pas été fichu de retrouver le chemin de l'ambassade d'Angleterre, et ça, c'était un sentiment de vulnérabilité qu'il n'avait pas connu depuis l'âge de quatre ans. Il aurait aussi bien pu se retrouver sur une autre planète, et avoir un passeport diplomatique ne lui servirait pas à grand-chose, vu qu'il était accrédité par le mauvais pays sur ce monde inconnu. Quelque part, c'était un point qu'il n'avait pas considéré à sa pleine mesure en arrivant ici. Comme la plupart des Américains, il s'était figuré qu'avec un passeport et une carte American Express, il pouvait sans risque parcourir le monde en short, mais ce monde était le monde capitaliste, où votre interlocuteur connaissait toujours assez de mots d'anglais pour vous indiquer un bâtiment surmonté d'un drapeau américain et gardé par un marine. Mais pas dans cette ville étrangère. Il n'en savait même pas assez pour être capable de trouver les toilettes – enfin, il avait bien réussi à les trouver au bar la veille, dut-il admettre. Ce sentiment d'impuissance flottait, menaçant, à la lisière de sa conscience comme le monstre proverbial tapi sous le lit, mais enfin il était un citoyen américain adulte qui avait passé la trentaine, ancien officier du corps des marines des États-Unis. Ce n'était pourtant pas ainsi qu'il envisageait les choses, d'habitude. Et c'est pourquoi il regardait défiler les chiffres au cadran numérique de son radio-réveil, le rapprochant de son rendez-vous personnel avec le destin, quoi qu'il puisse être, un chiffre rouge après l'autre.

Andy Hudson était déjà levé et prêt. Istvan Kovacs se préparait à l'une de ses expéditions de contrebande habituelles, cette fois, pour rapporter de Yougoslavie à Budapest des tennis Reebok. Ses devises étaient dans une boîte en acier sous le lit, et il était en train de boire son café matinal tout en écoutant de la musique à la radio quand un toc-toc à la porte lui fit lever les yeux. Il alla ouvrir, en sous-vêtements.

« Andy ! s'exclama-t-il avec surprise.

— Je t'ai réveillé, Istvan ? »

Kovacs lui fit signe d'entrer. « Non, non, je suis debout depuis une demi-heure. Qu'est-ce qui t'amène ici ?

— Il faut qu'on évacue notre colis ce soir, répondit Hudson.

— Quand au juste ?

— Oh, aux alentours de deux heures du matin. »

Hudson glissa la main dans sa poche et en ressortit une liasse de billets. « Tiens, voici déjà la moitié de la somme convenue. » Inutile de payer ces Hongrois ce qu'ils valaient vraiment. Cela aurait modifié toute l'équation.

« Parfait. Je te sers un café, Andy ?

— Merci, volontiers. »

Kovacs lui indiqua la table de la cuisine puis lui versa une tasse. « Comment veux-tu procéder ?

— Je conduirai notre colis près de la frontière et tu la leur feras traverser. Je présume que tu connais les gardes-frontière au point de passage.

— Oui, il s'agit du capitaine Budai Laszlo. Ça fait des années que je bosse avec lui. Et du sergent Kerekes Miháli, un brave gars... il veut aller à l'université pour devenir ingénieur. Ils assurent des gardes de douze heures au point de passage, de minuit à midi. Comme ils commenceront déjà à s'ennuyer, ils seront ouverts aux négociations. » Et levant la main, il frotta le gras du pouce contre l'index.

« Quel est le tarif habituel ?

— Pour quatre personnes ?

— Doivent-ils savoir que notre colis est composé de personnes ? » rétorqua Hudson.

Kovacs haussa les épaules. « Non, je suppose que non. Eh bien, disons, quelques paires de chaussures, les Reebok ont beaucoup de succès, vois-tu... et puis des cassettes de films occidentaux. Ils ont déjà tout ce qu'il faut, question magnétoscopes.

— Sois généreux, suggéra Hudson, mais pas trop non plus. » *Ne surtout pas éveiller leurs soupçons*, n'eut-il pas besoin d'ajouter. « S'ils sont mariés, peut-être quelques babioles pour leur femme et leurs enfants...

— Je connais bien la famille de Budai, Andy. Ce ne sera

pas un problème. » Budai avait une fille en bas âge et trouver un cadeau pour la petite Zsóka ne serait pas non plus un problème pour le contrebandier.

Hudson estima la distance... Deux heures et demie de route jusqu'à la frontière yougoslave... ça devrait être bon. Ils utiliseraient une camionnette pour la première partie du trajet. Le reste, Istvan le ferait avec son camion. Et si jamais les choses tournaient mal, Istvan devait s'attendre à se faire descendre par l'agent des services secrets britanniques. C'était un avantage de la célébrité internationale des films de James Bond. Mais cinq mille marks, ça faisait un joli pactole en Hongrie.

« Je devrai les conduire où ?

— Je te le dirai ce soir, répondit Hudson.

— Très bien. Je te retrouverai à Csurgo demain à deux heures du matin sans faute.

— Parfait, Istvan. » Hudson termina son café et se leva. « C'est toujours bien d'avoir un ami de confiance.

— Tu me paies bien », observa Kovacs, définissant ainsi leur relation.

Hudson fut tenté de lui dire à quel point il se fiait à lui, mais ce n'était pas strictement la vérité. Comme la plupart des officiers de renseignement, il ne se fiait à personne – pas avant que le boulot ne soit achevé. Istvan pouvait-il être soudoyé par l'AVH ? Non, improbable. Impossible qu'ils aient les moyens de lui verser cinq mille marks allemands sur une base régulière, et Kovacs aimait trop la belle vie. Si un jour le gouvernement communiste de son pays devait s'effondrer, il serait sans doute un des premiers à devenir milliardaire, avec une belle maison sur les collines de Pest, dominant Buda, sur l'autre rive du Danube.

Vingt minutes plus tard, Hudson trouva Ryan au début de la queue, à la cantine de l'ambassade.

« Vous aimez nos œufs brouillés, je vois, observa le CDA.

— Ils sont d'ici ou vous les faites venir d'Autriche ?

— D'ici. Les produits locaux sont en vérité d'excellente qualité. Mais nous préférons malgré tout notre bacon britannique.

— J'avoue y avoir pris goût », dit Jack. Puis : « Que se passe-t-il ? » Il avait remarqué la lueur d'excitation dans le regard de son interlocuteur.

« C'est pour ce soir. On va d'abord au concert, puis on effectue notre exfiltration.

— On le prévient ? »

Hudson hocha la tête. « Non. Il pourrait vouloir agir autrement. Je préfère éviter cette complication.

— Et s'il n'est pas prêt ? Et s'il se ravisait ? s'inquiéta Jack.

— Dans ce cas, la mission capote. Nous disparaissons dans les brumes de Budapest, et demain matin, il y aura pas mal de visages cramoisis à Londres, Washington et Moscou.

— Vous prenez ça avec un certain flegme.

— Dans ce boulot, on prend les choses comme elles se présentent. S'exciter comme un pou n'avance à rien. » Il esquissa un sourire. « Aussi longtemps que je toucherai les shillings de la reine et mangerai du biscuit de la reine, je ferai le boulot de la reine.

— *Semper fi*, vieux », observa Jack. Il mit de la crème dans son café et en but une gorgée. Pas terrible-terrible, mais assez bon, compte tenu des circonstances.

Tout comme la nourriture au restaurant d'État qui jouxtait l'hôtel Astoria. Svetlana avait humé et quasiment inhalé son feuilleté à la cerise, accompagné d'un verre de lait entier.

« Le concert est ce soir, dit Oleg à sa femme. Excitée ?

— Tu sais depuis combien de temps je n'ai pas assisté à un concert digne de ce nom ? rétorqua-t-elle. Oleg, je n'oublierai jamais ce cadeau. » Elle fut surprise par la réaction qu'elle lut sur son visage, mais ne fit aucun commentaire.

« Eh bien, ma chérie, aujourd'hui, on a encore des courses à faire. De la lingerie. Il faudra que tu t'en charges à ma place.

— Je pourrai m'en acheter aussi ?

— Pour ça, nous avons huit cent cinquante roubles Comecon que tu peux dépenser à ta guise », lui dit Oleg Ivanovitch avec un sourire radieux, en se demandant si tous les articles qu'elle allait acheter auraient encore un intérêt quelconque d'ici la fin de la semaine.

« Votre mari est toujours en voyage d'affaires ? demanda Beaverton.

— Hélas », confirma Cathy.

Dommage, s'abstint de dire l'ancien para. Il était devenu bon analyste du comportement humain au cours des ans, et sa tristesse devant la présente situation était manifeste. Enfin, sir John était sans aucun doute parti remplir une tâche intéressante. Il avait pris le temps de faire quelques petites recherches sur la famille Ryan. Il avait ainsi appris qu'elle était chirurgienne, ce qui confirmait ce qu'elle lui avait dit quelques semaines auparavant. Son mari, en revanche, bien qu'affirmant être un petit fonctionnaire à l'ambassade des États-Unis, appartenait sans doute à la CIA. La chose avait été suggérée dans la presse londonienne quand il avait eu cette confrontation avec les terroristes de l'ULS, mais cette supposition n'avait plus jamais été répétée. Sans doute parce que quelqu'un avait demandé – poliment – à la presse de ne plus jamais évoquer une telle hypothèse. Ce qui avait suffi à révéler à Eddie Beaverton tout ce qu'il désirait savoir. Les journaux avaient également indiqué que, sans être riches, ils étaient certainement aisés, ce que confirmait la coûteuse Jaguar garée dans leur allée. Donc, sir John était parti accomplir une mission secrète. Inutile de se demander laquelle, songea le chauffeur de taxi en s'immobilisant devant la minuscule gare de Chatham. « Allez, bonne journée, m'dame, lui dit-il, lorsqu'elle descendit.

— Merci, Eddie. » Le pourboire habituel. C'était sympa d'avoir des clients réguliers aussi généreux.

Pour Cathy, ce fut le trajet en train ordinaire jusqu'à Londres, en compagnie d'une revue médicale, mais sans la présence réconfortante de son mari à côté d'elle, plongé dans son *Daily Telegraph* ou bien assoupi. Marrant qu'un homme puisse vous manquer à ce point, même simplement endormi auprès de vous.

« Voilà la salle de concert. »

Comme la vieille Golf de Ryan, la salle de concert de Budapest était soignée jusqu'au moindre détail, mais toute riquiqui : elle remplissait à peine le pâté de maisons qu'elle occupait, avec son architecture évoquant le style impérial qu'on trouvait sous une forme plus imposante et plus accomplie à Vienne à trois cents kilomètres de là. Andy et Ryan entrèrent prendre les billets réservés par l'ambassade, par le truchement du ministère hongrois des Affaires étrangères. Le foyer était d'une exiguïté décevante. Hudson demanda l'autorisation de voir où se trouvaient leurs places et, avantage de son statut diplomatique, un huissier accepta aussitôt de les faire monter puis de les conduire par le couloir latéral jusqu'à la loge.

Une fois dans la salle, Ryan fut frappé de sa ressemblance avec un théâtre de Broadway, le Majestic, par exemple : pas grande, mais élégante, avec des sièges de velours rouge et des stucs dorés, un écrin pour le roi quand il daignait rendre visite à la cité sujette, loin de son palais impérial plus en amont sur le Danube à Vienne. Un lieu pour permettre aux notables locaux d'accueillir leur roi et de se donner l'impression qu'ils étaient du même monde, même si eux-mêmes et leur souverain n'étaient pas dupes. Mais c'était malgré tout un bel effort, et un bon orchestre masquerait la déception. L'acoustique était sans doute excellente, et c'était bien là l'essentiel. Ryan n'était jamais allé au Carnegie Hall de New York, mais cette salle devait en être l'équivalent local – simplement plus humble et de taille plus réduite, mais comme avec réticence.

Ryan regarda autour de lui. La disposition de la loge s'y prêtait à merveille : on pouvait quasiment surveiller toutes les places de la salle.

« Où sont placés nos amis... ? demanda-t-il tranquillement.

— Je ne sais pas au juste. Tom les suivra et verra où ils sont placés avant de venir nous rejoindre.

— Et ensuite ? » s'enquit Jack.

Hudson le coupa d'un mot : « Plus tard. »

À l'ambassade, Tom Trent avait lui aussi du boulot. Pour commencer, il se procura un bidon de cinq litres d'alcool de grain pur, titrant à 95°. Il était théoriquement buvable, mais à condition de vouloir se saouler à mort le plus vite possible. Il y goûta, juste du bout des lèvres, pour s'assurer qu'il correspondait bien à l'étiquette. Pas le moment de prendre de risques. Une goutte suffisait. C'était bel et bien de l'alcool extra-pur, sans odeur discernable, avec juste assez de goût pour vous persuader qu'il ne s'agissait pas d'eau distillée. Trent avait entendu dire que certains n'hésitaient pas à s'en servir pour relever le punch lors des mariages et autres cérémonies officielles... de quoi animer en effet un brin l'atmosphère. Et à coup sûr celle d'une cérémonie d'adieux...

La phase suivante était nettement moins ragoûtante. Il était temps en effet d'inspecter le contenu des caisses. Le sous-sol de l'ambassade était désormais strictement interdit à quiconque. Trent décolla le ruban d'étanchéité et souleva le couvercle en carton pour révéler...

Les corps, placés dans des sacs de plastique translucide munis de poignées – ceux qu'utilisaient les médecins légistes pour transporter les cadavres. Il nota qu'ils étaient même disponibles en plusieurs tailles, sans doute pour accueillir les dépouilles d'enfants et d'adultes de gabarits variés. Le premier corps qu'il découvrit était celui d'une petite fille. Grâce au ciel, le plastique masquait le visage, ou ce qui en avait été un. Il ne voyait en fait qu'une masse informe et noircie, et pour l'heure, c'était très bien ainsi. Il n'avait pas besoin d'ouvrir le sac heureusement.

Les deux caisses étaient plus lourdes et l'effet un peu moins pénible. Au moins les corps étaient-ils ceux d'adultes. Il les déposa sur le sol en béton du sous-sol et les y laissa, puis il repoussa la neige carbonique vers l'angle opposé où les cristaux se sublimeraient rapidement sans laisser de trace. Les corps auraient alors entre douze et quatorze heures pour dégeler ; il espérait que ce serait suffisant. Trent quitta ensuite le sous-sol en veillant bien à reverrouiller la porte derrière lui.

Puis il se rendit au bureau de sécurité de l'ambassade. La légation britannique avait son propre détachement de sécurité composé de trois hommes, tous anciens soldats. Il aurait besoin de deux d'entre eux ce soir-là. L'un et l'autre étaient d'ex-sergents de l'armée britannique, Rodney Truelove et Bob Small, et ils étaient de carrure athlétique.

« Les gars, j'aurai besoin d'un coup de main ce soir.

— C'est pour quoi, Tom ? demanda Truelove.

— Juste pour déplacer quelques objets, et de manière discrète », répondit vaguement Trent. Il ne prit pas la peine de leur expliquer qu'il allait s'agir d'une mission de la plus haute importance. Pour eux, tout ce qu'ils faisaient était important.

« Une entrée et une sortie discrètes, c'est ça ? demanda Small.

— C'est ça », confirma Trent à l'ancien sergent du génie. Small avait appartenu au régiment royal du pays de Galles, les hommes de Harlech.

« Pour quelle heure ? s'enquit Truelove.

— Nous partirons d'ici vers deux heures du matin. Ça ne devrait pas nous prendre plus d'une heure en tout.

— La tenue ? » C'était Bob Small.

Bonne question. Chemise, cravate et pardessus ne semblaient pas le choix idéal, mais, d'un autre côté, des bleus de chauffe ou des combinaisons risquaient d'attirer l'attention. Ils devraient s'habiller de manière à demeurer invisibles.

« Tenue décontractée, décida Trent, blouson, pas de manteau. Comme les gens d'ici. En chemise et pantalon ordinaires, ça devrait passer. Ah oui, des gants, aussi. »

Ça, sûr qu'ils aimeraient mieux en porter, songea l'espion.

« Pas de problème », conclut Truelove. En tant que soldats, ils étaient habitués à faire des trucs incompréhensibles et à prendre la vie comme elle venait. Trent espérait qu'ils ne changeraient pas d'opinion le lendemain.

Les collants Fogal venaient de Suisse. L'emballage le proclamait. Irina manqua en défaillir, alors qu'elle tenait le carton ouvert entre ses mains. Le contenu était bien réel mais il lui paraissait impalpable, tant il lui semblait d'une légèreté vaporeuse comme de l'ombre tissée. Elle avait entendu parler de ce genre d'articles, mais elle n'avait jamais eu l'occasion d'en toucher, et moins encore d'en porter. Et dire que les femmes occidentales pouvaient en avoir autant qu'elles voulaient... Les épouses des collègues d'Oleg se pâmeraient de bonheur lorsqu'elles les porteraient et elle imaginait d'ici la jalousie de ses amies du GOUM ! Il faudrait prendre un luxe de précautions pour les passer, de peur de les filer, plus la crainte de s'érafler les jambes en butant contre un obstacle. C'est que de tels collants étaient bien trop précieux pour être ainsi mis en danger. Il faudrait qu'elle en trouve de la bonne taille pour chacune des femmes sur la liste d'Oleg... plus six paires pour elle.

Mais voilà, quelle taille, justement ? Prendre un article

trop grand était une insulte pour une femme, d'où qu'elle soit, même en Russie, où elles avaient plus tendance à ressembler à des modèles de Rubens qu'à des échalas faméliques du tiers monde... ou d'Hollywood. Les tailles indiquées sur les boîtes étaient A, B, C et D. Complication supplémentaire : en cyrillique « B » correspond au « V » latin, et « C » à la lettre « S ». Mais, après avoir pris une grande inspiration, elle décida finalement de prendre vingt paires en taille C, dont les six qu'elle se réservait. Ils étaient d'un prix éhonté, mais les roubles Comecon dans son sac n'étaient pas tous à elle, et donc, après une nouvelle inspiration, elle sortit l'argent pour payer le tout, suscitant le sourire de la vendeuse qui devinait sans peine son manège. Ressortir de la boutique avec un tel trésor lui donna l'impression d'être une véritable princesse du temps des tsars, une sensation toujours agréable pour une femme, d'où qu'elle vienne. Il lui restait à présent 489 roubles à dépenser pour elle seule, et cela suffit presque à la paniquer. Tant de belles choses. Si peu d'argent. Et si peu de place dans les placards à la maison.

Des souliers ? Un manteau neuf ? Un nouveau sac à main ?

Elle élimina les bijoux, puisque c'était la prérogative d'Oleg, mais, comme la plupart des hommes, il n'y connaissait rien en vêtements féminins.

Et si je prenais une gaine ou une guêpière ? Un soutien-gorge Chantelle ? Mais oserait-elle acheter un article aussi élégant ? Il y en aurait au moins pour cent roubles, même avec le taux de change favorable... et elle seule saurait qu'elle le porte... Un tel soutien-gorge serait doux comme... comme des mains. Les mains de l'homme qui vous aime. Oui, il lui en fallait un.

Et des produits de beauté. Il lui fallait absolument des produits de beauté. C'était le genre d'article que les femmes russes appréciaient toujours. Et elle était dans la ville idéale pour ce genre d'achat. Les Hongroises soignaient leur peau. Il faudrait qu'elle trouve une boutique de confiance, pour se renseigner, de camarade à camarade. Les Hongroises – l'éclat

241

de leur teint prouvait à la face du monde qu'elles prenaient soin de leur beauté. En cela, elles étaient des plus *kulturniy*.

Tout cela lui prit encore deux heures de ravissement total, si complet qu'elle ne remarqua même pas que son mari et sa fille attendaient, patiemment. Elle vivait le rêve de toutes les Soviétiques : dépenser de l'argent, sinon à l'Ouest, du moins dans son meilleur substitut. Et c'était merveilleux. Elle comptait porter son soutien-gorge Chantelle au concert et, tandis qu'elle écouterait Bach, elle se croirait en un autre temps et un autre lieu, un lieu où tout le monde était *kulturniy* et où il était bon d'être une femme. Dommage qu'un tel endroit n'existât pas en Union soviétique.

Tandis que son épouse parcourait les boutiques une à une, Oleg prenait son mal en patience en grillant des cigarettes, vivant l'ennui profond de tous ses congénères mâles pour le shopping féminin. Comment pouvaient-elles trouver un plaisir quelconque à choisir et comparer encore et toujours, sans jamais se décider, mais en se réjouissant de se trouver au milieu de choses qu'elles ne pouvaient porter et qui en fin de compte ne leur plaisaient pas tant que ça ? Toujours à prendre la robe et à se la coller sous le cou pour se contempler dans la glace et décider que, finalement, *niet*, pas celle-ci. Et encore et toujours, passé le soir et jusqu'à la nuit tombée, comme si leur vie même en dépendait. Oleg avait appris la patience avec la présente aventure où il risquait sa vie, mais ce qu'il n'avait jamais réussi à apprendre, et du reste, il n'y comptait pas, c'était de pouvoir regarder une femme faire du shopping... sans être pris de l'envie de l'étrangler. Être obligé de rester planté là comme une vulgaire bête de somme, lesté de tous les trucs et babioles qu'elle s'était finalement décidée à acheter... puis attendre pendant qu'elle se demandait si elle allait changer d'avis ou pas. Enfin, ça ne pouvait pas non plus s'éterniser. C'est qu'ils avaient leurs billets pour le concert du soir. Il fallait encore qu'ils repassent à l'hôtel, essaient de trouver une baby-sitter pour le *zaïtchik*, s'habillent et se rendent au théâtre. Même Irina ne pouvait que l'apprécier.

Enfin, il fallait espérer, songea lugubrement Oleg Ivanovitch. Comme s'il n'avait pas déjà assez de soucis comme ça. En revanche, sa petite, elle, ne semblait se soucier de rien. Elle regardait partout avec de grands yeux, tout en dégustant son cornet de glace. Ah, la bénédiction de l'innocence enfantine. Dommage qu'on doive la perdre... et pourquoi donc les enfants voulaient-ils tant devenir grands et laisser derrière eux leur innocence ? Ne se rendaient-ils pas compte à quel point c'était pour eux seuls que le monde était si merveilleux ? Ne savaient-ils pas qu'avec la compréhension, ces merveilles ne devenaient plus que des fardeaux ? Fardeau, souffrance.

Et doute, songea Zaïtzev. *Tant de doute.*

Mais non, son *zaïtchik* l'ignorait, et quand elle le découvrirait, il serait trop tard.

Enfin, Irina se décida à sortir avec un sourire radieux, comme elle n'en avait plus arboré depuis qu'elle avait donné le jour à leur fille. Puis elle surprit pour de bon son mari... en se jetant dans ses bras pour l'embrasser.

« Oh, Oleg, tu es si bon pour moi ! » Plus un autre baiser passionné, celui d'une femme rassasiée d'achats. Rassasiée... plus encore qu'après une nuit d'amour, réalisa soudain son mari.

« Et maintenant, direction l'hôtel, ma chérie. Il faut qu'on se prépare pour le concert. »

En un rien de temps, ils avaient repris le métro et regagné l'Astoria pour remonter dans la chambre 307. Là, ils décidèrent plus ou moins par défaut d'emmener Svetlana avec eux. Trouver une baby-sitter risquait de poser un problème – Oleg avait pensé contacter une fonctionnaire du KGB employée par la Maison de la culture, en face, mais ni lui ni sa femme n'envisageaient avec plaisir une telle disposition, aussi leur *zaïtchik* n'aurait-elle qu'à se tenir sage pendant le concert.

Ses billets indiquaient qu'ils avaient des fauteuils au sixième rang de l'orchestre (sièges A, B et C), soit juste au bord de l'allée, ce qui était parfait. Svetlana étrennerait ce soir ses nouveaux habits, ce qui la comblerait d'aise, espérait-il. C'était en général le cas et ceux-là étaient les plus beaux qu'elle ait jamais eus.

La salle de bain était fort encombrée. Irina fit de longs et laborieux efforts pour se maquiller. C'était plus simple pour son époux, et plus encore pour leur fille, pour qui un coup de gant de toilette humide sur la frimousse suffisait amplement. Puis tous enfilèrent leurs plus beaux habits. Oleg boucla les souliers noirs vernis de sa fille sur les pieds du petit collant blanc qu'elle avait adoré d'emblée. Suivit le beau manteau rouge à col noir pour que le petit Lapereau soit fin prêt pour ses aventures de la soirée. Tous trois redescendirent enfin par l'ascenseur dans le hall avant de sortir prendre un taxi.

Pour Trent, c'était un peu délicat. Planquer dans le hall aurait dû être difficile, mais le personnel de l'hôtel ne parut pas le remarquer et, lorsque le colis sortit, il n'eut aucun mal à regagner sa voiture et à filer le taxi jusqu'à la salle de concert, à quinze cents mètres de là. Une fois rendu, il trouva une place à proximité pour se garer et rejoignit rapidement l'entrée du théâtre. On y servait à boire et les Zaïtzev s'autorisèrent un verre – apparemment de tokay – avant de gagner la salle. Leur petite fille était plus radieuse que jamais. *Quel adorable bambin*, se dit Trent. Il espérait qu'elle aimerait la vie à l'Ouest. Il les regarda entrer dans la salle pour gagner leurs places, puis se tourna vers l'escalier afin de rejoindre sa loge.

Ryan et Hudson s'y trouvaient déjà, installés sur les vieux sièges aux coussins de velours cramoisi.

« Andy, Jack, les salua Trent. Sixième rang, côté gauche, tout au bord de l'allée. »

244

Bientôt, le noir se fit. Le rideau se leva, le bruit des musiciens accordant leurs instruments s'éteignit, et le chef Jozsef Rozsa fit son entrée par le côté droit de la scène. Les premiers applaudissements furent polis, sans plus. C'était le tout premier concert de la tournée et le public ne le connaissait pas encore. Ce qui parut bizarre à Ryan : après tout, c'était un compatriote, qui plus est diplômé de leur propre académie Franz Liszt. Pourquoi l'accueil n'était-il pas plus enthousiaste ? C'était un homme grand et maigre, chevelure brune, visage d'esthète. Il s'inclina poliment devant l'auditoire, puis se retourna vers l'orchestre. Sa petite baguette – bâton ? Ryan ignorait le terme exact – était posée sur le pupitre et, dès qu'il la leva, le silence retomba sur l'assistance. Puis son bras droit se tendit vers les cordes de l'orchestre principal des Chemins de fer hongrois.

Ryan était bien moins mélomane que son épouse, mais Bach restait Bach et la majesté du concerto emplit la salle dès les premières mesures. La musique, comme la poésie ou la peinture, se dit Jack, était un moyen de communication, mais il n'avait jamais réussi à saisir ce que cherchaient à exprimer les compositeurs. C'était plus facile avec les musiques de films de John Williams, où la partition accompagnait à la perfection le déroulement de l'action, mais Bach n'avait jamais connu le cinéma et donc il avait dû parler de choses que le public de son époque pouvait reconnaître. Ryan n'était pas dans ce cas, aussi devait-il se contenter d'apprécier les merveilleuses harmonies. Le son du piano lui parut bizarre mais, en y regardant de plus près, il remarqua que ce n'était pas du tout un piano mais un antique clavecin maîtrisé, semblait-il, par un interprète tout aussi antique, avec des cheveux blancs et des mains élégantes et fines... comme celles d'un chirurgien. Jack n'y connaissait rien en musique pour piano. Leur amie Sissy Jackson, soliste à l'orchestre symphonique de Washington, disait que Cathy avait un jeu trop mécanique, mais Ryan savait seulement qu'elle ne faisait jamais de fausses notes, et pour lui, c'était amplement suffisant. *Mais ce gars*, songea-t-il en regardant ses mains tout en décelant son jeu au milieu de cette cacophonie superbe, *non seulement il ne rate pas une note, mais chacune semble jouée avec la force ou la douceur qu'exige la musique*, et selon un tempo d'une précision qui était pour lui l'archétype de la perfection. Le reste de l'orchestre lui semblait aussi bien entraîné qu'une escouade des marines en exercice de mouvement silencieux, où chaque geste avait la précision d'une série de faisceaux laser.

Le seul truc que Ryan n'arrivait pas à piger, c'était à quoi servait au juste le chef d'orchestre. Le concerto n'était-il pas écrit ? Diriger ne se réduisait-il pas à s'assurer – à l'avance – que tout le monde connaissait sa partition et l'interprétait en mesure ? Il faudrait qu'il s'en ouvre à Cathy, qui lèverait sans aucun doute les yeux au ciel en le traitant de béotien. Mais Sissy Jackson disait que Cathy était comme un automate devant le clavier et qu'elle jouait sans âme. Alors, silence, Lady Caroline !

La section de cordes était également superbe et Ryan se demanda comment diable on pouvait, rien qu'en faisant courir un archet sur une corde, en tirer avec précision le son voulu. *Sans doute parce que c'est leur gagne-pain*, se dit-il avant de se carrer dans son fauteuil pour goûter la musique. Ce n'est qu'à cet instant qu'il regarda Andy Hudson, dont les yeux étaient rivés sur leur colis. Il profita du répit pour l'imiter.

La petite se trémoussait sur son siège, faisant de son mieux pour être sage ; peut-être prêtait-elle attention à la musique, mais celle-ci ne pouvait pas être aussi bien qu'une cassette du *Magicien d'Oz*, et ça, hélas, on n'y pouvait rien. Malgré tout, elle se tenait bien, comme un gentil petit Lapinot entre papa Lapin et maman Lapin.

Maman Lapin écoutait le concert, en extase. Papa manifestait une attention polie. Jack se dit qu'ils devraient peut-être appeler Londres pour leur demander d'acheter à Irina un baladeur et quelques cassettes de Christopher Hogwood... Cathy semblait l'apprécier beaucoup, tout comme Neville Marriner.

Quoi qu'il en soit, au bout d'une vingtaine de minutes, le menuet fut terminé, l'orchestre se tut et quand le chef Rozsa se tourna vers le public...

La salle croula sous un tonnerre d'applaudissements ponctué de bravos délirants. Jack ne voyait pas la raison d'un tel changement d'attitude par rapport au début mais à l'évidence, les Hongrois, si. Rozsa fit une profonde révérence et attendit que l'enthousiasme se soit apaisé pour se retourner vers l'orchestre et demander le silence avant de lever sa petite baguette blanche pour entamer le *Brandebourgeois* numéro deux.

Celui-ci s'ouvrait par les cuivres et les cordes, et Ryan se trouva bientôt fasciné, bien plus par chaque musicien que par ce que le chef d'orchestre avait pu leur faire. *Combien de temps faut-il étudier pour être aussi bon ?* se demanda-t-il. Cathy jouait deux ou trois fois par semaine, chez eux dans le Maryland – à son grand dépit, leur résidence anglaise de Chatham n'était pas assez vaste pour héberger un piano à queue. Il lui avait proposé de lui offrir un piano droit mais elle avait décliné la proposition, expliquant que ce n'était pas pareil. Sissy Jackson disait qu'elle jouait au moins trois heures chaque jour. Mais Sissy le faisait pour gagner sa vie, alors que Cathy nourrissait une autre passion, plus immédiate, dans sa vie professionnelle.

Le *Deuxième Concerto brandebourgeois* était plus court que le *Premier* : il s'acheva au bout de douze minutes et fut aussitôt suivi du *Troisième*. Bach avait dû apprécier le violon plus que tout autre instrument et la section de cordes de l'orchestre était excellente. En d'autres circonstances, Jack se serait volontiers laissé bercer par l'instant pour s'enivrer de musique, mais il avait des soucis plus importants en tête pour la soirée. Toutes les deux ou trois secondes, ses yeux glissaient vers la gauche pour observer la famille Lapin...

Le *Troisième Brandebourgeois* s'acheva une heure environ après le début du concert. Les lumières revinrent, signalant l'entracte. Ryan regarda papa et maman Lapin quitter leurs fauteuils : la raison fut bien vite manifeste. Le petit Lapin avait besoin d'un détour aux toilettes, et Papa décida de faire pareil de son côté. Ce que voyant, Hudson se leva d'un bond, sortit de la loge et gagna le couloir, talonné par Tom Trent, puis redescendit l'escalier vers le foyer pour se rendre lui aussi aux toilettes pour hommes. Pour sa part, Ryan resta dans la loge et essaya de se détendre. La mission était désormais bien lancée.

À quelques dizaines de mètres de là, Oleg Ivanovitch faisait la queue pour accéder aux lavabos. Hudson réussit à se faufiler juste derrière lui. Le foyer bruissait de l'habituel bourdonnement des conversations. Certains spectateurs se rendirent au bar ambulant pour se désaltérer. D'autres tiraient sur leur cigarette. Il y avait une vingtaine d'hommes dans la file, attendant de soulager leur vessie. La queue avançait assez vite – de ce côté, les hommes sont plus efficaces que les femmes – et bientôt, ils se retrouvèrent dans la salle carrelée.

Les urinoirs étaient aussi élégants que le reste des lieux : ils semblaient avoir été taillés dans le marbre de Carrare. Hudson continuait de faire la queue, comme tout le monde, en espérant que sa tenue ne le ferait pas repérer comme un étranger. Dès qu'ils eurent passé la porte de bois vitrée, il prit une inspiration et, se penchant en avant, il mobilisa ses connaissances de russe pour murmurer :

« Bonsoir, Oleg Ivanovitch. Ne vous retournez pas.

— Qui êtes-vous ? répondit du même ton Zaïtzev.

— Votre agent de voyages. Je crois savoir que vous vouliez faire une petite balade.

— Vers où au juste ?

— Oh, disons, vers l'ouest. Vous avez des inquiétudes pour la sécurité de quelqu'un, n'est-ce pas ?

— Vous êtes de la CIA ? » Zaïtzev ne pouvait énoncer le sigle sans un sifflement.

« Je travaille dans un domaine assez particulier », confirma Hudson. Inutile d'embrouiller outre mesure leur bonhomme.

« Alors, qu'allez-vous faire de moi ?

— Cette nuit, vous dormirez dans un autre pays, mon ami, lui dit Hudson avant d'ajouter : Avec votre femme et votre adorable petite fille. » Hudson vit ses épaules s'affaisser – soulagement, inquiétude, l'agent britannique n'aurait su dire. Les deux, sans doute.

Zaïtzev se racla la gorge avant de murmurer de nouveau : « Que dois-je faire ?

— D'abord, me confirmer que vous voulez bien poursuivre votre plan. »

Il n'hésita qu'une fraction de seconde avant de répondre : « *Da.* Allons-y.

— Dans ce cas, continuez comme si de rien n'était... » Ils approchaient de la tête de la file. « Profitez bien du reste du concert, puis regagnez votre hôtel. Nous nous parlerons de nouveau là-bas vers une heure trente. Pouvez-vous le faire ? »

Bref hochement de tête, puis dans un souffle, cette seule syllabe : « *Da.* » Oleg Ivanovitch se sentait pour le coup pris d'une envie pressante.

« Détendez-vous, mon ami. On a tout prévu. Tout se passera bien », lui dit Hudson. L'homme avait désormais besoin d'être rassuré et mis en confiance. Jamais il n'avait dû avoir aussi peur de sa vie.

Il n'y eut pas d'autre réponse. Zaïtzev avança de trois pas pour gagner l'urinoir de marbre, descendit sa braguette et se soulagea dans tous les sens du terme. Puis il se retourna pour ressortir, sans même apercevoir le visage de Hudson.

Mais Trent aperçut le sien, alors qu'à l'extérieur, il dégustait un verre de vin blanc. Si leur gibier avait fait le moindre geste pour avertir un autre espion du KGB éventuellement posté dans la salle, l'agent britannique ne l'avait pas vu : il ne

249

s'était pas gratté le nez, n'avait pas rajusté sa cravate, aucune mimique particulière. Il retourna simplement dans la salle en franchissant la porte battante pour regagner son siège. L'opération BEATRIX était décidément bien partie.

Le public avait regagné sa place. Ryan faisait son possible pour avoir l'air d'un mélomane comme les autres. Puis Hudson et Trent vinrent le rejoindre dans la loge.

« Alors ? fit-il d'une voix rauque.

— Sacrément chouette, comme musique, non ? répondit Hudson, comme si de rien n'était. Ce Rozsa est un chef de première. Incroyable que dans un pays communiste, ils arrivent à pondre d'autres trucs que des reprises de *L'Internationale*. Oh, une fois le concert terminé, ajouta-t-il, que diriez-vous d'un verre avec de nouvelles connaissances ? »

Jack laissa échapper un très long soupir. « Ouais, Andy, très volontiers. » *Putain de merde... c'est réellement en train de se passer*. Il avait toujours quantité de doutes, mais ceux-ci venaient de reculer d'un demi-pas peut-être. Pas grand-chose, mais déjà sacrément mieux que rien.

La deuxième partie du concert débuta par une autre composition de Bach, la *Toccata et fugue* en ré mineur. Au lieu des cordes, c'étaient cette fois les cuivres qui étaient à la fête, et le cornet solo aurait pu en remontrer à Louis Armstrong en personne côté maîtrise des notes aiguës. Jamais Ryan n'avait jamais entendu autant d'œuvres de Bach d'un coup et, pas à dire, ce vieux compositeur allemand en avait dans la caboche, estima l'ancien marine, pour la première fois de la soirée se relaxant enfin assez pour profiter du spectacle. S'il y avait un problème avec cet orchestre, pour sa part il n'avait pas réussi à le remarquer, et ce chef d'orchestre lui faisait l'impression d'être au pieu avec l'amour de sa vie, tant il semblait emporté par la joie de l'instant. Jack se demanda au passage si les Hongroises étaient d'aussi bons coups. Il y avait chez elles une espèce de truculence primitive, mais on ne pouvait pas dire qu'elles étaient souriantes... c'était peut-être le pouvoir communiste. Les Russes n'étaient pas non plus du genre à sourire.

« Alors, des nouvelles ? » demanda le juge Moore.

Mike Bostock lui tendit la brève dépêche envoyée par Londres. « Basil dit que son CDA de Budapest va passer à l'action ce soir. Oh, un détail que vous allez adorer, j'en suis sûr : le Lapin est descendu dans l'hôtel situé juste en face de la *rezidentura* du KGB. »

Bref éclair dans les yeux de Moore. « J'espère que vous plaisantez ?

— Juge, vous me voyez vraiment faire ce genre de plaisanterie ?

— Quand Ritter doit-il revenir ?

— Un peu plus tard dans la journée, sur un vol Pan Am. D'après ce qu'il nous a transmis de Séoul, tout s'est fort bien passé lors des réunions avec la KCIA.

— Il va nous faire une attaque lorsqu'il apprendra l'opération BEATRIX, prédit le DCR.

— Sûr que ça lui ouvrira les yeux, admit le sous-directeur adjoint des Opérations.

— Surtout quand il s'apercevra que Ryan est dans le coup.

— Là-dessus, monsieur, vous pouvez parier le ranch, le bétail et la ferme. »

Le juge éclata d'un bon rire. « Enfin, je suppose que l'opinion du service a plus de poids que celle d'un seul de ses membres, non ?

— C'est ce que je me suis laissé dire, monsieur.

— Quand saurons-nous ?

« — Je pense que Basil nous fera prévenir sitôt que l'avion aura décollé de Yougoslavie. Mais la journée va néanmoins être longue pour nos nouveaux amis. »

Le morceau suivant était une pièce brève intitulée *Schafe können sicher weiden*[1]. Ryan y reconnut le thème d'un spot de recrutement de la marine américaine. Un morceau très calme, bien différent de celui qui avait précédé. Il ne savait pas si le programme de cette soirée était dédié à Bach ou au chef d'orchestre. Quoi qu'il en soit, il était fort agréable et l'auditoire était sous le charme, plus encore qu'au début du concert. Encore un morceau. Ryan avait un programme, mais il n'avait pas pris la peine de l'étudier, car il ne savait pas mieux lire le hongrois que l'entendre.

Le dernier morceau de la soirée était en fait le *Canon de Pachelbel*, pièce célèbre entre toutes, et qui pour Ryan avait toujours évoqué l'image d'une jeune et jolie fille du XVIIe siècle en prière, cherchant à faire ses dévotions mais surtout à ne pas se laisser distraire par le beau jeune homme qu'elle voyait parcourir l'allée devant sa ferme... sans réellement y parvenir.

Dès le dernier morceau terminé, Jozsef Rozsa se tourna vers l'auditoire qui se leva pour le gratifier de plusieurs minutes d'ovation debout. Ouais, se dit Jack, le petit gars du pays était parti, mais il était revenu comme l'enfant prodigue et ses amis d'antan étaient visiblement ravis de l'avoir de nouveau parmi eux. Le chef d'orchestre sourit à peine, comme s'il était épuisé au sortir d'un marathon. Il était même en nage, remarqua Jack. Diriger un orchestre était-il si dur ? Si vous étiez aussi inspiré que lui, sans doute. Toujours est-il qu'il était debout

---

1. « Que l'Agneau paisse en paix », aria de la cantate profane BWV 208, dite *Cantate de la chasse*.

lui aussi, avec ses compagnons britanniques, applaudissant à tout rompre comme les autres – inutile de se démarquer – avant enfin que la clameur ne retombe. Rozsa se tourna pour embrasser du geste l'orchestre, ce qui déchaîna un nouveau tonnerre d'applaudissements, puis il indiqua le premier violon. Le geste parut aimable à Ryan, avant qu'il ne s'avise que c'était sans doute la moindre des choses si vous vouliez que vos musiciens se donnent à fond. Et puis, au bout d'un très long moment, la foule commença à se disperser.

« Alors, ça vous a plu, sir John ? demanda Hudson, avec un sourire un peu narquois.

— Ça surpasse de loin n'importe quelle retransmission radiophonique, convint Ryan. Et maintenant ?

— Et maintenant, on se prend un verre dans un endroit sympa. » Hudson adressa un signe de tête à Trent, qui s'éclipsa, avant d'inviter Ryan à le suivre.

L'air dehors était frais. Ryan alluma aussitôt une cigarette, comme du reste la majorité des hommes et la plupart des femmes. Les Hongrois ne semblaient pas envisager de vivre vieux, semblait-il. Il se sentait dépendre de Hudson comme un enfant de sa mère, mais cela ne devait plus durer bien longtemps. La rue dans laquelle ils se trouvaient était bordée d'immeubles d'habitation. Hudson fit signe à Ryan de le suivre et ils se dirigèrent, deux rues plus loin, vers un bar, rejoignant bientôt une trentaine d'autres spectateurs du concert. Andy alla s'asseoir dans une stalle d'angle d'où il pouvait embrasser toute la salle et bien vite un garçon arriva avec deux verres de vin.

« Alors, on y va ? » demanda Jack.

Hudson acquiesça. « On y va. Je lui ai dit que nous serions à l'hôtel aux environs d'une heure trente.

— Et ensuite ?

— Ensuite, on les conduit à la frontière yougoslave. »

Ryan s'abstint de poser d'autres questions. C'était inutile.

« La surveillance en direction du sud est insignifiante, expliqua Andy. C'est différent du côté opposé. Près de la frontière avec l'Autriche, elle est plutôt renforcée, mais la Yougoslavie, n'oubliez pas, est un pays communiste frère – c'est du moins la fiction qui a cours ici. Je ne sais plus trop ce qu'est la Yougoslavie, politiquement parlant. Toujours est-il que les gardes-frontière du côté hongrois gagnent fort bien leur vie, grâce à quantité d'arrangements amicaux avec les contrebandiers. C'est une industrie de plus en plus prospère, mais les plus malins évitent d'en faire trop. Sinon, le *Belügy-minisztérium* – leur ministère de l'Intérieur – pourrait venir à le remarquer. Autant l'éviter...

— Mais si le pays tient lieu d'entrée de service au pacte de Varsovie... enfin, merde, le KGB doit bien l'avoir remarqué, non ? »

Hudson acheva pour lui la question : « Et donc, pourquoi ne ferment-ils pas la frontière, c'est ça ? J'imagine qu'ils pourraient, mais l'économie locale en souffrirait et, incidemment, les Soviétiques récupèrent par ce biais quantité de choses qui les intéressent eux aussi. Trent me dit que notre ami a effectué pas mal d'achats. Des magnétoscopes, de la lingerie féminine, leurs femmes en sont folles. Sans doute la majeure partie de ces articles est-elle destinée à des amis et des collègues de Moscou. Donc, si le KGB intervenait ou contraignait l'AVH à le faire, eux-mêmes tariraient une importante source d'objets qui les intéressent. Bref, un peu de corruption ne peut pas faire grand mal, et cela nourrit l'avidité de ceux d'en face. Ne jamais oublier qu'ils ont leurs faiblesses, eux aussi. Sans doute plus que nous, en fait, même s'ils prétendent le contraire. Ils veulent ce que nous avons. Les canaux officiels ne marchent pas très bien, mais les officieux, si. Comme dit un dicton local : *A nagy kapu mellett, mindig van egy kis kapu.* "Près de la grande porte, il y en a toujours une petite." Cette petite, c'est celle qui fait tout marcher.

— Et c'est par elle que je vais passer.

— Exact. » Andy termina son vin et décida d'en rester là. Il avait de la route à faire, cette nuit, dans le noir, et sur de mauvais chemins. À la place, il alluma un cigarillo.

Ryan prit une cigarette. « C'est la première fois que je fais un truc pareil, Andy.

— Inquiet ?

— Ouais, admit volontiers Jack. Très.

— La première fois n'est jamais facile. Mais je n'ai pas non plus vu débouler chez moi des types armés de mitraillettes.

— Ce n'est pas un truc que je recommande pour digérer après dîner, répondit Jack avec un sourire torve. Enfin, on peut dire qu'on a eu du pot de s'en sortir.

— Je ne crois pas vraiment à la chance, enfin, de temps en temps, peut-être. Et la chance ne sourit jamais aux imbéciles, sir John.

— Peut-être que si. C'est toujours difficile à juger de l'intérieur. » Ryan se remémora une fois encore cette horrible nuit. Le contact de l'Uzi dans ses mains. Ce coup de feu à ne pas rater. Il n'y avait pas de deuxième chance. Et il avait mis un genou à terre, visé, tiré et fait mouche. Il n'avait jamais su le nom du mec dans le bateau qu'il avait épinglé. *Étrange*, songea-t-il. *Quand on tue un homme juste en bas de chez soi, on devrait au moins savoir comment il s'appelle.*

Mais ouais, s'il avait réussi à faire ça, alors il pouvait bien réussir ce truc-ci, merde. Il regarda sa montre. Il restait encore un bout de temps, il n'avait pas à prendre le volant, et un autre verre de vin semblait une bonne idée. Mais il en resterait là.

À l'Astoria, les Zaïtzev mirent au lit leur petit Lapin, puis Oleg commanda qu'on leur monte de la vodka. C'était la vodka ordinaire que buvaient les ouvriers russes, une demi-bouteille fermée par une simple capsule qui vous obligeait quasiment à la vider d'un coup. Pas une si mauvaise idée, du reste, pour la soirée. La bouteille arriva au bout de cinq minutes et, dans l'intervalle, le *zaïtchik* s'était endormi. Oleg s'assit au bord du lit. Sa femme s'était installée dans l'unique fauteuil capitonné. Ils burent dans les verres à dents de la salle de bain.

Oleg Ivanovitch avait encore une tâche à accomplir. Sa femme ignorait son plan. Il ne savait pas comment elle allait réagir. Il savait qu'elle n'était pas heureuse. Que ce voyage était le point culminant de leur mariage. Qu'elle détestait son boulot au GOUM, qu'elle voulait goûter aux choses les plus agréables de la vie. Mais accepterait-elle de plein gré d'abandonner sa terre natale ?

Du côté positif de la balance, les femmes russes ne jouissaient pas d'une grande liberté, que ce soit dans le mariage ou en dehors. Elles faisaient en général ce que leur disait leur mari – ce dernier pouvait le payer plus tard... mais plus tard seulement. Et Irina l'aimait, elle lui faisait confiance et elle s'était montrée des plus satisfaites ces jours derniers, donc, normalement, il ne devrait pas y avoir de problème.

Mais il attendrait malgré tout avant de lui dire. Pourquoi tout gâcher en prenant un risque maintenant ? La *rezidentura* du KGB à Budapest se dressait juste de l'autre côté de la rue. Et si jamais ils apprenaient ce qu'il tramait, il serait à coup sûr un homme mort.

À l'ambassade d'Angleterre, les sergents Bob Small et Rod Truelove prirent les sacs en plastique, dont ils ignoraient l'un et l'autre le contenu, et les chargèrent dans le camion banalisé de l'ambassade – les plaques d'immatriculation avaient été déjà changées. Puis ils retournèrent chercher les caisses d'alcool plus une bougie et une brique de lait en carton. Sur quoi, ils étaient fin prêts. Ni l'un ni l'autre n'avait bu ce soir-là, pas même un demi de bière, même si ce n'était pas l'envie qui leur avait manqué. Ils démarrèrent juste après minuit, désireux de prendre leur temps pour jauger l'objectif avant de passer à l'action. Le plus difficile serait de trouver une bonne place pour se garer, mais avec plus d'une heure d'avance, ils devraient bien finir par en trouver une.

Le bar se vidait peu à peu et Hudson n'avait pas l'intention de rester le dernier. La note était de cinquante forints, qu'il régla, sans laisser de pourboire, parce que ça ne se faisait pas ici, et il ne tenait pas à se faire remarquer. Il fit signe à Ryan et se leva pour sortir, mais, se ravisant, obliqua d'abord vers les lavabos. L'idée ne parut pas mauvaise à Ryan.

Une fois dehors, l'Américain s'enquit de la suite du programme.

« On fait une petite balade à pied, sir John, répondit Hudson, usant de son titre nobiliaire, une pique un peu gratuite. Une demi-heure de marche jusqu'à l'hôtel, environ, ça devrait à peu près coller. »

L'exercice en outre leur donnerait l'occasion de s'assurer qu'ils n'étaient pas suivis. Si l'opposition était sur le coup, elle ne pourrait résister à la tentation de filer deux officiers de renseignement, et dans ces rues presque désertes, il ne serait pas trop difficile de les repérer... à moins que leurs poursuivants soient des membres du KGB. Ces derniers étaient notablement plus adroits que leurs homologues locaux.

Zaïtzev et son épouse étaient agréablement pompettes après trois verres d'alcool chacun. Curieusement, Irina ne semblait pourtant pas pressée de dormir. Trop excitée sans doute par tous les souvenirs agréables de la soirée, estima Oleg. Peut-être valait-il mieux, après tout. Plus que ce seul souci... en dehors de savoir par quel moyen la CIA comptait leur faire quitter le pays. Un hélico près de la frontière, volant sous la couverture radar hongroise ? C'est ce qu'il aurait choisi. La CIA serait-elle en mesure de les faire passer de Hongrie en Autriche ? Quel était leur niveau de compétence ? Et même, le mettraient-ils dans le secret ? Allait-il s'agir d'une opération vraiment adroite et osée ? Inquiétante, aussi ?

Et surtout, allait-elle réussir ? Dans le cas contraire... eh bien, mieux valait ne pas envisager les conséquences d'un échec.

Oleg envisagea – pas pour la première fois – que sa mort pouvait être l'issue de cette aventure, et une souffrance prolongée pour sa femme et son enfant. Les Soviétiques ne les tueraient pas, mais feraient d'elles à jamais des parias, condamnées à une existence de misère. Tant et si bien qu'elles étaient également otages de sa propre conscience. Combien de Soviétiques avaient-ils au dernier moment renoncé à fuir pour cette raison ? La trahison, se souvint-il, était le plus noir des crimes et son châtiment n'offrait pas une perspective bien plus encourageante.

Zaïtzev se versa le reste de la vodka et l'éclusa cul sec, entamant l'ultime demi-heure d'attente avant que la CIA n'arrive pour lui sauver la vie...

Ou faire ce qu'elle voulait, de lui et de sa famille... Il ne cessait de regarder sa montre, tandis qu'Irina, finissait par s'assoupir dans son fauteuil, le sourire aux lèvres, fredonnant du Bach en dodelinant de la tête. Au moins aurait-il réussi à lui offrir une soirée mémorable...

Il y avait une place libre juste devant la porte latérale de l'hôtel. Small s'y gara en faisant un créneau impeccable. La technique du créneau est loin d'être oubliée au Royaume-Uni. Une fois le moteur coupé, les deux hommes attendirent, Small avec une cigarette, Truelove avec sa pipe en bruyère favorite, contemplant la rue déserte, à part quelques piétons au loin, tandis que Small gardait l'œil sur le rétro pour surveiller l'activité éventuelle dans la résidence du KGB. Il avisa quelques lumières à l'étage, mais sans déceler le moindre mouvement. Sans doute un des gars du KGB avait-il dû éteindre avant de partir.

Et voilà, se dit Ryan en apercevant leur but à trois pâtés de maisons, du côté droit de la rue.

Le moment de vérité.

Le reste du trajet sembla ne durer qu'un instant. Tom Trent, nota-t-il, était posté à l'angle de l'immeuble. Des gens sortaient, sans doute des clients de la boîte en sous-sol que lui avait montrée Hudson ; l'heure de la fermeture était proche et les gens partaient par groupes de deux ou trois, aucun client isolé. *Sans doute un club de rencontres pour célibataires,* songea Jack, *organisant des rendez-vous furtifs pour âmes esseulées.* Mais après tout, il en fallait bien aussi dans les pays communistes, pas vrai ?

Comme ils approchaient, Hudson se tapota l'aile du nez. C'était le signe pour Trent de rentrer afin de distraire le réceptionniste. Comment avait-il procédé, Ryan n'en savait rien, mais quelques minutes plus tard, lorsqu'ils franchirent la porte d'entrée, le hall était parfaitement désert.

« Venez. » Hudson se précipita vers l'escalier qui s'enroulait autour de la cage d'ascenseur. Monter au troisième leur prit moins d'une minute. Ils se retrouvèrent bientôt devant la chambre 307. Hudson tourna le bouton. Le Lapin n'avait pas verrouillé. Hudson ouvrit doucement.

Zaïtzev vit le battant s'ouvrir. À ce moment-là, Irina était presque endormie. Il la regarda pour s'en assurer, puis se leva.

« Salut », dit Hudson à voix basse. Il tendit la main.

« Salut, répondit Zaïtzev en anglais. C'est vous, l'agent de voyages ?

— Oui, nous deux, précisa l'Anglais. Voici M. Ryan.

— Ryan ? fit Zaïtzev. Il y a une opération du KGB qui porte ce nom.

— Vraiment ? demanda l'intéressé, surpris. Première nouvelle.

— On pourra en discuter plus tard, camarade Zaïtzev, intervint Hudson. Il faut qu'on parte maintenant.

— *Da.* » Il se tourna pour réveiller sa femme en la secouant. Elle eut un violent sursaut en découvrant les deux inconnus dans sa chambre.

« Irina Bogdanova, dit Oleg avec un soupçon de fermeté dans la voix. Nous allons faire un voyage impromptu. Nous partons tout de suite. Prépare Svetlana. »

Ses yeux s'écarquillèrent de surprise. « Oleg, qu'est-ce qui se passe ? Qu'est-ce qu'on fait ?

— On part tout de suite pour une nouvelle destination. Il faut que tu te remues. Tout de suite. »

Ryan ne comprenait pas ce qu'ils disaient mais le sens était clair. Puis la femme le surprit en se levant pour se mouvoir comme une automate. Leur fille était couchée dans un petit lit d'enfant. Maman Lapin souleva la fillette endormie et, tandis qu'elle s'éveillait à moitié, arrangea ses habits.

« Que faisons-nous au juste ? s'enquit le Lapin.

— Nous vous emmenons en Angleterre. Cette nuit, souligna Hudson.

— Pas en Amérique ?

— L'Angleterre d'abord, précisa Ryan. Ensuite, seulement, on vous conduira en Amérique.

— Ah. » Ryan vit que l'homme était extrêmement tendu, mais c'était prévisible. Ce type avait joué sa vie sur une table de craps, et les dés n'étaient pas encore retombés. C'était la tâche de Ryan de s'assurer qu'il ne sorte pas un double un.

« Qu'est-ce que je prends ?

— Rien, dit Hudson. Pas le moindre putain de truc. Vous laissez ici tous vos papiers. Nous en avons de nouveaux pour vous. » Et de lui fourrer sous le nez trois passeports constellés d'un tas de faux tampons de visas. « À partir de maintenant, c'est moi qui les garderai pour vous.

— Vous êtes de la CIA ?

— Non, je suis anglais. Ryan, ici présent, est de la CIA.

— Mais... pourquoi ?

— C'est une longue histoire, monsieur Zaïtzev, intervint Ryan. Mais pour l'instant, on doit filer. »

La petite avait été habillée, entre-temps, mais restait encore tout ensommeillée, comme l'avait été Sally, cette horrible nuit à Peregrine Cliff, se rappela Jack.

Hudson embrassa les lieux du regard et fut ravi de découvrir la bouteille de vodka posée, vide, sur la table de nuit. Un sacré putain de coup de chance, ça. Maman Lapin était encore un peu dans les vapes, entre les trois ou quatre verres et le séisme nocturne qui venait d'exploser autour d'elle. Il avait fallu en tout et pour tout moins de cinq minutes pour que tout le monde semble prêt à décoller. Puis la femme avisa le sac avec son collant et fit mine de vouloir le récupérer.

« *Niet !* lui dit Hudson, en russe. Laissez tout. Ce n'est pas ce qui manque, là où nous vous emmenons.

— Mais... mais... mais...

— Fais ce qu'il te dit, Irina ! gronda Oleg, quelque peu désarçonné par l'alcool et la tension ambiante.

— Tout le monde est prêt ? » demanda Hudson. Aussitôt, Irina prit dans ses bras sa fille, dont les traits exprimaient une perplexité totale, et tous se dirigèrent vers la porte. Hudson passa la tête dans le corridor, puis fit signe aux autres de le suivre. Ryan, qui fermait la marche, rabattit la porte après s'être assuré qu'elle n'était pas verrouillée.

En bas, le hall était toujours vide. Ils ne savaient pas ce qu'avait fabriqué Tom Trent, toujours est-il que ç'avait été efficace. Hudson conduisit la petite bande vers la sortie par la porte latérale. Dehors, dans la rue, ils trouvèrent garée la voiture de l'ambassade que Trent avait amenée, et Hudson avait sur lui le double des clés. Au passage, il adressa un signe de main à Small et Truelove dans le camion. La voiture était une Jaguar de couleur bleu marine, à conduite à gauche. Ryan installa tout le monde à l'arrière, ferma la portière et fila s'asseoir devant. Le gros V-8 s'éveilla aussitôt – la Jag était toujours parfaitement entretenue pour des missions de ce genre – et Hudson démarra.

Leurs feux arrière étaient encore visibles quand Small et Truelove descendirent du camion et se dirigèrent vers l'arrière. Chacun prit un des sacs contenant les adultes et se dirigea vers la porte latérale. Le hall de l'hôtel était toujours désert et ils gravirent l'escalier à toute vitesse, chacun lesté de son lourd et flasque fardeau. Le corridor de l'étage était tout aussi désert. Les deux anciens soldats pénétrèrent dans la chambre, évoluant aussi furtivement que possible. Puis ils défirent la fermeture à glissière des sacs et, de leurs mains gantées, en retirèrent les corps. C'était pour l'un et l'autre le moment le plus difficile. Ils avaient beau être d'anciens militaires de carrière, avec l'expérience du combat, le spectacle brutal d'un corps humain carbonisé était toujours difficile à supporter sans une grande inspiration et la ferme volonté de maîtriser ses sentiments. Ils déposèrent les cadavres de l'homme et de la femme, venus de deux pays et de deux continents différents, côte à côte sur le grand lit. Puis les deux hommes quittèrent la chambre et redescendirent au camion, ramenant les sacs vides avec eux. Small prit le dernier sac, le plus petit, tandis que Truelove se chargeait du matériel nécessaire, et tous deux retournèrent dans l'hôtel.

La tâche de Small s'avéra la plus pénible : retirer du sac en plastique le corps de la petite fille, voilà ce qu'il aurait du mal à effacer de sa mémoire. Il alla la déposer sur le lit d'enfant, dans sa petite chemise de nuit presque entièrement calcinée. Il aurait pu lui tapoter le front si le cuir chevelu n'avait pas été entièrement carbonisé par le chalumeau : tout ce qu'il parvint à faire fut de bredouiller une prière pour son âme innocente avant que son estomac ne menace de faire des siennes. Pour éviter la catastrophe, il dut se détourner brusquement.

L'ancien sous-officier du génie se livrait déjà à sa propre tâche. Il s'assura d'abord qu'ils n'avaient rien laissé. Le dernier des sacs en plastique fut plié et glissé dans sa ceinture. Tous deux avaient gardé leurs gants de travail, de sorte qu'aucune trace de leur passage n'était restée dans la chambre. Il prit le temps d'une dernière inspection visuelle et fit signe à son compagnon de sortir dans le couloir.

Puis il déchira le haut du carton de lait, qu'il avait pris soin de vider, nettoyer et sécher auparavant. Il alluma la bougie à l'aide de son briquet à gaz et fit tomber une goutte de cire au fond du carton, pour être sûr qu'elle y tienne debout sans tomber. Puis il la souffla, la reposa et s'assura qu'elle était bien fixée en place.

Vint alors la phase dangereuse. Truelove ouvrit le haut du bidon de huit litres d'alcool et en versa d'abord presque un litre dans le carton, jusqu'à ce que le niveau arrive à moins de trois centimètres de la mèche de la bougie. Puis il arrosa le grand lit et celui de l'enfant. Le reste du bidon fut répandu par terre, en insistant autour du carton de lait. Sa tâche achevée, il lança à Bob Small le récipient vide.

OK, se dit Truelove, près de trois litres d'alcool blanc pur pour imbiber les draps, presque autant sur le tapis bon marché posé sur le parquet. Expert en démolition – en fait, il avait bien d'autres domaines d'expertise, comme la plupart des soldats du génie –, il savait devoir redoubler de prudence pour l'étape suivante. S'étant accroupi, il battit le briquet pour allumer la mèche avec des gestes aussi délicats qu'un chirurgien du cœur pour changer une valvule. Puis, sans perdre une seconde, il quitta les lieux, non toutefois sans s'être assuré que la porte était bien verrouillée et la pancarte « Ne pas déranger » accrochée au bouton.

« Ne moisissons pas ici, Robert », conseilla-t-il à son collègue, et trente secondes plus tard, ils avaient franchi la porte latérale et se retrouvaient dans la rue.

« Combien de temps dure la bougie ? demanda Small, près du camion.

— Trente minutes, au moins, répondit l'ex-sergent du génie.

— Cette pauvre petite gamine... tu crois que... ? hasarda l'autre.

— Des gens qui meurent dans l'incendie de leur maison, il y en a tous les jours, vieux. Ils n'ont pas eu besoin de le faire exprès... »

Small hocha la tête. « J'espère bien... »

À cet instant précis, Tom Trent fit son apparition dans le hall. Ils n'avaient pas réussi à trouver l'appareil photo qu'il était censé avoir perdu dans une chambre, en haut, mais il n'en refila pas moins un pourboire au réceptionniste en dédommagement de ses efforts. Il se trouvait qu'il était le seul employé de service sur place jusqu'à cinq heures du matin.

Enfin, qu'il croit, se dit Trent en montant à son tour dans le camion.

« Allez, retour à l'ambassade, les mecs, dit l'agent aux deux vigiles. Il y a une bonne bouteille de whisky pur malt qui nous attend.

— À la bonne heure, je ne cracherais pas sur un petit verre, observa Small en songeant à la fillette. Voire deux.

— Tu peux nous dire à quoi rime tout ce cirque ?

— Pas ce soir. Plus tard, peut-être », répondit Trent.

28

Les Midlands britanniques

L A bougie brûla comme si de rien n'était, consumant cire et mèche à son rythme tranquille, descendant peu à peu vers la surface immobile de l'alcool – qui n'allait pas tarder à jouer son rôle d'accélérateur dans un incendie criminel. Il fallut trente-quatre minutes en tout et pour tout pour que la surface du liquide s'enflamme. Ce qui déclencha aussitôt un feu dit de classe B par les professionnels : un incendie dû à un liquide inflammable. L'alcool, qui brûlait avec un enthousiasme à peine moins grand que l'essence – raison pour laquelle les Allemands avaient utilisé de l'alcool plutôt que du kérosène pour propulser leurs V-2 –, eut tôt fait de consumer entièrement le carton de la brique de lait qui répandit alors sur le sol son litre d'alcool enflammé. Qui à son tour mit le feu au tapis de l'hôtel, également imbibé d'alcool. La vague bleue du front de flammes traversa le parquet de la chambre en l'espace de quelques secondes, telle une chose vivante, trait bleu suivi d'une masse blanche incandescente, comme le feu s'élevait pour consumer tout le volume d'oxygène disponible dans cette pièce haute de plafond. Un instant encore et les deux lits s'enflammèrent à leur tour, enveloppant les trois corps d'une gerbe de flammes d'une chaleur incandescente.

L'hôtel Astoria était un bâtiment ancien, dépourvu de détecteurs de fumée et d'extincteurs automatiques pour don-

265

ner l'alerte et éteindre un début d'incendie avant qu'il ne prenne des proportions dangereuses. Au lieu de cela, les flammes gagnèrent presque instantanément le plafond blanc marqué de taches d'humidité, décollant la peinture et carbonisant le plâtre sous-jacent, en même temps qu'elles attaquaient le mobilier bon marché de l'hôtel. L'intérieur de la chambre se mua en four crématoire pour trois êtres humains déjà morts, dévorant les corps comme cette bête carnivore qui, pour les Égyptiens de l'Antiquité, était l'incarnation du feu. Le plus gros du sinistre se produisit en moins de cinq minutes, mais si l'incendie s'était apaisé quelque peu après son premier accès de violence dévorante, il n'était pas encore totalement éteint.

Dans le hall, le réceptionniste avait une tâche plus complexe qu'on aurait pu l'imaginer. À deux heures trente du matin, il plaça sur le comptoir une pancarte « Veuillez patienter, je reviens dans quelques minutes » et prit l'ascenseur pour monter jusqu'au dernier étage, entamer une inspection de routine. Il parcourut les couloirs, sans rien remarquer de spécial, comme d'habitude, jusqu'à ce qu'en redescendant, il arrive au troisième.

Dès les dernières marches de l'escalier, il sentit une odeur inhabituelle. Cela mit ses sens en éveil, mais pas tant que ça, jusqu'à ce que ses pieds touchent le palier. Là, tournant à gauche, il avisa aussitôt un filet de fumée qui sortait de sous la porte du 307. En trois enjambées, il était devant celle-ci et, posant la main sur le bouton, trouva celui-ci chaud, mais pas au point d'en être douloureux. C'est là qu'il commit une erreur.

Sortant le passe de sa poche, il déverrouilla la porte et, sans tâter le panneau de bois pour vérifier sa température, il la poussa pour l'ouvrir.

Le feu à ce moment-là s'était presque éteint par manque d'oxygène, mais la pièce demeurait à température élevée, les murs de l'hôtel jouant le rôle d'un isolant aussi efficace que le foyer d'un barbecue. L'ouverture de la porte introduisit dans la pièce un important volume d'air frais et d'oxygène, et à peine le réceptionniste avait-il eu le temps de contempler l'horrible spectacle que se produisait le redoutable phénomène baptisé *backdraft*[1].

C'était presque l'équivalent d'une explosion. La chambre s'embrasa de nouveau dans une gerbe de flammes accompagnée d'un brusque appel d'air, si violent qu'il faillit faire basculer le réceptionniste et l'aspirer à l'intérieur, dans le même temps qu'un rideau de flammes le poussait de l'autre côté, lui sauvant du même coup la vie. Plaquant les mains contre son visage brûlé par l'éclair de chaleur, l'homme tomba à genoux et se mit à chercher à tâtons le signal d'alarme apposé au mur près de l'ascenseur – sans avoir refermé la porte de la chambre 307. Cela déclencha les sonnettes d'alarme de tout l'hôtel, en même temps que l'appel automatique à la caserne de pompiers la plus proche, distante toutefois de trois kilomètres.

Hurlant de douleur, le malheureux se releva, marcha ou plutôt dégringola dans l'escalier jusqu'au hall, où il commença par jeter un verre d'eau sur son visage brûlé, avant d'appeler le numéro d'urgence inscrit près du téléphone pour signaler le sinistre. Déjà des clients descendaient l'escalier. Pour eux, le franchissement du palier du troisième avait été un supplice, et le réceptionniste, malgré ses brûlures, alla chercher un extincteur pour les arroser de mousse, mais il fut incapable de remonter sortir les lances rangées dans un petit placard sur le palier correspondant. Cela n'aurait servi à rien de toute manière.

Le premier camion de pompiers arriva sur les lieux moins de cinq minutes après le déclenchement de l'alarme. Sans

---

1. Dans la VO, l'auteur parle à tort de *flashover*, qui est une auto-inflammation spontanée des gaz et des matériaux combustibles portés à très haute température dans une pièce même ouverte, tandis que le *backdraft* se produit dans un espace confiné, par l'explosion soudaine des gaz combustibles accumulés dans une pièce, explosion due à l'entrée brutale d'oxygène à la suite de l'ouverture d'une ventilation inadéquate. La température atteinte alors est telle que les chances de survie au phénomène sont infimes.

avoir besoin qu'on leur indique où intervenir – les flammes étaient visibles de l'extérieur car les fenêtres de la chambre avaient été pulvérisées par la chaleur du regain de l'incendie –, les pompiers se frayèrent un passage au milieu des clients qui s'échappaient. Moins d'une minute après leur arrivée, les premières lignes de tuyaux de soixante-dix millimètres dispersaient leur jet dans la chambre. Il fallut moins de cinq minutes pour venir à bout du sinistre, et au milieu de la fumée et d'une odeur suffocantes, les soldats du feu pénétrèrent dans la chambre pour y découvrir ce qu'ils redoutaient : une famille de trois personnes, toutes trois mortes dans leur lit.

Le lieutenant qui commandait la brigade d'intervention prit dans ses bras l'enfant brûlée et dévala l'escalier pour redescendre dans la rue, mais il ne put que constater l'inanité de ses efforts : l'enfant avait rôti comme une pièce de viande dans un four. L'arroser d'eau n'avait fait qu'exposer un peu plus les effets macabres du feu sur un corps humain et il ne lui restait plus guère qu'à murmurer une prière pour la malheureuse victime. Le lieutenant, qui avait un frère prêtre et était catholique pratiquant en ce pays marxiste, pria son Dieu pour la miséricorde de l'âme de cette petite fille, sans se douter que la même chose s'était déjà produite à plus de six mille kilomètres de là, dix jours plus tôt.

En l'affaire de quelques minutes, la famille Lapin avait quitté la ville. Hudson conduisait prudemment, suivant les limitations de vitesse, au cas où un flic se trouverait dans les parages, même s'il n'y avait quasiment pas un chat sur la route, à part un poids lourd de temps en temps – en général des camions bâchés transportant Dieu sait quoi pour Dieu sait où. Assis à l'avant, Ryan était à moitié tourné pour contempler les occupants de la banquette arrière. Irina Zaïtzev arborait un masque de confusion enivrée, ne comprenant pas assez la tournure des événements pour avoir peur. La petite était endormie, comme tous les enfants à cette heure de la nuit. Le père essayait de se montrer stoïque, mais la peur affleurait sur son visage, même dans l'obscurité. Ryan essaya de se mettre à sa place, mais il s'en découvrit incapable. Trahir son propre pays requérait pour lui un trop grand effort d'imagination. Il savait qu'il existait des hommes capables de poignarder dans le dos l'Amérique, le plus souvent pour de l'argent, mais il ne prétendait pas comprendre leurs motivations. Il était sûr que dans les années 30 et 40, certains avaient pu croire que le communisme semblait devoir être l'avant-garde de l'histoire de l'humanité, mais ces idées étaient désormais aussi défuntes que Vladimir Illitch Lénine. Le communisme était une idée mourante, hormis dans l'esprit de ceux qui en avaient encore besoin pour asseoir leur pouvoir personnel... Et peut-être que certains y croyaient encore parce qu'ils n'avaient jamais été exposés à autre chose ou bien parce que l'idée avait été trop fermement ancrée en eux dans leur lointaine jeunesse, comme chez un prêtre ou un pasteur la croyance en Dieu. Mais pour Ryan, les *Œuvres complètes* de Lénine n'étaient pas les Saintes Écritures et ne le seraient jamais. Alors qu'il venait de décrocher son diplôme universitaire, il avait prêté serment sur la Constitution de son pays et promis de « témoigner et porter allégeance à celle-ci » en devenant sous-lieutenant du corps des marines des États-Unis, et pour lui la chose allait de soi.

« Combien de temps encore, Andy ?

— Un peu plus d'une heure d'ici Csurgo. On ne devrait pas être gênés par la circulation », observa Hudson.

Certes non. En quelques minutes, ils avaient gagné les faubourgs de la capitale, et bientôt, les lumières des maisons et des entreprises disparurent comme si quelqu'un venait de couper l'interrupteur d'électricité de toute une région. Ils étaient sur une route goudronnée à deux voies seulement, et pas large, en plus. Le long de celle-ci, des poteaux téléphoniques et même pas de glissière de sécurité. *Et c'est une route principale ?*

269

s'étonna Ryan. Ils auraient aussi bien pu traverser le désert du Nevada. Une ou deux lumières tout au plus par kilomètre, celles de fermes dont les habitants aimaient y voir assez clair pour retrouver le chemin des toilettes. Même les panneaux de signalisation semblaient décrépits et ne leur étaient pas d'un grand secours – rien à voir avec les grandes pancartes vert menthe de son pays ou celles, d'un bleu amical, de l'Angleterre. Et le fait que les noms inscrits dessus ressemblaient à du martien n'aidait pas non plus. Sinon, le reste des panneaux étaient du type européen classique, avec les limitations de vitesse inscrites en noir sur un disque blanc à liseré rouge.

Hudson était un chauffeur compétent, il conduisait décontracté, en tirant sur ses cigares, comme s'il se rendait à Covent Garden. Ryan remercia le ciel d'avoir songé à faire un détour par les toilettes avant de se rendre à l'hôtel – sinon, il aurait peut-être eu du mal à contrôler sa vessie. Enfin, sans doute son visage ne trahissait-il pas sa nervosité. Du moins il l'espérait. Il ne cessait de se répéter que sa propre vie n'était pas en jeu, mais bien celle des gens assis à l'arrière, et qu'ils étaient désormais sous sa responsabilité ; et quelque chose en lui, sans doute un héritage appris de son flic de père, en faisait une tâche d'une suprême importance.

« Quoi être votre nom complet ? lui demanda Oleg, rompant soudain le silence.

— Ryan, Jack Ryan.

— Ça venir d'où, ce nom ? insista le Lapin.

— Mes ancêtres sont irlandais. John correspond à Ivan, mais les gens m'appellent Jack, comme chez vous Vania, j'imagine.

— Et vous être de la CIA ?

— Oui, c'est exact.

— Quoi être votre boulot à la CIA ?

— Je suis analyste. Je passe le plus clair de mon temps assis derrière un bureau à rédiger des rapports.

— Moi aussi, rester assis derrière bureau, à la Centrale.

« — Vous êtes officier de transmissions ? »

Un signe d'acquiescement. « *Da*, c'est mon boulot à la Centrale. » Puis Zaïtzev se souvint que cette information importante n'était pas destinée à l'habitacle de la voiture et il se tut de nouveau.

Ryan le vit bien. Il avait des choses à dire, lui aussi, mais pas ici, et c'était bien la moindre des choses.

Le trajet se déroula sans aléas. Quatre cigares pour Hudson et six cigarettes pour Ryan, jusqu'à ce qu'ils approchent enfin de la ville de Csurgo.

Ryan s'était attendu à un peu plus. Csurgo était juste une bourgade traversée par la route, sans même une station service ouverte à pareille heure, et certainement pas une épicerie. Hudson quitta la nationale pour emprunter un chemin de terre et, trois minutes plus tard, apparut la silhouette d'un camion. Ryan reconnut bientôt un gros Volvo bâché – la bâche était noire –, auprès duquel se tenaient deux hommes fumant des cigarettes. Hudson contourna le véhicule pour aller cacher la Jaguar derrière une vague remise, à quelques mètres de là. Il descendit prestement de la voiture et fit signe aux autres de l'imiter.

Ryan suivit l'espion britannique qui se dirigeait vers les deux hommes. Hudson se porta vers le plus âgé des deux pour lui serrer la main.

« Salut, Istvan. Content de voir que tu nous as attendus.

— Salut, Andy. La nuit est bien calme. Qui sont tes amis ?

— Voici M. Ryan. Et voici la famille Somerset. On traverse la frontière, expliqua Hudson.

— OK, répondit Kovacs. Et voilà Jani. C'est mon chauffeur pour cette nuit. Andy, tu pourras monter devant avec nous. Les autres voyageront à l'arrière. Venez », dit-il, ouvrant la marche.

Le hayon du camion était doté d'échelons encastrés. Ryan les escalada le premier, puis il se retourna et se pencha pour

271

hisser la petite fille – Svetlana, se souvint-il – avant de regarder ses parents grimper à leur tour. Il nota que le plancher de l'aire de chargement était déjà encombré de grosses boîtes en carton, sans doute les emballages de magnétoscopes de fabrication hongroise. Kovacs grimpa enfin.

« Vous parlez tous anglais ? » demanda-t-il, et il reçut des signes d'assentiment. « Nous sommes tout près de la frontière, cinq kilomètres à peine. Vous allez vous dissimuler au milieu de ces caisses. Surtout, ne faites pas un bruit. C'est important. Vous comprenez ? Pas un bruit. » Il eut droit à de nouveaux signes d'assentiment et nota que l'homme – manifestement pas un Anglais – traduisait son discours à sa femme. L'homme s'adressa de même à l'enfant. Une fois que leur cargaison se fut cachée, Kovacs releva le hayon et se porta vers l'avant.

« Cinq mille marks pour ça, hein ? lança-t-il.

— C'est exact, confirma Hudson.

— Je devrais réclamer plus, mais je ne suis pas un homme avide.

— Tu es un camarade de confiance, mon ami », lui assura Hudson, qui regretta fugitivement de ne pas avoir de pistolet à sa ceinture.

Le gros diesel du Volvo prit vie dans un grondement sourd et bientôt le camion démarra avec une embardée pour regagner la grand-route, Jani installé derrière le gros volant presque plat.

Ce ne fut pas long.

Et ce fut heureux pour Ryan, tapi dans la caisse en carton tout au fond. Il ne pouvait que deviner les sentiments que devaient éprouver les trois Russes, dans la situation de fœtus impuissants dans un ventre inamical sur lequel seraient braquées des armes chargées.

Ryan avait même peur d'allumer une dernière cigarette, de crainte que l'odeur de la fumée se remarque par-dessus celle, âcre, du pot d'échappement du diesel, ce qui était fort improbable.

« Alors, Istvan, demanda Hudson, assis dans la cabine, comment allez-vous procéder ?

— Regarde, tu verras. On fait ça en général de nuit... c'est plus, comment vous diriez ? plus... dramatique. Je connais bien les *Határ-rség* depuis pas mal d'années maintenant. Le capitaine Budai Laszlo est un homme de confiance pour faire affaires. Il a une femme et une petite fille. Toujours cadeau pour petite Zsóka, j'ai », conclut-il en brandissant un sac en papier.

Le poste frontière était suffisamment bien éclairé pour qu'ils puissent le repérer à trois kilomètres de distance, et par chance pour eux, il n'y avait qu'un trafic restreint à cette heure de la nuit. Jani s'approcha sans encombre pour ralentir et s'immobiliser normalement lorsque le soldat des gardes-frontière leur fit signe de s'arrêter.

« Est-ce que le capitaine Budai est là ? demanda d'emblée Kovacs. J'ai quelque chose pour lui. » Le soldat retourna vers le poste de garde pour en ressortir aussitôt accompagné d'un officier.

« Laszlo ! Comment vas-tu par une nuit aussi fraîche ? lança Kovacs en hongrois, avant de sauter de la cabine, lesté du sac en papier.

— Istvan, en tout cas, la nuit est bien morne, c'est tout ce que je peux dire, répondit le jeune capitaine.

— Et comment se porte ta petite Zsóka ?

— Elle va sur ses cinq ans : on fête son anniversaire la semaine prochaine.

— Excellent ! » dit aussitôt le contrebandier. Et de lui tendre le sac. « Tiens, tu lui donneras ça. »

« Ça », c'était une petite paire de tennis Reebok vernies rouges, munies de fermetures en Velcro.

« Superbes », observa le capitaine Budai avec un plaisir non dissimulé. Il les sortit pour mieux les détailler à la lumière. De quoi faire craquer n'importe quelle gamine sur la planète et Lazslo paraissait aussi heureux que le serait sans doute sa fille dans quatre jours d'ici. « Tu es un ami, Istvan. Alors, qu'est-ce que tu transportes, ce soir ?

— Rien de bien intéressant. Mais je dois prendre livraison d'un chargement dans la matinée à Belgrade. Tu as besoin de quelque chose ?

— Ma femme aimerait bien des cassettes pour le baladeur que tu lui as trouvé le mois dernier. » Le plus incroyable avec Budai, c'était sa gourmandise relativement modérée. Une des raisons pour lesquelles Kovacs aimait traverser la frontière lorsqu'il était de garde.

« Quels groupes ?

— Les Bee Gees, je crois que c'est comme ça qu'elle les appelle. Pour moi, ce sera plutôt des musiques de films, si ça ne te dérange pas.

— Un titre en particulier ? *Star Wars*, par exemple ?

— Celle-là, je l'ai déjà, mais celle du nouvel épisode, *L'empire contre-attaque*, peut-être ?

— Entendu. » Ils échangèrent une poignée de main. « Et qu'est-ce que tu dirais de café occidental ?

— Quel genre ?

— Autrichien ou américain, peut-être ? Je connais une boîte à Belgrade qui importe d'Amérique du Folgers. Il est excellent, lui assura Kovacs.

— Je n'y ai encore jamais goûté.

— J'essaierai de t'en trouver, tu pourras l'essayer... cadeau de la maison.

— T'es un gars bien, dit Budai. Allez, bonne nuit. Laisse-les passer », conclut-il en adressant un signe de main à son caporal.

Et ce ne fut pas plus compliqué que ça. Kovacs tourna les talons et remonta dans la cabine. Il n'avait pas eu à se séparer du cadeau qu'il réservait pour le sergent Kerekes Mikaly, et ça aussi, c'était une excellente chose.

Hudson se montra surpris. « Pas de contrôle des papiers ?

— Laszlo se contente d'envoyer les noms par télex à

Budapest. Certains fonctionnaires là-bas sont en cheville avec moi. Ils sont plus avides que lui, mais cela ne va pas chercher loin. Allez, Jani, démarre », dit-il au chauffeur, qui obéit et traversa la ligne blanche peinte en travers de la chaussée. Et c'est ainsi que sans plus d'encombre, le camion quitta le pacte de Varsovie.

À l'arrière, jamais Ryan n'avait éprouvé un tel plaisir à sentir démarrer un véhicule. Celui-ci s'immobilisa toutefois de nouveau au bout d'une minute, mais c'était à une autre frontière.

Pour l'entrée en Yougoslavie, ce fut Jani qui s'y colla, mais il ne lui suffit que d'échanger quelques mots avec le garde, sans même couper le moteur, avant de recevoir le signe d'avancer pour entrer dans le pays semi-communiste. Il parcourut encore trois kilomètres avant de recevoir instruction d'emprunter une voie latérale. Puis, après quelques cahots, le Volvo s'immobilisa. En Yougoslavie, la sécurité des frontières était manifestement nullissime.

Ryan avait déjà jailli de sa caisse en carton pour s'approcher de l'arrière quand une main releva la bâche en toile.

« Nous y sommes, Jack, dit Hudson.

— Où ça, au juste ?

— En Yougoslavie, mon vieux. La ville la plus proche est Légrád, et c'est là que nous nous séparons.

— Oh ?

— Oui, je vous confie dorénavant à Vic Lucas. C'est mon homologue à Belgrade. Vic ? » lança Hudson.

L'homme qui apparut aurait pu être son frère jumeau, mis à part les cheveux qui étaient bruns. Il était en outre plus grand de quelques centimètres, remarqua Ryan après un examen plus attentif. Il se dirigea vers l'avant pour aider les fugitifs à sortir de leurs cachettes. Tout se déroula très vite et Ryan les aida à descendre, tendant la petite fille – par chance toujours endormie – à sa mère, qui semblait plus éperdue que jamais.

275

Hudson les conduisit à une voiture, un break assez vaste pour accueillir tout le monde.

« Bien joué, sir John – enfin, Jack –, et merci encore pour toute votre aide.

— Je n'ai strictement rien foutu, Andy, mais vous, en revanche, vous avez mené cette opération comme un chef, répondit Ryan en acceptant la main tendue. Passez me voir à Londres un de ces quatre pour boire une pinte.

— Ce sera volontiers », promit Hudson.

Le break était un Ford britannique. Ryan aida les Lapins à s'y installer, puis, encore une fois, monta s'asseoir à l'avant.

« Monsieur Lucas, où allons-nous à présent ?

— À l'aéroport. Notre vol nous attend, répondit le chef d'antenne de Belgrade.

— Oh ? Un vol spécial ?

— Non, le vol commercial est en ce moment précis immobilisé pour cause d'"incident technique". J'incline à croire qu'il sera résolu une fois que nous serons montés à bord.

— C'est toujours bon à savoir », observa Ryan. Toujours mieux en tout cas qu'un zinc vraiment en panne juste avant de se rendre compte qu'une nouvelle épreuve s'annonçait. Son horreur des avions lui retomba dessus, à présent qu'ils se trouvaient en pays presque libre.

« Bon, on y va », annonça Lucas. Il tourna la clé de contact et démarra.

Quelle que soit son activité comme espion, Vic Lucas devait se prendre à coup sûr pour le frère surdoué de Stirling Moss. La voiture filait en trombe au milieu de l'obscurité yougoslave.

« Alors, comment s'est passée votre nuit, Jack ?

— Mouvementée », répondit l'intéressé, non sans s'être assuré que sa ceinture était bien assujettie.

Le paysage de ce côté de la frontière était mieux éclairé et la route mieux revêtue et mieux entretenue ; c'était du moins l'impression qu'on pouvait en avoir alors qu'ils filaient à plus de cent dix, une vitesse plutôt élevée pour une route inconnue parcourue dans le noir. Robby Jackson conduisait pareil, mais Robby était pilote de chasse et par conséquent invincible aux commandes d'un moyen de transport, quel qu'il soit. Ce Vic Lucas devait se sentir pareil, regardant droit devant lui, tranquille, et tournant le volant par impulsions brèves et sèches. À l'arrière, Oleg restait tendu et Irina essayait toujours de se faire à cette réalité nouvelle et incompréhensible, tandis que leur petite fille continuait de dormir tel un ange miniature. Ryan fumait cigarette sur cigarette. Ça semblait l'aider plus ou moins, mais ça risquait de barder, si jamais Cathy en décelait l'odeur à son haleine. Eh bien, elle n'aurait qu'à le comprendre, songea Jack tout en regardant les poteaux télégraphiques défiler à toute vitesse comme des piquets de clôture. Il travaillait pour l'Oncle Sam.

Puis Ryan remarqua une voiture de police garée sur le côté de la route, avec des policiers à bord qui buvaient leur café ou somnolaient pendant leur garde.

« Ne vous inquiétez pas, dit Lucas. On a des plaques diplomatiques. Je suis premier conseiller politique auprès de l'ambassade de Sa Très Gracieuse Majesté. Et vous êtes mes hôtes.

— Si vous le dites. Combien de temps encore ?

— Une demi-heure, en gros. On n'a pas eu de problème de circulation, jusqu'ici. Pas beaucoup de camions. Cette route peut être encombrée, même en pleine nuit, avec tout le trafic transfrontalier. Ce Kovacs travaille pour nous depuis des années. J'aurais pu faire mon beurre si je m'étais associé avec lui. Il emprunte souvent cet itinéraire pour exporter de Hongrie ses magnétoscopes. Ce sont des appareils très corrects et il les a quasiment pour rien, grâce au prix de la main-d'œuvre là-bas. Curieux même qu'ils n'essaient pas de les fourguer à l'Ouest, mais je suppose qu'ils devraient alors payer des amendes aux Japonais pour infraction aux lois sur la propriété industrielle. On ne fait pas trop attention à ce genre de détail de l'autre côté du Rideau de fer... » Lucas prit un nouveau virage sur les chapeaux de roues.

« Bon Dieu, mec, mais à quelle vitesse roulez-vous en plein jour ?

— Guère plus vite. J'ai une bonne vision nocturne, vous savez, mais la suspension de cette voiture me ralentit. Conception américaine, vous voyez. Trop molle pour une tenue de route efficace.

— Dans ce cas, achetez une Corvette. Un de mes copains en a une.

— Superbe machine, mais entièrement en plastique. » Lucas hocha la tête puis se pencha pour prendre un cigare. Sans doute un cubain, pensa Ryan. Les Anglais adoraient les havanes.

Une demi-heure plus tard, Lucas se félicita : « Et voilà, pile à l'heure. »

Tous les aéroports se ressemblent de par le monde. À croire que c'est le même architecte qui les a tous dessinés, nota Ryan. Les seules différences étaient les pictogrammes désignant les W-C. Puis il eut une surprise. Au lieu de se diriger vers l'aérogare, Lucas obliqua pour franchir la porte ouverte dans la clôture donnant accès aux pistes.

« Je me suis arrangé avec le patron de l'aéroport, expliqua-t-il. Il adore le pur malt. » Malgé tout, Lucas resta sagement sur la voie rayée de jaune balisant l'accès des véhicules de service, jusqu'à une passerelle d'accès télescopique isolée contre laquelle était stationné un long-courrier. « Et nous y voilà », annonça l'agent britannique.

Tous descendirent de voiture, cette fois avec madame Lapin tenant son petit. Lucas les guida jusqu'à l'escalier extérieur d'accès à la cabine de commande de la passerelle, et de là, ils purent directement pénétrer dans l'avion dont la porte était toujours ouverte.

Le commandant de bord, tête nue mais arborant quatre

épaules, se tenait juste devant. « Vous êtes mon-

xact, capitaine Rodgers. Et voici vos passagers
es. » Il indiqua Ryan et la famille Lapin.
Le capitaine Rodgers se tourna vers son chef de
s pouvons maintenant procéder à l'embarque-

les conduisit vers la première rangée de quatre
nière classe, où Ryan fut passablement surpris
e harnacher à la place 1-B, le fauteuil côté allée
face à la cloison avant. Il regarda embarquer une
ssagers, salariés revenus de vacances ensoleillées
mate – une destination depuis peu goûtée des
, dont aucun ne semblait trop ravi de ces trois
d pour ce qui était censé être le dernier vol de la
nation de Manchester. Tout se précipita ensuite.
deux réacteurs démarrer, puis le BAC-111
britannique du Douglas DC-9 – recula pour
asserelle avant de gagner la piste.
nant ? demanda Oleg d'une voix presque

us envolons pour l'Angleterre, répondit Ryan.
e vol, à peu près, et nous y serons.
mple que ça ?
ne ça vous a paru simple, vous ? » demanda
s une certaine dose d'incrédulité. Puis l'inter-
festa :
et messieurs, ici le capitaine Rodgers. Je suis
s apprendre que nous sommes enfin parvenus
problème d'électronique. Merci encore pour
Après que nous aurons décollé, des boissons
gratuitement à tous les passagers. » Cette
qua quelques acclamations à l'arrière de la
pour l'instant, veuillez suivre les consignes de
us donneront les hôtesses. »

279

Attachez vos ceintures, bande de nazes, et il faut pro
comme ci et comme ça, pour ceux d'entre vous qui sont trop
pour s'être aperçus qu'ils ont strictement les mêmes dans
bagnole.

Et trois minutes plus tard, l'appareil de British Midl
prenait son essor vers le ciel.

Comme promis, avant qu'ils aient atteint l'altitude de
mille pieds, le panonceau NO SMOKING s'éteignit avec un
et le chariot des boissons arriva. Le Russe demanda d
vodka et reçut trois mignonnettes de Finlandia. Ryan ch
un verre de vin en se promettant de remettre ça. Il n'a
sans doute pas dormir de tout le vol, mais sans doute a
qu'il allait se faire moins de souci que d'habitude. Il lai
derrière lui le monde communiste à la vitesse de huit d
kilomètres-heure, et c'était sans doute la meilleure façon
procéder.

Il remarqua qu'Oleg Ivanovitch descendait la vc
comme de l'eau minérale après une journée caniculaire à
dre la pelouse. Son épouse, assise à la place 1-C, faisai
même. Ryan se sentait positivement sobre à déguster
délicatesse son cru français.

« Un signal de Basil, annonça Bostock au téléphone
Lapin est dans les airs. Arrivée prévue à Manchester d
quatre-vingt-dix minutes.

— Parfait », souffla le juge Moore, soulagé comme
jours lorsqu'une opération clandestine se déroulait con
prévu. Mieux encore, ils l'avaient menée sans Bob Ritter
bien que brave homme, n'était pas strictement indispensa

« Encore trois jours et nous pourrons le cuisiner, ajo
Bostock. La gentille propriété à l'écart de Winchester ?

— Ouais. On verra s'il aime les régions d'élevage de
vaux... » La maison était même dotée d'un piano Stein

280

pour permettre à madame de jouer, et entourée d'hectares de verdure pour que le petit Lapereau puisse s'ébattre à loisir.

Alan Kingshot venait d'entrer sur le parking de l'aérogare de Manchester, accompagné de deux subordonnés. Une grosse Daimler noire devait embarquer les transfuges dès leur arrivée pour les conduire dans le Somerset en cours de matinée. Il espérait qu'ils n'en auraient pas marre de la voiture. Il y en avait bien en effet pour deux heures de route. En attendant, ils seraient logés dans une agréable maison de campagne située à quelques minutes seulement de l'aéroport. Ils avaient sans doute eu leur comptant de voyages pour le moment, avec de nouveaux déplacements en perspective avant la fin de la semaine. Et puis, il se mit à réfléchir. N'était-ce pas les soumettre à un peu trop d'épreuves ? La question lui donna matière à réfléchir alors qu'il attendait à l'un des bars de l'aéroport.

Ryan était gentiment pompette. Peut-être l'alcool interagissait-il avec l'anxiété, songea-t-il en prenant le temps d'aller faire un tour aux toilettes avant du long-courrier. Il se sentait déjà mieux quand il retourna se harnacher sur son siège. Il n'avait presque à aucun moment dégrafé sa ceinture. Le repas servi se limitait à des sandwiches – anglais, qui plus est, et témoignant de cette affection hors nature des Britanniques pour une herbe baptisée cresson. Ce qu'il aurait voulu, c'était une bonne tranche de corned beef, mais ces gens-là ne savaient même pas ce que c'était, croyant qu'il s'agissait de cette saloperie en boîte qui ressemblait à de la pâtée pour chiens aux yeux de la majorité des Américains. En fait, les Rosbifs devaient sans doute mieux nourrir leurs clébards, tant ils étaient esclaves de leurs animaux de compagnie. Les lumières qui défilaient sous les ailes de l'avion prouvaient qu'ils survolaient à présent l'Europe occidentale. Sa partie orientale n'était jamais bien éclairée, comme il avait pu le constater en remontant depuis Belgrade.

Zaïtzev n'était plus sûr de rien. Ne serait-ce pas une ruse fort habile destinée à l'amener à se trahir ? Et si la Deuxième Direction principale avait élaboré toute une vaste machination dans le seul but de le tromper ?

« Ryan ? »

Jack se tourna. « Oui ?

— Que je dois voir en Angleterre lorsque nous avoir débarqué là-bas ?

— J'ignore quels sont les plans une fois que nous aurons atterri à Manchester, admit Ryan.

— Vous êtes de la CIA ?

— Oui.

— Comment je puis être certain ?

— Eh bien... » Ryan sortit son portefeuille. « Voici mon permis de conduire, mes cartes de crédit, quelques billets. Mon passeport est un faux, bien entendu. Je suis américain, mais ils m'en ont concocté un britannique. Oh..., se rendit-il soudain compte. Vous craignez que tout ceci soit une machination ?

— Comment je pourrai être sûr du contraire ?

— Mon ami, dans moins d'une heure, vous aurez l'assurance qu'il n'en est rien. Tenez... » Il rouvrit son portefeuille. « Voici ma femme, ma fille, et notre tout jeune fils. Mon adresse chez moi, à savoir en Amérique, est inscrite ici, sur mon permis de conduire : 5000, Peregrine Cliff Road, comté d'Anne Arundel, Maryland. C'est juste au-dessus de la baie de Chesapeake. Je suis à environ une heure en voiture du siège de la CIA, à Langley. Ma femme est chirurgienne oculiste à l'hôpital Johns Hopkins de Baltimore. Elle est mondialement célèbre. Vous devez avoir entendu parler d'elle. »

282

Zaïtzev se contenta de hocher la tête.

« Eh bien, il y a deux ans, trois toubibs de Hopkins ont soigné les yeux de Mikhaïl Souslov. Je crois savoir qu'il vient de décéder. Son remplaçant, me semble-t-il, devrait être Mikhaïl Evguenievitch Alexandrov. Nous avons quelques éléments sur lui, mais fort peu. En fait, nous n'en savons pas assez sur lui.

— Que vouloir vous savoir ?

— Est-il marié ? Nous n'avons jamais vu de photos de sa femme, s'il en a une.

— Oui, tout le monde savoir ça. Femme à lui s'appeler Tatiana, femme élégante, mon épouse dire qu'elle a traits avec beaucoup noblesse. Mais eux pas avoir d'enfants », conclut Oleg.

Bien, détail n° 1 fourni par le Lapin, nota mentalement Ryan.

« Comment se faire que vous ignorer chose pareille ? s'étonna Zaïtzev.

— Oleg Ivanovitch, il y a quantité de choses que nous ignorons concernant l'Union soviétique, admit Jack. Certaines importantes, d'autres pas.

— Ça être vrai ?

— Oui, c'est vrai.

— Votre père était policier ?

— Comment le savez-vous ? s'étonna Ryan.

— Nous avoir petit dossier sur vous. Fait par *rezidentura* de Washington. Votre famille avoir été agressée par hooligans, n'est-ce pas ?

— Exact. » *Donc, le KGB s'intéresse à moi, hein ?* nota Ryan. « Des terroristes. Ils ont essayé de me liquider et de tuer ma famille. Mon fils est né cette nuit-là.

— Et vous être entré à CIA après ?

— Encore une fois, oui – officiellement, en tout cas. Je travaille en fait pour l'Agence depuis plusieurs années. » Puis la curiosité prit le dessus : « Que dit sur moi mon dossier ?

— Il dit que vous être riche imbécile. Que vous avoir été officier dans l'infanterie de marine, que votre femme être de famille riche et que vous l'avoir épousée pour cette raison. Pour vous enrichir encore plus. »

Donc, même le KGB est prisonnier de ses propres préjugés politiques, songea Jack. *Intéressant.*

« Je ne suis pas misérable, convint Jack. Mais j'ai épousé ma femme par amour, pas pour son argent. Seul un imbécile agit ainsi.

— Combien de capitalistes être des imbéciles ? »

La remarque fit rire Ryan de bon cœur. « Bien plus que vous ne pourriez l'imaginer. Vous n'avez pas besoin d'être très malin en Amérique pour faire fortune. » New York et Washington en particulier regorgeaient de riches idiots, mais Ryan estimait que le Lapin aurait besoin encore d'un petit moment pour intégrer cette leçon. « Qui a réalisé le dossier me concernant ?

— Le journaliste des *Izvestia* à *rezidentura* de Washington est un stagiaire du KGB. Lui avoir fait été dernier.

— Et comment en avez-vous eu connaissance ?

— Sa dépêche a transité par bureau à moi, et je fais suivre à Institut américano-canadien, c'est un service du KGB. Vous connaître, je suppose ?

— Oui, confirma Jack. C'est un des trucs qu'on connaît. » C'est à cet instant que ses tympans claquèrent. L'appareil amorçait sa descente. Ryan éclusa son troisième verre de vin blanc et se dit que tout serait terminé d'ici quelques minutes. Une leçon apprise de l'opération BEATRIX : le travail sur le terrain n'était décidément pas fait pour lui.

Le panneau lumineux NO SMOKING se ralluma avec un ding. Ryan redressa complètement le dossier de son fauteuil, et bientôt les lumières de l'aéroport de Manchester apparurent derrière les hublots, les phares des voitures et la clôture en bout de piste, puis quelques secondes encore... un bruit sourd, et les roues touchèrent le sol de la bonne vieille Angleterre. Ce ne serait peut-être pas tout à fait pareil que l'Amérique, mais pour l'heure, il fallait s'en contenter.

Il vit qu'Oleg avait le nez collé au hublot et vérifiait les couleurs peintes sur la queue des avions. Il y en avait trop pour qu'il s'agisse d'une base aérienne soviétique et que tout ceci soit une immense *maskirovka*. L'homme commença visiblement à se détendre.

« Nous vous souhaitons la bienvenue à Manchester, annonça le pilote dans les haut-parleurs. Il est trois heures quarante et la température extérieure est de cinquante-quatre degrés Fahrenheit. Nous vous remercions encore pour votre patience en début de journée, et espérons vous revoir bientôt sur les ailes de British Midlands Airways. »

Ouais, songea Jack. *Compte là-dessus, mon bonhomme.*

Ryan attendit, assis, que l'appareil ait achevé son roulage jusqu'à la zone d'arrivée des vols internationaux. Une passerelle automotrice vint se placer devant la porte avant que le steward ne l'ouvre en temps opportun. Ryan et la famille Lapin furent les premiers à la franchir et à descendre la passerelle. Au bas des marches, ils furent conduits vers des voitures au lieu de la navette qui attendait les autres passagers.

Alan Kingshot était là pour lui serrer la main. « Alors, Jack, comment ça s'est passé ?

— Juste comme une sortie à Disney World, répondit Ryan sans la moindre trace audible d'ironie.

— Parfait. Montez tous, qu'on vous emmène dans un endroit confortable.

— Rien à redire, vieux. Il est quoi... trois heures moins le quart ? » Ryan n'avait pas encore recalé sa montre. L'Angleterre avait une heure de retard sur le reste du continent.

« C'est ça, confirma l'agent.

— Bigre », réagit Jack. Merde, trop tard pour appeler à la maison et annoncer à Cathy son retour. Mais, d'un autre côté, il n'était pas complètement revenu. Il allait devoir à présent jouer le représentant de la CIA pour le premier interrogatoire du Lapin russe. Sans doute sir Basil l'avait-il désigné pour la tâche parce qu'il était trop inexpérimenté pour être bien efficace. Eh bien, peut-être qu'il allait en effet montrer à son hôte britannique l'étendue de son incompétence, bougonna Ryan dans sa barbe. Mais, d'ici là, il était temps de dormir. Le stress, avait-il appris, était presque aussi épuisant que le jogging – juste un peu plus pénible pour le cœur.

Loin de là, à Budapest, les trois corps reposaient à la morgue municipale, une institution tout aussi déprimante derrière le Rideau de fer que devant celui-ci. Quand l'identité de citoyen soviétique de Zaïtzev fut confirmée, on prévint par téléphone l'ambassade d'URSS, où il fut promptement établi que l'individu en question était un agent du KGB. Ce seul fait suscita l'intérêt immédiat de la *rezidentura* située juste en face de l'hôtel où l'homme venait de trouver la mort de manière si spectaculaire, et provoqua de nouveaux coups de fil.

Avant cinq heures du matin, le professeur Zoltán Bíró fut tiré du lit par un coup de téléphone de l'AVH. Bíró était professeur d'anatomopathologie à la faculté de médecine Ignác Fülöp Semmelweis. Baptisée en hommage à l'un des pères de l'épidémiologie qui avait révolutionné la science médicale au XIXᵉ siècle, elle demeurait un établissement renommé, qui attirait même des étudiants d'Allemagne fédérale – mais aucun de ceux-ci ne participerait à l'examen post-mortem ordonné par le *Belügymnisztérium*, auquel assisterait en revanche le médecin attitré de l'ambassade d'Union soviétique.

Le premier corps autopsié serait celui de l'adulte de sexe masculin. Des techniciens prirent des échantillons de sang des trois corps pour effectuer des analyses dans le laboratoire adjacent.

« Il s'agit du corps d'un sujet mâle de race blanche, âgé approximativement de trente-cinq ans, taille environ un mètre soixante-quinze, pesant environ soixante-quinze kilos. La teinte des cheveux ne peut être déterminée par suite d'une carbonisation étendue suite à un incendie domestique. L'impression première est d'un décès par le feu – sans doute des suites d'une intoxication au monoxyde de carbone, puisque le corps ne montre aucune trace d'agonie. » Puis la dissection commença par l'incision classique en Y pour ouvrir la cavité abdominale et procéder à l'examen des organes internes.

Le légiste examinait le cœur – qui n'avait rien de remarquable – quand survint le compte rendu du labo.

« Professeur Bíró, le taux de monoxyde de carbone relevé dans les trois prélèvements sanguins est largement dans la zone létale », annonça la voix dans le haut-parleur, avant de communiquer les chiffres exacts.

Bíró leva les yeux vers son collègue russe. « Vous avez besoin d'autre chose ? Je peux faire une autopsie complète des trois victimes, mais la cause du décès est désormais bien établie. Cet homme n'a pas été abattu par balle. Nous procéderons à un bilan sanguin complet, bien sûr, mais il est improbable qu'ils aient été empoisonnés et il n'y a sur cet homme manifestement aucune trace de blessure par balle ou d'autre traumatisme par pénétration. Ils ont tous été tués par le feu. Je vous transmettrai un compte rendu détaillé dans l'après-midi. » Bíró laissa échapper un long soupir. « *A kurva életbe !* conclut-il en hongrois.

— Une si jolie petite fille », observa le médecin russe. Par quelque miracle, le portefeuille de Zaïtzev avait survécu à l'incendie, avec quelques photos de famille. Celle de Svetlana était tout particulièrement charmante.

« La mort ne fait jamais de sentiment, mon ami », lui dit Bíró. En tant que médecin légiste, il ne le savait que trop bien.

« Très bien. Encore merci, camarade professeur. »

Sur quoi, le Russe prit congé, songeant déjà à la rédaction de son rapport officiel à Moscou.

29

Révélation

LA planque était immense. C'était la résidence secondaire
d'un homme de goût en même temps que fortuné,
manifestement bâtie au siècle dernier, avec une débauche de
stucs et d'épaisses poutres en chêne telles que celles utilisées
jadis pour bâtir des navires comme le HMS *Victory*. Mais
bien isolée au milieu des terres, elle était aussi loin des flots
bleus qu'on pouvait l'être dans ce royaume insulaire.

Il était manifeste qu'Alan Kingshot la connaissait bien, car,
après les y avoir conduits, il se chargea lui-même de les installer. Les deux domestiques qui s'occupaient des lieux avaient
l'air de flics pour Ryan – sans doute un couple de fonctionnaires retraités de la police londonienne. Ils escortèrent avec
courtoisie leurs nouveaux hôtes jusqu'à une suite de chambres coquettes. Les yeux d'Irina Zaïtzev s'écarquillèrent en
découvrant ces appartements que même Ryan trouva impo-
sants. Oleg Ivanovitch, quant à lui, se contenta de poser sa
trousse de rasage dans la salle de bain, de se déshabiller et de
s'effondrer sur le lit, où, avec l'aide de l'alcool, le sommeil
s'empara de lui en moins de cinq minutes.

Juste avant minuit, le juge Moore fut averti que le colis
avait été casé en sûreté dans un lieu parfaitement isolé et

protégé, et sitôt cette information obtenue, il alla se coucher lui aussi. Ne lui restait plus qu'à prévenir l'Air Force de tenir prêt un KC-135 ou un appareil similaire pour rapatrier le colis, ce qui serait réglé d'un simple coup de fil au Pentagone. Il se demanda ce qu'en dirait le Lapin, mais il pouvait attendre voir. Une fois le danger passé, patienter n'était pas si difficile pour le directeur de la CIA. C'était comme le soir de Noël : sans savoir au juste ce qu'il y avait sous l'arbre, il pouvait être déjà sûr que ce ne serait pas mal.

Pour sir Basil Charleston dans sa maison de Belgravia, la nouvelle arriva juste avant le petit déjeuner, quand un messager de Century House lui porta le mot. *Une façon bien agréable de commencer la journée*, songea-t-il, certainement meilleure en tout cas que d'autres qu'il avait connues. Il partit de chez lui peu avant sept heures du matin, prêt pour la réunion matinale où serait exposé le succès de l'opération BEATRIX.

Ryan fut réveillé par le bruit de la circulation. Les bâtisseurs de cette magnifique demeure n'avaient pas prévu la construction d'une autoroute qui passait à trois cents mètres à peine, toujours est-il que Ryan, qui avait échappé à la cuite malgré tous les verres bus en avion et sans doute à cause de l'excitation persistante du moment, se vit réveillé au bout d'à peine six heures et demie de sommeil. Il fit sa toilette et descendit dans l'agréable et pas si petite salle à manger réservée au petit déjeuner. Alan Kingshot y était déjà, préparant son thé matinal.

« Du café pour vous, j'imagine ?

— Si vous en avez, oui.

— Que de l'instantané », l'avertit Kingshot.

Jack réprima sa déception : « Toujours mieux que pas de café du tout.

— Des œufs Bénédict [1] ? demanda la policière retraitée.

— M'dame, dans ce cas, je suis prêt à pardonner l'absence de Starbucks », répondit Jack avec un sourire. Puis il avisa les journaux du matin et crut qu'enfin son existence avait retrouvé le réel et la normalité. Enfin, presque.

« M. et Mme Thompson s'occupent de cette maison pour nous, expliqua Kingshot. Nick était inspecteur à la brigade criminelle et Emma dans l'administration.

— C'était le métier de mon père, observa Ryan. Comment en êtes-vous venus à bosser pour le SIS ?

— Nick travaillait sur l'affaire Markov, répondit Mme Thompson.

— Et il a même fait un sacré bon boulot, indiqua Kingshot à Ryan. Il aurait fait un excellent officier de renseignement.

— "Mon nom est Bond, James Bond" ? dit Nick Thompson en entrant dans la cuisine. Je ne pense pas... Dites, nos hôtes bougent, là-haut. Il semblerait que la petite les a réveillés.

— Ouais, observa Jack. C'est le problème avec les mômes. Alors, on les interroge ici ou ailleurs ?

— On avait envisagé de le faire dans le Somerset, mais j'ai décidé hier soir ne pas trop les balader. Pourquoi les stresser ? demanda Kingshot, pour la forme. Nous n'avons récupéré cette maison que l'an dernier et elle est bien aussi confortable qu'une autre. Celle du Somerset, près de Taunton, est un rien plus isolée, mais ces gens ne devraient pas avoir des velléités de fuite, n'est-ce pas ?

— S'il retourne chez lui, c'est un Lapin mort, observa Ryan. Il doit le savoir. Dans l'avion, il craignait même qu'on soit du KGB et que tout ceci soit en fait une *maskirovka*, un vaste coup monté. Sa femme s'est beaucoup baladée dans

---

1. Œufs pochés, servis posés sur des muffins au jambon nappés de sauce hollandaise.

les magasins à Budapest. Peut-être qu'on pourrait trouver quelqu'un pour l'emmener faire les boutiques ici aussi, songea l'Américain. Qu'on puisse interroger notre homme tout à notre aise. Son anglais semble à peu près correct. Y a-t-il ici quelqu'un qui parle bien le russe ?

— C'est mon boulot, répondit Kingshot.

— La première chose qu'on veut savoir, c'est pourquoi il a décidé de filer.

— C'est évident, mais d'un autre côté, c'est quoi toute cette histoire de communications compromises ?

— Ouais. » Ryan prit une profonde inspiration. « J'imagine que pas mal de gens doivent être aux cent coups.

— Ça, vous l'avez dit, confirma Kingshot.

— Alors comme ça, Al, vous avez travaillé à Moscou ? »

Le Britannique acquiesça. « À deux reprises. Un excellent exercice, certes, mais avec pas mal de tension chaque fois.

— Où, sinon ?

— Varsovie et Bucarest. Je parle également le polonais et le roumain. Dites-moi, comment avez-vous trouvé Andy Hudson ?

— C'est un as, Al. Tout dans l'aisance et dans la confiance... Il connaît son boulot, il a de bons contacts. Il s'est parfaitement occupé de moi.

— Tenez, voilà votre café, sir John », intervint Mme Thompson en lui apportant sa tasse d'instantané. Les Rosbifs étaient de braves gens, et leur gastronomie, estima Ryan, était calomniée bien à tort, mais ils n'y connaissaient vraiment rien en café, c'était un fait indéniable. Enfin, c'était quand même toujours mieux que du thé.

Les œufs Bénédict arrivèrent peu après et là, Mme Thompson aurait pu donner des leçons de cuisine. Ryan ouvrit son journal – c'était le *Times* – et se détendit, prêt à reprendre des nouvelles du monde. Il comptait appeler Cathy d'ici une heure environ, quand elle serait arrivée au boulot. Avec de la chance, il pourrait même la retrouver dans un jour ou deux. Dans un monde parfait, il aurait eu un quotidien américain, ou peut-être l'*International Herald Tribune*, mais le monde était encore loin de la perfection.

Inutile de demander comment se passait le championnat américain de base-ball. Il devait débuter le lendemain, normalement. Comment allait se comporter Philadelphie, cette année ? Eh bien, comme de juste, la compétition était faite pour donner la réponse.

« Alors, comment s'est passé ce voyage, Jack ? voulut savoir Kingshot.

— Alan, ces officiers de renseignement méritent leur salaire jusqu'au dernier sou. Comment vous arrivez à supporter la tension permanente, voilà un truc qui me dépasse.

— C'est comme pour tout, Jack, une question d'habitude. Votre femme est chirurgienne. L'idée de découper les gens au scalpel ne m'attire pas particulièrement. »

Jack lâcha un rire bref. « Ouais, pareil pour moi, vieux. Et elle s'attaque aux yeux. Enfin, pas de quoi fouetter un chat, pas vrai ? »

Kingshot réprima visiblement un frisson et Ryan dut se dire que travailler à Moscou, diriger un réseau – et sans doute organiser des missions de sauvetage comme celle qu'ils venaient d'effectuer pour le Lapin – ne devait pas être plus drôle qu'une transplantation cardiaque.

« Ah, monsieur Somerset, dit Mme Thompson. Bonjour et bienvenue.

— *Spassiba* », répondit Oleg Ivanovitch d'une voix ensommeillée. Les mômes arrivent à vous réveiller aux heures les plus improbables, avec leur visage souriant et leurs adorables dispositions. « C'est nouveau nom à moi ?

— On cherchera quelque chose de plus permanent par la suite, intervint Ryan. Une fois encore, bienvenue.

— C'est l'Angleterre ? demanda le Lapin.

— Nous sommes à douze kilomètres de Manchester, répondit l'agent secret britannique. Je vous souhaite le bon-

292

jour. Au cas où vous l'auriez oublié, je m'appelle Alan King-shot. Et voici Mme Emma Thompson. Son mari, Nick, sera de retour dans quelques minutes. » On échangea des poignées de main.

« Ma femme descendre ici bientôt. Elle s'occupe du *zaït-chik*, expliqua-t-il.

— Comment vous sentez-vous, Vanya ? demanda King-shot.

— Beaucoup voyage, beaucoup peur, mais je suis en sécu-rité maintenant, oui ?

— Oui, vous êtes parfaitement en sécurité, lui assura Kingshot.

— Et que voudriez-vous pour votre petit déjeuner ? inter-vint Mme Thompson.

— Essayez ça, lui suggéra Jack en indiquant son assiette. C'est somptueux.

— Oui, je veux bien – comment ça s'appelle ?

— Des œufs Bénédict, lui dit Jack. Madame Thompson, cette sauce hollandaise est absolument parfaite. Il me faut la recette pour ma femme, si j'ose me permettre. » Et peut-être qu'en échange, Cathy pourrait lui apprendre à choisir son café. *Ce serait un échange équitable*, songea Ryan.

« Mais certainement, sir John », répondit-elle avec un sou-rire radieux. Aucune femme au monde ne refuse qu'on la complimente pour sa cuisine.

« Eh bien, pour moi aussi, décida Zaïtzev.

— Thé ou café ? demanda-t-elle à son hôte.

— Vous avoir du thé de petit déjeuner anglais ? demanda le Lapin.

— Mais bien entendu.

— Dans ce cas, un pour moi, s'il vous plaît.

— Certainement. » Et de disparaître à nouveau dans la cuisine.

Zaïtzev avait encore quantité de choses à absorber. Lui qui se retrouvait dans la salle à manger du petit déjeuner d'un

293

manoir bâti pour un membre de la vieille noblesse, entouré d'une pelouse aussi vaste que celle d'un stade, avec de gigantesques chênes plantés deux siècles plus tôt, un garage à attelage et des écuries dans le lointain. C'était un décor qu'il aurait pu imaginer digne de Pierre le Grand, le genre de choses qu'on voit dans les livres et les musées, et il s'y retrouvait logé en invité d'honneur ?

« Chouette baraque, pas vrai ? lança Ryan en achevant ses œufs.

— Ça être vraiment incroyable, dit Zaïtzev, embrassant le décor, les yeux agrandis.

— Elle appartenait à une famille ducale, elle a été rachetée par un industriel du textile au siècle passé, mais ses affaires ont périclité et le gouvernement l'a récupérée l'an dernier. Nous l'utilisons pour des conférences mais aussi comme planque. Le chauffage est un peu primitif, indiqua Kingshot. Mais ce n'est pas un problème à cette époque de l'année. Nous avons eu un été très agréable et l'automne s'annonce prometteur.

— Chez nous, on aurait aménagé un parcours de golf tout autour, observa Jack en contemplant la pelouse par la fenêtre. Et un grand.

— Oui, admit Alan. Ce serait un site splendide.

— Quand je vais en Amérique ? demanda le Lapin.

— Oh, dans trois ou quatre jours, répondit Kingshot. Nous aimerions d'abord discuter un peu avec vous, si vous n'y voyez pas d'inconvénient.

— Quand est-ce que nous commencer ?

— Après le petit déjeuner. Prenez votre temps, monsieur Zaïtzev. Vous n'êtes plus en Union soviétique. Nous n'allons aucunement faire pression sur vous », lui promit Alan.

Mon cul, oui, songea Ryan. *Bonhomme, ils vont te pressurer la cervelle et t'en extraire toutes tes pensées, molécule par molécule.*

Mais le Lapin venait de se gagner un voyage gratis hors

de la mère Russie, assorti de la perspective d'une existence confortable à l'Ouest pour lui et sa famille, et dans la vie, chaque chose a son prix.

Il adora son thé. Bientôt, le reste de la famille apparut et, dans l'espace des vingt minutes qui suivirent, Mme Thompson se retrouva presque à court de sauce hollandaise, tandis que les nouveaux immigrés russes étaient bien partis pour assurer un débouché régulier à tous les éleveurs de poules pondeuses de la région.

Irina quitta la salle à manger pour visiter la maison et fut bientôt tout excitée d'y découvrir un piano à queue Bösendorfer de concert ; elle se retourna, telle une gamine le soir de Noël, pour demander si elle pouvait l'essayer. Elle n'avait plus joué depuis des années mais son visage s'illumina comme si elle revenait en enfance tandis qu'elle jouait maladroitement *Sur le pont d'Avignon* qui avait été un de ses exercices favoris quand elle était petite – et qu'elle n'avait pas oublié.

« Une de mes amies est pianiste de concert », indiqua Jack avec un sourire. Il eût été difficile de ne pas goûter son bonheur du moment.

« Qui ça ? Où ça ? s'enquit Oleg aussitôt.

— Elle s'appelle Sissy, enfin, de son vrai nom Cecilia Jackson. Son mari et moi sommes amis. Il est pilote de chasse dans l'aéronavale. Elle est second piano à l'orchestre symphonique de Washington. Mon épouse joue également, mais Sissy est une virtuose.

— Vous être vraiment bons avec nous, dit Oleg Ivanovitch.

— Nous tâchons de nous occuper au mieux de nos hôtes, intervint Kingshot. Si nous allions dans la bibliothèque pour discuter ? » Il indiqua le chemin.

Les sièges étaient confortables. La bibliothèque était encore un glorieux exemple d'ébénisterie XIXᵉ, avec ses milliers d'ouvrages accessibles par trois échelles roulantes – aucune bibliothèque britannique digne de ce nom ne peut se passer d'échelle. Mme Thompson apporta un plateau avec des verres et une carafe d'eau glacée et l'on passa aux choses sérieuses.

« Eh bien, monsieur Zaïtzev, pouvez-vous commencer par nous parler de vous ? » demanda Kingshot. Il fut aussitôt gratifié du nom, de la généalogie, du lieu de naissance et du cursus scolaire et universitaire.

« Pas de service militaire ? » intervint Ryan.

Zaïtzev fit un signe de dénégation. « Non, le KGB me repérer avant et comme ça m'éviter l'armée.

— C'était alors que vous étiez à l'université ? » insista Kingshot, pour la clarté du propos. Trois magnétophones en tout enregistraient la conversation.

« Oui, c'est exact. Durant ma première année, eux me parlent pour la première fois.

— Et quand êtes-vous entré au KGB ?

— Immédiatement après que je quitte l'université de Moscou. Ils me mettent au service transmissions.

— Et depuis combien de temps y êtes-vous ?

— Depuis, eh bien, neuf ans et demi au total, mis à part ma période à l'académie et la formation.

— Et où travaillez-vous à présent ? lui souffla Kingshot.

— Je travaille au service central des transmissions au sous-sol Centrale de Moscou.

— Quelle y était votre activité précise ? demanda finalement Alan.

— Durant mon service, toutes les dépêches venant du terrain arriver sur bureau à moi. Mon boulot est d'assurer sécurité, être sûr que procédures correctes sont suivies, et puis je fais suivre au service action dans les étages. Ou parfois à l'Institut américano-canadien », dit Oleg en indiquant Ryan.

Jack s'efforça de ne pas rester bouche bée. Ce gars était bel et bien un transfuge de l'équivalent soviétique du service MERCURY de la CIA. Ce type avait absolument tout vu. Ou quasiment. Il venait de contribuer à faire sortir une mine d'or de derrière le Rideau de fer. *Putain de Dieu !*

Kingshot réussissait plutôt mieux à dissimuler ses sentiments, mais le regard en coin qu'il adressa à Ryan était plus qu'éloquent.

Sacré bordel de merde.

« Dans ce cas, connaissez-vous les noms de vos officiers de renseignement et de leurs agents ? demanda Kingshot.

— Les noms des officiers du KGB... je connais beaucoup de noms. Les agents, très peu, mais je connais noms de code. En Grande-Bretagne, notre meilleur agent a nom de code MINISTRE. Lui fournir nous renseignements diplomatiques et politiques du plus haut intérêt depuis beaucoup d'années, vingt ans, je crois, peut-être plus.

— Vous dites que le KGB a compromis nos communications ? intervint Ryan.

— Oui, en partie. Ça, c'est agent NEPTUNE. Si lui fournir beaucoup, moi pas sûr, mais je sais que le KGB lit beaucoup des communications navales américaines.

— Et les autres communications ? demanda aussitôt Jack.

— Communications navales, ça je suis sûr. Les autres, pas sûr, mais vous utilisez même machine à crypter pour toutes, oui ?

— En fait, non, répondit Alan. Donc, vous nous dites que les communications britanniques sont sûres ?

— Si interceptées, je sais pas, répondit Zaïtzev. La plupart informations sur diplomatie et renseignement américains venir à nous d'agent CASSIUS. Il est assistant homme politique important à Washington. Il nous donne bonnes informations sur ce que la CIA fait et ce qu'elle apprend sur nous.

— Mais vous dites qu'il n'appartient pas à la CIA ? insista Ryan.

— Non, je crois qu'il est assistant de politicien, aide, collaborateur, quelque chose comme ça, dit Zaïtzev, assez catégorique.

— Bien. » Ryan alluma une clope et en passa une à Zaïtzev qui la prit aussitôt.

« J'ai fini mes Krasnopresnenskiye, expliqua-t-il.

— Je devrais vous refiler toutes les miennes. Ma femme veut que j'arrête. Elle est médecin, expliqua Jack.

— Bof, répondit le Lapin.

— Bien, alors pourquoi avez-vous décidé de fuir ? » demanda Kingshot en prenant une gorgée de thé. La réponse faillit lui faire échapper sa tasse.

« Le KGB veut tuer pape.

— Vous êtes sérieux ? » C'était l'homme le plus expérimenté qui posait la question, pas Ryan.

« Sérieux ? Je risque ma vie, vie de ma femme, vie de ma fille. *Da*, je suis sérieux ! assura Oleg Ivanovitch à ses interlocuteurs, un rien d'irritation dans la voix.

— Putain, souffla Ryan. Oleg, il faut nous en dire plus.

— Ça commence en août. Le 15 août, ça commence », leur dit Zaïtzev, et de dévider son récit, sans discontinuer, pendant cinq ou six minutes.

« Pas de nom pour l'opération ? demanda Jack, quand enfin il stoppa.

— Pas de nom, juste numéro de dépêche 15-8-80-2-6-6-6. Cela être date du premier message d'Andropov à la *rezidentura* de Rome avec numéro du message, voyez ? Iouri Vladimirovitch demande alors comment approcher pape. Rome dit mauvaise idée. Alors colonel Rojdestvenski – lui assistant principal du directeur, voyez ? – envoyer message à *rezidentura* Sofia. Opération partir de Sofia. Alors, opération 666 probablement exécutée pour KGB par Dirjavna Sugurnost. Je pense nom agent être Strokov, Boris Andreïevitch. »

Kingshot eut une idée, se leva, quitta la pièce. Il revint accompagné de Nick Thompson.

« Nick, le nom de Boris Andreïevitch Strokov vous dit-il quelque chose ? »

L'ancien inspecteur de la criminelle à Scotland Yard plissa

les yeux. « Fichtre oui, Alan. C'est le type que nous pensons être l'assassin de Georgiy Markov sur le pont de Westminster. Nous l'avions placé sous surveillance, mais il a pris l'avion et quitté le pays avant que nous ayons pu rassembler assez de preuves pour l'appréhender et l'interroger.

— N'était-il pas couvert par l'immunité diplomatique ? demanda Ryan, surpris par la réponse de l'ancien flic.

— En fait, non. Il est entré incognito et il est reparti de même. Je l'ai vu de mes propres yeux à Heathrow. Mais nous n'avons pas réussi à rassembler assez vite les pièces du puzzle. Une horrible affaire. Le poison qu'il a injecté à Markov était un truc épouvantable.

— Vous l'avez vu de près, ce Strokov ? »

Thompson acquiesça. « Oh, oui. Il se peut même qu'il m'ait remarqué. Vu les circonstances, je n'avais pas pris de précautions particulières. C'est lui qui a tué Markov. J'en mettrais ma main au feu.

— Comment pouvez-vous être sûr ?

— J'ai traqué des assassins pendant près de vingt ans, Sir John. Vous finissez par les connaître, à force. Et c'est bien ce qu'il était : un assassin », conclut Thompson avec une parfaite assurance.

Ryan se souvint que son père était ainsi, même pour ces cas frustrants où il savait ce dont il avait besoin sans pouvoir en apporter la preuve formelle devant des jurés.

« Les Bulgares ont une sorte de pacte avec les Soviétiques, expliqua Kingshot. Ça remonte à 1964, environ, quand ils sont convenus de s'occuper de toutes les éliminations "indispensables" au KGB. En échange, ils obtiennent des avantages variés, essentiellement politiques. Strokov, oui, j'ai déjà entendu ce nom. Avez-vous une photo du bonhomme, Nick ?

— Une cinquantaine au moins, Alan, lui assura Thompson. Je n'oublierai jamais ce visage. Il a les yeux d'un cada-

299

vre : sans la moindre once de vie, on dirait des yeux de porcelaine.

— Quelle est sa valeur ? s'enquit Ryan.

— Comme assassin ? Fort bonne, sir John. Excellente, même. L'élimination de Markov sur le pont a été exécutée de main de maître, c'était la troisième tentative. Les deux premières, les prétendus tueurs ont raté leur coup, c'est justement pour ça qu'ils ont dû faire appel à Strokov pour régler le problème. Et c'est ce qu'il a fait. Si les choses s'étaient passées un rien autrement, nous ne nous serions même pas aperçus que c'était un meurtre.

— Nous pensons qu'il a travaillé ailleurs à l'Ouest, précisa Kingshot. Mais nous avons fort peu d'informations valables. Tout au plus des ragots. Jack, il s'agit là d'un dangereux développement. Il faut que je transmette cette information à Basil sans délai. » Et sur ces mots, Alan quitta la pièce pour se trouver un téléphone crypté.

Ryan se retourna vers Zaïtzev. « Et c'est pour cela que vous avez décidé de partir ?

— KGB veut tuer homme innocent, Ryan. Je vois complot grandir. Andropov lui-même dit de le faire. Je transfère les messages. Comment homme seul pouvoir stopper KGB ? Je pas pouvoir arrêter KGB mais je vais pas aider KGB tuer prêtre – lui être homme innocent, oui ? »

Ryan baissa les yeux vers le plancher. « Oui, Oleg Ivanovitch, il l'est. » *Dieu du ciel...* Un coup d'œil à sa montre. Il fallait qu'il fasse sortir cette info en quatrième vitesse, mais personne à Langley n'était encore debout à cette heure...

« Sacré bon Dieu ! s'exclama sir Basil Charleston au bout de la ligne cryptée. Est-ce un renseignement fiable, Alan ?

— Oui, monsieur. Je le crois parfaitement sincère. Notre Lapin a l'air d'un gars correct, et plutôt intelligent. Il semble mû uniquement par sa conscience. » Puis Kingshot enchaîna sur la première révélation de la matinée, MINISTRE.

« Il va falloir demander au "Cinq" d'y regarder de plus près. »

Le service de sécurité britannique – naguère connu sous le sigle de MI-5 – se chargeait du contre-espionnage. Ils allaient avoir besoin d'un supplément d'information pour neutraliser le traître putatif, mais ça leur faisait déjà un point de départ. *Vingt ans, hein ? Ce traître a dû être sacrément productif*, songea sir Basil. Il était temps pour lui de voir les barreaux de la prison de Parkhurst dans l'île de Wight. Charleston avait passé des années à faire le ménage dans sa propre boutique, jadis terrain de jeux du KGB. Mais plus maintenant, et foutrement jamais plus, se jura bien le chevalier commandeur de l'ordre de Bath.

À qui en parler ? se demanda Ryan. Basil allait à coup sûr appeler Langley, Jack y veillerait, mais sir Basil était un homme éminemment fiable. Venait dès lors une question plus difficile : *Qu'est-ce que je peux – qu'est-ce que nous pouvons – bien faire ?*

Ryan alluma encore une cigarette pour réfléchir au problème. C'était plus un travail de police que de contre-espionnage...

Et le point central restait la confidentialité.

Ouais, c'est bien là où le bât blesse. Si on en parle à quiconque, cela va fatalement s'ébruiter et quelqu'un saura dès lors que nous tenons le Lapin – et tu sais quoi, Jack ? Le Lapin est désormais plus important pour la CIA que le pape.

Et merde..., se dit Ryan. C'était comme au jiu-jitsu, comme un basculement soudain du pôle. Le nord était devenu le sud. L'intérieur, l'extérieur. Et les exigences du renseignement américain risquaient bien désormais de supplanter la vie de l'évêque de Rome. Son visage avait dû trahir ses pensées.

« Qu'est-ce qui cloche, Ryan ? » demanda le Lapin. Jack trouva curieux qu'il connaisse un tel terme...

« L'information que vous venez de nous donner. Cela fait deux mois maintenant que nous sommes préoccupés par la sécurité du pape, mais nous n'avions aucun élément précis pour nous porter à croire que sa vie était réellement en danger. Maintenant que vous nous avez donné cette information, quelqu'un doit décider qu'en faire. Savez-vous quelque chose du déroulement de l'opération ?

— Non, presque rien. À Sofia, le service action est sous responsabilité du *rezident*, le colonel Boubovoï, Ilya Fedorovitch. Lui est comme ambassadeur auprès DS, le service renseignement bulgare. Cet autre colonel, Strokov, je connais son nom dans vieilles affaires. Lui être agent assassin pour DS. Faire d'autres choses aussi, oui, mais quand homme doit recevoir balle, Strokov envoie balle, voyez ? »

Ryan eut soudain l'impression de lire les dialogues d'un mauvais film, sauf que dans les films, c'était la grande méchante CIA qui avait un service de tueurs patentés, tel un placard secret rempli de chauves-souris vampires. Quand le patron avait besoin de faire tuer quelqu'un, il ouvrait la porte, et une des chauves-souris s'envolait pour tuer sa proie, puis elle s'en retournait docilement dans son placard y attendre, accrochée la tête en bas, le prochain ordre d'exécution. Bien sûr, Arthur. Hollywood avait tout prévu, hormis que les bureaucraties gouvernementales fonctionnaient toutes avec la paperasse – rien ne se passait sans un ordre écrit quelconque, parce que seul un bout de papier écrit noir sur blanc pouvait vous couvrir si jamais les choses tournaient mal – et que s'il fallait vraiment tuer quelqu'un, alors il fallait qu'un responsable à l'intérieur du système en signe l'ordre, mais qui irait signer un ordre pareil ? Cela deviendrait la trace indélébile d'un acte répréhensible, et donc l'ordre de mission en blanc remonterait jusque dans le Bureau Ovale, et une fois là, il risquerait sérieusement de faire tache dans les archives de la bibliothèque présidentielle qui immortalisait tous les actes de celui que la communauté du renseignement appelait l'Autorité nationale de commandement. Et personne dans l'intervalle hiérarchique ne se hasarderait à signer un tel ordre, parce que les fonctionnaires gouvernementaux aimaient mieux ne pas se faire remarquer – ce n'était pas le style de la maison.

Excepté moi, songea Ryan. Mais jamais il n'irait tuer quelqu'un de sang-froid. Il n'avait même pas tué Sean Miller, alors que son sang bouillait littéralement, et même si on pouvait s'étonner qu'il en soit fier, c'était bougrement mieux pour lui que l'autre choix.

Mais Jack n'avait pas peur de se faire remarquer. La perte de son traitement de fonctionnaire serait même un bénéfice net pour John Patrick Ryan. Il pourrait retourner enseigner, peut-être dans une chouette université privée où il serait payé moitié mieux, en même temps qu'il pourrait boursicoter un peu, un loisir avec lequel sa présente activité interférait pour de bon...

Bon Dieu, qu'est-ce que je vais bien faire, moi ? Le pire dans tout ça, c'est que Ryan se considérait comme un catholique. Peut-être n'allait-il pas à la messe tous les dimanches. Sans doute aucune église ne porterait-elle son nom, mais, sacré nom de Dieu, le pape était une figure que, par son éducation prolongée – de bout en bout dans des écoles catholiques, y compris près de douze ans chez les Jésuites –, il se sentait forcé de respecter. À quoi il fallait ajouter un élément d'égale importance : l'éducation reçue des mains secourables du corps des marines des États-Unis au centre de formation de Quantico. On lui avait enseigné que, lorsqu'on voyait quelque chose à faire, on s'en chargeait en vitesse, en espérant recevoir par la suite l'aval de la hiérarchie, parce que plus d'une fois dans l'histoire des marines, la réussite était venue

303

d'une action prompte et décisive. « Il est rudement plus facile d'obtenir le pardon que la permission », tels étaient les mots du commandant instructeur de sa classe, avant d'ajouter avec un sourire : « Mais les gars, que je ne vous prenne surtout pas à me citer. » Vous n'aviez qu'à appliquer vos facultés de jugement à votre action, et ce jugement vous venait avec l'expérience – mais l'expérience venait souvent des mauvaises décisions.

Tu as passé la trentaine, Jack, et t'as vécu une expérience dont tu aurais préféré te passer, mais ça t'a quand même appris une sacrée leçon, mine de rien. Il serait sans doute au moins capitaine, à l'heure qu'il était. Et qui sait, peut-être commandant, comme Billy Tucker qui avait été son instructeur. Ryan en était là de ses pensées quand Kingshot réintégra la bibliothèque.

« Al, nous avons un problème, lui dit Ryan.

— Je sais, Jack. Je viens d'en parler à sir Basil. Il est en train d'y réfléchir.

— Vous êtes un homme de terrain. Qu'est-ce que vous en pensez ?

— Jack, tout cela dépasse de loin mon niveau d'expertise et de commandement.

— Vous mettez vos méninges en roue libre, Al ? demanda Ryan d'une voix sèche.

— Jack, nous ne pouvons pas compromettre notre source, n'est-ce pas ? rétorqua Kingshot, cinglant. Pour l'heure cette considération prime sur tout le reste.

— Al, nous savons que quelqu'un s'apprête à décapiter l'Église. Nous connaissons son nom, et Nick a un album de photos de ce salopard, je vous signale. » Ryan inspira un grand coup avant de poursuivre : « Je ne vais pas rester planté là à ne rien faire, conclut-il, oubliant entièrement la présence du Lapin pour le moment.

— Vous rien faire ? Je risque ma vie pour ça et vous rien faire ! ? » insista Zaïtsev, s'immisçant dans le feu roulant de ce dialogue en anglais. Son visage trahissait un mélange d'indignation et de perplexité.

Al Kingshot se chargea de lui répondre : « Ce n'est pas à nous de le dire. Nous ne pouvons pas compromettre notre source – en l'occurrence, vous, Oleg. Nous devons vous protéger tout autant.

— Putain ! » Ryan se leva, arpenta la pièce. *Mais qu'est-ce que je peux bien faire, nom de Dieu ?* se demanda-t-il. Puis il sortit trouver le téléphone crypté et composa de mémoire un numéro.

« Murray, répondit une voix, après que les appareils se furent synchronisés.

— Dan, c'est Jack.

— Où étais-tu passé ? J'ai appelé avant-hier et Cathy m'a dit que t'étais en mission en Allemagne pour le compte de l'OTAN. Je voulais... »

Ryan le coupa sans ménagement : « Laisse tomber, Dan. J'étais ailleurs à faire autre chose. Bon, écoute-moi. J'ai besoin d'infos et j'en ai besoin vite fait, annonça-t-il sèchement, reprenant momentanément le ton d'un officier de marines.

— Accouche, répondit Murray.

— J'ai besoin de connaître l'emploi du temps du pape pour ces dix prochains jours. » On était vendredi. Ryan espérait que l'évêque de Rome n'avait rien sur le feu pour le week-end.

« Quoi ? » La voix du responsable du FBI traduisait une perplexité compréhensible.

« Tu m'as très bien compris.

— Bon Dieu, mais pour quoi faire ?

— Pas le droit de te dire... oh, et puis merde », et Ryan poursuivit : « Dan, nous avons lieu de croire qu'un tueur a été engagé pour tuer le pape.

— Qui ?

— Pas les chevaliers de l'ordre de Malte, fut tout ce que Ryan crut s'autoriser à dire.

— Merde, Jack. Tu parles sérieusement ?

— Bon Dieu, mais qu'est-ce que t'imagines ? s'emporta Ryan.

— D'accord, d'accord. Laisse-moi le temps de passer deux-trois coups de fil. Que suis-je autorisé à dire, au juste ? »

La question prit de court Ryan. *Réfléchis, mon garçon, réfléchis.* « OK, tu es un particulier et un de tes amis doit se rendre à Rome et il voudrait voir de près Sa Sainteté. Tu voudrais savoir quel est le meilleur moyen de procéder. Ça te va ?

— Que va en dire Langley ?

— Dan, franchement, je m'en tamponne, d'accord ? Je t'en conjure, trouve-moi cette information. Je te rappelle dans une heure. OK ?

— Bien compris, Jack. Une heure. » Murray raccrocha.

Ryan savait qu'il pouvait se fier à lui. Il était lui aussi un pur produit des Jésuites, comme tant d'autres agents du FBI – dans son cas, le Boston College, tout comme Ryan, de sorte que, quelles que puissent être ses autres loyautés, elles travailleraient en faveur de Ryan. Respirant déjà un peu mieux, Ryan réintégra la bibliothèque ducale.

« Qui avez-vous appelé, Jack ? s'enquit Kingshot.

— Dan Murray, à l'ambassade. C'est le représentant du FBI. Vous devez le connaître.

— L'attaché juridique, oui, en effet. OK, que lui avez-vous demandé ?

— L'emploi du temps du Saint-Père pour les dix jours à venir.

— Mais nous n'avons encore aucune certitude, objecta Kingshot.

— Et cela vous rassure, Al ? demanda Jack d'un ton doucereux.

— Vous n'avez pas comprom...

— Compromis notre source ? Vous me croyez idiot à ce point ? »

L'espion britannique dut convenir de la logique de la situation : « Très bien, j'imagine qu'il n'y a pas de mal à ça. »

Durant l'heure qui suivit, ce premier entretien revint aux questions de routine. Zaïtzev décortiqua pour les Anglais ce qu'il savait de MINISTRE. C'était suffisamment juteux pour leur donner de bonnes bases afin d'identifier le bonhomme. Il fut d'emblée manifeste que Kingshot voulait lui faire la peau. Impossible de savoir la quantité d'informations de valeur que le KGB obtenait de lui – c'était bien lui, Zaïtzev n'avait pas laissé le moindre doute à ce sujet ; « lui » en l'occurrence était sans doute un haut fonctionnaire des Affaires étrangères. D'ici peu, sa résidence lui serait fournie par le gouvernement de Sa Majesté pour un bail à durée indéterminée – « au bon plaisir de la reine », pour reprendre la terminologie officielle. Mais Jack avait des préoccupations plus urgentes. À quatorze heures vingt, il retourna auprès du STU dans la pièce voisine.

« Dan, c'est Jack. »

L'attaché juridique commença sans préambule : « Le Saint-Père a devant lui une semaine chargée, m'a dit l'ambassade de Rome, mais il fait toujours des apparitions publiques les mercredis après-midi. Il fait le tour de la place Saint-Pierre à bord d'une jeep blanche, devant la basilique, pour que les fidèles puissent le voir et recevoir sa bénédiction. C'est une voiture découverte et, s'ils ont l'intention de lui balancer une bastos, ça me semble l'occasion idéale, à moins qu'ils aient réussi à infiltrer un tireur dans son proche entourage. Peut-être un ouvrier d'entretien, un plombier, un électricien, difficile à dire, mais on doit supposer que le personnel intérieur est parfaitement loyal et que tous ces gens sont étroitement surveillés. »

À coup sûr, songea Jack, *mais ce sont malgré tout les mieux placés pour une action de ce type. Seuls ceux en qui vous avez confiance peuvent vraiment vous piéger. Bigre...*

Les mieux placés pour agir étaient les membres du service de protection présidentiel, mais il ne connaissait personne là-bas, et quand bien même, les faire accéder à la bureaucratie vaticane – qui était la plus ancienne du monde – nécessiterait quasiment une intervention divine.

« Merci, vieux. À charge de revanche.

— *Semper fi*, mon pote. Est-ce que tu vas pouvoir m'en dire plus ? J'ai dans l'idée qu'on est en train de bosser sur un truc énorme.

— Sans doute pas, mais ce n'est pas à moi de juger, Dan. Bon, faut que j'y aille. À plus, vieux. » Ryan raccrocha et réintégra la bibliothèque.

Le soleil était au zénith et une bouteille de vin venait d'apparaître, un blanc de Loire, sans doute un grand cru : la bouteille était couverte de poussière. Elle devait être là depuis un bout de temps et la cave en sous-sol n'était sûrement pas remplie de bibine.

« Notre ami Zaïtzev a toutes sortes d'informations juteuses sur ce fameux Ministre. » *Suffira de les exhumer*, s'abstint d'ajouter Kingshot. Mais, le lendemain matin, ils feraient entrer dans la danse des psychologues qualifiés qui utiliseraient leurs compétences de psys pour lui soutirer ses souvenirs – peut-être même sous hypnose. Ryan ignorait si le truc marchait vraiment ; certaines forces de police croyaient en la technique, quantité d'avocats de la défense écumaient de rage à cette idée et Jack ne savait trop qui avait raison dans cette histoire. Tout bien pesé, il était malgré tout dommage que le Lapin n'ait pas réussi à sortir avec des photos des dossiers du KGB : c'eût été quasiment lui demander de placer sa tête non pas sur le billot, mais directement dans la lunette de la guillotine en criant au bourreau de faire son office. Et jusqu'ici Zaïtzev avait surtout impressionné Ryan par ses qualités de mémoire.

Pourrait-il être une taupe, un faux transfuge envoyé à l'Ouest pour donner des informations bidons à la CIA et d'autres services ? Si MINISTRE délivrait réellement des renseignements exacts, leur qualité même indiquerait au Service de sécurité s'il était un agent si valable que ça. Les Russes ne manifestaient guère de loyauté envers leurs officiers – ils n'avaient pas une seule fois, pas une seule, tenté de marchander leur libération contre celle d'un traître américain ou britannique moisissant dans leurs geôles, comme l'Amérique, elle, l'avait fait, souvent avec succès. Non, les Russes considéraient leurs officiers comme des éléments jetables... et ces éléments finissaient par être... jetés, avec tout au plus la discrète remise d'une décoration à titre posthume, que l'honoré récipiendaire n'aurait certes jamais l'occasion de porter. Ryan trouvait la chose pour le moins étrange. Le KGB était par bien des aspects un service au professionnalisme exemplaire... Ne savaient-ils donc pas qu'en étant loyaux vis-à-vis de leurs agents, ils inciteraient les autres à accepter de courir plus de risques ? Peut-être était-ce là une question de philosophie nationale qui transcendait le bon sens. C'était bien souvent le cas en URSS.

À quatre heures, heure locale, Jack pouvait être sûr que quelqu'un devait être déjà au boulot à Langley. Il posa une question de plus au Lapin : « Oleg Ivanovitch... savez-vous si le KGB est en mesure de craquer nos systèmes de téléphones cryptés ?

— Je pense non. Je suis pas certain, mais je sais que nous avoir un agent à Washington, nom de code CRICKET, à qui nous avoir demandé de nous obtenir renseignements techniques sur vos téléphones STU. Jusqu'ici, lui pas pu nous fournir ce que veulent nos spécialistes de télécommunications. Mais nous redouter toutefois que vous capables lire notre trafic téléphonique, alors nous préférer éviter utiliser téléphone pour trafic important.

— Merci. » Ryan retourna au STU dans la pièce voisine.

Le numéro suivant était également un de ceux qu'il avait mémorisés.

« James Greer, à l'appareil.

— Amiral, c'est Jack.

— Je me suis laissé dire que le Lapin est dans son nouveau terrier, lança le DAR en guise d'ouverture.

— C'est exact, amiral, et la bonne nouvelle est qu'il croit que nos transmissions sont sûres, y compris avec cet appareil-ci. Les craintes initiales semblent avoir été exagérées ou mal interprétées.

— Y a-t-il de mauvaises nouvelles ? s'enquit le DAR, toujours méfiant.

— Oui, monsieur. Iouri Andropov veut faire assassiner le pape.

— Quel est le degré de fiabilité de cette assertion ?

— Amiral, c'est la raison même pour laquelle notre gars a filé. Je vous en fournirai la version détaillée d'ici un jour ou deux, mais c'est officiel, le KGB a bel et bien monté une opération pour éliminer l'évêque de Rome. Nous avons même le nom de l'exécutant. Nous voudrions en informer le juge, et sans doute la NSA voudra-t-elle avoir également son mot à dire.

— Je vois, dit la voix de Greer à un peu plus de cinq mille kilomètres de là. Ça risque de poser un problème.

— Foutre oui, c'en est même déjà un. » Ryan prit une inspiration. « Qu'est-ce qu'on peut faire ?

— C'est justement là le problème, mon garçon. Un, peut-on faire quelque chose ? Deux, est-ce qu'on veut le faire ?

— Amiral, pourquoi ne voudrions-nous pas agir ? » demanda Ryan, en tâchant de ne pas laisser transparaître dans sa voix une note d'insubordination. Il respectait Greer comme patron et comme homme.

« Calmez-vous, fiston. Songez un peu à toutes les conséquences. Primo, notre mission est de protéger les États-Unis d'Amérique et personne d'autre – enfin, nos alliés aussi, bien sûr, ajouta Greer, à l'intention des magnétophones qui devaient être branchés sur sa ligne. Mais notre devoir essentiel est vis-à-vis de notre drapeau, pas d'une quelconque figure religieuse. Nous ferons notre possible pour l'aider si c'est possible, mais si on ne peut pas, on ne peut pas.

— Très bien », répondit Ryan, les dents serrées. *Et le bien et le mal, dans tout ça ?* avait-il envie de demander, mais ça, c'était une question qui devrait attendre un petit moment.

« Nous n'avons pas pour habitude de disséminer les informations confidentielles, et vous pouvez imaginer le secret qui va entourer pareille défection, poursuivit Greer.

— Affirmatif, monsieur. » Mais au moins ce ne serait pas un secret classé NOFORN – « NOt for distribution to FOReigNers », *interdit de diffusion aux étrangers.* Les Rosbifs étaient des étrangers, et ils étaient déjà au courant de BEATRIX et du Lapin, mais les Rosbifs n'étaient pas très portés sur le partage, sinon peut-être avec leurs cousins américains, et encore, non sans une monnaie d'échange quelconque. C'était ainsi que ça se passait. Symétriquement, Ryan n'avait pas le droit de toucher le moindre mot de certaines opérations pour lesquelles il était habilité. TALENT KEYHOLE était leur nom de code : les satellites de reconnaissance, même si la CIA et le Pentagone s'étaient brouillés entre eux au sujet de la diffusion aux Britanniques de données non traitées lors de la guerre des Malouines, sans compter toutes les interceptions effectuées par la NSA en Amérique du Sud. Le sang restait plus épais que l'eau.

« Amiral, que diront les journaux, si jamais on apprend que la CIA avait des informations sur la menace visant le pape et qu'on s'est assis dessus sans broncher ?

— Y aurait-il...

— Une menace ? Non, monsieur, et sûrement pas venant de moi. Je suis les règles, amiral, et vous le savez. Mais quelqu'un va bien finir par laisser filtrer l'info, parce qu'il en a ras la patate, vous le savez fort bien, et lorsque ce truc va sortir, ça va faire de sacrées vagues...

— Objection retenue, admit Greer. Avez-vous quelque chose à me proposer ?

— Cela dépasse mes prérogatives, monsieur, mais nous devrions commencer à réfléchir sérieusement à des actions éventuelles.

— Sinon, qu'a-t-on obtenu de notre nouvel ami ?

— Nous avons déjà les noms de code de trois sources de fuites. Le premier est MINISTRE, il devrait s'agir d'une taupe infiltrée dans la haute administration de Whitehall. Plus deux de notre côté de l'océan : NEPTUNE, apparemment dans la marine, et c'est la source de nos failles dans les communications. Quelqu'un chez les Rouges lit notre courrier naval, amiral. Et enfin, il y en a une autre à Washington, dénommée CASSIUS. Il semblerait que là, le bavard soit au Capitole, fournissant des renseignements politiques de haut niveau, sans parler de trucs concernant nos opérations.

— Nos... vous parlez de la CIA ? » demanda le DAR avec une soudaine inquiétude dans la voix. Vous aviez beau être dans la partie depuis longtemps, vous aviez beau avoir de l'expérience, l'idée que votre agence de tutelle puisse être compromise vous flanquait immanquablement une trouille bleue.

« Correct », répondit Ryan. Il n'avait pas besoin d'en rajouter une couche. Personne à Langley n'était entièrement à l'aise devant la masse d'informations brassée par les commissions « sélectionnées » du renseignement à la Chambre et au Sénat. Après tout, les politiciens gagnaient leur vie à bavasser. Merde, il n'y avait guère de mission plus difficile que d'amener un homme politique à se taire.

« Monsieur, reprit Ryan, ce gars est une source d'une valeur inestimable. Nous l'aurons libéré dans trois jours tout au plus. Je pense que le processus de debriefing va prendre des mois. J'ai fait la connaissance de sa femme et de sa fille.

Elles me semblent fort sympathiques. La petite est de l'âge de ma Sally. Je pense que ce gars est une véritable affaire, amiral, et que ses renseignements sont une vraie mine d'or.

— Est-ce qu'il a l'air détendu ?

— Ma foi, ils sont pour l'instant un peu dépassés par les événements. Je dirais qu'il serait bien venu de leur assigner un psy pour faciliter la transition. Même plusieurs. Il faut qu'on leur fasse retrouver une certaine stabilité, qu'ils prennent confiance dans leur nouvelle existence. Ça risque de ne pas être facile, mais c'est à coup sûr un investissement valable pour nous.

— On a un ou deux gars pour ça. Ils sauront comment leur parler pour assurer la transition. Y a-t-il un risque quelconque que votre Lapin détale ?

— Monsieur, je ne vois rien qui le suggère, mais nous devons garder à l'esprit qu'il a fait un sacré bond et que l'endroit où il s'est posé n'est pas exactement le milieu auquel il est habitué.

— Bien noté. Bon coup, Jack. Quoi d'autre ?

— C'est tout pour le moment. Nous n'avons commencé son interrogatoire que depuis cinq heures et demie, tout juste les préliminaires jusqu'ici, mais ça m'a l'air de vouloir aller loin.

— OK. Arthur est au téléphone avec Basil en ce moment même. Je m'en vais aller y faire un tour et lui donner votre topo. Oh... Bob Ritter vient de débarquer de Corée – avec le décalage horaire, il est encore H-S. Mais il va bien falloir l'informer de votre aventure sur le terrain. S'il essaie de vous couper la tête, ce sera de votre faute, de la mienne et de celle du juge. »

Ryan resta un long moment à contempler la moquette. Il n'arrivait toujours pas à bien saisir pourquoi Ritter le détestait à ce point, mais le fait est qu'ils n'échangeaient pas de cartes de vœux. « Bigre... Merci quand même, monsieur.

— Vous faites pas de mouron. D'après ce que j'ai cru

comprendre, il semble que vous vous soyez joliment bien acquitté de votre tâche.

— Merci, amiral. Disons que je ne me suis pas pris les pieds dans les tapis. C'est bien tout ce dont je vais me vanter, si vous n'y voyez pas d'inconvénient.

— Ça me va fort bien, mon garçon. Rédigez-moi votre rapport et faxez-le-moi en vitesse. »

À Moscou, le fax crypté aboutit sur le bureau de Mike Russell. Curieusement, c'était une illustration : la couverture de la première édition de *Pierre Lapin* de Beatrix Potter.

L'adresse sur la reliure de la couverture lui disait qui était censé le recevoir. Et sur la page était ajouté ce message manuscrit : « Flopsaut, Trotsaut et Queue-de-Coton ont changé de terrier. »

Donc, traduisit mentalement Russell, *ils avaient bel et bien déniché un Lapin, et celui-ci a réussi à décamper.* Il ne pouvait prétendre à aucune certitude, mais il savait traduire le jargon en usage dans la communauté du renseignement. Il se dirigea vers le bureau d'Ed Foley et frappa à la porte.

« Entrez, dit la voix de l'intéressé.

— Ça vient de tomber de Washington, Ed. » Et Russell de lui tendre le fax.

« Eh bien, que voilà une bonne nouvelle », observa le chef d'antenne. Il plia le message et le fourra dans sa poche de chemise à l'attention de Mary Pat. « Il y a un message additionnel dans ce fax, Mike, ajouta Foley.

— Comment ça ?

— C'est que nos communications sont sûres. Sinon, jamais il ne nous serait parvenu par ce biais.

— Eh bien, remercions-en le ciel », conclut Russell.

30

L'amphithéâtre flavien

« RYAN ? Il a fait *quoi* ? gronda Bob Ritter.

— Bob, veux-tu bien te calmer. Il est inutile de te mettre dans des états pareils », observa James Greer sur un ton mi d'apaisement, mi de défi indirect, lancé mine de rien sur le terrain de chasse privé de la CIA. Le juge Moore considéra son interlocuteur, amusé, avant de poursuivre : « Jack s'est rendu sur le terrain pour observer une opération pour laquelle nous n'avions aucun officier de renseignement disponible. Il ne s'est pas donné un coup dans le pied avec sa canne de golf ; le transfuge est en ce moment même dans une planque des Midlands britanniques, et d'après ce que je crois savoir, il chante comme un canari.

— Eh bien, qu'est-ce qu'il nous raconte ?

— Pour commencer, répondit le juge, il semble que notre ami Andropov projette d'assassiner le pape. »

Sur le coup, Ritter tourna brusquement la tête. « C'est du sérieux ?

— C'est même ce qui a décidé le Lapin à sortir faire une balade, expliqua le DCR. C'est un transfuge pour raison de conscience, c'est ce qui l'a décidé.

— OK, bien. Que sait-il ?

— Bob, il semble que ce transfuge – au fait, il s'appelle

Oleg Ivanovitch Zaïtzev – était un des principaux responsables des transmissions au service du chiffre de la Centrale, bref, leur version locale de notre Mercury.

— Merde, souffla Ritter un instant après. C'est vraiment du sérieux ?

— Tu sais, il arrive parfois qu'un gars mette une pièce dans la fente, tire la poignée et ramasse pour de bon le jackpot, indiqua Moore à son subordonné.

— Sacré nom de Dieu.

— Je me doutais bien que tu n'y verrais pas d'objection. Et le plus beau, poursuivit le DCR, c'est que les Russkofs ne savent même pas qu'il est parti.

— Bon Dieu, comment avez-vous réussi un truc pareil ?

— Ce sont Ed et Mary Pat qui ont eu l'idée. » Puis le juge Moore entreprit d'expliquer comment elle avait été mise en œuvre. « Tous deux méritent une gentille petite tape sur la tête, Bob.

— Et tout ça, alors que j'étais en vadrouille, souffla Ritter. Ah ben merde alors...

— Oui, va y avoir une jolie brassée de lettres de félicitations à concocter, observa Greer. Y compris une pour Jack.

— Je suppose... », concéda le DAO. Il demeura quelques instants silencieux, tandis qu'il ruminait les possibilités de l'opération Beatrix. « Des éléments positifs, jusqu'ici ?

— Outre la révélation du complot visant le pape ? Deux noms de code d'agents actifs qu'ils ont infiltrés chez nous : Neptune, à première vue une taupe dans la marine, et Cassius. Celui-là sans doute au Capitole. Ce n'est qu'un début, j'imagine.

— J'ai eu Ryan au téléphone il y a quelques minutes. Il est tout excité par ce bonhomme, il dit que ses connaissances sont encyclopédiques, bref, que c'est une vraie mine d'or, je reprends ses termes mot pour mot.

— Et pour ce qui est de l'or, l'ami Ryan s'y connaît, observa tout haut Moore.

— À la bonne heure, on en fera notre chef comptable, mais ce n'est en aucun cas un officier de renseignement, maugréa Ritter.

— Bob, il a réussi. On n'a pas l'habitude de punir les gens pour ça, non ? » demanda le DCR. Tout cela avait assez duré. Il était temps pour Moore de se comporter comme le juge en cour d'appel qu'il avait été jusqu'à ces deux dernières années : en substitut de la parole divine.

« Très bien, Arthur. Tu veux que je signe une lettre de recommandation ? » Ritter sentait bien débouler le train de marchandises et il eût été idiot de rester planté au milieu de la voie. Et puis merde, de toute façon, ça irait se perdre dans les archives. Les recommandations de la CIA ne voyaient jamais la lumière du jour. L'Agence classait même confidentiel-défense les noms des agents qui avaient trouvé une mort héroïque sur le terrain trente ans plus tôt. C'était comme la porte de service du paradis, version CIA.

« OK, messieurs, maintenant que nous avons réglé les questions administratives, si l'on reparlait de ce complot pour tuer le pape ? demanda Greer, tâchant de revenir à l'ordre du jour d'une réunion de hauts responsables censés avoir la tête sur les épaules.

— Quelle est la solidité de l'information ? voulut savoir Ritter.

— J'en ai parlé à Basil il y a quelques minutes. Il juge que nous devons la prendre au sérieux, mais je pense que nous devrions auparavant interroger nous-mêmes le Lapin pour évaluer le danger visant notre ami polonais.

— On avertit le Président ? »

Moore secoua la tête. « Il est pris toute la journée par des questions législatives et il doit s'envoler pour la Californie en fin d'après-midi. Dimanche et lundi, il prononce des discours dans l'Orégon et le Colorado. Je le verrai mardi après-midi, après seize heures. » Moore aurait pu demander un rendez-vous urgent – il pouvait à tout moment s'immiscer dans

317

l'emploi du temps présidentiel pour des questions d'intérêt vital –, mais tant qu'il n'aurait pas eu l'occasion de discuter en tête à tête avec le Lapin, c'était hors de question. Il était même possible que le Président veuille lui parler lui-même. Il était comme ça.

« Quelle est la situation de notre poste à Rome ? demanda Greer en se tournant vers Ritter.

— Le chef d'antenne est Rick Nolfi. Un type bien, mais il prend sa retraite dans trois mois. Rome est en quelque sorte son bâton de maréchal. Il l'a demandé. Sa femme, Anne, adore l'Italie. Il a six agents sous ses ordres, qui s'occupent pour l'essentiel d'affaires en rapport avec l'OTAN, deux officiers plutôt expérimentés et quatre bleus, rapporta Ritter. Mais avant de les mettre sur le pied de guerre, il faut d'abord qu'on évalue correctement la menace, et un petit conseil présidentiel ne peut pas faire de mal. Le problème, c'est comment arriver à en parler sans compromettre illico notre source ? Les gars, si nous faisons un maximum d'efforts pour cacher l'existence du transfuge, ce n'est pas très logique d'aller ensuite clamer ses infos aux quatre vents, vous ne trouvez pas ?

— C'est en effet là où le bât blesse, dut bien convenir Moore.

— Le pape a très certainement une protection rapprochée, poursuivit Ritter. Mais elle ne peut pas avoir la même latitude d'action que le service de protection présidentiel, n'est-ce pas ? Et nous ne connaissons même pas son niveau de fiabilité. »

« C'est toujours la même histoire, observait au même instant Ryan à Manchester. Si nous utilisons l'information un peu trop librement, nous compromettons la source qui perd de facto toute utilité. Mais si nous ne l'exploitons pas de peur de la compromettre, alors on aurait aussi bien pu s'en passer dès le début... » Jack vida son verre de vin et s'en servit un autre. « Il y a un bouquin là-dessus, vous savez.

— Lequel ?

— *Secrets à double tranchant.* D'un certain Jasper Holmes [1]. Il était cryptographe de la marine américaine durant la Seconde Guerre mondiale, et il a travaillé au service d'analyse des signaux de la flotte du Pacifique, avec Joe Rochefort et consorts. C'est un assez bon livre sur les problèmes du renseignement quand on se retrouve au pied du mur. »

Kingshot nota mentalement de jeter un œil sur ce bouquin. Zaïtzev était dehors sur la pelouse – fort somptueuse au demeurant – avec sa petite famille. Mme Thompson désirait les emmener tous faire des courses. Ils devaient avoir leur vie privée – leurs appartements étaient bien entendu truffés de micros, avec même un filtre de bruit pour celui de la salle de bain – et distraire madame et la petite était crucial pour le succès de l'opération.

« Ma foi, Jack, quoi qu'ait pu prévoir l'adversaire, il leur faudra du temps pour le mettre en place. Les bureaucraties de l'autre côté sont encore plus moribondes que du nôtre, voyez-vous.

— Le KGB aussi, Al ? s'étonna Ryan. Je persiste à penser que c'est bien la seule partie de leur système à être réellement fonctionnelle, et la patience n'est pas le fort de Iouri Andropov, n'est-ce pas ? Merde, Il était ambassadeur à Budapest en 56, rappelez-vous. Et à l'époque, les Russes ont été plutôt prompts à réagir, non ?

— Cette révolte constituait une sérieuse menace pour l'ensemble de leur système politique, observa Kingshot.

— Et pas le pape ? rétorqua Ryan du tac-au-tac.

— Là, je dois avouer..., concéda l'espion.

— Mercredi. C'est ce que m'a dit Dan. Il se balade à l'exté-

---

1. *Double-Edged Secrets*, Blue Jacket Books, United Naval Institute, sept. 1998. Non traduit.

rieur chaque mercredi. Bon, d'accord, il arrive qu'il apparaisse au balcon pour bénir la foule ou donner des allocutions, et n'importe quel type pas trop manche avec un fusil pourrait le flinguer à ce moment-là, mais un homme armé d'un fusil est bien trop visible, même pour le moins attentif des observateurs, et pour l'opinion publique, fusil est synonyme de militaire, et militaire synonyme de gouvernement. Cela dit, même ces apparitions ne sont pas programmées longtemps à l'avance – au mieux, elles sont irrégulières –, en revanche, chaque fichu mercredi, il saute dans sa Papamobile et fait le tour de la place Saint-Pierre au beau milieu de la multitude des fidèles, Al, et là, il est à portée de pistolet. » Après cette tirade, Ryan se rassit et but une nouvelle lampée de son vin français.

« Je ne suis pas sûr que j'aurais envie de tirer un coup de pistolet d'aussi près.

— Al, il fut un temps où ils ont engagé un type pour liquider Léon Trotski avec un pic à glace, et la distance d'engagement ne devait pas dépasser soixante centimètres, lui rappela Ryan. Bien sûr, la situation est différente aujourd'hui, mais depuis quand les Russes ont-ils des réticences à risquer leurs troupes ? D'autant qu'il s'agira d'un salopard de Bulgare, en l'occurrence, n'oubliez pas ! C'est votre gars lui-même qui l'a qualifié de tueur expert. C'est incroyable ce dont un véritable expert peut se montrer capable. J'ai vu un sergent mitrailleur à Quantico... ce gars pouvait écrire son nom avec un quarante-cinq à quinze mètres de distance... Je l'ai vu de mes propres yeux. » Ryan n'avait jamais vraiment réussi à maîtriser le gros Colt automatique, mais ce sous-off, si. À coup sûr.

« Vous vous faites sans doute trop de souci.

— Peut-être, admit Jack. Mais je me sentirais bougrement mieux si le Saint-Père acceptait de porter un gilet en Kevlar sous sa toge papale. » Il n'en ferait rien, bien entendu. Les gens comme lui ne se laissaient pas intimider comme le commun des mortels. Cela n'avait rien à voir avec le sentiment d'invincibilité que pouvaient avoir les soldats professionnels. Non, c'était juste que pour eux, la mort n'était pas une chose dont on devait avoir peur. N'importe quel catholique pratiquant était censé éprouver un sentiment identique, mais Jack n'était pas du nombre. Pas vraiment.

« En pratique, qu'est-ce qu'on peut faire ? Chercher un visage dans la foule ? Et qui peut dire que ce sera le bon ? demanda Kingshot. Qui peut affirmer que Strokov n'a pas lui-même engagé un tueur pour exécuter la besogne ? Je m'imagine tirer sur quelqu'un, mais certainement pas au beau milieu d'une foule.

— Donc, il faut employer une arme avec silencieux, le gros modèle cylindrique. Supprimez le bruit, et vous retirez l'essentiel du risque d'être identifié. N'oubliez pas que tous les yeux seront rivés sur la cible, pas tournés de biais à reluquer la foule.

— Vrai, concéda Al.

— Vous savez, il est bien trop facile de se trouver un tas de raisons de rester les bras croisés. N'est-ce pas le Dr Johnson qui a dit que ne rien faire était à la portée de tout un chacun ? nota Ryan, songeur. C'est ce que nous sommes en train de faire, Al, chercher des raisons de ne pas agir. Pouvons-nous laisser cet homme mourir ? Rester assis peinards à déguster notre vin et laisser les Russes l'assassiner ?

— Non, Jack, mais on ne peut pas non plus sauter comme une grenade dégoupillée. Les opérations sur le terrain doivent être mûrement planifiées. Il faut des professionnels pour tout envisager de manière professionnelle. Des pros peuvent faire quantité de choses, mais d'abord, il faut qu'ils en aient reçu l'ordre. »

Et cela, ça se décidait ailleurs.

« Madame le Premier ministre, nous avons lieu de croire que le KGB fomente une action pour assassiner le pape à Rome », rapporta C. Il s'était présenté à l'improviste, interrompant les activités politiques de l'après-midi de la chef du gouvernement.

« Vraiment ? » demanda-t-elle à sir Basil d'une voix sèche. Elle était accoutumée à entendre les choses les plus bizarres venant de son directeur du renseignement et elle avait cultivé l'habitude de ne pas réagir avec une violence exagérée. « Quelle est la source de cette information ?

— Je vous ai parlé il y a plusieurs jours de l'opération BEATRIX. Eh bien, nos amis américains et nous sommes parvenus avec succès à extraire le sujet. Nous avons même réussi à le faire de telle manière que les Soviets le croient mort. Le transfuge est actuellement dans une planque dans la banlieue de Manchester.

— L'avons-nous signalé aux Américains ?

— Oui, madame. c'est leur prise, après tout. Nous le laisserons s'envoler pour les États-Unis la semaine prochaine, mais j'ai pu brièvement aborder la question, tout à l'heure, avec le juge Arthur Moore, leur chef du renseignement extérieur. Je pense qu'il en informera leur Président en tout début de semaine prochaine.

— Quelle attitude vont-ils adopter, selon vous ?

— Difficile à dire, madame. La proposition est pour le moins épineuse, voyez-vous. Le transfuge – il se prénomme Oleg – est un sujet d'une importance vitale, et nous devons redoubler d'efforts pour protéger son identité, ainsi que le fait qu'il se trouve entre nos mains, de ce côté-ci du Rideau de fer. Comment au juste pouvons-nous avertir le Vatican du danger potentiel, voilà une question complexe, pour le moins.

— Il s'agirait d'une opération bien concrète lancée par les Soviétiques ? » redemanda la Premier ministre. C'était un peu dur à avaler, même avec de tels adversaires que pour sa part elle croyait quasiment prêts à tout.

« Il semble bien, oui, confirma sir Basil. Mais nous en ignorons la priorité et, bien évidemment, nous ne savons rien de sa chronologie.

— Je vois. » La Premier ministre retomba dans le silence. « Nos relations avec le Saint-Siège sont cordiales, mais sans plus. » Le fait remontait à Henri VIII, même si la Curie romaine avait fini par laisser les morts enterrer les morts, avec les siècles.

« C'est regrettable, mais c'est un fait, admit C.

— Je vois », répéta-t-elle, et elle s'abîma de nouveau dans ses réflexions avant de reprendre la parole. Quand elle se pencha pour parler, ce fut toutefois d'une voix digne et forte : « Sir Basil, il n'est pas dans la politique du gouvernement de Sa Majesté de rester les bras ballants quand le chef d'État d'une puissance amie risque de se faire assassiner par nos adversaires. Vous avez ordre de prendre toutes les initiatives qui s'imposent pour empêcher une telle éventualité. »

Certains faisaient parler la poudre, songea sir Basil. D'autres faisaient parler leur cœur. Malgré sa carapace extérieure, la chef du gouvernement du Royaume-Uni entrait dans cette dernière catégorie.

« Oui, madame. » Le problème était qu'elle n'avait pas dit comment diable il était censé y parvenir. Enfin, il verrait ça en coordination avec Arthur à Langley. Mais pour l'heure, il avait une mission qui dans le meilleur des cas allait s'avérer difficile. Qu'était-il censé faire au juste... déployer un escadron du SAS sur la place Saint-Pierre ?

Mais on ne va pas dire une chose pareille à une telle Premier ministre, en tout cas, pas dans la salle de conférence du 10, Downing Street.

« Ce transfuge vous a-t-il révélé autre chose ?

— Oui, madame. Il a identifié par son nom de code un agent de pénétration soviétique, sans doute infiltré à Whitehall. Le nom de code est MINISTRE. Dès que nous en saurons plus sur l'homme en question, nous le ferons interpeller par les services de sécurité.

— Que leur fournit-il ?

— Des renseignements diplomatiques et politiques,

madame. Oleg nous dit qu'il s'agit d'éléments d'un échelon élevé, mais il ne nous a pas encore fourni d'informations susceptibles de l'identifier directement.

— Intéressant. » Ce n'était pas un scoop. Le bonhomme pouvait appartenir au groupe de Cambridge qui avait été si précieux pour l'URSS du temps de la guerre et par la suite jusque dans les années 60, ou être une personne recrutée par eux. Charleston avait alors joué un rôle central dans la purge du SIS, mais Whitehall n'était pas vraiment de son domaine de compétence. « Tenez-moi au courant, voulez-vous. » Un ordre de sa part lâché d'un ton négligent avait la force d'un écrit gravé dans le granite et livré par exprès du mont Sinaï.

« Bien entendu, madame le Premier ministre.

— Serait-il utile que je parle au Président américain de cette affaire concernant le pape ?

— Mieux vaut laisser la CIA l'en informer d'abord, je pense. Il serait mal venu de court-circuiter leur hiérarchie. Après tout, cette exfiltration d'un transfuge est pour l'essentiel une opération américaine et c'est le rôle d'Arthur de lui parler le premier.

— Oui, je suppose que vous avez raison. Mais quand je m'entretiendrai avec lui, je veux qu'il sache que nous prenons l'affaire avec le plus grand sérieux et que nous comptons sur lui pour agir de manière concrète.

— Madame, j'incline à penser qu'il ne laissera pas les choses en l'état.

— Je suis bien d'accord avec vous. C'est un si brave gars. » Les détails complets du soutien secret de l'Amérique dans la guerre des Malouines ne devraient pas apparaître au grand jour avant plusieurs années. Après tout, il fallait que l'Amérique sauvegarde également ses intérêts personnels en Amérique latine. Mais la Premier Ministre n'était pas femme à oublier un tel soutien, secret ou pas.

« Cette opération BEATRIX a-t-elle été bien exécutée ? demanda-t-elle.

— Sans la moindre anicroche, madame, lui assura Charleston. Nos gars ont agi comme à la parade.

— Je compte sur vous pour remercier comme il convient ses exécutants.

— Je n'y manquerai pas, madame, lui assura le chef du renseignement.

— Bien. Et merci encore de vous être déplacé, sir Basil.

— Mais c'est comme toujours un plaisir, madame le Premier ministre. » Sir Basil se leva et se dit in petto que Ryan aurait sans doute trouvé que cette femme était une vraie gonzesse. *Et c'est ma foi vrai.*

Mais, alors qu'il revenait à Century House, il commença à s'inquiéter du déroulement de l'opération dont il avait désormais la responsabilité. Comment allait-il procéder au juste ? Enfin, résoudre ce genre de problème, c'était après tout ce pour quoi on le payait, assez grassement.

« Salut, chou ! dit Ryan.

— Où es-tu ? demanda aussitôt Cathy.

— Je ne peux pas te le dire exactement, mais je suis de retour en Angleterre. Le truc que j'ai eu à faire sur le continent... eh bien, il a eu des développements qui m'obligent à continuer de m'en occuper ici.

— Est-ce que tu peux au moins passer nous voir à la maison ?

— Bien peur que non... » Le gros problème était que leur logis avait beau être à un saut en voiture, il n'avait pas suffisamment confiance en lui pour accomplir un tel parcours sans se flanquer dans le fossé. « Tout le monde va bien ?

— Très bien, sauf que tu n'es pas avec nous », répondit Cathy avec dans la voix une trace de colère mêlée de dépit. Une chose dont elle était sûre : où qu'ait pu se rendre Ryan, ce n'était sûrement pas en Allemagne. Mais elle ne pouvait pas le dire au téléphone. Elle comprenait suffisamment les arcanes du renseignement pour le savoir.

« Je suis désolé, ma puce. Ce que je peux te dire, c'est que je suis en train de faire un truc vachement important, mais c'est à peu près tout.

— J'en suis sûre », concéda-t-elle. Et elle comprenait également que Jack avait envie d'être à la maison avec les siens. Il n'était pas du genre à découcher pour le plaisir.

« Comment va le boulot ?

— J'ai passé la journée à prescrire des lunettes. J'ai deux ou trois interventions demain après-midi, quand même. Attends une seconde... voilà Sally.

— 'lut, p'pa ! dit une toute petite voix.

— Salut, Sally. Comment vas-tu ?

— Bien. » Tous les mômes disent toujours ça.

« Qu'est-ce que t'as fait de beau, aujourd'hui ?

— Miss Margaret et moi, on a fait du coloriage.

— De jolies choses ?

— Ouais, des vaches et des chevaux ! » répondit-elle avec un considérable enthousiasme. Sally avait un faible tout particulier pour les pélicans et les vaches.

« Bon, il faut que je parle à maman.

— D'accord. » Et Sally allait sans doute voir là une conversation aussi profonde qu'intense, alors qu'elle retournait déjà dans le séjour regarder sa cassette du *Magiciendoz*.

« Et comment va notre petit bonhomme ? demanda Jack.

— Il passe le plus clair de son temps à se grignoter les mains. Pour le moment, il est dans son parc, à regarder la télé.

— Il est plus facile que sa sœur au même âge, observa Jack avec un sourire.

— Il a déjà moins de coliques, Dieu merci, admit le Dr Ryan.

— Je m'ennuie de toi », dit Jack d'un air triste. C'était vrai. Elle lui manquait terriblement.

« Moi aussi.

— Bon, faut que je retourne au boulot, ajouta-t-il.

— Quand est-ce que tu rentres ?

— Après-demain, je pense.

— OK. » Elle dut se rendre à l'évidence, si malheureuse fût-elle. « Appelle-moi.

— Sans faute, ma puce.

— Au revoir.

— À bientôt. Je t'aime.

— Moi aussi, je t'aime.

— Au revoir.

— Au revoir, Jack. »

Ryan reposa le combiné sur sa fourche et se dit qu'il n'était vraiment pas fait pour ce genre d'existence. Comme son père avant lui, il avait envie de coucher dans le même lit que sa femme – son père avait-il un jour couché hors de chez lui ? se demanda-t-il soudain. Il n'en avait pas souvenance. Mais Jack avait choisi un métier où ce n'était pas toujours possible. Normalement, ça aurait dû. Il était après tout un analyste qui travaillait au bureau et rentrait coucher chez lui le soir, mais quelque part, ça ne marchait pas ainsi, *et merde*.

Le dîner était composé de bœuf Wellington accompagné d'un pudding du Yorkshire. Mme Thompson aurait mérité d'être nommée chef dans un grand restaurant. Jack ignorait d'où venait la viande, mais elle lui sembla plus succulente que celle du bœuf britannique habituel nourri au pré. Soit elle s'approvisionnait chez un fournisseur bien particulier – il y avait encore des boucheries de détail dans ce pays –, soit elle avait le coup pour l'attendrir ; quant au pudding, il était divin. Vous arrosiez le tout de vin de France et vous obteniez un dîner absolument brillant – un adjectif fort en vogue au Royaume-Uni.

Les Russes attaquèrent les plats comme le maréchal Joukov avait attaqué Berlin, à savoir avec un entrain considérable.

« Oleg Ivanovitch, je dois vous avouer une chose, déclara Ryan dans un accès de franchise, la nourriture en Amérique n'est pas toujours de cette qualité. » Il avait fait en sorte que sa réplique coïncide avec l'entrée de Mme Thompson dans la salle à manger. Jack se tourna vers elle. « Madame, si jamais vous avez besoin d'une recommandation pour un poste de chef, vous n'avez qu'à me passer un coup de fil, d'accord ? »

Emma eut un sourire débordant d'amabilité. « Merci beaucoup, sir John.

— Sérieusement, madame, c'est fameux.

— Vous êtes trop aimable. »

Jack se demanda si elle aimerait les steaks au grill et les épinards en salade de Cathy. La clé de la réussite était d'avoir du bon bœuf de l'Iowa gavé de maïs, ce qui n'était pas facile à trouver ici, même s'il pouvait toujours tenter le coup auprès de l'intendance de la BA de Greenham Commons...

Il fallut près d'une heure pour terminer de dîner, et les liqueurs qui suivirent étaient tout aussi excellentes. On servit même de la vodka Starka, en signe supplémentaire d'hospitalité pour leurs hôtes russes. Oleg, remarqua Jack, avait une bonne descente.

« Même le Politburo ne mange pas aussi bien, observa le Lapin, comme le dîner s'achevait.

— Eh bien, nous élevons d'excellents bovins en Écosse. C'était de l'Angus d'Aberdeen, précisa Nick Thompson, tout en débarrassant.

— Nourri au grain ? » demanda Ryan. Ils n'avaient pas des masses de maïs dans le coin, pourtant.

« Je n'en sais rien. Les Japonais donnent bien de la bière à leurs bœufs de Kobé, observa l'ancien flic. Peut-être font-ils pareil, en Écosse.

— Ce qui expliquerait la qualité, répondit Jack avec un petit rire. Oleg Ivanovitch, il faut que vous appreniez à connaître la bière anglaise. C'est la meilleure du monde.

— Pas l'américaine ? » s'étonna le Russe.

Ryan secoua la tête. « Nân. C'est un des trucs qu'ils font mieux que nous.

— Vraiment ?

— Vraiment, confirma Kingshot. Mais les Irlandais ne se débrouillent pas mal non plus. J'adore une bonne Guinness, même si elle est toujours meilleure à Dublin qu'à Londres.

— Pourquoi gâcher de la bonne marchandise pour des mecs comme vous ? demanda Jack.

— Ah, ces fichus Irlandais, toujours les mêmes, hein ? observa Kingshot.

— Alors, Oleg, reprit Ryan en allumant sa première cigarette d'après dîner, est-ce que vous voyez autre chose... pour vous mettre plus à l'aise, je veux dire ?

— Je pas avoir à me plaindre, mais je pense que CIA ne me donnera pas maison si belle.

— Oleg, je suis milliardaire et je ne vis même pas dans une baraque aussi chouette que celle-ci, confirma Ryan dans un rire. Mais votre maison en Amérique sera autrement plus confortable que votre appartement de Moscou.

— Est-ce que j'aurai voiture ?

— Bien sûr.

— Le délai, combien de temps ? demanda Zaïtzev.

— Le délai, quel délai ? Pour acheter une voiture ? »

Le Russe acquiesça.

« Oleg, vous aurez le choix entre des centaines de concessionnaires, vous pourrez choisir la voiture qui vous plaît, la payer et rentrer chez vous avec – on laisse en général à nos épouses le soin de choisir la teinte », ajouta Jack.

Le Lapin était incrédule. « Si facile ?

— Ouais. J'avais l'habitude de ma Golf, mais à présent, j'aime assez la Jaguar. Je m'en achèterai peut-être une quand je rentrerai. Chouette moteur. Cathy l'aime bien, elle aussi, mais je crois qu'elle se reprendra une Porsche. Elle en conduit depuis qu'elle est adolescente. Évidemment, ce n'est pas très pratique avec deux enfants », crut bon d'ajouter Ryan. Il n'aimait pas tant que ça le petit coupé allemand. Les Mercedes lui paraissaient d'une conception mécanique bien plus sûre.

« Et pour acheter maison, aussi facile ?

— Ça dépend. Si vous en achetez une neuve, oui, c'est facile. Pour en acheter une à un précédent propriétaire, vous devez d'abord le rencontrer et lui faire une offre, mais l'agence immobilière vous filera sans doute un coup de main.

— Où nous aller vivre ?

— Où vous voudrez. » *Une fois qu'on t'aura lavé le cerveau*, s'abstint d'ajouter Ryan. « L'Amérique est un pays libre. C'est aussi un grand pays. Vous pourrez trouver l'endroit qui vous chante et vous y installer. Pas mal de transfuges vivent aux environs de Washington. Je ne sais pas pourquoi. Je n'aime pas trop le coin. Les étés peuvent y être épouvantables...

— Une chaleur à crever, convint Kingshot. Et cette humidité, une horreur !

— Dans ce cas, qu'est-ce que vous diriez du climat de la Floride ! suggéra Jack. Pourtant, un tas de gens adorent vivre là-bas.

— Et pour voyager d'un endroit à l'autre, jamais besoin papiers ? » insista Zaïtzev.

Pour un espion du KGB, ce mec n'en connaît pas une rame, nota Jack. « Non, pas besoin de papiers, lui confirma-t-il. On vous refilera une carte American Express pour vous faciliter les choses. » Là-dessus, il fallut qu'il lui explique le principe des cartes de crédit. Cela prit dix minutes, tant le concept était étranger à un citoyen soviétique. À la fin de l'exposé, Zaïtzev avait visiblement le vertige.

« Faudra quand même régler l'addition à la fin du mois, l'avertit Kingshot. Certains ont tendance à l'oublier et ça peut les conduire à de sérieux ennuis financiers. »

Installé dans sa résidence de Belgravia, C dégustait une fine Napoléon tout en devisant avec un ami. Sir George Hendley était un collègue de trente ans. Notaire de profession, il avait collaboré étroitement avec le gouvernement britannique durant l'essentiel de sa carrière, et souvent été consulté discrètement par le Service de sécurité ou les Affaires étrangères. Il avait une habilitation « ultra-confidentiel défense », plus une autre pour des informations sensibles. Il avait, au cours des années, été le confident de nombreux Premiers ministres, et on le jugeait aussi fiable que la reine en personne. Quant à lui, il estimait que ça venait de sa cravate aux couleurs du collège de Winchester.

« Le pape, hein ?

— Oui, George, confirma Charleston. La Premier ministre veut que nous nous chargions de sa protection. Le problème, c'est que pour l'instant, nous n'avons pas le moindre indice. Nous ne pouvons pas en informer directement le Saint-Siège.

— En effet, Basil. On peut se fier à leur loyauté, mais pas à leur politique. Mais dis-moi, comment juges-tu leur service de renseignement ?

— Je dois avouer qu'il est de première bourre dans bien des domaines. Quel meilleur confident qu'un prêtre, après tout, et quel meilleur lieu pour transférer des informations qu'un confessionnal ? Sans parler de toutes les autres techniques qu'on peut utiliser. Leur renseignement politique est sans doute à la hauteur du nôtre, sinon meilleur. J'imagine volontiers qu'ils savent tout ce qui se passe en Pologne, par exemple. Et l'Europe de l'Est n'a sans doute guère de secrets pour eux, également. On ne peut pas sous-estimer leur capacité à faire appel à la fidélité la mieux ancrée d'un individu, après tout. Nous surveillons en tout cas leurs communications depuis des décennies.

— Pas possible ? s'étonna Hendley.

— Oui, pardi. Durant la Seconde Guerre mondiale, ils se sont montrés pour nous d'une valeur inestimable. Il y avait à l'époque un cardinal allemand en place au Saint-Siège – un certain Mansdorf – incroyable, non ? Dieter Mansdorf, il était archevêque de Mannheim, avant d'être promu à la diplomatie vaticane. L'homme voyageait beaucoup. Il nous a tenus au courant des secrets les plus intimes du parti nazi entre 1938 et la fin de la guerre. Il ne portait pas vraiment Hitler dans son cœur, vois-tu.

— Et leurs transmissions ?

— Mansdorf nous a même donné son livret de codes personnels à recopier. Ils l'ont changé après-guerre, bien entendu, ce qui fait que nous avons eu un peu moins de matériel sur leur courrier privé par la suite, mais ils n'ont jamais modifié leur système de cryptage et les gars du service central du chiffre réussissent parfois à en intercepter. Un type bien, ce cardinal Mansdorf. Jamais reconnu à son juste mérite, bien entendu. Il est mort en 59, je crois.

— Dans ce cas, qui nous dit que les Romains ne sont pas déjà au courant de l'opération ? » Pas une mauvaise question, s'avisa Charleston, mais il l'avait déjà envisagée depuis long-temps.

« Le secret est strictement gardé, nous a dit notre transfuge. Messages toujours remis en main propre, jamais transmis via leurs machines de chiffrement, ainsi de suite... Et seule une petite poignée de responsables est impliquée. Le seul nom important à notre connaissance est celui d'un officier de renseignement bulgare, Boris Strokov, colonel au DS. Nous le soupçonnons d'être le bonhomme qui a éliminé Georgiy Markov à deux pas de mon bureau. » Ce que Charleston considérait comme un crime de lèse-majesté – peut-être même exécuté d'ailleurs en manière de défi ouvert au SIS, le Service secret de Sa Majesté. La CIA et le KGB avaient en effet un pacte informel : jamais aucun service ne tuait dans la capitale de l'autre. Le SIS n'avait pas d'accord équivalent avec quiconque, un fait qui avait sans doute coûté la vie à Georgiy Markov.

« Tu penses donc qu'il pourrait être l'assassin pressenti ? »

C ouvrit les mains. « C'est tout ce dont nous disposons, George.

— C'est maigre, constata Hendley.

— Trop peu pour être à l'aise, certes, mais toujours mieux que rien. Nous avons un tas de photos de ce fameux Strokov. Le Yard a été à deux doigts de l'arrêter quand il s'est envolé de Heathrow, via Paris, du reste, pour se rendre ensuite à Sofia.

— Peut-être était-il pressé de partir ? suggéra Hendley.

— C'est un professionnel, George. Quels risques ces individus sont-ils prêts à courir ? Rétrospectivement, il est même incroyable que le Yard ait même simplement réussi à remonter jusqu'à lui.

— Bref, tu penses qu'il pourrait déjà se trouver en Italie ? » C'était un fait, pas une question.

« C'est une possibilité, mais qui peut le dire ? admit C. Les Italiens ont une compétence juridique limitée. Les accords du Latran leur laissent une juridiction discrétionnaire, sujette au veto du Saint-Siège », expliqua Charleston. Il allait lui falloir étudier les aspects légaux de la situation. « Le Vatican dispose de son propre service de sécurité, la fameuse garde suisse, mais si valeureux qu'ils soient, leur barrage est bien maigre, compte tenu des instructions imposées d'en haut. Et les autorités de la péninsule ne peuvent pas noyer la Cité sous leurs propres forces de sécurité, pour des raisons évidentes.

— Bref, notre Dame de fer vous a confié une tâche impossible.

— Eh oui, encore une fois, George, dut convenir sir Basil.

— Alors, que comptes-tu faire ?

— Tout ce qui m'est venu à l'esprit est de noyer quelques agents dans la foule pour tâcher d'y repérer ce Strokov.

— Et s'ils le voient ?

— De lui demander poliment de quitter les lieux ? songea Basil tout haut. Sans doute que ça marcherait... C'est un pro et se savoir repéré – j'imagine qu'ils ne se priveraient pas de le prendre ouvertement en photo – lui donnera sérieusement matière à réfléchir, peut-être assez pour renoncer à la mission.

— C'est bien maigre, commenta Hendley tout en réfléchissant à cette idée.

— Certes, dut convenir C. Mais cela nous donnerait au moins un truc à raconter à la Premier ministre.

— Et qui envoyer là-bas ?

— Nous avons un bon chef d'antenne à Rome, Tom Sharp. Il a quatre officiers dans sa boutique, qu'on pourrait épauler avec un petit contingent envoyé de Century House, j'imagine.

— Ça me paraît raisonnable, Basil. Au fait, pourquoi m'as-tu fait venir ?

— J'espérais que tu aurais une idée qui m'aurait échappé, George. » Une dernière gorgée de cognac. Même s'il avait envie de s'en remettre une lichette, il estima la dose suffisante pour la soirée.

« On ne peut pas faire plus que ce qu'on peut, compatit Hendley.

— C'est un homme trop bon pour être éliminé de la sorte... et par ces salauds de Russes. Et surtout pour quoi ? Pour avoir défendu ses compatriotes. Ce genre de loyauté mérite d'être récompensé, pas d'être puni d'un assassinat en public.

— Et la Premier ministre, partage cette opinion, bien sûr.

— Elle aime adopter des positions fermes. » Ce qui lui avait d'ailleurs valu sa réputation de par le monde.

« Et les Américains ? » s'enquit Hendley.

Charleston haussa les épaules. « Ils n'ont pas encore eu l'occasion de parler au transfuge. Ils nous font confiance, George, mais jusqu'à un certain point.

— Eh bien, fais ce que tu pourras. De toute manière, je doute que cette opération du KGB intervienne dans un avenir immédiat. Comment juges-tu l'efficacité des Soviétiques, du reste ?

— Ça, ça reste à voir », fut tout ce que put lui répondre Basil.

C'était plus calme ici que chez lui, malgré la proximité de l'autoroute, songea Ryan en roulant hors de son lit à sept heures moins dix. Le lavabo s'entêtait dans son excentricité britannique à exhiber deux robinets, un pour l'eau chaude, un pour la froide, le plus sûr moyen de vous brûler la main gauche et de vous glacer la droite quand vous vous les laviez. Ça faisait malgré tout du bien de se raser, se peigner et se préparer pour la journée, même s'il fallait la commencer par une tasse de thé *Taster's Choice*.

Kingshot était déjà dans la cuisine quand Jack descendit. Curieux comme les gens ont tendance à faire la grasse matinée le dimanche, mais en général pas le samedi.

« Un message de Londres, annonça Kingshot en guise de bonjour.

— À quel sujet ?

— Une question. Que diriez-vous de faire un saut à Rome en avion cet après-midi ?

— Que se passe-t-il ?

— Sir Basil expédie des gars au Vatican pour tâter le terrain. Il veut savoir si vous voulez y aller. C'est une opération de la CIA, après tout.

— Dites-lui que oui, répondit Jack sans un instant d'hésitation. Quand ? » Avant de réaliser soudain qu'il s'était encore laissé emporter par son élan. *Merde.*

« Le vol décolle de Heathrow à midi. Vous devriez avoir le temps de passer chez vous vous changer.

— Avec quelle voiture ?

— Nick vous conduira.

— Qu'allez-vous dire à Oleg ?

— La vérité. Ça devrait lui redonner le sentiment de son importance », songea tout haut le Britannique. C'était toujours excellent pour le moral des transfuges.

Ryan et Thompson étaient partis dans l'heure qui suivit, le sac de voyage de Jack dans le coffre de la voiture.

« Ce Zaïtzev, dit Nick, alors qu'ils étaient sur l'autoroute, il a l'air d'un transfuge rudement important.

— Ça, vous pouvez le dire, Nick. Il détient dans le ciboulot toute une flopée d'informations brûlantes. On va le traiter comme une hotte remplie de lingots d'or.

— Sympa de la part de la CIA de nous avoir laissé lui causer.

— C'était bien la moindre des choses. Vous l'avez exfiltré pour nous, et l'idée de masquer les traces de sa fuite était rudement bien pensée. » Jack ne pouvait guère en dire plus. Nick Thompson avait beau être partiellement dans le secret, Jack ignorait son niveau réel d'habilitation.

Ce qu'il y avait de bien avec Thompson, c'était qu'il savait quand ne pas insister. « Alors comme ça, votre père était agent de police ?

— Inspecteur, ouais. À la criminelle, surtout. Il y est resté plus de vingt ans. Il a terminé inspecteur divisionnaire. Il disait que les commissaires n'ont jamais rien de mieux à faire que de remplir de la paperasse, et p'pa, c'était pas son truc. Ce qu'il aimait, c'était alpaguer les sales types et les flanquer au trou.

— Où ça ?

— En prison. La prison d'État du Maryland est un bâtiment les plus rébarbatifs de Baltimore, construit par John Falls. Une espèce de forteresse médiévale, mais en plus intimidant. Les pensionnaires l'ont baptisée le château de Frankenstein.

— À la bonne heure, sir John. Je n'ai jamais éprouvé de sympathie particulière pour les meurtriers.

— Papa n'en parlait jamais beaucoup. Il ne ramenait pas de boulot à la maison. M'man n'aimait pas en entendre parler. Excepté une fois... un père avait tué son fils pour une histoire de tourte au crabe. C'est une espèce de petit hambur-

336

ger, mais avec de la chair de crabe, expliqua Jack. P'pa disait que c'était franchement nul de se faire buter pour ça. Le père, le meurtrier, a tout balancé, il a craqué, une vraie loque. Mais pour le bien que ça a fait à son fils...

— Incroyable comment beaucoup de meurtriers réagissent ainsi. Ils mobilisent assez de rage pour ôter une vie, et juste après, le remords les consume.

— Vieilli trop tôt, malin trop tard, nota Jack, citant un vieux dicton du Far-West.

— C'est bien vrai. Toute cette histoire, c'est souvent d'une tristesse à pleurer.

— Et si nous reparlions de l'ami Strokov ?

— Lui, c'est une toute autre paire de manches, répondit Thompson. On n'en voit pas souvent de ce calibre. Pour eux, tuer, ça fait partie du boulot. Pas de mobiles au sens habituel, et en général, ils ne laissent pas des masses d'indices. Ils peuvent s'avérer bien difficiles à dénicher, mais les trois quarts du temps, on les retrouve malgré tout. Le temps travaille pour nous, et tôt ou tard, quelqu'un parle et ça nous revient à l'oreille. La plupart des criminels, c'est leur propre langue qui les amène en prison, expliqua Nick. Mais ceux du gabarit de Strokov, ils sont muets comme des carpes, sauf qu'ils rentrent chez eux rédiger leur rapport officiel. Mais ceux-là, on ne met jamais la main dessus. Si on l'a repéré, c'est vraiment un coup de bol. M. Markov s'est souvenu d'avoir été piqué par le parapluie, il s'est rappelé la couleur du costume de son agresseur. Un de nos agents l'a vu porter le même et a trouvé qu'il y avait quelque chose de bizarre dans son comportement... enfin, au lieu de rentrer direct chez lui en avion, il a attendu d'être sûr que Markov était mort. Ils avaient déjà foiré deux tentatives, vous voyez, et ils avaient justement fait appel à lui à cause de son expertise. Un bon professionnel, le Strokov. Il voulait être parfaitement sûr, alors il a attendu de pouvoir lire la nécrologie dans les journaux. Entre-temps, on a pu interroger le personnel de l'hôtel où il était descendu et commencer de rassembler des indices. Le Service de sécurité est entré dans la danse, et il nous a aidés par certains côtés mais par pour d'autres – et le gouvernement s'y est mis à son tour. On craignait en haut lieu de créer un incident diplomatique, résultat, ils nous ont retenus deux jours, si ma mémoire est bonne. Le premier, Strokov en a profité pour filer en taxi à Heathrow prendre l'avion pour Paris. Je faisais partie de l'équipe de surveillance. J'étais à moins de cinq mètres de lui. On avait deux inspecteurs avec des appareils photo, ils ont pris un paquet de clichés. Le dernier montrait Strokov empruntant la passerelle pour embarquer dans le Boeing. Le lendemain, le gouvernement nous a accordé l'autorisation de l'interpeller pour interrogatoire.

— Un jour de trop et à un dollar près, c'est ça ? »

Thompson acquiesça. « Tout juste. J'aurais bien aimé le mettre à l'ombre à Old Bailey, mais le poisson nous a filé entre les doigts. Les Français l'ont repéré à Roissy-Charles-de-Gaulle, mais il n'a jamais quitté la zone internationale de transit, pas adressé la parole à quiconque. Ce salaud n'a pas manifesté le moindre remords. Je suppose que pour lui, c'était comme de débiter du petit bois pour le feu, dit l'ancien inspecteur de police.

— Ouais. Dans les films, on descend le mec, puis on se prend un martini, au shaker et pas à la cuillère. Mais c'est différent quand on tue un bon.

— Tout ce qu'a fait Markov a été diffusé par la BBC World Service, dit Nick en resserrant son étreinte sur le volant. J'imagine que les gens à Sofia ont été quelque peu ébranlés par ce qu'il a dit.

— Les gens de l'autre côté du Rideau de fer ne sont pas très portés sur la liberté de parole, lui rappela Ryan.

— De foutus barbares, oui. Et voilà maintenant cet autre zigue qui projette de tuer le pape... Je ne suis pas catholique, mais c'est un homme de Dieu et il ne m'a pas l'air d'un mauvais bougre. Vous savez, les criminels même les plus vicieux hésitent avant de s'en prendre à un membre du clergé.

— Ouais, je sais. C'est jamais trop bon d'irriter le bon Dieu. Mais ils ne croient pas en Dieu, Nick.

— Une chance pour eux que je sois pas le bon Dieu.

— Ouais, ça serait chouette d'avoir le pouvoir de redresser tous les torts sur la planète. Le problème, c'est que c'est justement ce que croient faire les patrons de Markov.

— C'est pour ça qu'on a des lois, Jack... Oui, bon, je sais, ils se font les leurs.

— C'est bien là le problème, convint Jack, alors qu'ils entraient dans Chatham.

— Chouette coin, observa Thompson, comme il tournait pour gravir la colline vers son quartier.

— Pas mal, oui. Cathy s'y plaît bien. J'aurais préféré plus près de Londres, mais enfin, c'est elle qui a décidé.

— Comme souvent avec les femmes », rigola Thompson en tournant à droite dans Fristow Way, puis enfin à gauche dans Grizesale Close. Ils étaient arrivés. Ryan descendit, récupéra ses bagages.

« Papa ! » s'écria Sally quand il franchit la porte. Ryan déposa ses sacs et la souleva dans ses bras. Les petites filles sont toujours championnes pour vous serrer bien fort, même si leurs baisers ont tendance à être collants.

« Comment va ma petite Sally ?

— Très bien. » Elle l'avait susurré comme un curieux ronronnement de chat.

« Oh, bonjour, monsieur Ryan. » C'était Miss Margaret. « Je ne vous attendais pas...

— Je fais que passer. Juste le temps de me changer et je file de nouveau.

— Tu repars *encore* ? se plaignit Sally d'une voix accablée.

— Désolé, ma puce. Papa a du boulot. »

La petite sortit de ses bras en se débattant. « Pouah ! » Et de filer illico devant son écran de télévision, remettant ainsi fermement son père à sa place.

Jack en profita pour monter à l'étage. Trois... non, quatre chemises propres, cinq changes de sous-vêtements, quatre cravates et... oui, quelques vêtements sport. Deux vestons propres, deux paires de chaussures. Son épingle de cravate des marines. C'était à peu près tout. Il laissa sur le lit la pile de linge sale et, ses affaires bouclées, redescendit. Oups... Il redéposa ses sacs et remonta récupérer son passeport. Inutile d'utiliser à nouveau les faux papiers britanniques.

« R'voir, Sally.

— R'voir, p'pa. » Puis elle se ravisa et bondit, pour le serrer à nouveau dans ses bras. Quand elle serait grande, elle ne briserait pas les cœurs, elle les découperait en lanières pour les faire griller au feu de bois. Mais d'ici là, il y avait le temps, et pour l'heure, son père avait la chance de pouvoir en profiter. Petit Jack dormait sur le dos dans son lit de bébé et son père décida de ne pas le déranger.

« Allez, salut la compagnie, dit Ryan en se tournant vers la porte.

— Où allez-vous ? demanda miss Margaret.

— À l'étranger. Le boulot, expliqua Jack. J'appellerai Cathy de l'aéroport.

— Bon voyage.

— Merci, Margaret. » Et il ressortit.

« On est dans les temps ? s'enquit-il de retour en voiture.

— Sans problème », calcula tout haut Thompson. Si jamais ils prenaient du retard, ce long-courrier aurait lui aussi un petit pépin mécanique.

« Bien. » Jack abaissa le dossier de son siège pour faire un petit somme.

Il s'éveilla juste devant le terminal 3 de Heathrow. Thompson arrêta la voiture à la hauteur d'un homme en civil aux airs de fonctionnaire gouvernemental.

C'en était un. Dès que Ryan fut descendu, l'homme s'approcha et lui tendit une pochette à billets.

« Monsieur, votre avion décolle dans quarante minutes, porte d'embarquement numéro 12, lui précisa-t-il. Vous serez attendu à Rome par Tom Sharp.

— Quelle tête a-t-il ? s'enquit Jack.

— Il vous reconnaîtra, monsieur.

— Bon. » Ryan prit les billets et retourna chercher ses bagages sur le siège arrière.

« Je m'en charge, monsieur. »

Ce genre de voyage avait ses avantages, songea Jack. Il salua d'un signe Thompson et s'engouffra dans l'aérogare, cherchant des yeux la porte 12. Ce ne fut guère difficile. Il alla s'installer près de la porte d'embarquement et consulta son billet : encore une fois la place 1-A, en première. Le SIS devait avoir un accord en béton avec British Airways. Tout ce qu'il lui restait désormais, c'était à survivre au vol.

Il embarqua vingt minutes plus tard, s'assit, boucla sa ceinture et avança sa montre d'une heure. Il endura l'habituel cirque inutile des consignes de sécurité et des instructions superfétatoires pour attacher sa ceinture qui, dans son cas, était déjà bien sagement encliquetée.

Le vol dura deux heures pour déposer Jack à l'aéroport Léonard-de-Vinci à quinze heures neuf, heure locale. Il descendit de l'avion et chercha des yeux la file bleue pour faire tamponner son passeport diplomatique après une attente d'environ cinq secondes – un autre diplomate l'avait précédé, et cet abruti avait oublié dans quelle poche il avait fourré ses papiers.

Cela fait, il récupéra ses bagages sur le carrousel et sortit. Un homme à la barbe grisonnante semblait le dévisager.

« Vous êtes Jack Ryan ?

— Vous devez être Tom Sharp.

— Correct. Laissez-moi vous soulager de vos bagages. » Pourquoi les gens tenaient-ils à le faire, Ryan l'ignorait, même si, réflexion faite, il l'avait fait lui aussi un certain nombre de fois – et les Rosbifs étaient champions du monde des bonnes manières.

« Et vous êtes... ? demanda Ryan.

— Le chef de l'antenne de Rome, répondit Sharp. C a appelé pour avertir de votre arrivée, sir John, et exiger que je vous accueille personnellement.

— Sympa de la part de Basil », s'avisa tout haut Jack.

La voiture de Sharp était en l'occurrence une berline Bentley, couleur bronze, à conduite à gauche par respect pour le fait qu'ils étaient en pays barbare.

« Chouette tire, mon vieux.

— Ma couverture est sous-chef de mission diplomatique, expliqua Sharp. J'aurais pu avoir une Ferrari, mais cela semblait un rien trop ostentatoire. Mon travail sur le terrain est en fait limité, voyez-vous, je me consacre surtout à des tâches administratives. C'est que je suis réellement sous-chef de mission à l'ambassade. L'excès de paperasse diplomatique... il y a de quoi devenir fou.

— Comment trouvez-vous l'Italie ?

— Le pays est adorable, les gens aussi. Pas terriblement bien organisés. On dit que nous autres Britanniques avons tendance à embrouiller les choses, mais on est de vrais Prussiens comparés aux Ritals.

— Et leurs flics ?

— Fort bons, à vrai dire. Il existe plusieurs forces de police. La meilleure, ce sont les carabiniers, une police paramilitaire du gouvernement central, l'équivalent d'une gendarmerie. Certains sont excellents. Dans le sud, du côté de la Sicile, ils essaient de maîtriser la Mafia – un boulot de chien, mais vous savez, je crois bien qu'ils finiront par y arriver.

— On vous a dit pourquoi ils m'ont fait descendre ici ?

— Certains pensent que Iouri Vladimirovitch veut tuer le pape ? C'est ce que disait mon télex.

— Ouais. On vient de récupérer un transfuge qui l'affirme, et on a tout lieu de croire qu'il dit vrai.

— Des détails ?

— Bien peur que non. Je crois qu'ils m'ont envoyé ici collaborer avec vous jusqu'à ce que quelqu'un ait trouvé la marche à suivre. M'est avis que la tentative d'attentat pourrait avoir lieu mercredi.

— Lors de son apparition hebdomadaire sur la place ? »

Jack acquiesça. Ils étaient à présent sur l'autoroute reliant l'aéroport à la capitale. Le paysage semblait bizarre à Ryan, il lui fallut une minute pour comprendre pourquoi. La pente des toits était différente : plus plats que ceux auxquels il était habitué. Sans doute n'avaient-ils pas beaucoup de neige dans le coin en hiver. Sinon, les maisons ressemblaient à des morceaux de sucre, peints en blanc pour repousser la chaleur du soleil italien. Enfin, chaque pays avait son architecture.

« Mercredi, hein ?

— Ouais. Nous cherchons également un certain Boris Strokov, colonel du renseignement bulgare. Il semble être un tueur professionnel. »

Sharp était concentré sur la conduite. Puis : « Le nom me dit quelque chose. Ce n'est pas lui qui était suspecté dans le meurtre de Georgiy Markov ?

— Lui-même. Ils devraient nous envoyer des photos de lui.

— Le courrier était sur votre vol, signala Sharp. Il a pris une autre route pour venir.

— Des idées sur la conduite à tenir ?

— On va déjà vous installer à l'ambassade – chez moi, en fait, à deux rues de là. La maison est chouette. Ensuite, on vous conduira à Saint-Pierre de Rome, histoire d'effectuer une petite reconnaissance. J'y suis déjà allé pour voir les œuvres d'art – les collections du Vatican n'ont d'égales que celles de la reine – mais je n'ai jamais travaillé vraiment là-bas. Déjà venu à Rome ?

— Jamais.

— Très bien, alors on va plutôt vous faire faire un petit tour, que vous ayez déjà un avant-goût. »

Rome semblait une ville remarquablement désorganisée – mais il en était de même lorsqu'on consultait un plan des rues de Londres, cité dont les pères ne s'étaient à l'évidence pas entendus entre eux. Et Rome était plus vieille d'au moins un bon millénaire, bâtie au temps où le moyen de transport le plus rapide était le cheval, lequel est plus lent dans la vie que dans un western de John Ford. Pas beaucoup d'artères rectilignes, et un fleuve qui sinuait au milieu. Tout paraissait ancien aux yeux de Ryan – non, pas ancien, antique, comme si des dinosaures avaient jadis arpenté ces rues. Tout cela avait bien sûr du mal à faire bon ménage avec la circulation automobile.

« Voici l'amphithéâtre flavien. On l'appelait ainsi parce qu'il a été bâti par trois empereurs de la dynastie des Flaviens : Vespasien et ses fils Titus et Domitien. Le nom de Colisée, qui évoque les dimensions colossales de l'édifice, ne lui a été donné en fait qu'au Moyen Âge. »

Jack l'avait vu à la télé et au cinéma, mais ce n'était pas la même chose que de passer devant en voiture. Et dire que des gens avaient bâti ça rien qu'à la sueur de leur front et avec des cordes de chanvre ! La forme de l'édifice lui rappela étrangement celle du Yankee Stadium de New York. Mais Babe Ruth n'avait jamais répandu les entrailles d'un adversaire sur le Bronx. Il s'en était passé des choses, ici... L'heure était venue pour Ryan de faire une confession :

« Vous savez, si un jour on invente une machine à remonter le temps, je crois que j'aimerais bien revenir faire un tour voir de quoi ça avait l'air à l'époque. Je dois vous paraître barbare, non ?

— Oh, ce n'était jamais que leur version du rugby, observa Sharp. Et les matches de football, ici, peuvent être passablement virils.

344

— Votre football est un jeu de fillettes.

— C'est vous le barbare, sir John. Le football, expliqua-t-il de son meilleur accent, est un jeu de gentlemen joué par des voyous, alors que le rugby est un jeu de voyous joué par des gentlemen.

— Je vous crois sur parole. J'aimerais juste pouvoir jeter un œil sur l'*International Herald Tribune*. Mon équipe de base-ball est dans le dernier carré du championnat et j'aimerais bien savoir ce qu'ils donnent.

— Du base-ball ? Alors là, vous pouvez parler d'un jeu de fillettes, décréta Sharp.

— J'ai déjà entendu ce refrain. Vous autres Rosbifs n'y comprenez que dalle.

— Tout comme vous n'êtes pas fichus de comprendre le foot, le vrai, sir John. En Italie, c'est encore plus une passion nationale que chez nous. Ils tendent à avoir un jeu flamboyant, bien différent de celui des Allemands, par exemple, qui déboulent sur le terrain comme de vraies machines. »

Pour Ryan, c'était comme écouter une discussion sur les mérites respectifs d'une balle courbe et d'une balle glissante, ou d'une balle courbe renversée et d'une balle-papillon. Ryan n'était pas un si grand amateur de base-ball pour en saisir toutes les subtilités ; cela dépendait surtout du commentateur à la télé, qui sans doute en inventait une bonne partie. Mais il savait quand même qu'il n'y avait pas un joueur de base-ball pour expédier une bonne balle courbe sur le coin extérieur.

La basilique Saint-Pierre apparut cinq minutes après ces réflexions.

« Sacrebleu ! souffla Jack.

— Imposante, hein ? »

Elle était plus qu'imposante. Elle était énorme.

Sharp passa du côté gauche de la basilique pour aboutir dans une zone de boutiques – de joaillerie, apparemment – au milieu desquelles il se gara.

« Allons jeter un coup d'œil, voulez-vous ? »

Ryan sauta sur l'occasion de sortir se dégourdir les jambes, mais il dut garder à l'esprit qu'il n'était pas venu ici pour admirer l'architecture de Bramante ou de Michel-Ange. Il était venu repérer le terrain en vue d'une mission, comme on le lui avait enseigné à Quantico. Ce n'était pas si dur que ça, une fois qu'on avait saisi les bases.

Vu d'en haut, l'ensemble aurait pu évoquer le demi-cercle d'un terrain de basket classique. La partie circulaire de la place devait bien faire deux cents mètres de diamètre, pour s'étrécir environ au tiers de cette dimension à mesure qu'on s'éloignait des gigantesques portes de bronze en direction de la basilique proprement dite.

« Quand il se rend au milieu des fidèles, il monte dans sa voiture – en fait, une espèce de croisement entre une jeep et une voiturette de golf – à cet endroit-là, expliqua Sharp, et il suit un itinéraire qu'on lui ouvre dans la foule en longeant cette ligne, pour tourner là-bas, et revenir. Ça lui prend en tout et pour tout, on dira une vingtaine de minutes, selon qu'il fait ou non arrêter sa voiture pour... vous diriez un bain de foule. Je suppose que je ne devrais pas le comparer à un homme politique. Il a l'air d'une honnêteté foncière, d'une grande bonté. Tous les papes n'ont pas été comme ça, mais lui, si. Et ce n'est pas un poltron. Il a dû survivre au nazisme et au communisme, sans que jamais ça le fasse dévier d'un pouce de sa ligne.

— Ouais, il doit aimer se placer en fer de lance », murmura Ryan en guise de réponse. Il y avait juste un détail qui lui occupait l'esprit : « Où sera le soleil ?

— Juste derrière nous.

— Donc, s'il y a un méchant, il se tiendra à peu près ici, pour avoir le soleil dans le dos, pas dans les yeux. Les gens qui regardent d'en face de ce côté auront, eux, le soleil dans les yeux. Peut-être que ce n'est pas grand-chose, mais quand on joue sa peau, on tâche de sortir tous les atouts qu'on a dans la main. Vous avez été militaire, Tom ?

346

— Dans les Coldstream Guards[1], entré lieutenant, sorti capitaine. J'ai un peu connu le feu à Aden, mais en fait j'ai passé l'essentiel de mon temps de service dans les BOAR[2]. En tout cas, je suis d'accord avec votre évaluation de la situation, répondit Sharp en se tournant pour procéder à son tour à la sienne. Et les professionnels sont assez prévisibles, vu qu'ils étudient tous en gros à partir du même manuel. Mais avec un fusil ?

— De combien d'hommes pouvez-vous disposer pour cette mission ?

— Quatre, sans me compter. C pourrait envoyer des renforts de Londres, mais pas tant que ça.

— Si on en mettait un là-haut ? » Ryan indiquait la colonnade. Vingt, vingt-deux mètres ? À peu près la hauteur du perchoir où s'était juché Lee Harvey Oswald pour descendre Kennedy... *avec un fusil italien*, se remémora Jack.

Le souvenir lui procura un léger frisson.

« Je pourrais sans doute faire monter un gars là-haut, déguisé en photographe. » Et un gros téléobjectif faisait une excellente lunette de visée.

« Et côté radio ?

— Disons six talkies-walkies sur les fréquences de la CB. Si on n'en trouve pas à l'ambassade, on pourra toujours en faire venir de Londres.

— Mieux vaudrait des modèles militaires, ils sont assez petits pour être planqués – on en avait dans les marines, munis d'une oreillette... comme l'écouteur d'un transistor. Et ce serait encore mieux s'ils étaient cryptés, mais ça risque d'être plus difficile. » *Sans parler que ces bidules ne sont pas toujours fiables*, se garda d'ajouter Ryan.

---

1. Le plus ancien régiment d'infanterie de l'armée britannique, puisqu'il fut levé et organisé par Cromwell en 1650.
2. BOAR : *British Overseas Army of the Rhine* : forces armées d'occupation britannique en Allemagne.

« Ouais, on pourrait le faire. Vous avez l'œil acéré, sir John.

— Je ne suis pas resté longtemps chez les marines, mais ils ont une façon d'enseigner, pendant les classes, qui vous rend les leçons plutôt difficiles à oublier... Cela dit, ça fait une sacrée superficie à couvrir avec seulement six bonshommes...

— Et ce n'est pas vraiment le genre d'exercice auquel nous forme le SIS, ajouta Sharp.

— Hé, le service de protection présidentiel couvrirait un tel site avec au bas mot cent agents entraînés... Merde, sans doute plus... sans compter qu'il essaierait d'avoir des renseignements sur tous les hôtels, motels et bouges du secteur... » Jack laissa échapper un soupir. « Monsieur Sharp, c'est mission impossible. Quelle est la densité de la foule ?

— C'est variable. L'été, en pleine saison touristique, il y a assez de gens ici pour emplir le stade de Wembley. La semaine qui vient ? À coup sûr plusieurs milliers de personnes. Combien au juste, c'est difficile à dire. »

Cette mission est un vrai sac de nœuds, se dit Ryan.

« Pas moyen de se taper la liste des hôtels, d'essayer de repérer ce Strokov ?

— Il y en a encore plus à Rome qu'à Londres. Ça fait un paquet à couvrir pour quatre malheureux agents. Et pas question de demander un coup de main à la police locale, rappelez-vous.

— Quelles sont les instructions de Basil à ce sujet ? s'enquit Ryan, devinant déjà la réponse.

— Tout doit rester confidentiel. Non, hors de question de laisser savoir ce qu'on fait. »

Jack se rendit compte qu'il ne pouvait même pas appeler en renfort l'antenne locale de la CIA. Jamais Bob Ritter ne cautionnerait une telle opération. *Sac de nœuds* était un euphémisme.

31

Un pontonnier

L A résidence officielle de Sharp était, à sa manière, aussi impressionnante que la planque dans la banlieue de Manchester. Difficile de deviner pour quoi – ou pour qui – elle avait été bâtie et Ryan était de toute façon las de deviner. Il disposait d'une chambre et d'une salle de bain particulière et cela lui suffisait amplement. Toutes les pièces étaient hautes de plafond, sans doute pour mieux les protéger des chaleurs estivales dont Rome était coutumière. Il avait fait près de 27° durant leur balade en voiture de l'après-midi : c'était chaud, mais encore supportable pour un habitué du climat de la région de Baltimore et Washington, même si l'Anglais devait avoir eu l'impression de bouillir à petit feu. Celui qui avait dit que les Anglais étaient des durs à cuire devait vivre à une autre époque, songea Jack. À Londres, les gens commençaient à tomber comme des mouches en pleine rue sitôt que la température dépassait vingt-cinq.

Toujours est-il qu'il avait trois jours devant lui pour se tracasser et un pour exécuter les plans que Sharp avait réussi à lui concocter – en espérant que rien n'arriverait d'ici là et que la CIA trouverait un moyen de conseiller aux forces de sécurité vaticanes de renforcer la sécurité autour du souverain pontife. Bon Dieu, et dire que le gars s'habillait de blanc, en plus, sans doute pour faire encore une meilleure cible –

comme une grande feuille de papier blanc sur laquelle s'exercer à tirer. George Armstrong Custer n'avait pas travaillé dans un environnement tactique pire, mais au moins l'avait-il fait les yeux grands ouverts – même si son regard était quelque peu aveuglé par l'orgueil et la confiance en sa bonne étoile. Mais le pape n'était pas victime de cette illusion. Non, il croyait que Dieu le rappellerait au moment où Il en aurait décidé, point final. En cela, la foi de Ryan n'était guère différente, même s'il estimait que si Dieu lui avait donné un cerveau et accordé le libre arbitre, c'était bien pour une raison... Cela faisait-il de lui pour autant un instrument de la volonté divine ? La question était un peu trop profonde pour l'instant, par ailleurs, Ryan n'avait pas les vertus théologiques nécessaires pour l'élucider. Peut-être était-ce après tout un manque de foi. Peut-être croyait-il par trop au monde réel. Le boulot de son épouse était d'aider à réparer les problèmes de santé, et ces problèmes étaient-ils infligés aux hommes par Dieu Lui-même ? D'aucuns le croyaient. Ou bien Dieu les laissait-Il simplement survenir pour mieux permettre aux gens comme Cathy de les résoudre et ainsi d'accomplir Son œuvre ? Ryan penchait plutôt pour cette dernière opinion, et l'Église sans doute aussi, qui construisait tant d'hôpitaux de par le monde.

Mais si une chose était sûre, c'était que le Seigneur n'approuvait pas le meurtre, et c'était bel et bien désormais la mission de Jack d'en empêcher un de survenir, si c'était possible. Il n'était certainement pas du genre à rester sur place sans rien faire. Un prêtre aurait pu se contenter de la persuasion ou, à tout le moins, d'une obstruction passive. Ryan savait pour sa part que si jamais il voyait un criminel dégainer pour tirer sur le pape – ou, d'ailleurs, sur n'importe qui d'autre – et qu'il avait une arme dans la main, il n'hésiterait pas plus d'une fraction de seconde pour interrompre cet acte d'une balle bien placée. Peut-être était-ce ainsi qu'il était par nature, peut-être l'avait-il appris de son père, peut-être de

350

son instruction sous l'uniforme, mais quelle qu'en soit la raison, jamais le recours à la violence physique ne le ferait se défiler – à tout le moins, pas avant d'avoir accompli son acte. Il y avait déjà quelques individus en enfer pour en témoigner.

C'est dans cette disposition d'esprit qu'il commença à se préparer mentalement à ce qu'il lui faudrait peut-être accomplir si les méchants étaient en ville et qu'il les voyait. Puis il se rendit soudain compte qu'il n'aurait même pas à en répondre – pas avec son statut diplomatique. Le département d'État était en droit de lui retirer sa protection aux termes de la Convention de Vienne, mais dans un cas pareil, non, ce ne serait sûrement pas le cas. Donc, quoi qu'il advienne, il avait les mains libres et ce n'était pas une si mauvaise position, somme toute.

Les Sharp l'invitèrent à dîner – c'était un simple petit resto de quartier, mais la nourriture qu'on y servait était excellente, preuve s'il en était que les meilleurs restaurants italiens étaient les petits établissements familiaux. Il était manifeste que les Sharp devaient y venir souvent tant le personnel était aimable avec eux.

« Tom, qu'est-ce qu'on va bien pouvoir faire ? demanda Jack, sans détour, estimant qu'Annie son épouse devait être au courant de son métier.

— Churchill disait : foncer sans se poser de questions. » Il haussa les épaules. « On fera du mieux qu'on peut, Jack.

— Je suppose que je me sentirais diablement mieux avec un peloton de marines derrière moi.

— Moi aussi, mais on fait avec les moyens qu'on a.

— Tommy, intervint Mme Sharp, de quoi parlez-vous au juste, tous les deux ?

— Pas le droit de dire, ma chérie.

— Mais vous êtes de la CIA, poursuivit-elle, cette fois en regardant Jack.

— Oui, madame, confirma Ryan. Auparavant, j'enseignais l'histoire à l'Académie navale d'Annapolis, et avant encore, j'étais courtier en Bourse, et avant tout cela, j'ai été marine.

— Sir John, vous êtes celui qui...

— Et je m'en voudrai toute ma vie. » Mais pourquoi, bon Dieu, se redemanda-t-il pour la millième fois, ne s'était-il pas contenté de planquer sa femme et sa fille derrière un arbre sur le Mall de Londres et de laisser Sean Miller accomplir son forfait ? Cathy aurait toujours pu prendre quelques photos qui auraient pu aider la police, après tout. Il se dit qu'aucun acte bon – ou stupide – ne restait impuni... « Et vous pouvez laisser tomber le sir John. Je n'ai ni cheval, ni armure. » Et sa seule épée était le sabre de mamelouk que le corps des marines attribuait à ses officiers à leur sortie de Quantico.

« Jack, un chevalier est, selon les usages, celui qui prend les armes pour protéger le souverain. Vous l'avez fait à deux reprises, si ma mémoire est bonne. Vous êtes par conséquent parfaitement en droit de porter le titre, insista Sharp.

— Vous n'avez pas la mémoire courte, vous autres, hein ?

— Pas pour des faits de ce genre, sir John. Le courage au feu est de ces actes dont on doit garder le souvenir.

— Surtout dans les cauchemars, mais chaque fois, l'arme s'enraye... mais, c'est vrai, j'en ai encore de temps en temps, admit Jack pour la première fois de sa vie. Quel est le programme de demain, Tom ?

— Dans la matinée, j'ai du boulot à l'ambassade. Si vous continuiez le repérage des lieux, en attendant ? Je pourrais vous rejoindre pour déjeuner.

— Ça me convient. On se retrouve où ?

— Juste en entrant dans la basilique, sur la droite, il y a la *Pietá* de Michel-Ange. Trouvez-vous là à treize heures quinze précises.

— Entendu. »

« Alors, où est Ryan ? demanda le Lapin.

— À Rome, répondit Kingshot. En train de vérifier ce que vous nous avez dit. » Il avait passé toute la journée à révéler ce qu'il savait des opérations du KGB au Royaume-Uni. Il s'avéra que ça faisait pas mal de choses, assez en tout cas pour faire littéralement baver sur leurs notes les trois hommes du Service de sécurité. Ryan s'était trompé, s'avisa Kingshot pendant le dîner. Ce gars n'était pas une mine d'or. Non, c'était la mine de Kimberley, et les diamants lui sortaient littéralement de la bouche. Zaïtzev se détendait un peu plus, à présent qu'il commençait à goûter les avantages de son statut. *Et il peut*, songea Alan. Comme l'inventeur de la puce informatique, ce Lapin avait désormais son avenir assuré, toutes les carottes qu'il pourrait manger, et des hommes en armes pour protéger son terrier de tous les ours.

Leur petit Lapereau venait pour sa part de découvrir aujourd'hui les dessins animés occidentaux. Elle semblait apprécier tout particulièrement ceux de *Bib-Bip et le Coyote*, sans doute parce qu'elle avait remarqué d'emblée la similitude entre la série américaine et son équivalent soviétique, *Hep, attendez une minute*, l'un comme l'autre la faisaient en tout cas rire tout autant.

De son côté, Irina redécouvrait son amour du piano : elle avait passé la journée devant le grand Bösendorfer du salon à musique, faisant des fausses notes mais réapprenant peu à peu et commençant à retrouver sa dextérité passée, sous les regards admiratifs de Mme Thompson, qui pour sa part n'avait jamais appris à jouer de cet instrument, mais avait déniché dans la demeure des piles de partitions pour permettre à leur hôte de s'exercer.

Kingshot se dit que cette petite famille allait sans doute s'acclimater sans grand problème à l'Occident. L'enfant était une enfant. Le père avait des tonnes d'informations de prix. La mère pourrait respirer librement et jouer du piano tout son soûl. Ils porteraient leur liberté toute neuve comme un nouveau vêtement, ample et confortable. Ils étaient, pour reprendre le terme russe, *kulturniy*, des gens cultivés, de parfaits représentants de la riche culture qui avait durant des siècles précédé le communisme. C'était bon de savoir que tous les transfuges n'étaient pas des voyous alcooliques.

« Il chante comme un canari sous amphétamines, d'après sir Basil, indiqua Moore à ses supérieurs, qu'il avait invités chez lui. Il dit que le gars va nous balancer plus d'informations que nous ne pourrons en utiliser.

— Ah ouais ? Donne-nous voir un exemple..., lança Ritter.

— Quand devons-nous le récupérer ? intervint l'amiral Greer.

— Basil a demandé deux jours de délai pour son transfert. Disons, jeudi après-midi. Je ferai envoyer un VC-137 de l'Air Force. Autant le faire voyager en première », observa le juge, en veine de générosité. Ce n'était pas ses sous, après tout. « Au fait, Basil a alerté son personnel à Rome, au cas où le KGB aurait décidé de brûler les étapes.

— Ils ne sont pas efficaces à ce point, observa Ritter avec une certaine assurance.

— À ta place, je me méfierais, Bob, rétorqua le DAR. Iouri Vladimirovitch n'a pas la réputation d'être patient. » Greer n'était pas le premier à faire cette observation.

« Je sais, mais leur hiérarchie mouline plus lentement que la nôtre.

— Et les Bulgares ? intervint Moore. Ils pensent que le tireur s'appelle Strokov, Boris Strokov. C'est sans doute l'auteur du meurtre de Gregoriy Markov sur le pont de Westminster. Un assassin expérimenté, au dire de Basil.

— C'est logique qu'ils utilisent les Bulgares, observa Ritter. Ce sont les tueurs patentés du Bloc de l'Est, et ce sont toujours des communistes, ainsi d'ailleurs que des joueurs d'échecs, sans être des grands maîtres. Cela dit, nous n'avons toujours pas trouvé comment avertir le Vatican. Pouvons-nous en toucher un mot au nonce apostolique ? »

Ils avaient tous eu un minimum de temps pour envisager la question et le moment était venu de l'aborder à nouveau. Le nonce – ambassadeur du Saint-Siège auprès des États-Unis – était le cardinal Giovanni Sabatino. Sabatino appartenait depuis longtemps à la diplomatie vaticane et il était fort estimé des fonctionnaires du département d'État, tant pour sa sagacité que pour sa discrétion.

« Pouvons-nous le faire sans risque de compromettre la source ? se demanda Greer.

— On peut toujours raconter qu'un Bulgare s'est montré trop bavard...

— Arrangez-vous pour sélectionner votre source avec soin, Arthur, avertit Ritter. N'oublions pas que le DS bulgare dispose de cette unité spéciale. Elle rend compte directement au Politburo, et ils ne sont pas du genre à laisser traîner des traces écrites, s'il faut en croire les quelques sources que nous avons là-bas. Un peu comme la version communiste d'Albert Anastasia. Or ce Strokov en fait partie, si du moins nos renseignements sont bons.

— On pourrait raconter que leur secrétaire du Parti s'est confié à une maîtresse. Il en a plusieurs », suggéra Greer. Le sous-directeur du Renseignement détenait toutes sortes d'informations sur la vie intime des dirigeants internationaux, et le patron du Parti bulgare était un homme du peuple au sens le plus terre à terre du terme. Bien entendu, si jamais l'info s'ébruitait, la vie risquait de devenir difficile pour les femmes en question, mais l'adultère avait son prix. Par ailleurs, le chef d'État bulgare était si grand buveur qu'il y avait des chances qu'il ait oublié à qui il avait (ou plutôt n'avait jamais) dit ce qu'on lui attribuait. Cela pourrait toujours les aider à soulager leur conscience.

« Ça me paraît plausible, opina Ritter.

— Quand pouvons-nous voir le nonce ? demanda Moore.

— En milieu de semaine, peut-être ? » suggéra de nouveau Ritter. D'ici là, tous avaient un agenda chargé. Le juge serait pris au Capitole pour défendre son budget jusqu'au mercredi matin.

« Où ? » Ils ne pouvais quand même pas l'amener ici. L'ecclésiastique ne voudrait pas venir. Trop risqué si jamais quelqu'un le remarquait. Et le juge Moore ne pouvait pas non plus rendre visite au nonce. Son visage était trop connu du petit monde politique gravitant à Washington.

« Aux Affaires étrangères », songea tout haut Greer. Moore allait relativement souvent voir le secrétaire d'État ; quant au nonce, il n'était pas vraiment un étranger en ces lieux.

« Ça devrait coller, décida le DCR. Mettons ça au point. »

Moore s'étira. Il avait horreur de devoir bosser le dimanche. Même un juge à la cour d'appel avait droit à ses week-ends.

« Reste à savoir ce qu'ils pourront faire d'une telle information, les prévint Ritter. Qu'en pense Basil ?

— Il a envoyé fureter son antenne de Rome, ils ne sont que cinq en tout, mais il doit envoyer des renforts de Londres dès demain, au cas où les autres auraient décidé de frapper mercredi – c'est le jour où le Saint-Père apparaît en public. J'imagine qu'il a un emploi du temps chargé, lui aussi.

— Dommage qu'il ne puisse pas annuler son petit tour de la place, mais j'imagine qu'il refuserait d'écouter si on le lui demandait.

— Presque sûr », convint Moore. Il n'aborda pas le fait que Sir Basil l'avait averti de l'envoi de Ryan à Rome. Ritter risquait encore d'en faire une attaque, et c'était trop pour le juge un dimanche.

Ryan se leva tôt, comme d'habitude, il prit son petit déjeuner, puis se rendit à Saint-Pierre en taxi. C'était agréable de pouvoir faire le tour de la place, qui était presque entièrement circulaire, pour se dégourdir les jambes. Ça lui faisait tout drôle d'être ici, au sein d'un État souverain dont la langue officielle était le latin. Il se demanda si les Césars auraient apprécié l'idée que le dernier refuge de leur langue fût également celui du groupuscule qui avait conduit à la ruine de leur empire qui couvrait le monde connu, mais il ne pouvait guère se rendre au Forum pour y interroger les spectres qui le hantaient encore.

La basilique captiva son attention. Les mots manquaient pour qualifier un édifice aussi vaste. Les fonds nécessaires à sa construction avaient exigé le trafic d'indulgences qui avaient poussé Martin Luther à placarder sa protestation sur la porte de la cathédrale, donnant ainsi le départ à la Réforme, un fait mal vu des bonnes sœurs du collège St. Matthew, mais que les jésuites du reste de sa scolarité considéraient avec plus de tolérance. D'autant que la Société de Jésus devait son existence à la Réforme – elle avait été fondée pour la combattre.

Mais peu importait pour l'heure. La basilique défiait toute description et semblait un siège adéquat pour l'Église catholique, apostolique et romaine. Jack pénétra dans l'édifice et constata, si c'était possible, qu'il semblait encore plus vaste dedans que dehors. On aurait pu y organiser un match de football. Le maître autel était bien à cent mètres de distance, réservé à l'usage exclusif du pape, et dessous se trouvait la crypte où reposaient ses prédécesseurs, y compris, selon la tradition, saint Pierre lui-même. « Tu es Pierre, avait dit Jésus dans les Évangiles, et sur cette pierre, je bâtirai mon Église. » Eh bien, avec l'aide de quelques architectes et sans doute d'une armée d'ouvriers, ils en avaient certes bâti une. Jack s'y sentait attiré comme si c'était la demeure personnelle de Dieu. La cathédrale de Baltimore n'y aurait fait figure que de modeste alcôve. Regardant autour de lui, il vit les touristes la tête levée qui contemplaient, bouche bée, le plafond.

Comment ont-ils pu bâtir une telle structure sans poutrelles d'acier ? s'étonna-t-il. *Ces gars des siècles passés connaissaient rudement bien leur affaire,* songea Ryan. C'étaient leurs enfants qui bossaient désormais pour Boeing ou la NASA. Il passa en tout et pour tout vingt minutes à déambuler, puis se rappela qu'il n'était pas un touriste.

Ce lieu avait été jadis à l'origine le site du Circus maximus romain. L'immense piste où s'affrontaient les chars, comme dans la fameuse course de *Ben-Hur,* avait été démolie et une église édifiée à la place, la première cathédrale Saint-Pierre, mais, avec le temps, elle s'était détériorée, aussi avait-on entrepris d'en édifier une autre, un projet étalé sur plus de cent ans pour s'achever au XVIe siècle, se souvint Ryan. Il ressortit pour inspecter de nouveau les lieux. Plus il réfléchissait à des solutions alternatives, plus il lui semblait que son impression première avait été la bonne. Le pape montait dans sa voiture ici, faisait le tour de la place en passant par là, et la zone du parcours la plus vulnérable était précisément là... Le problème, c'est que ce « là » embrassait un espace semi-circulaire d'environ deux cents mètres de large.

OK, il serait peut-être temps de faire un peu d'analyse prospective.

Le tireur devrait être un pro. Un pro aurait deux priorités : un, réussir son tir ; deux, se tirer d'ici au plus vite.

Aussi Ryan évalua-t-il les itinéraires de fuite éventuels. Sur la gauche, au plus près de la façade de la basilique, les gens s'empileraient sans doute littéralement pour avoir une chance d'être les premiers à voir sortir le Saint-Père. Plus bas, l'itinéraire de la voiture découverte s'élargissait quelque peu, accroissant la distance de tir – ce qui était à éviter. Mais, d'un autre côté, le tireur voudrait toujours chercher à s'esquiver au plus vite, or le meilleur moyen d'y parvenir était d'emprunter la rue latérale où Sharp s'était garé la veille. On pouvait sans doute y planquer une voiture, et si on arrivait jusque-là, il faudrait alors foncer pied au plancher jusqu'à l'endroit où un véhicule de rechange avait été garé – indispensable car les flics ne manqueraient pas de rechercher le premier, et Rome regorgeait d'agents de police prêts à coup sûr à traverser les flammes pour rattraper celui qui aurait descendu le pape.

Bon, retour à la position de tir. L'homme ne voudrait pas être noyé dans la partie la plus dense de la foule, ce qui éliminait donc les abords de l'église. Mais il voudrait s'éclipser en passant sous cette arche-ci. Soit, soixante, soixante-dix mètres. Dix secondes ? Avec la voie libre, peut-être. Mettons le double, par précaution. Sans doute s'écrierait-il : « *Le voilà !* » pour distraire les gens. Cela pourrait toujours faciliter son identification ultérieure, mais le colonel Strokov devrait envisager de dormir dès la nuit de mercredi à Sofia. *Donc, vérifier les horaires des avions. S'il tire et file, il ne rentrera sûrement pas à la nage. Non, il optera pour la voie la plus rapide – à moins qu'il ait une planque ultra-sûre ici même à Rome.*

C'était une éventualité. Le problème était qu'il avait désormais affaire à un espion de haut vol, qui pouvait avoir organisé quantité de trucs. Mais on était dans le monde réel, pas au cinéma, et les professionnels préfèrent la simplicité, parce que dans le monde réel, même les trucs les plus simples peuvent foirer.

Il aura au moins un plan de rechange. Peut-être plus, mais en tout cas au moins un.

Un déguisement d'ecclésiastique ? Il voyait quantité de prêtres alentour. Des religieuses, aussi – plus qu'il n'en avait jamais vu. Quelle taille faisait Strokov ? Au-dessus du mètre soixante-quinze, il serait trop grand pour se grimer en bonne sœur. Mais s'il se déguisait en prêtre, on pouvait quasiment planquer un putain de lance-roquettes sous une soutane. L'idée était plaisante. Mais à quelle vitesse arrivait-on à courir en soutane ? Là, c'était un inconvénient possible.

Bon, donc supposer plutôt un pistolet, sans doute avec silencieux. Un fusil... non, ses inconvénients étaient liés à ses qualités. Le canon était si long qu'un voisin dans la foule risquait de faire dévier le tir, et l'assassin n'aurait jamais de seconde chance. Un automatique comme un AK-47, peut-être, pour tirer en rafale ? Mais non, il n'y avait qu'au cinéma que les gens tiraient au pistolet-mitrailleur à hauteur de hanche. Ryan avait essayé avec son M-16 à Quantico. Ça faisait très John Wayne, mais on n'était pas fichu de toucher quoi que ce soit. S'il y a des crans de mire, n'arrêtaient pas de leur répéter les sergents instructeurs, c'est pour une bonne raison. Faire comme Wyatt Earp dans les feuilletons télévisés – dégainer et tirer –, ça ne marchait pas, à moins d'avoir l'autre main posée sur l'épaule de l'adversaire. Le viseur, ça servait à ça : à vous indiquer sur quoi votre canon était pointé, parce que la balle qu'on tire fait environ 8 millimètres de diamètre et qu'en fait, on vise une cible pas plus grande, donc un simple hoquet suffit à vous faire rater la cible et le stress ne fait qu'empirer les choses... à moins d'être accoutumé à l'idée de tuer des gens. Comme Boris Strokov, colonel du Dirjavna Sugurnost. Et s'il était justement un de ces hommes qui ne tremblent jamais, comme Audie Murphy de la 3e division d'infanterie durant la Seconde Guerre mondiale ? Mais combien y avait-il encore de gens comme lui ? Murphy avait été un cas unique sur huit millions de soldats américains et personne n'avait relevé chez lui ce don meurtrier jusqu'à ce qu'il se manifeste sur le champ de bataille – et sans doute en avait-il été le premier surpris. Murphy lui-même n'avait probablement jamais trop apprécié de se démarquer ainsi du commun des mortels.

Strokov est un pro, se répéta Jack. *Et donc, il agira en pro. Il aura tout prévu dans le moindre détail, en particulier sa fuite.*

« Vous devez être Ryan », dit tranquillement une voix à l'accent britannique. Jack se retourna pour découvrir un rouquin au teint pâle.

« Qui êtes-vous ?

— Mick King, répondit le type. Sir Basil m'a envoyé ici avec trois autres. Vous êtes en train d'inspecter les lieux ?

360

— Ça se voit à ce point ? s'inquiéta soudain Ryan.

— Vous pourriez aussi bien être étudiant en architecture. » Puis, n'y tenant plus : « Qu'est-ce que vous en pensez ?

— Je crois que le tireur devrait se poster à peu près ici et tenter de décamper par là », et Jack pointa le doigt.

King embrassa du regard les alentours avant de répondre : « C'est risqué, avec la cohue qu'il y aura sûrement, mais oui, ça m'a l'air de l'option la plus crédible, convint l'agent britannique.

— Si j'étais à sa place, j'essaierais d'utiliser un fusil pour tirer de là-haut. Il faudra poster quelqu'un au sommet de la colonnade pour parer à cette éventualité.

— Entendu. Je ferai monter John Sparrow. C'est le type aux cheveux en brosse, là-bas. Il est venu avec un stock d'appareils photo.

— Il faudra un autre homme pour se poster dans la rue, de ce côté. Notre oiseau aura sans doute une voiture pour filer, et à sa place, c'est là que je la garerais.

— Un peu trop pratique, vous ne trouvez pas ?

— Hé, je suis un ancien marine, moi, pas un maître d'échecs », répondit Ryan. Mais c'était bien d'avoir quelqu'un avec qui confronter ses idées. Il y avait quantité d'options tactiques, et chacun avait sa lecture personnelle d'une carte... De plus, les Bulgares pouvaient fort bien appliquer des règles du jeu entièrement différentes.

« C'est vraiment un boulot de con qu'ils nous ont refilé. Notre meilleur espoir est que l'ami Strokov décide de ne pas se montrer. Oh, à propos, tenez... » Et King tendit à Ryan une enveloppe.

Elle était remplie de photos 20 × 25, d'excellente qualité.

« Nick Thompson m'avait dit qu'il n'y avait pas la moindre lueur de vie dans ses yeux, nota Ryan en examinant l'un des clichés.

— Le fait est qu'il a l'air assez glacial...

— Quand nous reviendrons ici mercredi, serons-nous armés ?

— Moi, sûrement, répondit sans hésiter King. Browning 9 mm. Il devrait y en avoir quelques autres à l'ambassade. Je sais que vous êtes capable de viser avec précision en état de stress, sir John, ajouta-t-il avec un respect teinté de désinvolture.

— Ça ne veut pas dire que ça me plaise, gars. » Et la meilleure distance d'engagement au pistolet, quel que soit le calibre, était à bout portant. Difficile de rater dans ces conditions. Ça étouffait même le bruit, en plus. Sans compter que c'était un excellent moyen de conseiller à quelqu'un de se garder de tout geste inconsidéré.

Durant les deux heures qui suivirent, les cinq hommes arpentèrent la place, mais ils ne cessaient de revenir au même endroit.

« Impossible de tout couvrir, du moins pas sans une centaine d'hommes, avoua finalement Mick King. Et quand on ne peut pas être en position de force partout, autant choisir un endroit précis et y concentrer ses effectifs. »

Jack acquiesça, en se remémorant, alors que Napoléon avait ordonné à ses généraux de lui trouver un plan pour protéger la France d'une invasion, un officier avait proposé de disperser l'ensemble de ses troupes tout le long des frontières. L'Empereur lui avait alors demandé, impitoyable, s'il comptait protéger le pays des contrebandiers. En effet, quand on ne peut pas être en force partout, autant envisager de l'être à un endroit précis, en priant d'avoir choisi le bon. La clé, comme toujours, était de se mettre dans la tête de l'adversaire, comme on le lui avait enseigné en analyse du renseignement. Ça paraissait si simple en théorie. C'était pourtant une autre chanson sur le terrain.

Ils interceptèrent Tom Sharp alors qu'il s'apprêtait à entrer dans la basilique et, ensemble, ils se rendirent dans un restaurant pour déjeuner et discuter.

« Sir John a raison, dit King. Le meilleur emplacement est sur le côté gauche. Nous avons des photos du gars. Toi, John – il s'adressait à Sparrow –, on va te placer au sommet de la colonnade, avec tes appareils photo. Ton boulot sera de balayer la foule pour tâcher de repérer ce salaud, et de nous prévenir aussitôt par radio. »

Sparrow acquiesça, mais son visage trahissait son opinion sur la mission, alors que leurs bières arrivaient.

« Mick, tu avais raison dès le début. C'est un boulot de con. On devrait avoir avec nous tout le putain de régiment du SAS, et même, je ne suis pas sûr que ça suffirait. » Le 22e régiment du Special Air Service était en fait réduit aux effectifs d'une ou deux compagnies, si brillants fussent-ils.

« Notre mission n'est pas de nous interroger sur le pourquoi du comment, les gars, leur signala Sharp. Contentons-nous de faire confiance à sir Basil. »

Le concert de grognements autour de la table était éloquent.

« Et question moyens radio ? s'enquit Jack.

— Elles arrivent par la valise diplomatique, l'informa Sharp. Des modèles miniaturisés. Elles tiennent dans la poche et sont munies d'oreillettes, mais hélas, pas de micro lavallière.

— Merde », dit Ryan. Le service de protection présidentiel aurait eu précisément ce qu'il leur fallait pour cette mission, mais on ne pouvait les appeler comme ça pour leur passer commande. « Et la garde rapprochée de la reine ? Qui s'en charge ?

— La police de Londres, je crois. Pourquoi...

— Les micros lavallière, expliqua Ryan. C'est ce qu'utilisent les gorilles de notre Président.

— Je peux toujours demander, répondit Sharp. Bonne idée, Jack. Il se pourrait qu'ils aient ce qu'il nous faut.

— Ils devraient coopérer avec nous, observa tout haut Mick King.

363

— Je m'en occupe dès cet après-midi », promit Mick King.

Ouais, se dit Ryan. *On sera les mecs les mieux équipés à avoir jamais foiré une mission.*

« Et ils appellent ça de la bière ? dit Sparrow après sa première gorgée.

— Toujours mieux que la pisse d'âne en boîte des Américains », déclara un des nouveaux arrivants.

Jack ne releva pas. D'ailleurs, on allait en Italie pour son vin, pas pour sa bière.

« Que savons-nous de Strokov ? demanda Ryan.

— Ils m'ont faxé son fichier de police, rapporta Sharp. Je l'ai lu ce matin. Un mètre soixante-dix-sept, dans les quatre-vingt-quinze kilos. De toute évidence, il aime un peu trop la bonne chère. Donc, pas un athlète. Et certainement pas un sprinter. Brun, cheveux plutôt épais. Doué pour les langues. Parle l'anglais avec un accent, mais manierait le français et l'italien à la perfection. Considéré comme un expert en armes légères. Il est dans le boulot depuis deux décennies. Âge, quarante-trois, environ. Sélectionné dans l'unité spéciale d'élimination du DS il y a une quinzaine d'années, avec huit meurtres attribués à son actif, sans doute plus... nous n'avons pas d'informations précises.

— Bref, un type charmant », crut bon d'ajouter Sparrow. Il tendit la main pour prendre une des photos. « Devrait pas être dur à repérer. Mieux vaudrait faire réduire ces clichés à la taille de photos d'identité, ça nous permettrait de pouvoir tous les avoir sur nous.

— Entendu », promit Sharp. L'ambassade disposait de son propre laboratoire, prévu du reste surtout pour cet usage.

Ryan embrassa la table du regard. Au moins, ça faisait du bien de se sentir entouré de professionnels. S'ils devaient avoir l'occasion d'agir, il y avait peu de risques qu'ils se loupent – comme une bonne troupe de marines. Ce n'était pas grand-chose, mais c'était déjà ça.

« Et question armes de poing ? s'enquit ensuite Ryan.

— Tous les Browning 9 mm qu'on voudra », lui garantit Tom Sharp.

Ryan voulait demander s'ils avaient des munitions à pointe creuse [1], mais il devait sans doute s'agir simplement de balles pleines de dotation militaire. Encore cette connerie de Convention de Genève. Les Européens jugeaient la cartouche Parabellum de 9 mm comme une munition puissante, mais c'était de la chevrotine comparée au Colt 45 utilisé lors de son instruction. Et donc, dans ce cas, pourquoi avait-il un Browning Hi-Power ? se demanda Jack. Mais celui qu'il avait chez lui était chargé de balles à pointe creuse Federal 147-grain, que le FBI considérait comme la seule munition utile en conditions réelles, aussi bonne en capacité de pénétration qu'en expansion jusqu'au diamètre d'une pièce de 10 *cents* à l'intérieur du corps de la cible, pour mieux la saigner à blanc.

« Il a rudement intérêt à être proche, annonça Mick King. Je n'ai plus tiré avec ce genre de joujou depuis des années. » Ce qui rappela à Jack que l'Angleterre n'avait pas la culture des armes de l'Amérique, même au sein des services de sécurité. James Bond était un personnage de fiction, il devait bien se mettre ça dans la tête. Lui-même était sans doute le meilleur flingue autour de cette table, et il était pourtant loin de s'estimer un expert. Les pistolets que Sharp comptait distribuer seraient des modèles en dotation pour l'armée, ceux dotés d'un cran de mire quasiment invisible et d'une crosse merdique. Celui que possédait Ryan était équipé d'une poignée de crosse Pachmayr qui lui allait avec la perfection de

---

1. Dite *Jacketed Hollow Point* : balle chemisée pointe creuse parfois semi-blindée (l'extrémité en plomb nu est alors visible hors de l'étui). Cette munition est caractérisée par sa mauvaise pénétration et son très bon pouvoir de neutralisation, d'où son utilisation par les forces de police, contrairement aux FMJ (*Full Metal Jacketed*), balles blindées (ou chemisées) à grand pouvoir perforant, typiquement militaires.

prise d'un gant cousu main. Décidément, rien dans cette mission n'allait être facile.

« OK. John, tu seras en haut de la colonnade. Débrouille-toi pour voir comment y monter, et arrange-toi pour être là-haut dès mercredi en tout début de matinée.

— D'accord. » Il avait une carte de presse pour lui faciliter la tâche. « J'en profiterai pour revérifier la chronologie du déroulement des opérations.

— Parfait, répondit Sharp. Nous allons passer l'après-midi à étudier encore une fois le terrain. Cherchez les trucs qui auraient encore pu nous échapper. Je pense poster un homme dans la rue latérale pour tenter d'intercepter notre ami Strokov au moment où il arrivera. Si on le repère, on le file aussitôt.

— Sans essayer de l'arrêter tout de suite ? demanda Ryan.

— Mieux vaut le laisser s'approcher, songea tout haut Sharp. Plus on sera nombreux, moins il aura de chances de tirer. Si on le serre de près, Jack, il ne pourra rien commettre de fâcheux, pas vrai ? On y veillera.

— Sera-t-il aussi prévisible ? s'inquiéta Jack.

— Il ne fait aucun doute qu'il a déjà dû repérer les lieux. Qui sait, il se pourrait même qu'on le repère aujourd'hui ou demain, vous ne croyez pas ?

— Je n'y parierais pas ma chemise, rétorqua Jack.

— On joue les cartes qu'on a, sir John, observa King. Et pour le reste, on s'en remet à la chance. »

Difficile de trouver à y redire, pensa Jack.

« Si c'était moi qui planifiais cette opération, je ferais tout mon possible pour qu'elle reste la plus simple. L'essentiel de ses préparatifs, il les aura faits ici. » Et Sharp se tapota la tempe. « Par ailleurs, il sera quelque peu tendu, si expérimenté soit-il. Certes, il est malin, le bougre, mais ce n'est pas non plus Superman. La clé du succès réside dans l'effet de surprise. Eh bien, c'est plutôt râpé de ce côté, pas vrai ? Or une surprise éventée, c'est le pire cauchemar d'un agent traitant. Perdez l'effet de surprise et tout part à vau-l'eau. Dites-vous bien que si jamais il décèle le moindre truc qui ne lui plaît pas, il passera sans doute son chemin en espérant revenir un jour meilleur. Pour lui, il n'y a aucun calendrier précis dans l'exécution de cette mission.

— Vous croyez vraiment ? » Ryan était loin d'en être aussi certain que son interlocuteur.

« Oui, absolument. S'il y avait eu urgence, d'un strict point de vue opérationnel, ils auraient déjà exécuté la mission et le pape serait à l'heure qu'il est en pleine conversation avec le Très-Haut. D'après ce que j'ai entendu de Londres, cette mission est en préparation depuis plus de six semaines. Donc, il est manifeste qu'il prend son temps. Je serais fort surpris qu'elle intervienne après-demain, mais nous devons tous faire comme si.

— J'aimerais avoir votre assurance, mon vieux.

— Sir John, les agents traitants pensent et opèrent tous pareil, quelle que soit leur nationalité, répondit Sharp avec confiance. Notre mission est certes difficile, mais nous parlons la même langue que lui. S'il s'était agi d'une mission à tout prix, elle aurait déjà eu lieu. Pas d'accord, messieurs ? » demanda-t-il, et il reçut un concert de signes d'assentiment, sauf de l'Américain.

« Et si jamais un truc nous échappait ? se demanda Ryan.

— C'est une possibilité, admit Sharp, mais une possibilité que nous devons à la fois reconnaître et mettre de côté. Nous n'avons que les informations dont nous disposons, et nous devons concevoir notre plan en fonction de celles-ci.

— On n'a guère le choix, pas vrai, sir John ? demanda Sparrow. Faut faire avec ce qu'on a.

— C'est vrai », admit Ryan d'un ton malheureux. Puis lui vint la crainte soudaine que tout un tas d'autres aléas pouvaient survenir. Et s'il y avait une diversion ? Si un complice lançait des pétards – pour attirer les regards vers l'origine du bruit et les dévier de la véritable action ? Ça, songea-t-il soudain, c'était une éventualité bien réelle.

Et merde.

« C'est quoi, cette histoire avec Ryan ? demanda Ritter en pénétrant en trombe dans le bureau du juge Moore.

— Basil s'est dit que, puisque BEATRIX était depuis le début une opération de la CIA, pourquoi ne pas envoyer sur place un de nos agents pour y jeter un œil ? Je ne vois pas ce que ça peut faire de mal, conclut Moore à l'adresse du DAO.

— Mais pour qui diable Ryan croit-il bosser ?

— Bob, et si tu te calmais un peu ? Bon Dieu, quel mal peut-il donc faire en étant là-bas ?

— Merde, Arthur...

— Calme-toi, Robert, rétorqua Moore du ton d'un juge bien décidé à faire adopter son point de vue sur tous les sujets, y compris la météo des jours à venir.

— Arthur, reprit Ritter en s'apaisant un brin, ce n'est pas sa place.

— Je ne vois aucune raison de m'y opposer, Bob. Aucun de nous ne pense qu'il va se passer quoi que ce soit, pas vrai ?

— Ma foi... non, je suppose que non, admit le DAO.

— Donc, il ne fait ainsi qu'élargir ses horizons, et tout ce qu'il apprendra sur le terrain ne pourra que faire de lui un meilleur analyste, pas vrai ?

— Peut-être... mais j'aime pas trop voir un rond-de-cuir jouer les agents secrets... Il n'est pas formé à ça.

— Bob, il a été marine », lui rappela Moore. Et le corps des marines avait son cachet personnel, indépendant de celui de la CIA. « Il ne va pas mouiller son froc, tu crois pas ?

— J'imagine que non.

— Et tout ce qu'il va faire, c'est regarder autour de lui ne rien se passer, et le contact avec quelques agents sur le terrain ne peut pas faire de mal à son éducation, non ?

— Ce sont des Rosbifs, pas nos gars, objecta Ritter sans grande conviction.

— Ceux-là mêmes qui nous ont servi le Lapin sur un plateau.

— OK, Arthur. T'as gagné ce coup-ci.

— Bob, tu gâches toute ton énergie à nous faire une crise, pourquoi ne pas l'utiliser pour quelque chose de plus important ?

— D'accord, juge, mais la direction des Opérations, c'est ma boutique. Tu veux que je mette Rick Nolfi sur le coup ?

— Tu crois que c'est indispensable ? »

Ritter secoua la tête. « Non, j'imagine que non...

— Dans ce cas, laissons les Rosbifs diriger cette mini-opération et restons bien peinards ici à Langley, jusqu'à ce que nous puissions interroger ce Lapin et évaluer nous-mêmes la menace contre le pape, d'accord ?

— Oui, Arthur. » Et le directeur adjoint des Opérations de la CIA retourna dans son bureau.

Le dîner se passa fort agréablement. Les Britanniques faisaient une compagnie agréable, surtout dès qu'on cessait de parler boutique. Tous étaient mariés. Trois avaient des enfants, et l'un d'eux en attendait un pour bientôt.

« Vous en avez deux, si je me souviens bien ? demanda Mick King à Jack.

— Ouais, et le numéro deux a débarqué une nuit bien chargée...

— Vous avez foutrement raison ! acquiesça dans un rire Ray Stones, l'un des derniers arrivés. Et comment madame a-t-elle pris la chose ?

— Pas trop mal, une fois que Petit Jack est arrivé, mais le reste de la soirée a été moyen-moyen...

— Je veux bien le croire », observa King.

369

Puis Sparrow revint au sujet principal : « Au fait, qui nous a dit que les Bulgares voulaient tuer le pape ?

— C'est le KGB qui veut sa peau, répondit Jack. On vient d'exfiltrer un transfuge. Il est dans une planque et il chante comme une cantatrice dans *Aïda*. C'est le point le plus important, jusqu'ici.

— Fiable, l'info ? demanda King.

— On pense que c'est du cuivre massif plaqué or, ouais. Sir Basil l'a payée cash, en tout cas. C'est même pour ça qu'il vous a fait descendre ici en avion, leur fit remarquer Jack, au cas où ils n'auraient pas encore pigé tout seuls. J'ai pu moi-même rencontrer le Lapin, et je pense qu'il est parfaitement sincère.

— C'est une opération de la CIA ? » La question venait de Sharp.

Jack acquiesça. « Correct. Nous avions un problème opérationnel et vous avez eu l'amabilité de nous filer un coup de main. Je ne suis pas habilité à vous en dire beaucoup plus, désolé. »

Tous comprenaient. Ils n'avaient aucune envie de risquer leur peau à la suite de fuites au sujet d'une opération clandestine.

« Ça doit venir d'Andropov en personne... Le pape lui a créé des difficultés en Pologne, pas vrai ?

— Il semblerait, oui. Peut-être a-t-il finalement plus de divisions que prévu à leur goût.

— N'empêche, ça paraît quand même un peu extrême... Comment l'opinion mondiale va-t-elle juger l'assassinat du Saint-Père ? se demanda tout haut King.

— Il est manifeste qu'ils le redoutent moins que l'effondrement politique total de la Pologne, Mick, nota Stones. Or ils craignent qu'il soit capable de le déclencher. L'épée contre l'esprit, comme a dit Napoléon, Mick. C'est toujours l'esprit qui est victorieux, au bout du compte.

— Oui, j'imagine, et nous voici tous réunis à l'épicentre du monde de l'esprit.

— C'est la première fois que je viens ici, admit Stones. Bougrement impressionnant. Faudra que je revienne en famille, un de ces quatre.

— En tout cas, ils s'y connaissent côté bouffe et pinard, observa Sparrow en dégustant son escalope. Quel est le niveau de la police locale ?

— Plutôt bon, à vrai dire, répondit Sharp. Dommage qu'on ne puisse pas leur demander un coup de main. Ils connaissent le territoire... c'est leur terrain de chasse, après tout. »

Mais ces gars sont des pros dans leur pays, songea Ryan avec un certain espoir. Dommage qu'ils ne soient pas plus nombreux. « Tom, vous avez parlé à Londres des radios ?

— Ah oui, Jack. Ils nous en envoient dix. Avec écouteur et micro lavallière. En BLU[1], comme celles de l'armée. Je ne sais pas si elles sont cryptées, mais de toute façon, c'est du matériel sûr, et nous nous en tiendrons à une discipline stricte. Toujours est-il que ça nous permettra de communiquer clairement. On fera des essais demain après-midi.

— Et mercredi ?

— On se pointe aux environs de neuf heures du matin, chacun prend sa zone de surveillance personnelle et se balade en attendant que la foule arrive.

— Ce n'est pas comme ça qu'on m'a formé chez les marines, fit observer Ryan.

— Sir John, répondit Mick King, ce n'est pas comme ça qu'on a formé aucun d'entre nous. Oui, nous sommes tous des officiers de renseignement expérimentés, mais ce boulot,

---

1. BLU : *Bande Latérale Unique (supérieure ou inférieure)*. Système d'émission radio sans sous-porteuse, celle-ci étant restituée à la réception par l'oscillateur local du récepteur. Elle autorise une meilleure portée et une meilleure insensibilité aux parasites atmosphériques pour une consommation moindre, au détriment toutefois de la qualité sonore.

c'est vraiment un truc pour service de protection rapprochée, comme les flics qui entourent Sa Majesté et la Premier ministre ou vos gars du Secret Service[1]. Sacrément dur comme gagne-pain, soit dit en passant.

— Oui, Mick, je pense qu'on sera tous mieux à même d'apprécier leur boulot, cette mission terminée, observa Ray Stones, déclenchant l'assentiment général.

— John (Ryan se tourna vers Sparrow), c'est vous qui aurez la tâche la plus importante : repérer pour nous ce salopard.

— Charmant, commenta l'intéressé. Tout ce que j'ai à faire, c'est détailler la tronche de quelque cinq mille pèlerins pour savoir s'il est là ou pas. Charmant, répéta-t-il.

— Qu'est-ce que vous comptez utiliser, comme matos ?

— J'ai trois boîtiers Nikon et une belle panoplie d'objectifs. Je pense que demain j'irai peut-être m'acheter des jumelles 7x50. J'espère juste trouver un bon perchoir pour me poster. C'est la hauteur du parapet qui me tracasse. Elle engendre un angle mort d'une trentaine de mètres depuis la base de la colonnade où je ne peux rien voir du tout. Ça limite quelque peu mes possibilités, les mecs.

— Pas guère le choix, observa tout haut Jack. D'un autre côté, on ne peut strictement rien voir depuis le niveau du sol.

— C'est bien notre problème, confirma Sparrow. Notre meilleur choix serait d'avoir deux hommes, un – en fait, même plus d'un – de chaque côté, avec de bonnes lunettes de visée. Mais on manque d'effectifs, et il faudrait qu'on obtienne l'autorisation du service de sécurité du pape, ce qui, d'après ce que j'ai cru comprendre, est totalement hors de question.

— Les mettre dans le coup serait utile, mais...

---

1. *Secret Service* : contrairement à ce que peut laisser croire son nom, c'est la dénomination du Service de protection rapprochée du Président américain.

372

— Mais nous ne pouvons pas nous permettre que le monde entier apprenne l'existence du Lapin. Ouais, je sais. La vie du pape est secondaire par rapport à cette considération. N'est-ce pas farce ? bougonna Ryan.

— Combien vaut la sécurité de votre pays, sir John, et celle du nôtre, du reste ? demanda King, pour la forme.

— Plus que sa vie, répondit Ryan. Ouais, je sais, mais je n'apprécie pas pour autant.

— Un pape s'est-il déjà fait assassiner ? » demanda Sharp. Nul ne savait la réponse.

Puis Ryan hasarda : « Quelqu'un a essayé une fois. Les gardes suisses durent faire un barrage de leur corps pour protéger sa retraite. La plupart furent blessés mais le souverain pontife s'en tira avec la vie sauve, expliqua-t-il, se souvenant d'une bande dessinée lue à St. Matthew quand il était en... CM2, peut-être ?

— Je me demande quel est leur niveau, à ces fameux Suisses, demanda Stones.

— Ils sont assez mignons dans leur uniforme à rayures. Sans doute sont-ils motivés. C'est surtout une question d'entraînement, en fait, répondit Sharp. C'est toute la différence entre un civil et un militaire : l'entraînement. Les gars en civil doivent être également bien formés, mais s'ils portent une arme, ont-ils le droit d'en faire usage ? Ils travaillent pour une Église, après tout. Sans doute ne sont-ils pas formés à dézinguer les gens sur place.

— Vous avez bien eu ce type qui a jailli de la foule pour tirer un coup de pistolet d'alarme sur la reine, alors qu'elle se rendait au Parlement, n'est-ce pas ? se remémora Jack. Il y avait un officier de cavalerie de la garde à proximité. J'ai été fort surpris qu'il ne tranche pas en deux ce connard avec son sabre, d'instinct, c'est ce que j'aurais fait – mais le fait est qu'il s'est abstenu.

— Un vulgaire sabre de parade, pour les cérémonies. Je doute que vous arriviez à couper du beurre frais avec, observa

Sparrow. Cela dit, il a bien failli piétiner le salopard avec sa monture.

— Le service de protection présidentiel l'aurait abattu sur-le-champ. Bien sûr, le pistolet était chargé à blanc, nota Ryan, mais il ressemblait bougrement à un vrai, par l'aspect comme par la détonation. Et Sa Majesté est restée la tête bien droite, sans broncher. Personnellement, j'en aurais chié dans mon froc.

— Je suis sûr que Sa Majesté s'est servie des équipements adéquats au palais de Westminster. Elle a ses gogues personnelles, sur place, vous savez, crut bon d'indiquer King à son collègue américain.

— Dans le cas qu'on évoque, le type était dérangé, sans doute est-il en train de faire du découpage dans un hôpital psychiatrique, en ce moment », intervint Sharp, mais comme tous les autres sujets britanniques, son cœur avait cessé de battre lorsqu'il avait assisté à l'incident devant son écran de télé, et lui aussi, il avait été surpris de voir le dingue survivre à l'événement. Si l'un des gardes de la Tour de Londres avait été présent avec sa lance de cérémonie, baptisée partisane, nul doute qu'il l'aurait cloué sur la chaussée comme on épingle un papillon dans une boîte. Peut-être Dieu protège-t-Il effectivement les idiots, les ivrognes et les petits enfants, après tout. « Donc, si Strokov se pointe, et s'il fait feu, vous pensez que la garde locale lui réglera son compte ?

— On peut l'espérer », dit King.

Ce serait le bouquet, songea Ryan. *Les professionnels ne sont pas foutus de protéger le pape, mais le tueur se fait tabasser à mort par la brigade locale de maîtres d'hôtel et de VRP en costume. Ça rendra un max au journal du soir sur NBC.*

Du côté de Manchester, le Lapin et sa famille terminaient encore un somptueux dîner concocté par Mme Thompson.

« Qu'est-ce que mange travailleur britannique ordinaire ? s'enquit Zaïtzev.

— Il ne mange pas aussi bien », reconnut Kingshot. Ça, c'était sûr. « Mais nous tâchons de traiter au mieux nos hôtes, Oleg.

— Je vous ai dit assez sur MINISTRE ? demanda-t-il ensuite. Ça est tout ce que je sais. » Le Service de sécurité lui avait scrupuleusement récuré le cerveau sur le sujet dans l'après-midi, repassant sur chaque élément au moins cinq fois de suite.

« Vous nous avez été d'une aide inestimable, Oleg Ivanovitch. Merci encore. » En fait, il leur avait fourni quantité de choses. Dans la plupart des cas, on interceptait ce genre de taupe en identifiant les informations transmises. Seul un nombre limité de personnes avaient accès à l'ensemble de ces informations, et les agents du « Cinq » les garderaient tous sous étroite surveillance jusqu'à ce l'un d'eux commette un faux pas. Ils n'auraient plus ensuite qu'à voir qui se pointait pour récupérer le courrier dans la boîte aux lettres, ce qui leur permettrait, en prime, d'identifier son officier traitant du KGB et donc d'avoir deux avantages pour le prix d'un, voire plus, car l'officier en question devait chapeauter plus d'un agent, et les découvertes pouvaient ainsi s'épanouir comme les branches d'un arbre. Il s'agissait ensuite de tenter d'arrêter un agent en périphérie avant de s'en prendre à la cible principale, car, s'ils procédaient ainsi, le KGB ne serait pas en mesure de savoir que leur principale taupe avait été démasquée, c'était cela même qui protégerait de toute identification la source à l'origine de la découverte : Oleg Zaïtzev. Le travail de contre-espionnage était aussi baroque que des intrigues de cour médiévale, et ses complexités le faisaient à la fois haïr et adorer de ses acteurs, mais c'était ce qui donnait tout son prix à l'arrestation d'un vrai gros gibier.

« Et le pape, dans tout ça ?

— Comme je l'ai expliqué l'autre jour, nous avons en ce

moment même une équipe à Rome pour examiner la situation, répondit Kingshot. Rien à en dire, du reste, nous ne pouvons pas faire grand-chose, mais le peu que nous faisons s'appuie sur vos informations, Oleg.

— C'est bien », songea tout haut le transfuge, espérant que tous ses efforts n'avaient pas été vains. Il n'avait pas vraiment envisagé de démasquer tout un réseau d'agents soviétiques à l'Ouest. S'il l'avait fait, c'était bien sûr pour garantir sa nouvelle position dans son nouveau pays d'accueil, et aussi pour l'argent qu'il toucherait en échange d'être devenu un traître à sa patrie, mais son souci premier restait de sauver cette fameuse vie.

Le mardi matin, Ryan dormit plus longtemps qu'à l'accoutumée, ne se réveillant que juste après huit heures – comme s'il savait qu'il avait intérêt à prendre de l'avance sur son repos du lendemain. Il en aurait besoin à coup sûr.

Sharp et le reste de l'équipe étaient déjà levés.

« Du nouveau ? demanda Jack en pénétrant dans la salle à manger.

— Nous avons les radios », signala Sharp. Il y avait en effet un émetteur-récepteur posé devant chaque place autour de la table. « D'excellents appareils... identiques à ceux qu'utilise votre service de protection présidentiel : ils viennent du même fabricant, Motorola. Des modèles tout nouveaux – et cryptés. Avec micro lavallière et oreillette. »

Ryan examina le sien. L'oreillette était en plastique transparent, munie d'un cordon spirale comme un fil téléphonique et quasiment invisible. Un bon point. « Et les piles ?

— Neuves, avec deux jeux de rechange. Sympa de savoir que Sa Majesté est bien protégée.

— OK. Donc, personne ne peut nous écouter et nous pouvons échanger des infos », conclut Ryan. Encore une bonne nouvelle contre tout un gros tas de mauvaises. « Quel est le plan de la journée ?

— On retourne sur la place, on continue nos investigations, avec l'espoir d'apercevoir notre ami Strokov.

— Et si c'est le cas ? s'enquit Ryan.

— On le file jusqu'à son repaire et on tâche de voir s'il y a moyen de bavarder avec lui ce soir.

— Si on parvient jusque-là, on se contente de lui causer ?

— Qu'est-ce que vous imaginez, sir John ? » répondit Sharp, avec un regard glacial.

Vous avez vraiment envie d'aller jusque-là, monsieur Sharp ? s'abstint de demander Jack. Bon sang, ce salopard était un assassin multirécidiviste, et les Rosbifs avaient beau être civilisés, sous leur vernis de bonnes manières et d'hospitalité de classe internationale, ils connaissaient leur affaire ; et alors que Jack n'était pas franchement sûr d'être capable d'aller jusqu'au bout, ces gars-là n'avaient sans doute pas ses inhibitions. Ryan se dit qu'il pourrait y survivre, tant qu'il n'était pas celui qui appuierait sur la détente. Par ailleurs, sans doute lui offriraient-ils auparavant une chance de changer de camp... Mieux valait un transfuge bavard qu'un cadavre muet.

« Est-ce que cela risque de nous trahir ? »

Signe de dénégation de Sharp. « Négatif. C'est le gars qui a liquidé Georgiy Markov, n'oubliez pas. On pourra toujours dire qu'on est là dans le cadre de l'enquête pour les autorités judiciaires de Sa Majesté.

— On réprouve le meurtre dans notre pays, Jack, voyez-vous, indiqua John Sparrow. Ce serait en fait un plaisir de le voir répondre de ce crime.

— OK. » Ça aussi, Ryan pouvait y survivre. Il était certain que son père aurait approuvé.

Ça oui.

Tout le reste de la journée, ils jouèrent les touristes et testèrent leurs radios. Il s'avéra que les appareils fonctionnaient à l'intérieur comme à l'extérieur de la basilique et, mieux encore, entre l'intérieur et l'extérieur de l'immense édifice en pierre. Chaque homme utiliserait son propre nom comme identifiant. C'était plus logique que de se compliquer la tâche avec des numéros ou des noms de code qu'ils seraient tous obligés de mémoriser – encore un risque de confusion bien inutile si jamais il y avait du grabuge. Durant tout ce temps, ils cherchèrent dans la foule le visage de Boris Strokov, dans l'espoir d'un miracle et en se rappelant que les miracles arrivent parfois. Il y a bien chaque semaine des gens qui gagnent le gros lot – les Italiens ont eux aussi une loterie – ou les concours de pronostics sur les matches de foot, dont c'était tout à fait possible, même si c'était bougrement improbable, et ce jour-là, en tout cas, il n'en fut rien.

Pas plus qu'ils ne trouvèrent un endroit plus favorable ou plus probable pour tirer sur un homme juché sur un véhicule progressant au ralenti. Il semblait à tous que l'évaluation initiale par Ryan des avantages tactiques du site avait bien été correcte. L'idée le rasséréna jusqu'à ce qu'il se rende compte que si jamais il s'était planté, alors tout serait de sa faute, pas de la leur.

« Vous savez, confia-t-il à Mick King (Sharp était retourné jouer les sous-chefs de mission diplomatique auprès de l'ambassadeur), plus de la moitié de la foule va se trouver concentrée là, au milieu de la place.

— Bon pour nous, Jack. Seul un dingue s'amuserait à tirer un coup de feu à cet emplacement, sauf à envisager de se faire téléporter par Scotty à bord de l'*Enterprise*. Aucune possibilité de fuite.

— Certes, convint Jack. Mais dans ce cas... s'il se planquait quelque part, à l'intérieur, pour avoir le pape avant qu'il ne monte en voiture ?

— C'est possible, admit Mick. Mais cela voudrait dire

que, d'une manière quelconque, Strokov ou un complice sous son contrôle est déjà infiltré dans l'administration du Saint-Siège – la maison papale, ou je ne sais quel est son nom – et se trouve par conséquent en position de commettre son forfait quand il le voudra. Quelque part, j'ai l'impression qu'infitrer une telle organisation devrait être difficile. Cela exigerait de maintenir une couverture psychologiquement délicate à assumer durant une longue période de temps. Non... (il secoua la tête) pour ma part j'écarterais cette éventualité.

— J'espère que vous avez raison, vieux.

— Moi aussi, Jack, moi aussi. »

Tous quittèrent les lieux aux alentours de seize heures. Chacun prit séparément un taxi jusqu'à quelques rues de l'ambassade d'Angleterre pour finir le chemin à pied.

Le dîner ce soir-là fut calme. Chacun était absorbé par ses pensées, et tous espéraient que, quoi que l'esprit tordu du colonel Strokov ait pu concocter, ce n'était pas pour cette semaine-là, et que tous pourraient s'en retourner à Londres par l'avion du lendemain soir, sans remords ni regrets pour cette expérience. Une chose que Ryan avait apprise : si entraînés qu'ils puissent être, tous ces officiers de renseignement n'étaient pas plus à l'aise que lui devant cette mission. Ça faisait du bien de ne pas être tout seul avec son angoisse. Ou ne serait-ce là que joie maligne ? Merde, était-ce ce qu'on ressentait la veille du jour J ? Non, ils n'allaient pas affronter l'armée nazie. Leur boulot était d'empêcher un possible assassinat et le danger ne les visait même pas eux. C'était un autre qui, soit ignorait, soit se moquait du danger pour lui-même, de sorte que c'était à eux d'assumer la responsabilité de sa survie. Mick King avait vu juste dès leur première journée sur le terrain. Cette mission était un vrai boulot à la con.

« Encore du nouveau de notre ami le Lapin, signala Moore lors de leur habituelle réunion de travail d'après-midi.

— Quoi donc ?

— Basil dit qu'ils ont un agent infiltré en haut lieu au Foreign Office, et que le Lapin leur a procuré suffisamment d'éléments pour réduire le champ d'investigation à quatre individus. Le "Cinq" est déjà sur leurs traces. Et il leur a donné de nouveaux indices sur ce fameux CASSIUS qui opère par ici. Cela fait plus de dix ans qu'il travaille pour eux. À coup sûr, un tout proche collaborateur d'un sénateur siégeant à la Commission du renseignement – ce pourrait être un conseiller politique. Donc, un initié qui dispose d'une habilitation de sécurité. Ce qui réduit à dix-huit le nombre de personnes sur lesquelles le Bureau doit enquêter.

— Qu'est-ce qu'il leur fournit, Arthur ? demanda Greer.

— Il semble que tout ce qui se dit au Capitole sur les opérations du KGB revient place Djerzinski en moins d'une semaine.

— Je veux ce fils de pute, annonça Ritter. Si ce truc est vrai, alors nous avons perdu des agents par sa faute. » Et Bob Ritter, quels que puissent être ses défauts, veillait sur ses hommes comme une maman grizzly sur ses oursons.

« Ma foi, il doit opérer depuis assez longtemps pour se sentir passablement à l'aise dans son domaine.

— Il nous a bien parlé d'un gars dans la marine... NEPTUNE, c'est ça ? se souvint Greer.

— Rien de neuf de ce côté, mais sûr qu'on ne manquera pas de l'interroger là-dessus. Ce pourrait être n'importe qui. Est-ce que les gars de la marine sont assez prudents avec leur chaîne de cryptographie ? »

Greer haussa les épaules. « Chaque bâtiment a son personnel spécialisé dans les communications, généralement des officiers mariniers, chapeautés par un officier des transmissions. Ils sont censés détruire les feuilles de cryptage et les circuits imprimés chaque jour et balancer le tout par-dessus bord. Et ce n'est pas qu'un seul gars qui doit s'en charger : il doit le faire théoriquement devant deux témoins. Et ils ont tous une habilitation sécuritaire...

— Sauf que seuls ceux qui ont une habilitation peuvent nous enculer, leur rappela Ritter.

— Seuls les types à qui vous confiez vos sous peuvent vous voler », observa le juge Moore. Il avait vu pas mal d'affaires criminelles de cet acabit. « C'est le problème. Imaginez comment les Russkofs risquent de réagir s'ils découvrent l'existence du Lapin.

— Ça, c'est différent, objecta Ritter.

— Très bien, Bob, réagit le DCR dans un rire. Ma femme me dit ça tout le temps. Ce doit être le cri de guerre de toutes les épouses sur la planète : *c'est différent*. Le camp adverse aussi se croit toujours investi des forces de la Vérité et de la Beauté, je te signale.

— Ouais, juge, mais on va quand même leur flanquer la tannée. »

Ça faisait du bien de voir une telle confiance, surtout venant d'un gars comme Bob Ritter, se dit Moore.

« Toujours à songer au MASQUE DE LA MORT ROUGE, Robert ?

— Je suis en train de rassembler quelques idées. Laisse-moi encore deux ou trois semaines.

— Entendu. »

Il n'était qu'une heure du matin à Washington quand Ryan s'éveilla en Italie. La douche l'aida à se sentir alerte et le rasage le rendit présentable. À sept heures trente, il descendait prendre son petit déjeuner. Mme Sharp préparait le café à l'italienne et, assez curieusement, celui-ci avait le même goût que si quelqu'un avait vidé un cendrier dans la cafetière. Jack mit cela sur le compte de la diversité des goûts nationaux. Les œufs et le bacon (anglais), eux, étaient parfaits, tout comme le pain de mie grillé et beurré. Quelqu'un avait décidé que des hommes prêts à se lancer dans l'action devaient avoir le ventre plein. Dommage que les Rosbifs ignorent les vertus du gratin de pommes de terre, le plus roboratif des petits déjeuners non diététiques.

« Tout le monde est prêt ? lança Sharp en entrant.

— J'imagine qu'on n'a pas le choix. Mais où sont passés les autres ?

— Nous avons rendez-vous sur le parvis de la basilique dans trente-cinq minutes. » Et ils n'en étaient qu'à cinq en voiture. « Tiens, un ami pour vous tenir compagnie. » Et de lui tendre un pistolet.

Jack le prit et fit coulisser la glissière. Chance, la culasse était vide.

« Vous aurez peut-être besoin de ça, également. » Et Sharp lui tendit deux chargeurs pleins. Pas de doute, c'étaient des cartouches à balles pleines – chemisées –, qui transperceraient la cible de part en part, ne faisant qu'un orifice d'entrée et de sortie de neuf millimètres. Mais les Européens étaient convaincus qu'on pouvait avec ça stopper net un éléphant. *Mais oui, bien sûr*, songea Jack, qui se mit à regretter de ne pas avoir un Colt 45 M1911A1 qui convenait bien mieux pour terrasser un bonhomme et le laisser au sol jusqu'à ce que les ambulanciers viennent le ramasser. Mais il n'avait jamais pu maîtriser le gros Colt, même s'il avait réussi, de justesse, à décrocher sa qualification dessus. Non, c'était le fusil que Ryan savait vraiment utiliser, mais à peu près tout le monde pouvait tirer au fusil.

Sharp ne lui avait pas fourni d'étui. Il allait devoir porter le Browning à la ceinture et garder son veston boutonné pour le cacher. L'ennui, quand on trimbalait un pistolet, c'était que ces trucs étaient lourds comme des vaches et que, sans étui adéquat, on passait son temps à rajuster sa ceinture pour s'assurer qu'il n'allait pas basculer vers l'extérieur ou glisser par une jambe de falzar. Non, ça ne pouvait pas coller. En plus, s'asseoir allait devenir une vraie galère, mais ce ne serait pas encore trop le problème pour aujourd'hui. Le chargeur de rechange alla dans sa poche de pardessus. Il ramena la glissière en arrière, la verrouilla, puis inséra le plein dans la crosse, et enfin bascula l'arrêtoir pour dégager la glissière. L'arme était désormais chargée et « en batterie », c'est-à-dire prête à tirer. Réflexion faite, Ryan fit délicatement retomber le chien. Une seule sécurité aurait pu suffire, mais il avait été formé à ne pas se fier aux mesures de sécurité. Pour faire feu, il devrait se souvenir de basculer le chien, un truc qu'il avait, par chance, oublié de faire avec Sean Miller. Mais cette fois, si le pire devait advenir, il n'oublierait pas. Il leva les yeux vers Sharp. « Prêt à danser le boogie ?

— Ça veut dire y aller ? demanda le chef d'antenne de Rome. Je voulais vous poser la question la dernière fois que vous avez dit ça.

— Ouais, comme danser le boogie sur la piste. C'est un américanisme. Le boogie était une danse, dans le temps.

— Et n'oubliez pas votre radio, nota Sharp. Elle a un clip pour la fixer à la ceinture, au-dessus de votre poche-revolver. Là, c'est l'interrupteur (il fit la démonstration), le câble de l'oreillette se fixe au col de chemise, et le micro par-dessus. Pas mal foutu, comme bidule...

— OK. » Ryan arrangea tout comme il fallait, mais il laissa la radio éteinte. Les piles de rechange allèrent dans sa poche gauche de pardessus. Il ne pensait pas en avoir besoin, mais deux précautions valent mieux qu'une. Il passa la main dans son dos pour basculer coup sur coup l'interrupteur marche/arrêt. « Quelle est la portée de ces joujoux ?

— Cinq kilomètres, trois miles, dit le manuel. Plus qu'il nous faut. Prêt ?

— Ouais. » Jack se leva, glissa discrètement le flingue sous le côté gauche de sa ceinture et suivit Sharp jusqu'à sa voiture.

La circulation était d'une agréable fluidité en ce tout début de matinée. D'après ce qu'il avait pu constater jusqu'ici, les conducteurs italiens n'étaient pas ces fous du volant qu'on se plaisait à décrire. Mais ceux qui étaient sur la route à cette heure-ci étaient des gens sobres qui se rendaient au travail, qu'ils soient agents immobiliers ou magasiniers dans un entrepôt. Un des trucs que les touristes avaient toujours du mal à se rappeler, c'était que chaque ville était comme toutes les autres villes, pas un parc d'attractions conçu tout exprès pour leur amusement personnel.

Et ce matin-là, Rome n'était à coup sûr pas destinée à ça, se rappela froidement Jack.

Sharp rangea sa Bentley de fonction à peu près à l'endroit où ils s'attendaient à voir se garer Strokov. Il y avait déjà d'autres voitures, celles des personnels qui travaillaient dans la poignée de boutiques, ou peut-être de rares clients matinaux espérant finir leurs achats avant le chaos traditionnel du mercredi.

Quoi qu'il en soit, la fort coûteuse berline britannique avait des plaques diplomatiques et personne ne viendrait les embêter. Ryan descendit et suivit Sharp sur la place, tout en glissant la main droite vers sa poche revolver pour allumer la radio sans dévoiler son pistolet.

« OK, dit-il dans le micro lavallière. Ici, Ryan. Qui est sur la fréquence ?

— Sparrow, en poste sur la colonnade, répondit une voix aussitôt.

— King, en poste.

— Ray Stones, en poste.

— Parker, en poste, signala Phil Parker, le dernier des agents venus de Londres, depuis son poste dans la rue latérale.

— Ici, Tom Sharp, avec Ryan. Nous ferons un test radio toutes les quinze minutes. Signalez-vous immédiatement si vous voyez le moindre truc intéressant. Terminé. » Il se tourna vers Ryan. « Et voilà, c'est parti.

— Ouais. » Un coup d'œil à sa montre. Il leur restait des heures avant que le pape n'apparaisse. Qu'allaient-ils faire à présent ? L'homme était réputé être un lève-tôt. Nul doute que sa première tâche importante de la journée devait être de dire sa messe quotidienne, comme n'importe quel curé de par le monde, et c'était sans doute la partie la plus importante de son emploi du temps matinal, propre à lui rappeler ce qu'il était : un serviteur de Dieu, une réalité qu'il avait sans doute célébrée mentalement tout au long de la quarantaine d'années d'oppression nazie puis communiste, passée à servir ses ouailles. Mais, désormais, ses ouailles, sa paroisse embrassaient le monde entier, tout comme sa responsabilité envers eux.

Jack se souvint de son temps de service chez les marines. Durant la traversée de l'Atlantique à bord de son porte-hélicoptère – il ne savait pas qu'il mettait le cap vers un accident d'hélico qui allait faillir lui coûter la vie –, ils avaient eu des offices religieux le dimanche, et en cet instant, le fanion de l'Église était hissé au mât, pour flotter *au-dessus* de l'enseigne nationale. C'était la façon qu'avait la marine américaine de reconnaître qu'il y avait un devoir de loyauté supérieur à celui qu'avait un homme pour son pays. Cette loyauté était envers Dieu Lui-même – le seul pouvoir supérieur à celui des États-Unis d'Amérique et son pays le reconnaissait. Jack le sentait dans sa chair, ici et maintenant, alors qu'il portait une arme. Il le sentait comme un poids pesant sur ses épaules. Il y avait des gens qui en voulaient à la vie du pape, le vicaire du Christ sur la terre. Et ce fait, soudain, lui parut terriblement révoltant. Le pire des voyous évitait de s'en prendre à un prêtre, un pasteur ou un rabbin, parce qu'on ne sait jamais, il pouvait bien y avoir un Dieu là-haut et mieux valait ne pas faire de mal à Son représentant personnel parmi la population. On n'osait imaginer l'étendue de son courroux à l'assassinat de Son représentant numéro un sur la planète Terre. Le pape était un homme qui n'avait sans doute pas fait le moindre mal à quiconque de toute son existence. L'Église catholique n'était certes pas une institution parfaite – ce n'était et ce ne serait jamais le cas d'aucune, dès lors qu'on y trouvait des hommes. Mais elle avait été fondée sur la foi en Dieu Tout-Puissant et sa doctrine n'avait que rarement, sinon jamais, dévié de son message d'amour et de charité.

Mais cette doctrine était vue comme une menace par l'Union soviétique. Quelle meilleure preuve que c'étaient bien eux les Méchants ? Lorsqu'il était marine, Ryan avait juré de combattre les ennemis de son pays. Mais ici et maintenant, il se jurait de combattre les ennemis de Dieu. Leur KGB ne reconnaissait pas de pouvoir supérieur au parti qu'il servait. Et, en proclamant cela, ils se définissaient d'eux-mêmes comme les ennemis de toute l'humanité – car l'humanité n'avait-elle pas été créée à l'image même de Dieu ? Pas à celle de Lénine. Pas à celle de Staline. Non, de Dieu.

Eh bien, pour l'aider à y veiller, il avait sur lui un pistolet conçu par John Moses Browning, un Américain, peut-être même un mormon – Browning était natif de l'Utah, mais Jack ignorait quelle avait été sa confession.

Le temps s'écoulait avec lenteur. Les coups d'œil répétés à sa montre n'aidaient pas. Les gens arrivaient en flots réguliers. Pas en grand nombre, mais plutôt comme le public pour un match de base-ball : seuls, par couples ou par petits groupes, en famille. Quantité d'enfants, de bébés dans les bras de le leur mère, certains encadrés par des bonnes sœurs – des déplacements scolaires, presque à coup sûr – venus voir le souverain pontife. Ce terme aussi venait des Romains, qui, avec une remarquable lucidité, avaient assimilé un prêtre à un *pontifex* – un pontonnier –, lien entre les hommes et ce qui transcendait les hommes.

Vicaire du Christ sur terre, ne cessait de se répéter mentalement Jack. Ce salopard de Strokov – merde, ce type aurait tué Jésus en personne. Un nouveau Ponce Pilate... sinon l'opresseur lui-même, à coup sûr le représentant des oppresseurs, venu ici même cracher son venin à la face de Dieu. Bien sûr qu'il ne pouvait faire de mal à Dieu. Personne n'était assez grand, mais s'attaquer ainsi à l'une de Ses institutions et à l'un de Ses représentants, c'était déjà bien assez vil. Dieu était censé châtier de tels pécheurs en temps opportun... et peut-être que le Seigneur élirait Ses instruments pour accomplir cette tâche en Son nom... qui sait même, peut-être un ex-marine des États-Unis d'Amérique...

Midi. La journée s'annonçait chaude. Rya essaya de s'imaginer la vie ici, au temps des Romains, sans climatisation... Eh bien, ils n'auraient sans doute pas senti la différence, le corps s'adapte de lui-même à son environnement – un truc en rapport avec le bulbe rachidien, lui avait un jour expliqué Cathy. Il se serait senti toutefois plus à l'aise s'il avait pu ôter son veston, mais pas avec un flingue glissé à la ceinture...

Il y avait un peu partout des vendeurs ambulants, des marchands de glaces et de boissons fraîches. *Comme les changeurs et les marchands du Temple ? Sans doute pas.*

En tout cas, les prêtres visibles parmi la foule ne les chassaient pas. *Hmm, un bon moyen pour le méchant de s'approcher avec son arme ?* s'avisa-t-il soudain. Mais ils étaient situés bien trop loin, et de toute façon, il était trop tard pour s'en inquiéter, du reste aucun ne correspondait aux portraits qu'il avait sur lui. Jack avait une photo d'identité de Strokov glissée au creux de la main gauche, qu'il examinait toutes les minutes environ. Le salaud pouvait bien entendu s'être grimé. Il serait stupide de ne pas le faire, et sans doute Strokov était-il tout sauf stupide. Pas dans ce genre d'activité. Mais les déguisements ne masquaient pas tout. La couleur et la longueur des cheveux, certes. Mais pas la taille. Il fallait recourir à la chirurgie lourde pour la modifier. On pouvait épaissir sa silhouette, mais pas l'alléger. La pilosité faciale ? *OK, cherchons un type barbu ou moustachu.* Ryan se retourna pour embrasser la place du regard. Néant. Rien de manifeste, en tout cas.

Encore une demi-heure à tirer. La foule bruissait maintenant, on entendait parler une douzaine de langues ou plus. Il pouvait distinguer des touristes et des fidèles venus de nombreux pays : de blonds Scandinaves, des Noirs d'Afrique, des Asiatiques. Certains étaient manifestement américains... mais aucun Bulgare. Du moins au premier coup d'œil. Et d'abord, à quoi ça ressemblait, un Bulgare ? Ce nouveau problème venait de ce que l'Église catholique était censée être universelle, ce qui voulait dire des gens de toutes sortes d'aspects physiques. Et toutes sortes de déguisements possibles.

« Sparrow pour Ryan. Rien vu de spé ? demanda discrètement Jack dans son micro.

— Négatif, répondit la voix dans son oreillette. Je suis en train de surveiller la foule autour de vous. Rien à signaler.

— Bien compris, répondit Jack.

— S'il est ici, il est foutrement bien planqué », intervint Sharp, à côté de Ryan. Ils étaient à huit ou dix mètres des barrières métalliques déployées à l'occasion de l'apparition hebdomadaire du pape. Elles paraissaient lourdes. *Deux hommes pour les charger sur le camion, ou quatre ?* se demanda Jack. Il découvrit que l'esprit aimait à divaguer en de tels instants, et il devait y prendre garde. *Continue de scruter la foule,* s'ordonna-t-il.

Merde, il y a bien trop de visages ! répondit son moi, irrité. *Et dès que ce salopard sera en place, il regardera de l'autre côté...*

« Tom, et si on se rapprochait pour longer la barrière ?

— Bonne idée », acquiesça d'emblée Sharp.

La foule était compacte, mais pas impossible à fendre. Ryan regarda sa montre. Quinze minutes. Les gens se pressaient contre la barrière, désireux de se rapprocher. Une croyance qui remontait au Moyen Âge voulait que le simple contact avec un roi pouvait guérir des maladies ou porter chance ; il était manifeste que cette croyance demeurait vivace – et combien plus encore si l'homme en question était le souverain pontife. Certains parmi l'assistance étaient des cancéreux, venus implorer Dieu de faire un miracle. Peut-être les miracles arrivaient-ils vraiment. Le corps médical parlait de rémissions spontanées et les classaient parmi les processus biologiques encore non élucidés. Mais peut-être que les miracles existaient – pour leurs bénéficiaires, en tout cas, il n'y avait pas d'autre nom. Encore une de ces nombreuses choses que Ryan ne comprenait pas.

Les gens se penchaient un peu plus, les têtes se tournaient vers le parvis de la basilique.

« Sharp et Ryan de Sparrow. Cible possible, six mètres sur votre gauche, troisième rang à partir des barrières. Pardessus bleu », crépita la voix dans l'oreillette de Jack. Il se porta dans cette direction sans attendre Sharp. Il était difficile de fendre la foule, mais ce n'était quand même pas la cohue dans le métro de New York. Personne ne se tourna pour l'injurier. Ryan regarda droit devant...

Oui... pile devant lui. Il se retourna vers Sharp et se tapota deux fois l'aile du nez.

« Ryan sur cible, dit-il dans son micro. Guidez-moi, John.

— Trois mètres droit devant, Jack, juste à gauche de la mamma italienne en robe marron. Notre ami a les cheveux châtain clair. Il regarde sur sa gauche. »

Bingo ! s'écria silencieusement Jack. Il lui fallut deux minutes encore pour se retrouver juste derrière l'enculé.

Coucou, colonel Strokov.

Tapi dans l'épaisseur de la foule, Jack déboutonna son veston.

L'homme était plus en retrait que Jack ne l'aurait imaginé, à sa place. Son champ de tir était limité par les personnes alentour, mais la femme juste devant lui était assez petite pour lui permettre de dégainer et tirer aisément par-dessus sa tête ; quant à son champ visuel, il était quasiment dégagé.

OK, Boris Andreïevitch, si tu veux jouer, la partie risque de te réserver quelques surprises. Si l'armée ou la marine ont déjà cru garder les portes du paradis, tu vas découvrir que ce sont des marines qui patrouillent dans ses rues, espèce de salopard.

Tom Sharp prit le risque de se couler dans la foule devant Strokov, l'effleurant même au passage. Une fois de l'autre côté, il se tourna dans la direction de Ryan et leva le poing en l'air : Strokov était armé.

Le bruit de la foule monta en fréquence, toutes les langues se mêlèrent en un sifflant murmure qui soudain s'éteignit. Une porte de bronze venait de s'ouvrir, hors du champ visuel de Ryan.

Sharp était à un mètre vingt de lui, il n'y avait qu'une personne, un adolescent, entre lui et Strokov... Facile pour lui de plonger sur la droite pour alpaguer le bonhomme.

Puis une avalanche de cris jaillit de la foule. Ryan se recula de quelques centimètres pour dégainer son pistolet, rabattre le chien et ainsi mettre l'arme pleinement en batterie. Ses yeux restaient rivés sur Strokov.

« King. Le pape est en train de sortir ! Son véhicule est en vue. »

Mais Ryan ne pouvait pas répondre. Pas plus qu'il ne pouvait voir la Papamobile.

« Sparrow, je le vois. Ryan/Sharp, il va entrer dans votre champ visuel dans quelques secondes. »

Incapable de dire un mot, incapable de voir approcher Sa Sainteté, Jack gardait les yeux rivés sur les épaules de sa cible. *Tu ne pourras pas bouger le bras sans qu'elles bougent, et à ce moment-là...*

Tirer dans le dos de quelqu'un, c'est un meurtre, Jack...

Avec sa vision périphérique, Ryan vit l'avant gauche de la jeep-voiturette de golf blanche approcher lentement de la gauche vers la droite. L'homme devant lui regardait à peu près dans cette direction... mais pas tout à fait... pourquoi ?

Et puis son épaule droite bougea, oh, imperceptiblement... en bas du champ visuel de Ryan, le coude droit apparut, signe que l'avant-bras était désormais parallèle au sol.

Et puis son pied droit recula, oh, imperceptiblement... L'homme s'apprêtait à...

Ryan vint presser le canon de son flingue au bas de sa colonne vertébrale. Il sentit les vertèbres rouler contre le canon du Browning. Il vit la tête se redresser en arrière, de quelques millimètres à peine. Il se pencha alors vers l'homme pour lui murmurer au creux de l'oreille : « Si jamais ce flingue dans ta main part, tu passeras le reste de ta vie à pisser dans des couches. À présent, tout doux, du bout des doigts, tu me le fais passer derrière toi, ou je te descends sur place. »

Mission accomplie, annonça le cerveau de Ryan. *Ce salopard ne va plus tuer personne. Allez, vas-y, résiste si tu veux. Personne n'est assez rapide.* Son doigt était tellement crispé sur la détente que si Strokov avait un geste brusque, l'arme partirait d'elle-même et lui trancherait la moelle épinière pour le reste de son existence.

L'homme hésita ; nul doute que son esprit devait balayer les diverses options à la vitesse de la lumière. Il y avait des exercices pour vous former à savoir réagir quand vous aviez un flingue pointé dans le dos – lui-même s'y était entraîné lors de son stage de formation au renseignement, mais ici, maintenant, vingt ans plus tard, avec un vrai pistolet plaqué contre sa colonne vertébrale, toutes ces leçons avec des flingues factices semblaient bien lointaines, et pourrait-il même dévier l'arme assez vite pour éviter qu'elle lui explose un rein ? Sans doute pas. Aussi sa main droite redescendit-elle pour passer derrière, précisément comme on le lui avait dit...

Ryan sursauta en entendant la détonation d'un, deux, trois coups de pistolet, à moins de cinq mètres de lui. C'était le genre de moment où la terre cesse de tourner, le cœur et les poumons de fonctionner, où chaque esprit soudain éprouve un sentiment de lucidité parfaite. Le regard de Jack fut dévié vers le bruit. Et il vit le Saint-Père, et sur sa soutane blanche comme neige, sur la poitrine, une tache rouge, de la taille d'un demi-dollar, et sur son beau visage, la surprise d'un événement trop rapide encore pour qu'il en ressente la douleur, mais déjà son corps s'affaissait, s'affalait en pivotant sur la gauche, commençait à disparaître en se tassant sur lui-même.

Il fallut à Ryan toute sa discipline pour se retenir de presser la détente. Sa main gauche fit sauter le pistolet des mains du Bulgare.

« Bouge pas, enculé. N'avance pas, ne te retourne pas, ne fais rien du tout. Tom ! lança-t-il à tue-tête.

— Sparrow, ils l'ont, ils ont le tireur. Le tireur est plaqué au sol, il doit bien y avoir dix personnes sur lui. Le pape a reçu deux... peut-être trois balles. »

La réaction de la foule fut quasiment binaire : ceux qui se trouvaient au plus près du tireur lui sautèrent dessus comme des chats sur une malheureuse souris solitaire, et l'agresseur inconnu disparut sous une montagne de touristes, à trois mètres peut-être de l'endroit où se tenaient Ryan, Sharp et Strokov. Quant aux gens aux alentours immédiats de Ryan, ils commencèrent à s'écarter – assez lentement, en fait...

« Jack, évacuons notre ami d'ici, d'accord ? » Et les trois hommes de faire mouvement vers l'arcade de secours, comme Ryan en était venu à la baptiser.

« De Sharp pour tous. Nous avons Strokov avec nous. Quittez la zone séparément et rendez-vous à l'ambassade. »

Une minute après, ils étaient dans la Bentley de fonction de Sharp. Ryan monta derrière avec le Bulgare.

Strokov se sentait manifestement requinqué par la tournure des événements. « Qu'est-ce que c'est ? J'appartiens à l'ambassade de Bulgarie et...

— Nous nous souviendrons que tu as dit ça, vieux. Pour le moment, tu es l'hôte du gouvernement de Sa Gracieuse Majesté britannique. Et maintenant, tu vas être bien gentil et rester assis bien tranquille, ou mon ami te tue.

— Que voilà un intéressant instrument diplomatique. » Ryan leva le pistolet pris à Strokov – fabrication du Bloc de l'Est, avec un encombrant silencieux gros comme une boîte de conserve, vissé sur le canon. À coup sûr, le bonhomme avait envisagé de descendre quelqu'un.

Mais qui ? Soudain, Ryan n'en était plus aussi sûr.

« Tom ?

— Oui, Jack ?

— C'est pire que le scénario envisagé.

— Ouais, je crois bien que vous avez raison, convint Sharp. Mais nous avons quelqu'un pour nous clarifier tout ça. »

Le retour en voiture à l'ambassade illustra ce qui était jusqu'ici resté pour Ryan un talent caché. La Bentley avait un moteur puissant et nerveux, et Sharp savait l'exploiter, décollant du Vatican comme un dragster top-fuel sur un run de finale. La voiture s'immobilisa dans un crissement de freins sur le petit parking qui jouxtait l'ambassade, et ses trois occupants descendirent pour pénétrer dans le bâtiment par une entrée latérale, et de là, gagner le sous-sol. Couvert par Ryan, Sharp passa les menottes au Bulgare et le fit s'asseoir sur une chaise en bois.

« Colonel Strokov, vous devez répondre du meurtre de Georgiy Markov, lui annonça Sharp. Cela fait maintenant pas mal d'années que nous sommes à vos trousses. »

Les yeux de Strokov s'arrondirent comme des soucoupes. La Bentley avait eu beau foncer, l'esprit de Tom Sharp avait carburé plus vite encore.

« Que voulez-vous dire ?

— Je veux dire que nous avons des photos vous montrant en train de quitter l'aérogare d'Heathrow après avoir tué notre bon ami sur le pont de Westminster. Vous aviez le Yard sur le dos, mais vous vous êtes esquivé quelques minutes seulement avant qu'ils aient eu l'autorisation de vous arrêter. C'est pas de pot pour vous. Parce que, maintenant, c'est notre boulot, à nous, de le faire. Vous allez nous trouver bien moins policés que le Yard, colonel. Vous avez assassiné un homme sur le sol britannique. Sa Majesté la reine réprouve formellement ce genre de conduite, colonel...

— Mais...

— Pourquoi te fatigues-tu à causer avec ce salopard, Tom ? demanda Ryan, prenant la balle au bond. Nous avons nos ordres, pas vrai ?

— Patience, Jack, patience. Il ne risque pas d'aller bien loin, pour le moment, pas vrai ?

— Je veux un téléphone pour appeler mon ambassade, dit Strokov, sans grande conviction, estima Ryan.

— Le coup d'après, il va nous réclamer un avocat, observa Sharp avec humour. Eh bien, à Londres, tu pourrais avoir l'assistance d'un as du barreau, mais vois-tu, nous ne sommes pas à Londres, pas vrai ?

— Et nous ne sommes pas Scotland Yard, ajouta Jack, pour renchérir. J'aurais dû le descendre à l'église, Tom. »

Sharp secoua la tête. « Trop bruyant. Mieux vaut simplement le laisser... disparaître, Jack. Je suis sûr que notre ami Georgiy comprendra. »

Il était manifeste, à voir la tête de Strokov, qu'il n'était pas habitué à voir des hommes discuter de son propre sort de la même manière qu'il avait si souvent dû décider du sort des autres. Il était plus facile d'être courageux, découvrit-il, quand on était du bon côté du canon.

« Mais, je n'allais pas le tuer, Tom, juste lui sectionner la moelle épinière sous la taille. Tu vois, le mettre dans un fauteuil roulant jusqu'à la fin de ses jours, le rendre incontinent comme un bébé. À ton avis, tu crois que son gouvernement va penser à lui ? »

Sharp faillit s'étrangler à cette idée. « Penser à lui... Le Dirjavna Sugurnost ? Je t'en prie, Jack, sois sérieux. Ils se contenteront de le fourrer dans un hôpital, sans doute un hôpital psychiatrique, et ils lui torcheront le cul une ou deux fois par jour – et encore, s'il a de la chance. »

Cette dernière remarque était celle de trop, vit bien Ryan.

Aucun service secret du Bloc de l'Est n'était réputé pour sa grande loyauté envers ses personnels, même ceux qui avaient manifesté une grande loyauté à leurs supérieurs. Et Strokov le savait. Non, une fois que vous aviez renversé le pot de chambre, vous étiez bien dans la merde, et tous vos amis s'évaporaient comme la rosée du matin – et quelque part, Strokov ne faisait pas l'effet à Ryan d'un type à avoir des masses d'amis, de toute manière. Même dans son propre service, il avait dû se comporter comme un chien d'attaque – précieux, peut-être, mais sans l'amour ou la confiance des mômes du quartier.

« Quoi qu'il en soit, pendant que Boris et moi continuons de faire des projets d'avenir, tu as un avion à prendre », lui dit Sharp. C'était aussi bien. Ryan commençait à être à court de répliques improvisées. « Tu salueras sir Basil de ma part, d'accord ?

— Volontiers, Tommy. » Ryan sortit et inspira un grand coup.

Mick King et les autres l'attendaient dehors. Quelqu'un à la résidence de Sharp avait fait ses bagages et un minibus de l'ambassade attendait pour les conduire tous à l'aéroport. Là, un Boeing 737 de British Airways était au point fixe, et ils l'attrapèrent de justesse, embarquant tous en première. Ryan se retrouva assis à côté de King.

« Putain, qu'est-ce qu'on va faire de lui ? demanda Jack.

— De Strokov ? Bonne question, répondit Mick. Vous êtes sûr de vouloir connaître la réponse ? »

32

Un bal masqué

Pendant les deux heures de vol de retour jusqu'à Heathrow, Ryan s'accorda trois mignonnettes de whisky pur malt, essentiellement parce que c'était le seul alcool fort disponible. Quelque part, sa peur de l'avion avait glissé à l'arrière-plan – cela aidait que le vol se déroule avec une telle douceur qu'on aurait pu croire l'appareil posé au sol, mais cela dit, Ryan avait la tête occupée par d'autres pensées.

« Qu'est-ce qui a cloché, Mick ? demanda-t-il, alors qu'ils survolaient les Alpes.

— Ce qui a cloché, c'est que notre ami Strokov n'envisageait pas de commettre lui-même l'assassinat. Il avait commandité un autre pour s'en charger.

— Dans ce cas, pourquoi était-il armé d'un pistolet muni d'un silencieux ?

— Vous voulez une hypothèse ? Je parierais qu'il espérait liquider lui-même l'assassin, puis se fondre dans la foule et filer. On ne peut pas lire dans les pensées de tout le monde, Jack, ajouta King.

— Donc, nous avons échoué, conclut Ryan.

— Peut-être. Tout dépend de l'endroit où se sont logées les balles. John a dit qu'il y avait un impact au corps, un autre peut-être à la main ou dans le bras, et une dernière balle qui aurait raté sa cible ou, au pire, occasionné une blessure superficielle. Donc, sa survie dépend du chirurgien qui est en train de l'opérer en ce moment. » King haussa les épaules. « Son sort n'est plus entre nos mains, mon ami.

— Et merde, souffla doucement Ryan.

— Avez-vous fait de votre mieux, sir John ? »

La remarque lui fit brusquement tourner la tête. « Oui... je veux dire, bien sûr. Et pas que moi, nous tous.

— Et c'est bien tout ce qu'on peut faire, pas vrai ? Jack, j'ai opéré sur le terrain pendant... quoi, douze ans. Parfois, les choses se déroulent conformément au plan. Parfois, pas. Compte tenu des éléments dont nous disposions et des effectifs que nous avons pu déployer, je ne vois pas comment nous aurions pu faire mieux. Vous êtes analyste, n'est-ce pas ?

— Correct.

— Eh bien, pour un rond-de-cuir, vous vous êtes plutôt pas mal débrouillé, et en attendant, vous avez notablement accru vos connaissances des opérations sur le terrain. Rien n'est jamais garanti dans ce genre de boulot. » King but une autre gorgée de sa boisson. « Je ne peux pas dire que ça me plaise, moi non plus. J'ai perdu un agent à Moscou, il y a deux ans. C'était un jeune capitaine de l'armée soviétique. Il avait l'air d'un type bien. Une femme, un jeune fils. Ils l'ont abattu, bien sûr. Dieu seul sait ce qu'il est advenu de sa famille. Peut-être qu'elle est dans un camp de travail, ou dans quelque ville perdue au fin fond de la Sibérie, pour ce que j'en sais. Ce genre de trucs, on ne l'apprend jamais, vous voyez. Des victimes sans nom, sans visage, mais ça reste des victimes malgré tout. »

« Le Président est dans une rage noire », annonça Moore à ses cadres dirigeants – son oreille droite carillonnait encore de la conversation tenue dix minutes plus tôt.

« À ce point ? s'enquit Greer.

— À ce point, confirma le DCR. Il veut savoir qui a fait

ça et pourquoi, et il aimerait mieux le savoir avant le déjeuner.

— Ce n'est pas possible, dit Ritter.

— Il y a un téléphone, Bob. Tu peux l'appeler et le lui expliquer toi-même », suggéra le juge. Aucun d'eux jusqu'ici n'avait vu le Président en colère. C'était en général le genre de choses que les gens préféraient éviter.

« Donc, Jack avait raison ? hasarda Greer.

— Il se peut qu'il ait deviné juste. Mais il n'a pas non plus réussi à empêcher la chose de se produire.

— Eh bien, ça te donne un truc à lui raconter, Arthur, suggéra Greer, avec un rien d'espoir dans la voix.

— Peut-être... Je me demande ce que valent les chirurgiens italiens.

— Que savons-nous ? demanda Greer. Au juste ?

— Une blessure sérieuse par balle dans la poitrine. Ça devrait rappeler quelque chose au Président, songea tout haut Moore. Deux autres impacts, mais pas sérieux.

— Dans ce cas, appelle Charlie Weathers, à Harvard, et demande-lui quel est le pronostic probable. » L'intervention venait de Ritter.

« Le Président a déjà parlé aux chirurgiens gastro-entérologues de Walter Reed. Ils ont bon espoir, mais réservent leur jugement.

— Je suis sûr qu'ils disent tous : "Si c'était moi, il s'en tirerait." » Greer avait côtoyé les médecins militaires. Les pilotes de chasse étaient de fragiles violettes comparés aux chirurgiens de guerre.

« Je vais appeler Basil et lui demander de transférer le Lapin dès que l'Air Force pourra nous distraire un avion. Si Ryan est disponible — il devrait être en train de voler vers Londres, à l'heure qu'il est, je connais Basil —, je veux qu'il soit à bord, lui aussi.

— Pourquoi ? demanda Ritter.

— Pour qu'il puisse nous briefer, et peut-être aussi le Président, sur son analyse de la menace préalable à l'événement.

— Bon Dieu, Arthur. » Greer explosa presque. « La menace, ils nous en avaient parlé il y a quatre, cinq jours !

— Mais nous tenions à interroger le gars nous-mêmes, reconnut Moore. Je sais, James, je sais. »

Ryan descendit du long-courrier derrière Mick King. Au pied des marches les attendait quelqu'un envoyé par Century House. Ryan vit que l'homme le regardait droit dans les yeux.

« Monsieur Ryan, pouvez-vous m'accompagner, je vous prie ? Nous ferons prendre vos bagages, promit le gars.

— Où va-t-on encore ?

— Nous avons un hélicoptère pour vous conduire à la base RAF de Mildenhall et...

— Mon cul. Je ne me tape plus d'hélicos depuis qu'un a failli me tuer. Elle est à combien d'ici, votre base ?

— Une heure et demie par la route.

— Parfait. Trouvez-moi une voiture », ordonna Jack. Puis il se retourna. « Merci d'avoir essayé, les gars. »

Sparrow, King et les autres hochèrent la tête. Ils avaient en effet tout essayé, même si personne ne saurait jamais rien de leurs efforts. Puis Jack se demanda ce que Tom Sharp allait faire de Strokov, et décida que Mick King avait raison. Il n'avait vraiment pas envie de le savoir.

La base RAF de Mildenhall était située juste au nord de Cambridge, berceau d'une des plus grandes universités du monde. Le chauffeur de Ryan pilotait une Jaguar et ne semblait guère s'occuper des éventuelles limitations de vitesse en vigueur sur le réseau routier britannique. Quand ils passèrent devant les troupes de sécurité du régiment de défense au sol de la Royal Air Force, la voiture ne se dirigea pas vers l'avion qui attendait sur l'aire de stationnement, mais plutôt vers un bâtiment bas qui évoquait – et qui était bel et bien – un salon réservé aux personnalités. Là, quelqu'un tendit à Ryan un télex qu'il lui fallut vingt secondes pour lire avant de marmonner un « Super ». Sur quoi, Jack trouva un téléphone et appela chez lui.

« Jack ? dit sa femme, dès qu'elle eut reconnu sa voix. Bon Dieu, où es-tu ? » Elle devait être épuisée. En temps normal, Cathy Ryan ne s'exprimait pas de la sorte.

« Sur la base RAF de Mildenhall. Je dois retourner en avion à Washington.

— Pourquoi ?

— Avant, laisse-moi te poser une question, ma puce : que valent les toubibs italiens ?

— Tu veux dire... pour le pape ?

— Ouais. » Elle ne pouvait pas voir son petit hochement de tête las.

« Il y a de bons chirurgiens dans tous les pays. Jack, que se passe-t-il ? Tu étais là-bas ?

— Cath, j'étais peut-être à quinze mètres, mais je ne peux pas t'en dire plus, et tu ne dois le répéter à personne, OK ?

— OK, répondit-elle sur un ton de surprise mêlée de frustration. Quand reviendras-tu ?

— Sans doute d'ici deux jours. Je dois m'entretenir avec des gens au siège et ils vont sûrement me renvoyer directo ici. Désolé, ma puce. Les affaires. Alors, dis-moi, que valent les toubibs en Italie ?

— Je me sentirais mieux si Jack Cammer l'opérait, mais ils doivent en avoir de bons. Il y en a dans toutes les grandes métropoles. L'université de Padoue est l'une des plus vieilles facultés de médecine du monde. Leurs ophtalmos sont à peu près du même niveau que les nôtres à Hopkins. Pour la chirurgie générale, ils doivent avoir des types de valeur, mais le gars que je juge le meilleur pour ce genre de boulot, c'est Jack. »

John Michael Cammer était patron du service de chirurgie de Johns Hopkins, détenteur de la prestigieuse chaire Halstead, et sacrément adroit au bistouri. Cathy le connaissait bien. Jack l'avait rencontré une ou deux fois à l'occasion de galas de bienfaisance et il avait été impressionné par sa prestance, mais il n'était pas médecin et il ne pouvait évaluer ses capacités professionnelles.

« Il est relativement facile de traiter une blessure par balle, en général. Sauf si le foie ou la rate sont touchés. Le vrai problème, c'est l'hémorragie. Jack, c'est comme quand Sally a été blessée dans la voiture avec moi. Si on peut t'amener rapidement sur une table d'opération, et si le praticien connaît son affaire, t'as une bonne chance de t'en tirer – sauf si la rate est éclatée ou le foie salement lacéré. J'ai vu le reportage télévisé. Le cœur n'a pas été atteint, pas le bon angle. Je dirais qu'il a plus d'une chance sur deux de s'en tirer. Il n'est plus un jeune homme, et ça n'aidera pas, mais une bonne équipe chirurgicale est capable de faire des miracles si elle peut intervenir à temps. » Elle s'abstint d'évoquer les redoutables variables de la chirurgie traumatique. Les balles peuvent ricocher sur les côtes et partir dans les directions les plus improbables. Elles peuvent aussi se fragmenter et occasionner des dégâts dans des endroits fort éloignés. Pour l'essentiel, on ne pouvait diagnostiquer, et encore moins traiter, une blessure par balle à partir de cinq secondes de cassette vidéo diffusée à la télé. Donc les chances de survie du pape étaient d'un peu plus d'une sur deux, mais des tas de tocards à cinq contre un avaient battu le favori et remporté le Derby du Kentucky.

« Merci, mon chou. Je pourrai sans doute t'en dire plus quand je serai rentré. Fais un gros câlin aux petits pour moi, d'accord ?

— T'as l'air fatigué.

« — Je suis fatigué, chou. J'ai eu deux journées plutôt chargées. » Et ça n'allait pas s'améliorer. « Bon, je te quitte.

— Je t'aime, Jack, lui rappela-t-elle.

— Je t'aime, moi aussi, bébé. Merci de me l'avoir dit. »

Ryan attendit plus d'une heure la famille Zaïtzev. Donc la proposition du vol en hélicoptère n'aurait servi qu'à le faire poireauter un peu plus – bien typique de l'esprit militaire américain. Ryan s'étendit sur un divan confortable et somnola durant peut-être une demi-heure.

Les Lapins arrivèrent en voiture. Un sergent de l'armée de l'air américaine vint secouer Ryan pour le réveiller avant de lui indiquer derrière la baie vitrée le KC-135 qui attendait. C'était en gros un Boeing 707 dépourvu de hublots et équipé pour le ravitaillement en vol. L'allure de la bête ne rassura pas vraiment Jack, mais les ordres étaient les ordres, et il monta à bord où il se trouva un épais fauteuil de cuir, situé juste devant l'emplanture de l'aile. L'appareil avait à peine décollé qu'Oleg vint s'affaler dans le siège voisin du sien.

« Quoi s'être passé ? demanda Zaïtzev.

— Nous avons capturé Strokov. C'est moi qui l'ai eu, et il avait bien une arme dans la main, expliqua Ryan. Mais il y avait un autre tireur.

— Strokov ? Vous l'avoir arrêté ?

— On ne peut pas franchement parler d'arrestation, mais il a décidé de m'accompagner à l'ambassade d'Angleterre. Il est à présent aux mains du SIS.

— J'espère bien eux tuer le *svolotch* [1] », cracha Zaïtzev.

Ryan ne répondit rien, se demandant justement ce qui pouvait advenir. Les Rosbifs allaient-ils agir de manière aussi sommaire ? L'homme avait après tout commis un meurtre particulièrement hideux sur leur sol – merde, quasiment sous les fenêtres de Century House.

« Le pape, est-ce que lui survivre ? » demanda le Lapin.

---

1. Salaud.

Ryan fut surpris de l'intensité de son intérêt. Peut-être que le gars était bel et bien un authentique transfuge par conscience.

« Je n'en sais rien, Oleg. J'ai appelé ma femme, elle est chirurgienne. Elle a dit qu'il a plus d'une chance sur deux de s'en tirer.

— Ça déjà être quelque chose », observa tout haut Zaïtzev.

« Eh bien ? » demanda Andropov.

Le colonel Rojdestvenski se raidit un peu plus. « Camarade président, nous ne savons pas grand-chose pour l'instant. L'homme de Strokov a pu tirer, comme vous le savez, et il a touché sa cible dans une zone mortelle. Toutefois, pour des raisons non élucidées, Strokov a été incapable de l'éliminer comme prévu. Notre *rezidentura* de Rome travaille avec précaution pour tâcher de découvrir ce qui s'est produit. Le colonel Goderenko s'est chargé personnellement de l'enquête. Nous en saurons plus quand le colonel Strokov aura regagné Sofia en avion. Il devrait embarquer sur le vol régulier de dix-neuf heures. Donc, jusqu'ici, il semble que nous ayons remporté un succès partiel.

— Un succès partiel, ça n'existe pas, colonel ! fit remarquer Andropov avec fougue.

— Camarade président, je vous ai dit, il y a plusieurs semaines, que c'était une éventualité. Vous vous en souvenez sûrement. Et même si le prêtre survit, il ne risque pas de retourner en Pologne de sitôt, n'est-ce pas ?

— Je suppose que non, bougonna Iouri Vladimirovitch.

— Et tel était bien le but de la mission, non ?

— *Da*, reconnut le président. Toujours pas de signaux ?

— Non, camarade président. Nous avons dû faire venir en catastrophe un nouvel officier de quart au service des transmissions et...

— Comment ça ?

— Le commandant Zaïtzev, Oleg Ivanovitch... Lui et sa

famille sont morts dans l'incendie de leur chambre d'hôtel à Budapest. Or il était chargé de nos transmissions pour la mission 666.

— Pourquoi n'en ai-je pas été informé ?

— Camarade président, fit Rojdestvenski sur un ton apaisant, l'enquête a été rondement menée. Les corps ont été restitués à Moscou et dûment inhumés. Tous sont morts asphyxiés par les fumées. Les procédures d'autopsie ont été supervisées en personne par un médecin légiste soviétique.

— Vous êtes sûr de votre fait, colonel ?

— Je peux vous faire parvenir le rapport officiel, si vous le désirez, dit Rojdestvenski avec assurance. Je l'ai eu moi-même sous les yeux. »

Andropov écarta l'incident d'un geste. « Très bien. Tenez-moi informé de la suite des événements. Et je veux être tenu au courant aussitôt de l'évolution de l'état de ce pape décidément bien encombrant.

— À vos ordres, camarade président. » Rojdestvenski s'éclipsa, tandis que le président retournait vaquer à d'autres affaires. La santé de Brejnev déclinait positivement. D'ici peu, Andropov allait devoir s'écarter du KGB pour protéger son ascension vers le bout de la table, et c'était désormais son principal souci. Par ailleurs, le colonel avait raison. Le prêtre polonais ne serait plus un problème avant des mois, si toutefois il survivait, et c'était bien suffisant pour l'heure.

« Eh bien, Arthur ? demanda Ritter.

— Il s'est un peu calmé. Je lui ai parlé de l'opération BEATRIX. Je lui ai dit que les Rosbifs et nous avions des hommes sur place. Il veut rencontrer personnellement le Lapin que nous avons exfiltré. Bref, il est encore pas mal en rogne, mais au moins, ce n'est plus contre nous, rapporta Moore dès son retour de la Maison Blanche.

— Les Rosbifs détiennent ce fameux Strokov », les

informa Greer. La nouvelle venait d'arriver de Londres. « Et dire que c'est Ryan qui l'a alpagué, incroyable, non ? Les Britanniques le détiennent en ce moment à leur ambassade de Rome. Basil essaie de décider ce qu'ils vont faire de lui. Il y a de bonnes chances que Strokov ait dirigé l'opération et engagé le bandit turc pour se charger de l'exécution. Les Britanniques disent qu'ils l'ont arrêté avec en main un pistolet muni d'un silencieux. Leur idée était que son boulot était d'éliminer le tueur, comme pour cette affaire de la Mafia à New York, il y a quelques années, histoire de pouvoir nier en bloc toute tentative d'assassinat.

— C'est ton gars qui l'a capturé ? s'étonna le DCR.

— Il était sur place avec une équipe d'agents britanniques aguerris, et peut-être que son entraînement chez les marines a aidé un peu, concéda Ritter. Bref, James, ton petit blondinet a encore une fois droit aux bravos. »

Surtout, ne te mords pas la langue en signant la lettre de recommandation, Robert, se retint d'observer Greer. « Où diable sont-ils tous à l'heure qu'il est ?

— Sans doute à mi-chemin du bercail. C'est l'Air Force qui les rapatrie, lui indiqua Ritter. Ils devraient se poser à Andrews aux alentours de onze heures quarante, m'a-t-on dit. »

Il y avait bien des hublots dans le bureau de devant, découvrit Ryan, et l'équipage se montra plutôt sympathique. Il réussit même à parler un peu base-ball. Les Orioles n'avaient plus qu'un match à remporter pour distancer définitivement l'équipe de Philadelphie, fut-il ravi (et surpris) d'apprendre. Les membres de l'équipage ne cherchèrent même pas à essayer de savoir pourquoi ils le ramenaient en Amérique. Ils avaient rempli cent fois ce genre de mission et, de toute manière, ils n'obtenaient jamais de réponse. À l'arrière, la famille Lapin dormait à poings fermés, prodige que Ryan n'avait pas réussi à accomplir.

« Combien de temps encore ? demanda Jack au pilote.

— Eh bien, c'est le Labrador, là, au-dessous de nous. » Il pointa le doigt. « Comptez un peu plus de trois heures, et nous aurons quasiment les pieds au sec. Pourquoi n'allez-vous pas dormir un peu, monsieur ?

— Je ne dors jamais en avion, admit Ryan.

— Faut pas en avoir honte, m'sieur. Nous non plus », lui dit le copilote. Et Jack estima que c'était là une excellente nouvelle, tout bien pesé.

En cet instant précis, sir Basil Charleston avait une de ses réunions matinales avec son chef du gouvernement. Pas plus ici qu'aux États-Unis, les journalistes n'écrivaient d'articles sur quand et pourquoi les chefs des divers services de renseignement rencontraient leurs dirigeants politiques.

« Eh bien, parlez-moi de ce Strokov, ordonna-t-elle.

— Pas un gars sympathique, répondit C. Nous estimons qu'il était là-bas pour tuer le véritable tireur. Il avait une arme à silencieux pour éliminer le bruit. Donc, il semblerait que l'idée était de supprimer Sa Sainteté et de laisser sur place un assassin refroidi. Les cadavres ne parlent pas, voyez-vous, madame. Mais peut-être que celui-ci sera plus causant, après tout. La police italienne doit être en train de bavarder avec lui, en ce moment, j'imagine. C'est un ressortissant turc, et je parie qu'il a un casier judiciaire et/ou une certaine expérience de la contrebande avec la Bulgarie.

— Donc, c'étaient les Russes qui étaient derrière tout ça ?

— Oui, madame. Cela semble quasiment certain. Tom Sharp est en train d'interroger Strokov à Rome. Nous allons pouvoir mesurer sa loyauté vis-à-vis de ses maîtres.

— Qu'allons-nous faire de lui ? » s'enquit la Premier Ministre. La réponse revêtit la forme d'une autre question à laquelle elle devrait répondre. Ce qu'elle fit.

Il ne vint pas à l'esprit de Strokov que, lorsque Sharp invoqua les noms d'Alexis Nikolaïevitch Rojdestvenski et d'Ilia Fedorovitch Boubovoï, son destin venait d'être scellé. Il fut simplement confondu de découvrir que le Service secret de renseignement britannique avait aussi complètement infiltré le KGB. Sharp ne vit aucune raison de l'en dissuader. Dans un état de choc qui dépassait sa capacité à réagir intelligemment, Strokov oublia tout son entraînement et se mit à table. Son duo avec Sharp dura deux heures et demie, et fut intégralement consigné sur bande magnétique.

Ryan était passé en pilotage automatique plus encore que le Boeing, bien avant que celui-ci ne se pose sur la piste Zéro-Un droite de la base d'Andrews. Il était sur la brèche depuis quoi... vingt-deux heures ? Quelque chose comme ça. Le genre de truc plus dans les cordes d'un sous-lieutenant d'infanterie de marine (âgé de vingt-deux ans) que d'un homme marié et père de deux enfants (âgé de trente-deux ans) qui venait de vivre une journée passablement stressante. Il commençait par ailleurs à sentir quelque peu les effets de l'alcool.

Deux voitures les attendaient au pied de l'escalier – Andrews devrait songer à installer une passerelle d'embarquement. Zaïtzev et lui montèrent dans la première. Madame Lapin et le petit Lapereau dans la seconde. Deux minutes après, ils étaient sur l'autoroute urbaine de Suitland, plein cap sur Washington. Ryan s'acquitta de la tâche d'expliquer ce qu'ils dépassaient au passage. À la différence de son arrivée en Angleterre, Zaïtzev n'avait plus l'impression qu'il s'agissait d'une vaste *maskirovka*. Et le détour devant le bâtiment du Capitole finit de dissiper les dernières traces de soupçon qu'il aurait pu encore avoir. Même George Lucas au mieux de sa forme n'aurait pu reproduire un tel décor. La voiture franchit le Potomac et obliqua au nord sur l'autoroute George-

Washington, pour enfin emprunter la sortie marquée Langley.

« Donc, c'est là que Ennemi principal réside, observa le Lapin.

— Pour moi, c'est juste l'endroit où j'avais l'habitude de bosser.

— Aviez l'habitude ?

— Vous ne saviez pas ? J'ai été muté en Angleterre, à présent », lui confia Jack.

Toute l'équipe d'examen critique les attendait sur le perron de l'entrée principale. Ryan ne connaissait qu'un des hommes, Mark Radner, un soviétologue de l'université de Dartmouth qu'on appelait à l'occasion pour certaines missions particulières – une de ces personnes qui aimaient travailler pour la CIA, mais pas à plein temps. Ryan pouvait désormais fort bien le comprendre. Quand la voiture s'arrêta, il descendit le premier et se dirigea vers James Greer.

« Vous avez eu deux journées chargées, mon garçon.

— M'en parlez pas, amiral.

— Comment ça s'est passé à Rome ?

— D'abord, donnez-moi des nouvelles du pape, rétorqua Jack.

— Il a bien surmonté l'intervention. Son état reste critique, mais nous avons interrogé Charlie Weathers à Harvard, et il nous a dit de ne pas nous inquiéter. Les gens de cet âge qui subissent une intervention chirurgicale sont toujours considérés dans un état critique, sans doute pour faire monter un peu plus la note d'honoraires. Sauf complications imprévues, il devrait s'en tirer sans problème. Charlie dit qu'ils ont formé d'excellents charcutiers à Rome. Le Saint-Père devrait avoir regagné ses pénates d'ici trois à quatre semaines, d'après Charlie. Ils ne vont pas précipiter les choses avec un homme de son âge.

— Dieu soit loué. Amiral, quand j'ai épinglé ce salaud de Strokov, j'ai bien cru qu'on avait réussi, vous savez. Et puis, j'ai entendu les détonations... Bon Dieu, quel sale moment, amiral. »

Greer opina. « Je l'imagine volontiers. Mais les bons ont encore gagné ce coup-ci. Oh, au fait, vos Orioles ont raflé la coupe à Philadelphie. Le match vient de s'achever il y a vingt minutes. Ce nouveau shortstop que vous avez, Ripken... j'ai dans l'idée qu'il ira loin.

— Ryan. » C'était le juge Moore qui venait de s'approcher.

« Bien joué, fils. » Nouvelle poignée de main.

« Merci, monsieur le directeur.

— Chouette prestation, Ryan, vint ajouter Ritter. Z'êtes sûr que ça ne vous dirait pas de tâter de notre stage d'instruction à la Ferme ? » La poignée de main était étonnamment cordiale. Ritter avait dû se descendre un verre ou deux au bureau, supputa Jack.

« Monsieur, pour le moment, je serais tout aussi ravi de retourner enseigner l'histoire.

— C'est plus marrant de la faire, mon garçon. Souvenez-vous de ça. »

Le petit groupe entra, passant devant la stèle aux officiers morts en service commmandé – dont pour bon nombre le nom restait secret –, érigée contre le mur de droite de l'entrée, puis il tourna à gauche vers l'ascenseur de la direction. La famille Lapin partit de son côté. Au cinquième étage, il y avait des appartements réservés aux hôtes de marque et aux officiers de retour de mission à l'étranger, et de toute évidence, la CIA avait décidé de l'y loger. Jack accompagna les patrons du service jusqu'au bureau du juge.

« Que vaut notre nouveau Lapin ? s'enquit Moore.

— Ma foi, il est certain qu'il nous a fourni d'excellents renseignements sur le pape, monsieur le juge, répondit Ryan, non sans surprise. Et les Britanniques semblent plutôt satisfaits de ce qu'il leur a raconté au sujet de l'agent MINISTRE. Je serais assez curieux de savoir qui est ce fameux CASSIUS.

« — Et Neptune, donc », ajouta Greer. La Navy avait un besoin impérieux de communications sûres pour survivre dans le monde moderne et James Greer avait gardé des uniformes bleu marine dans sa penderie.

« D'autres idées ? » C'était de nouveau Moore.

« Quelqu'un a-t-il mesuré à quel point les Russes sont aux abois ? Je veux dire, bien sûr, le pape était – j'imagine qu'il est toujours – pour eux une menace politique, mais bon Dieu, cette opération était totalement irrationnelle, non ? nota Jack. Il me semble qu'ils sont bien plus désespérés que nous l'imaginions. Nous devrions être en mesure d'exploiter cette faille. » Le mélange d'alcool et d'épuisement lui permettait d'exprimer plus à l'aise le fond de ses pensées, et cela faisait une douzaine d'heures qu'il ruminait cette idée.

« Comment cela ? demanda Ritter, qui se souvint que Ryan était un peu un gourou en économie.

— Je vais vous dire déjà une certitude : l'Église catholique ne va pas être très ravie. Il y a quantité de catholiques en Europe de l'Est messieurs. C'est un potentiel que nous devrions songer à utiliser. Si nous nous rapprochons avec intelligence de l'Église, ils pourraient être enclins à coopérer avec nous. L'Église est certes très portée sur le pardon, mais on est censé se confesser d'abord. »

Moore haussa un sourcil.

« L'autre point est que j'ai étudié leur économie. Elle est très chancelante, bien plus que nos spécialistes l'imaginent, amiral, dit Jack en se tournant vers son supérieur immédiat.

— Que voulez-vous dire ?

— Monsieur, les trucs sur lesquels se basent nos analystes, ce sont les rapports économiques officiels qui sont transmis à Moscou, n'est-ce pas ?

— Et nous faisons suffisamment d'efforts pour les obtenir, confirma Moore.

— Monsieur le directeur, qu'est-ce qui nous porte à croire qu'ils sont vrais ? demanda Ryan. Le simple fait qu'ils sont communiqués au Politburo ? Nous savons qu'ils nous mentent, et qu'ils mentent à leur propre peuple. Pourquoi ne se mentiraient-ils pas à eux-mêmes ? Si j'étais un examinateur de la commission des opérations de Bourse, je crois que j'enverrais une bonne partie de vos analystes à la prison fédérale d'Allenwood. Ce que les Russes nous racontent sur leur richesse économique ne colle pas du tout avec les éléments que nous pouvons réellement identifier. Leur économie est au bord du gouffre et si jamais la situation empire, ne serait-ce qu'un peu, c'est tout l'édifice qui s'effondre.

— Comment pourrions-nous l'exploiter ? » demanda Ritter. Son propre service d'analyse avait émis un jugement fort similaire quatre jours plus tôt, mais même le juge Moore l'ignorait encore.

« D'où tirent-ils leurs devises ? Je veux dire en échange de quoi ?

— Du pétrole », répondit Greer. Les Russes en exportaient autant que les Saoudiens.

« Et qui contrôle les cours mondiaux du pétrole ?

— L'OPEP.

— Et qui, poursuivit Ryan, contrôle l'OPEP ?

— Les Saoudiens.

— Sont-ils nos amis ? conclut Jack. Considérez l'URSS comme la cible d'une OPA, comme nous le faisions chez Merrill Lynch. Les biens propres valent bien plus que la valorisation en Bourse de la société mère parce que l'entreprise est mal gérée. Ce n'est pas bien sorcier à découvrir. » *Même pour un gars lessivé par une longue journée, huit mille kilomètres d'avion et un peu trop de gnôle*, se garda-t-il d'ajouter. Il y avait quantité de grosses têtes à la CIA, mais ces gens-là pensaient un peu trop comme des fonctionnaires et pas assez comme des Américains. « N'a-t-on vraiment personne pour penser en dehors du moule ?

— Bob ? » demanda Moore.

411

Ritter se sentait de plus en plus passionné par le jeune analyste. « Ryan, vous avez déjà lu Edgar Allan Poe ?

— Au lycée, confessa Ryan, un rien confus.

— Vous rappelez-vous d'une nouvelle intitulée "Le Masque de la mort rouge" ?

— Une histoire de peste qui vient semer la désolation lors d'une fête princière, c'est ça ?

— Allez vous reposer un peu. Avant de reprendre l'avion pour Londres demain, on va vous informer d'un plan.

— Personnellement, je me ferais bien d'abord un plan sommeil, messieurs. Où est-ce que je crèche, pour la nuit ? » demanda-t-il, avouant enfin, au cas où ils ne s'en seraient pas encore rendu compte, qu'il était sur le point de s'effondrer.

« Nous vous avons réservé une chambre au Marriott, à deux pas d'ici. Tout est arrangé. Une voiture vous attend en bas, à l'entrée. Allez-y », lui dit Moore.

Ryan prit congé.

« Peut-être qu'il n'est pas si con, après tout, spécula Ritter.

— Robert, ça fait plaisir de voir que vous êtes assez fort pour savoir changer d'avis », observa Greer avec le sourire, tout en se penchant pour saisir la coûteuse bouteille de bourbon déposée sur le bureau de Moore. Il était temps de fêter ça.

Le lendemain, dans *Il Tempo*, un quotidien romain du matin, paraissait un entrefilet sur un homme trouvé mort dans une voiture, apparemment des suites d'un accident cardiaque. Il allait s'écouler un certain temps avant que le corps puisse être identifié. Il devait être finalement établi qu'il s'agissait d'un touriste bulgare qui avait été de toute évidence victime d'un décès prématuré. Savoir si l'homme était mort la conscience tranquille, le simple examen physique n'avait pas permis de le dire.

REMERCIEMENTS

À Leonard, Joni et Andy, pour m'avoir tenu la main derrière le Vieux Rideau, et pour le cours accéléré de contrebande.

À Alex, bien sûr, pour m'avoir tenu l'autre en permanence.

À Tom et aux gars du Palais royal et de la Forteresse de Sa Gracieuse Majesté. Trouver un tel corps d'élite n'a rien d'évident et le découvrir est un rare bonheur.

Au résident de l'ambassade des États-Unis à Budapest, pour avoir accepté de bonne grâce une visite impromptue.

Et à Michael, Melissa, Gilbert et Marsha, à la perspective de me frotter à votre extrême professionnalisme.